Tine aus der Schokoladen-Fabrik

Die Geschichte ihres Lebens...

... erzählt von Christina, aufgeschrieben von Sabine. Es beginnt mit Tines Geburt, der Kindheit und der Jugend in der DDR. Die Flucht in den Westen als junge Erwachsene. Beruf, Träume, Wünsche, Mann, Kinder. Scheidung, neuer Mann, auf nach Mallorca. Alles soweit normal? Doch nein! Diese Geschichte eines Lebens ist mit Witz und Empathie erzählt, spannend, anrührend und immer wieder neu – so wie das Leben eben ist: Etwas ganz Besonderes....

CHRISTINA STEPPAT

Tine
aus der
Schokoladen-
Fabrik

Für meine Kinder

Auf ein Wort

Was waren die letzten zwei Jahre für eine schöne und auch aufregende Zeit!

Als meine Freundin Sabine Thiering nämlich von meinem ständigen Gerede: „Ich müsste mal ein Buch über mein Leben schreiben – aber ich kann ja nicht schreiben…" die Nase voll hatte, nahm sie die Sache in die Hand. Als freiberufliche Journalistin kann sie schreiben und so gewann ich

Tine und Sabine

sie als Ghostwriter. Ich durfte mich zu Hause hinsetzen und erzählte frei von der Leber weg, angefangen bei meiner Geburt. Sabine notierte sich die Fakten und schmückte dann alles aus. Ich lieferte sozusagen das Skelett und sie das Fleisch. Lasst es mich prosaisch sagen: Ihre Art zu schreiben ist wie ein Duft, der sich verflüchtigt und dabei die Essenz der Inspiration zurücklässt. Etwas weniger dramatisch: Sie kann zwar auch nicht übers Wasser gehen aber sie weiß, wo die Steine sind…

Jedes Kapitel, das sie schrieb, las sie mir zur Korrektur vor. Es war ein Eintauchen in mein wirklich abenteuerliches Leben. Ab und zu dachte ich mir sogar: ‚Hab ich das wirklich alles erlebt?' Mir liefen oft die Tränen des Lachens die Wangen hinunter aber manchmal blieben sie mir auch im Halse stecken. Ich bin glücklich, dass ich es endlich realisiert habe, auch wenn es länger dauerte, als wir planten.

Alle Personen in diesem Buch gab und gibt es wirklich. Ich habe allerdings nur die Vornamen verwendet (und diese teilweise erfunden), damit mir niemand irgendetwas vorwerfen kann. Einen Günther, eine Erika oder eine Angelika gibt es ja wohl zuhauf in diesem Lande, das kann Jeder sein. Für mich habe ich meinen Geburts-Nachnamen gewählt, damit sich niemand auf die Füße getreten fühlt und einfach nur Spaß beim Lesen hat.

Christina Steppat, August 2018

5

1 Eines ‚meiner' geliebten Babys 2 Ich bin die kleine Dicke in der Mitte
3 Jörgi und ich 4 Das Blasendederonkleid, Harald und – Blumen!
5 Schloß Wernigerode 6 Jörgi, Anke und ich 7 Mein Jörgi

Teil I
DDR

Tine

Der 20. Juli 1951 war ein strahlend schöner Hochsommertag. Eine leuchtend gelbe Sonne goss ihr Licht vom stahlblauen Himmel und drang mit ihrer Lebensfreude in jeden Winkel. Über den vor Hitze flirrenden Wiesen lag das schläfrige Summen der Hummeln und Bienen, ab und zu durchbrochen von dem Gesang einer Amsel. Mit dem lauen Wind, der über die Felder strich, wehte das Lachen der Kinder herüber, die er auf ihrem Weg in das Freibad begleitete. Den Bauern war dieses Wetter allerdings nicht so recht, denn sie warteten schon seit längerem auf Regen, damit die Ackerfrüchte nicht verdorrten. Aber der Sommer machte noch eine lange Zeit keine Pause.

Hat man mir jedenfalls erzählt. Ich weiß das nicht mehr so genau, obwohl ich doch dabei war. Es war nämlich mein erster Geburtstag. Also, mein allerallererster Geburtstag, denn ich wurde geboren, dort in Wernigerode im Harz in der damaligen Deutschen Demokratischen Republik. Eigentlich heiße ich Christina. Der Bequemlichkeit halber wurde für alle ‚Tine‘ daraus. Tine, das war ich in meiner Kindheit und Jugend. Mit diversen Beinamen – doch dazu kommen wir später. Ich bin mir sicher, dass dieser strahlende Sommertag, mein allererster Tag auf dieser Erde, mein Lebensmotto geworden ist: Die Sonne scheint. Immer wieder – und wenn es noch so sehr geregnet hat. Mein Leben sollte nämlich nicht so prosaisch beginnen wie dieses Buch. Mein Leben begann mit einer Enttäuschung, jedenfalls für meinen Vater. Ich kam als Mädchen auf die Welt, was mir besonders gut gefiel, meinem Vater aber gar nicht recht war. Er hatte schon eine Tochter, meine drei Jahre ältere Schwester Angelika. Nun sollte es also ein Junge werden. Da ich allerdings schon immer sehr genau wusste was ich wollte, hielt ich mich nicht daran. Dass mein Vater aus Groll auf mein Geschlecht meine Mutter nicht im Wochenbett in der Klinik besuchen kam, erfuhr ich auch erst später. Er ließ mich immer spüren, dass er mir Zeit seines Lebens übel nahm, als Mädchen auf die Welt gekommen zu sein. Das merkte ich unter anderem daran, dass ich – sobald ich groß genug war – die Arbeiten eines Jungen übernehmen musste. Welches Mädchen kann schon von sich sagen, dass seine ersten Kindheitserinnerungen darin bestanden, zu tapezieren? In späteren Jahren kam auch Möbel schleppen und – man glaubt es kaum – Steine klopfen dazu. Jetzt weiß ich wenigstens, woher ich meine Muskeln bekommen habe.

Was mir in dieser ‚Jungenwelt‘ aber niemand nehmen konnte, schon damals nicht, war meine Fantasie. Oft genug dachte ich mir, dass diese Einbildungskraft mich gerettet hat, durch viele schwere Zeiten hindurch. Ich konnte mich immer wieder in meine eigenen kleinen Fantasiewelten hineinflüchten. Angefangen hat es zuerst mit unserem Haus. Wir wohnten im Mühlental am Zilliabach in einer alten Schokoladenfabrik. Das muss man sich mal auf der Zunge zergehen lassen: Wir wohnten in einer Schokoladenfabrik! Da läuft einem ja schon beim Zuhören das Wasser im Mund zusammen. Ich malte mir in meinem Kopf die tollsten Bilder aus: Wie ich, mit Spinnweben im Haar, einer rußschwarzen Nase und vom Krabbeln und Suchen auf dem rauen Boden aufgeschürften Knien, stolz einen riesengroßen Schokoladenhasen in die Höhe reckte, den ich ganz allein gefunden hatte und natürlich auch ganz allein aufessen durfte. Mir klopfte das Herz bis zum Hals, jedes Mal, wenn ich mich in den Keller hinunterstehlen konnte, wo ich die versteckte Schokolade vermutete, so wie einen Piratenschatz. Zwischen ausrangiertem Gerümpel, modrig riechenden Kartoffelsäcken und Einmachgläsern mit Obst und Gemüse, machte ich mich auf meine ganz eigenen Expeditionen. Ich erinnere mich noch gut, wie ich nach einer erfolglosen Suche immer wieder enttäuscht aus dem Keller hochstieg, was mich allerdings nicht davon abhielt, es die Tage darauf noch einmal zu versuchen. Wie sich der geneigte Leser sicher denken kann, habe ich niemals Schokolade gefunden. Dafür Mäuse und Ratten. Die hatten anscheinend auch von dem Gerücht gehört, dass es hier noch irgendwo Schokolade zu finden gäbe. So tummelten sie sich mit mir zusammen im Keller, die Mäuse allerdings auch im Zimmer neben meinem Bett. Wenn ich an solchen Abenden schlafen gehen musste, lag ich noch lange wach und dachte mir, um mich zu beruhigen: ‚Ich werde sie finden: Meine Schokolade. Und wenn es mein ganzes Leben lang dauern sollte.' Aber es nützte nichts. Ängstlich betrachtete ich die Schatten, die an der Wand spielten und in wunderlichen Mustern zusammenflossen und die Mäuse, die in den Gardinen schaukelten, machten mir so eine Angst, dass es ewig dauerte, bis ich einschlief.

Angelika

Meine Schwester. Das wird ein schwieriges Kapitel. Über sie werde ich auch etwas erzählen, obwohl unser Verhältnis nicht besonders gut war. Welches Geschwisterpaar kennt das nicht? Eine gibt, eine nimmt. Eine teilt aus, eine muss einstecken. Nun raten Sie mal, welche ich war... Es fing damit an, dass ich als Jüngere immer die Kleider von ihr auftragen musste. Ich hatte schon damals ein sicheres Gespür für Farben, Formen und Mode, obwohl ich erst acht war. Es ging mir deswegen zutiefst gegen den Strich, Sachen auftragen zu müssen, die allem zuwiderliefen, das ich als schön empfand. Aber darauf wurde natürlich keine Rücksicht genommen. Nicht nur, weil es nichts anderes gab, sondern auch, weil das ‚schon immer so' gemacht wurde und kein Geld da war. Ich war empört! Fast noch schlimmer war allerdings, dass ich als Sündenbock herhalten musste, da ich ja der Junge sein sollte, der ich nicht war. Zwickte sie mich und ich schrie, bekam ich die Prügel, weil ich schrie. Zwickte ich sie und sie schrie, bekam ich die Prügel, weil ich sie gezwickt hatte. Manchmal schrie sie auch einfach nur so, damit ich Prügel bekam. Angelika freute sich diebisch und über kurz oder lang hatte ich die Nase voll von ihr und spielte für mich, in meiner Fantasiewelt.
Eine Sache fällt mir noch ein, als wir schon ein bisschen älter waren, die dieses Kapitel ein bisschen versöhnlicher erscheinen lässt: Angelika konnte sich immer besser ausdrücken und schreiben als ich. So hat sie

dann für mich die Aufsätze für die Schule verfasst, was ich ihr hoch anrechnete. Leider hatten wir denselben Lehrer und er erkannte ihren Stil. Das gab Ärger! Aber es zählt ja der gute Wille. Trotzdem war der Tag, an dem ich mit zehn Jahren vorübergehend zum Einzelkind wurde, ein Freudentag für mich: Angelika ging in ein Sportinternat nach Magdeburg. Anscheinend waren meine Eltern der Meinung, dass bei ihrem angeborenen Talent drei Kniebeugen reichen würden, bei den nächsten olympischen Spielen mindestens zwei Goldmedaillen zu holen. Mir war das egal, Hauptsache ich hatte meine Ruhe. Nur am Wochenende kam sie wieder nach Hause in unser lautes Heim. Das lag daran, dass das Verhältnis meiner Eltern zueinander schon des Längeren gestört war. Wenn ich abends im Bett lag, konnte ich sie im Nebenzimmer streiten hören, denn Lauschen ist für eine Zehnjährige ein Instinkt. Worum es ging, bekam ich allerdings nicht mit, anscheinend irgendwelches Erwachsenen-Zeug. Es wurde oft immer heftiger, Beschimpfungen flogen wie Messer durch die Wohnung, ich hatte auch schon miterlebt, dass sie sich gegenseitig bespuckten. Das fand ich besonders eklig, manchmal wurde es noch schlimmer und sie schlugen sich sogar. Angelika meinte dann, man müsste doch mal einschreiten und irgendetwas dagegen tun. Ich wusste aber, dass sie sich bis jetzt immer wieder vertragen hatten und sagte nur: „Die hören schon wieder auf." Meine Schwester war empört und warf mir vor, dass ich kalt sei. Tja, ich war aber inzwischen gewöhnt an den Scheiß, wenn ich das mal so sagen darf.

Oma Hete

Heute bin ich mir sicher, dass ich meine deprimierende Kindheit nicht so einfach überstanden hätte, wenn da nicht Oma Hete gewesen wäre. Die Mutter meiner Mutter lebte mit uns im gleichen Haus, nur im hinteren Gebäudeteil. Gab es mal wieder Ärger oder ich bin übers Knie gelegt worden, wusste ich: Wenn ich jetzt zu meiner Oma gehe, wird sie mich trösten. Außerdem kann mir dort nichts passieren. Sie war meine Verbündete im Krieg meiner Eltern, mein sicherer Hafen. Noch während mir die Tränen übers Gesicht liefen und die Wangen von den Ohrfeigen meiner Mutter brannten, hüpfte ich unter Wolken, die wie schwere Träume zogen, barfuß durch das taunasse Gras zu der Wohnung meiner Oma. Sie nahm mich auf ihren Schoß und erzählte mir Geschichten aus ihrer Kindheit, in die ich jedes Mal wunderbar eintauchen konnte. Wir erinnern uns: Meine Fantasie! Ich lehnte meinen Kopf an ihren gewaltigen Busen, hörte auf zu schluchzen und wusste: Hier bin ich geborgen und die böse Welt muss draußen bleiben.

Einige ihrer besonders schönen Hilfsaktionen sind mir natürlich im Gedächtnis geblieben, diese hier zum Beispiel: Die Weihnachtsgeschenke für uns Kinder hatten unsere Eltern immer bei meiner Oma gebunkert, damit wir sie nicht zuhause fanden. Ja – zuhause fand ich sie nicht, aber bei meiner Oma… Und diese ließ mich immer schon vor Weihnachten mit ihnen spielen. Außerdem nicht nur mit meinen, sondern auch mit denen von Angelika! Wie freute ich mich, diese dummen Erwachsenen mit ihren eigenen Waffen zu schlagen. Natürlich mussten die Sachen am Ende eines Tages wieder in ihr Versteck oder aber, wenn meine Mutter im Anmarsch war. Oma rief dann immer: „Schnell schnell, Mutti kommt!" und zackig verschwanden die Geschenke wieder. Wir beide taten ganz unschuldig, blinzelten uns aber heimlich zu. An Weihnachten musste ich dann immer richtig überrascht tun, als hätte ich sie noch nie gesehen - aber das schaffte ich mit links. Das kann ich heute noch…

Oder auch das hier werde ich nie vergessen: Unsere wunderbare Schokoladenfabrik hatte keine innenliegende Toilette. Wie auch, sie sollte ja Schokolade produzieren und war kein Grandhotel. Wir hatten ein Plumpsklo. Meistens wenn ich bei Oma war, bereitete ich für die ganze Familie Toilettenpapier vor und das ging so: Die einzelnen Blätter der alten Tageszeitungen schnitt ich in handliche Vierecke, durchstach sie mit einer Nadel und fädelte diese auf einer Schnur auf. Dann musste man sie nur noch abreißen und konnte sich schön den Hintern damit abwischen. Es störte keinen, dass man durch die Druckerschwärze teilweise einen schwarzen Po bekam. Doch das nur am Rande. Unser Plumpsklo lag etwas außerhalb am Waldrand und hatte kein Licht. Tagsüber und im Sommer war das überhaupt kein Problem, denn es brauchte schon viel, damit mir bange wurde. Das schaffte dann der Winter in Verbindung mit der Nacht. Ich versuchte immer, mir des Nachts wirklich alles zu verkneifen, wenn es aber gar nicht mehr ging, musste ich doch den Weg in die Dunkelheit wagen. Um mir wenigstens die ungefähre Richtung zu zeigen, machte meine Mutter in ihrem Zimmer Licht, damit ich mich nicht im Wald verlief. So wie Gretel – nur ohne Hänsel. Wenn ich kurz vor dem Verlassen des Lichtkegels ihrer Lampe und dem ersten Schritt in die Düsternis des restlichen Weges zögerte, schimpfte sie vom Fenster herunter: „Gehst du jetzt! Los!" Jedes Mal, wenn Oma das mitbekam, machte sie auch bei sich das Licht an, so dass ich in einer leuchtenden Spur das Häuschen erreichen konnte. Auch weiß ich noch, dass sie im Winter immer einen Eimer mit warmem Wasser neben die Schüssel stellte und einen warmen Feudel auf die Brille legte. Hätte sie das nicht getan, wäre ich wahrscheinlich auf dem Klo festgefroren und erst im Frühling bei der Schneeschmelze wieder aufgetaut.

Mutter

Während meiner Kindheit und Jugend hatte ich sie nur streitsüchtig und unausgeglichen in Erinnerung und dass sie mein Vertrauen immer missbrauchte. In meinem frühen Erwachsenenleben wollte ich nichts mit ihr zu tun haben und am besten erst gar nicht an sie denken. Heute weiß ich, dass sie eine zutiefst unglückliche Frau war, die sich unverstanden fühlte und die es nicht fertigbrachte, die Träume ihres Lebens zu leben. Ich bildete mir natürlich ein, sie hätte sich ihren Part selbst ausgesucht. Damals dachte ich nämlich noch, Erwachsene würden nur das tun, was sie wirklich wollten. Das entschuldigt aber in keinster Weise, dass sie ihren Frust mit Gewalt an mir, ihrer kleinen Tochter ausließ, die dafür am allerwenigsten konnte. Es kam mir vor, als lebten meine Mutter und ich in zwei Universen, die nichts miteinander zu tun hatten. Ich verstand meine Mutter genauso wenig wie sie mich, aber das ist auch nicht die Aufgabe eines Kindes. Die Aufgabe eines Kindes ist es, erwachsen zu werden und viel fürs Leben zu lernen. Die Aufgabe einer Mutter ist es, ihrem Kind dabei zu helfen. Tja, wäre es gewesen… Was ich von ihr zu hören bekam: „Du bist frech und willensstark." Wobei ‚willensstark' kein Kompliment sein sollte sondern ‚dickköpfig' hieß. Dabei wollte ich doch damals schon nur alles schön machen. Nachher hab ich da noch ein paar feine Beispiele. Zuerst kommen wir mal zu dem ‚dickköpfig'. Ich liebte die Badeanstalt. Was gab es schöneres im Sommer, als mit nackten Füßen übers Gras zu rennen, sich ins Wasser zu werfen und am Rand mit Spielzeug zu spielen, bis meine ganz persönliche, apfelsinengelbe Sonne am Abend in den Baumwipfeln versank? Natürlich wollte meine Mutter nicht so oft in die Badeanstalt wie ich. Angelika durfte schon alleine hingehen, nahm mich allerdings nie mit, ich musste also mit dem Fahrrad meiner Mutter gefahren werden. Schnell hatte ich dann auch herausgefunden, dass meine Ausdauer im Plärren länger war als die meiner Mutter, ‚Nein' zu sagen. Schließlich setzte sie mich dann auf den Gepäckträger und fuhr mich in die Badeanstalt. Während der Fahrtwind meine Tränen trocknete, fand ich das Leben schon wieder wunderschön.

In dem Kapitel über Angelika hatte ich ja schon angedeutet, dass mein Gespür für Farben und Formen bereits damals untrüglich war. Alles Schöne und Edle sog ich in mich auf und machte mich sofort daran, es umzusetzen. Zum Beispiel so: Eine Freundin von mir wohnte in einer Villa. Hochherrschaftlich und wunderschön. Wie gern ging ich dort hin, um mich inspirieren zu lassen. Am meisten beeindruckten mich da die Gardinen. Heutzutage würde man sagen: ‚Phh – Gardinen, die kann man doch überall kaufen.' Für mich allerdings waren sie ein Traum: Üppige Volants geschwungen wie ein Schwan, rechts und links an den Seiten gerafft wie die Zöpfe eines zauberhaften Mädchens – so rahmten sie strahlend das große Fenster im Wohnzimmer ein. Das wollte ich auch für mich und meine Familie! Also griff ich nach der Schere und verpasste unseren Gardinen zuhause einen Fashion-Schnitt, damit sie nicht mehr wie traurige Bindfäden von der Decke baumelten. Ich nahm zwei Bänder, teilte die Gardinen in der Mitte, band jeweils eine Schleife darum und nagelte sie links und rechts neben dem Fenster an die

Wand. Dann trat ich zwei Schritte zurück, betrachtete mein Werk und war stolz wie Oskar. An die Prügel, die ich daraufhin von meiner Mutter bezog, erinnere ich mich heute noch lebhaft. Ich verstand die Welt nicht mehr! Ich wollte es doch allen nur schön machen! Ein weiteres Zeichen meiner gerade noch gebändigten Träume war zum Beispiel das Damast-tischdecken-Desaster. Diese Tischdecken gehörten meiner Mutter, die wurden aber nur ‚für gut‘ genommen. Wenn also eine Hochzeit anstand oder jemand gestorben war, dann kamen die Decken auf den Tisch – und sonst nicht. Eines Tages wollte ich meine Eltern überraschen. War es ein besonderer Anlass? Ich glaube nicht, ich wollte ihnen nur eine Freude bereiten. Also ging ich an die Kommode meiner Mutter und zog die knarzende Schublade mit den Decken auf, von denen mir ein frischer Wäscheduft in die Nase stieg. Dann deckte ich den Tisch mit diesen schneeweißen, gestärkten, zart duftenden Damasttischdecken. Ich trug die Teller auf, bereitete Häppchen zu und dekorierte die gan-ze wunderschöne Tafel noch mit selbstgepflückten Stiefmütterchen. So was Schönes aber auch! Zum Dank dafür gab es Beifall von meiner Mut-ter. Aber der klatschte nicht in ihre Hände sondern auf meinen Po. Wie konnte ich es wagen, ihre geheiligten Damasttischdecken anzufassen!? Inzwischen wurde ich aber immer abgehärteter. Dass ich geschlagen wurde, gehörte zu meinem Leben wie die Jahreszeiten und war so un-abänderlich wie die Tatsache, dass morgens immer die Sonne aufging. Das war nur eine sehr viel schönere Tatsache. Irgendwann sagte ich: „Ist mir doch egal. Schlagt mich doch tot!" Fast hätte meine Mutter es auch geschafft, als sie mich einmal mit ihrem Hausschuh verprügelte. Dieser Schuh hatte einen Absatz aus Holz und mit dem traf sie mich genau aufs Schienbein. Diesen, mich wie ein Blitz durchzuckenden Schmerz, spüre ich heute noch. Damals allerdings wurde ich ohnmächtig. Als ich wie-der zu mir kam, lag ich auf dem Boden und sah fünf Gesichter, die sich sorgenvoll über mich beugten. Danach haben sie mich besser behan-delt, also: etwas besser, der Schreck ist ihnen doch wohl in die Glieder gefahren. Nur: So viel besser haben sie mich doch nicht behandelt, dass ich nicht den Topf versteckt hätte, in dem mir der Pudding angebrannt war.

Vater

Auch er bekommt ein Kapitel – wenn auch nur ein kurzes. Wenn er enttäuscht sein durfte, dass ich kein Junge wurde, dann durfte ich ja wohl zumindest enttäuscht darüber sein, wie dumm er sich verhalten hat, obwohl man von einem erwachsenen, relativ gebildeten Mann eigentlich mehr Intelligenz hätte erwarten können. Wollen wir zuerst über die wenigen guten Seiten reden, denn – doch ja, auch diese gab es. Als Beispiel: Rechtzeitig zu den Sommerferien hatte er es irgendwie geschafft, ein Motorrad mit Beiwagen zu kaufen. Darin wurde dann die ganze Familie mit Sack und Pack verstaut und wir fuhren an die Ostsee nach Dierhagen. Dort hatte er einen Schuppen organisiert, in dem im Winter die Standkörbe standen, im Sommer war er bis auf einen Tisch und zwei Stühle leer. Das war dann unsere Ferienwohnung – natürlich ohne Licht und ohne Toilette, aber das kannten wir ja schon von zuhause. Nur hier, in der ungewohnten Umgebung ging keines von uns Mädchen nach draußen, wenn es nachts mal musste. Da waren die Ecken des Schuppens gut genug, was nicht weiter auffiel, da es nur festgestampfter Boden war, da sickerte alles schnell ein.

Wenn mein Vater ab und zu mal wollte, konnte er sich auch richtig mit uns beschäftigen. Wir Mädchen turnten zum Beispiel mit ihm zusammen am Strand. Kopfstand, Radschlagen, Purzelbaum, mein Vater konnte sogar richtig auf den Händen laufen. Manchmal nahm er mich unter den Achseln und warf mich in die Luft, bis ich jauchzte. Wenn ich dann am höchsten Punkt meiner Flugbahn den Kopf in den Nacken legte und in den weiten Himmel über mir schaute, der mit zu wattigen Tupfern erstarrten Wolken gesprenkelt war, konnte ich fliegen. Ich war ein Vogel, Wind brauste in meinen Ohren, die Haare wehten mir ins Gesicht, in meiner Fantasie waren es aber die Flügel. Natürlich war ich genauso schnell wieder unten angelangt, im wahrsten Sinne des Wortes: ‚Auf dem Boden der Tatsachen'. Doch das machte mir nichts. Ich brauchte nur die Augen wieder zu schließen und schon konnte ich diesen winzigen Augenblick der grenzenlosen Freiheit erneut auskosten. Das waren aber ganz seltene Momente – die ich umso mehr genoss.

Genauso wie ein herrliches, festes Ritual von ihm: Gab es Geld, brachte er uns Mädchen eine Tafel Schokolade mit und meiner Mutter eine Schachtel Pralinen. An mehr Schönes kann ich mich aber beim besten Willen nicht erinnern.

Von Beruf war er Bergbauingenieur und betreute die Maschinen auf einer Baustelle unter Tage. Als ich sieben war, nahm er mich zum ersten Mal mit zur Arbeit und ich überlegte, ob ich ihm nicht eine Brille kaufen sollte, damit er sah, dass ich ein Mädchen war. Diese Überlegungen wurden immer ernster, als ich nach dem Besuch des Bergwerkes zuhause gleich Kohlen oder Kartoffeln schleppen musste. Denn die wurden vom Händler einfach vor der Tür abgekippt und für das eimerweise Tragen in den Keller war die jeweilige Familie verantwortlich. Alle hatten mich für diese Aufgabe bestimmt, was ich auch hinnahm, denn ich war mir schon immer sicher, dass ich ein Stiefkind war. In dem Märchen von Aschenputtel hatte ich nämlich gelesen, dass Stiefkinder schlecht behandelt wurden und immer alle Arbeiten verrichten mussten. War ich vielleicht auch ein Aschenputtel? Nur – wo war dann der Prinz? Ja, ich wusste – irgendwann kommt er und holt mich hier raus…

Meine Tiere und Freundinnen

Einen großen, herrlichen Freiraum ließen mir meine Eltern allerdings: Andere Kinder mussten hart dafür kämpfen, ich hatte immer Tiere. Diese Freunde begleiteten mich durch meine ganze Kindheit. Meine Tierwelt bestand aus weißen Mäusen, Hamstern und Meerschweinchen und ging über Wellensittiche bis zu Katzen. Hier kommen wir zu meinem ersten Beinamen: ‚Tine Katzenschreck'. Und das kam so: Solange ich denken konnte, wollte ich immer nur Babys haben. Da keine greifbar waren, mussten die Katzen dran glauben. Die erfahrenen von ihnen verschwanden im Bruchteil einer Sekunde unter dem Sofa, sobald ich auftauchte. Aber alles, was nicht bei drei auf den Bäumen war, wurde von mir verhaftet. Sie bekamen ein herzallerliebstes Babyjäckchen angezogen, ein Mützchen aufgesetzt (damit sie sich nicht erkälteten) und

wurden dann im Kinderwagen festgeschnallt, damit sie nicht heraus-
fielen, wenn ich stolz mit ihnen über den Hof schob. Man kann daran
sehen, was ich schon als Achtjährige für eine Durchsetzungskraft hatte,
da ich diverse Katzen dazu bewegen konnte, bei dieser Sache mitzuma-
chen. Meine Welt – meine Babys! Erst als in unserem Haus ein echtes
Baby geboren wurde, um das ich mich kümmern konnte, trauten sich
unsere Katzen wieder unter dem Sofa hervor. Trotzdem verstanden wir
uns prima. Zum Spielen hatte ich auch zwei Freundinnen, Gisela und
Ursel, beide etwas älter als ich. Diese nette Hofgemeinschaft funktionierte ganz einfach: Die Türen zu den jeweiligen Wohnungen waren nie
verschlossen. Kam eine nach dem Mittagessen als erste auf den Hof,
ging sie zu einem anderen Mädchen und holte sie ab. Danach trabten
die Beiden zur Dritten und schon konnte unsere Nachmittagssause beginnen. Bei gutem Wetter waren wir immer draußen, die Pflastersteine
fühlten sich unter den nackten Füßen so warm und behaglich an. Das
war wie Sommer im ganzen Körper. Ich hatte oft das Gefühl, dass sich
die beiden mir deshalb so gerne anschlossen, da mir mit meiner überbordenden Fantasie immer neue, aufregende Spiele einfielen. So mussten sie niemals selber nachdenken und es wurde für sie außerdem auch
nie langweilig. Gerne denke ich an diese Sommer zurück, denn durfte
ich spielen und meine Fantasie ausleben, war die Welt der Erwachsenen
ganz weit weg und ich in meinem Himmelreich.

Erziehung

Einen Großteil meiner Erziehung haben Mutter und Tochter Heinemann übernommen, obwohl sie es wahrscheinlich gar nicht wussten.
Immer wenn ich aus der Schule kam war niemand zuhause, da alle Erwachsenen arbeiteten. Aber das Kind (also ich) musste ja was zu essen
haben. Nebenan war ein ‚Fremden-Heim‘, das von besagten Heinemän-
nern geleitet wurde. Mir war es gar nicht so wichtig, was es zu essen
gab, ich freute mich so sehr auf das ganze Ambiente. Aufgeregt lief ich
hinüber, von der alten Gartenpforte begleiteten mich die abgetretenen

Sandsteinplatten bis zum Eingang. Dann hieß es zuerst einmal: Hände waschen und Haare kämmen. Für die wichtigste Mahlzeit des Tages hatte man gut auszusehen und sauber zu sein. Dann musste ich mich still an den Tisch setzen, der selbstverständlich mit einem Tischtuch und hübschen Tellern gedeckt war, Messer und Gabel lagen auf einer richtigen, echten Stoffserviette. Damit ich die Ellenbogen nicht auf den Tisch lümmelte, musste ich mit meinen Armen rechts und links jeweils einen Teller an den Körper pressen. Der durfte natürlich nicht herunterfallen. Was als mittelalterlich anmutende Erziehungsmaßnahme gelten sollte, machte mir richtig Spaß. Ich saß wie eine elegante Dame an einem schön gedeckten Tisch und hütete mich wie der Teufel davor, zu kleckern. Natürlich fiel mir auch niemals ein Teller herunter. Hier lernte ich richtig gute Tischmanieren, ein Hoch auf die Frauen Heinemann!

Es gab aber auch Tage, an denen ich nicht dorthin zum Essen gehen konnte. Da ich aber noch zu klein war, um alleine zuhause sein zu dürfen (dachten die Erwachsenen, ich war da ja ganz anderer Meinung, zu meinem großen Verdruss fragte mich aber keiner), musste ich dann mit meiner Mutter Bus fahren. Sie arbeitete als Schaffnerin und ich wartete an der Haltestelle, bis ihr Bus kam. Dann fuhr ich mit ihr den ganzen Tag kreuz und quer durch den Harz, bis ihre Schicht zu Ende war. Natürlich musste ich in dem schaukelnden Bus auch meine Schularbeiten machen. Dementsprechend sahen sie nach so einer Bustour auch aus: Als wäre ein Mäuschen in ein Tintenfass gefallen und danach über meine Hefte gehuscht. Wie man sich denken kann, war meine Note in Schönschrift katastrophal. Aber das waren keine Dinge, die mich gestört hätten, sie gehörten zu meiner Erziehung dazu. Wenn man seine Hausaufgaben machen konnte, in einem schnaufenden und quietschenden Bus, der - wie ein Schiff bei Windstärke sieben übers Meer – über die Straßen schaukelte, dann würde man auch alles andere im Leben schaffen!

Was für mich viel schlimmer war: Auch meine geliebte Oma arbeitete. Wie schön wäre es gewesen, wenn ich nach der Schule gleich zu ihr und Opa Karl gehen und die Zeit mit ihnen hätte genießen dürfen. Denn Opa war auch lieb. Immer wenn er sein Nachmittagsschläfchen hielt, flocht ich ihm aus den Haaren, die er über seine Glatze zu kämmen pflegte, zwei Zöpfe. Opa störte es nicht, wenn er nach dem Erwachen wie ein Mädchen aussah und die Zöpfe wieder aufdröseln musste. Er sagte nur: „Tine, Tine! Wo dieses Kind immer seine Ideen herholt!" Hingen irgendwo Fransen herunter, seien es welche an Tischdecken, Gardinen oder Lampenschirme gewesen – nach spätestens zehn Minuten hatten sie Zöpfe. Ja, das hätte ich alles gerne gemacht, aber meine Oma arbeitete in einer Radiofabrik. Diese schloss sich an unser Haus an und wenn Oma das Fenster an ihrem Arbeitsplatz aufmachte, konnte ich mich wenigstens mit ihr unterhalten. Eigentlich musste sie immer um den ganzen Gebäudekomplex herumlaufen, um zum Werkseingang zu kommen. Aber man sagt ja: ‚Intelligenz ist faul'. Deswegen fand Oma heraus, dass in dem umgebenden Zaun eine Latte locker war. Die schob sie zur Seite, kroch durch die Lücke und war in Nullkommanix an ihrem Arbeitsplatz. Was lernte ich daraus? Man ist nie zu alt, um pfiffig zu sein.

Im Pulvergarten

Als ich elf war zogen wir dann in eine neue Wohnung im Pulvergarten. Christoph Columbus kann sich auch nicht erhabener als ich gefühlt haben, als er nach einer unendlich lang erscheinenden Seefahrt schließlich Land erblickte. Was war diese Wohnung für eine neue Welt für mich! Wir hatten nicht nur ein innenliegendes Bad, sondern ich bekam auch noch ein eigenes Zimmer. Oft lag ich abends in meinem Bett und flüsterte vor mich hin: „Dies ist mein Zimmer. Mein eigenes Zimmer. Mein einzig und alleiniges Zimmer!" Fast konnte ich meine Gedanken nicht halten, sie sausten wie die Landschaft am Fenster eines rasenden Zuges vorbei. Endlich durfte ich kreativ sein, denn es verstand sich ja von selbst, dass ich mir in die Ausgestaltung meines Kleinods natürlich auf keinen Fall von irgendjemandem hineinreden ließ.

Das zweite große Plus war, dass diese Wohnung zehn Minuten Fußweg näher an der Schule lag und das hieß auch: Morgens zehn Minuten länger schlafen. Außerdem bekam ich mit 14 mein erstes Fahrrad. Das

Leben machte somit noch einen Satz nach vorne. Ich war quasi schon erwachsen, als ich stolz wie Oskar mit meinem Fahrrad auf dem Schulhof einfuhr und huldvoll meine Freundinnen begrüßte, die mit offenem Munde staunten. Das alles waren die neuen tollen Errungenschaften der Wohnung im Pulvergarten. Da nahm ich doch gern in Kauf, dass ich jedes Wochenende den langen Holzdielenflur und die dazugehörige Treppe bohnern musste. Angelika musste nichts tun, die war ja auf einem Sportinternat und was Besseres. Was war das für eine Genugtuung für mich, als sie dieses Internat mit 17 schmiss. Aber irgendwie tangierte mich das auch nur peripher, denn ich wusste schon seit dem ich vier Jahre alt war sehr genau, was ich werden wollte: Hebamme oder Kinderkrankenschwester. Da könnte ich dann in Babys schwelgen! Daher kam ja auch mein nächster Spitznamen: ,Baby-Tine'. Als ich alt genug war, wollte mich mein Vater zur Ausbildung anmelden, allerdings war die Voraussetzung für die Ausbildung das Abitur. Das hatte ich nicht, so musste ich allgemeine Krankenschwester lernen. Aber ich hatte ja Geduld.

Das Schloss

Immer, wenn ich mal wieder ganz dringend Prinzessin sein musste, gab es nur einen einzigen Platz, an dem ich sein konnte: Das Feudalmuseum im Schloss Wernigerode, das nur eine halbe Stunde Fußmarsch von uns zuhause entfernt lag. Natürlich kostete es Eintritt, aber hier kam mir meine Größe zugute. Wenn die Pförtnerin gerade abgelenkt war, duckte ich mich einfach unter der Schranke hindurch und wieselte hinein, noch ehe sie etwas bemerkte. Dann war ich in meinem Reich. Über den einzelnen Zimmern standen die jeweiligen Epochen, die darin ausgestellt waren. Zielstrebig steuerte ich das Schönste an. Und dafür gab es zwei Gründe: Zum einen stand ,Stilzimmer' darüber. Ich las: ,Stillzimmer' und machte mich sofort auf die Suche nach den Wiegen, in die die Babys nach dem Stillen gelegt wurden. Natürlich war ich jedes Mal enttäuscht, wenn ich in dem Zimmer keine Wiegen fand, aber vielleicht das nächste Mal, sagte ich mir und so machte ich mich fast jeden Tag auf den Weg ins Schloss. Wenn ich auch dann wieder keine Babys oder Wiegen fand, dauerte meine Enttäuschung nie sehr lange, denn die Ausstattung des Zimmers war der zweite Grund, warum ich herkam. Ein Speisezimmer, das aussah, als hätte ich es geträumt. Es war so großartig, dass die Jagdgesellschaften, die damals von den Bonzen im Harz abgehalten wurden, ihre Beute in diesem Speisezimmer essen durften. Ich war bis ins Mark erschüttert, denn das war doch ‚mein' Speisezimmer und niemand fragte mich um Erlaubnis! So etwas Schönes hatte ich noch nie gesehen: Silber, wohin ich blickte. Die exquisit ziselierten Leuchter, in denen sich zartweiße Kerzen befanden, das Besteck, die Gloschen, die Saucieren - sogar eine kleine Tischglocke aus Silber gab es. Feinstes Porzellan von den Vorlegeplatten über diverse Schüsseln bis zu Suppen-, Ess- und Kuchentellern, Damast als Tischdecke und Serviette und Seidenhussen über den Stühlen. Als Höhepunkt glänzten Wein- und Wasserkristallgläser mit der strahlenden Erhabenheit eines gleichsam über allem thronenden, ausladenden Kronleuchters um die Wette. Mein Blick ruhte sich aus auf diesem Wunder und schwindlig vor Glück nahm ich mir jedes Mal vor, es uns zuhause auch so schön zu machen. Wie wir inzwischen alle leidlich wissen, durfte ich es nicht. Trotz allem – oder vielleicht gerade deswegen – wurde diese Schönheit und Eleganz Teil meines Lebensmottos: Es mir und meinen Lieben immer so schön wie möglich zu machen. Daran musste ich immer ganz fest denken, wenn ich das Schloss wieder verlassen sollte. Es war nämlich ein Rundgang und der endete in der Folterkammer. Dahinter war der Ausgang. Nach so einem Traum in Silber und Kristall war das ein besonders tiefer Fall. Ich holte so viel Luft wie ich nur konnte, hielt sie an und rannte wie ein erschrecktes Kaninchen mit geschlossenen Augen durch das Gruselkabinett aus rostigem Eisen und stickigem Geruch. Dass ich in meiner Panik nicht gegen eine Wand lief und mir den Kopf einschlug, zeigt meine Zielstrebigkeit. Ich wusste, dass es in meinem Leben noch so einiges gab, das erledigt werden sollte.

Das Blasendederonkleid

Es ist schon komisch, an was man sich so alles erinnert und was dann doch wichtig erscheint. Zum Beispiel dieses Kleid aus Blasendederonstoff. Wer ihn nicht kennt: Er ist aus Nylon, aus dem sich Wölbungen wie kleine Blasen erheben und der sich irgendwie komisch anfühlt. Den besorgte mir meine Mutter (zum Glück in rosa, es gab ihn auch in grau), denn als ich 14 war, stand meine Jugendweihe an. Das Schönste daran: Ich bekam eine Dauerwelle und fühlte mich schon schrecklich erwachsen und stolz. Das schwand aber ganz schnell, als ich das Kleid zu Gesicht bekam, das meine Tante, eine Schneiderin, aus dem Blasendederon genäht hatte. Es ging mir bis zehn Zentimeter unters Knie und sah damit so altjüngferlich aus, dass mir die Tränen kamen. Jung, hübsch, aufregend wollte ich aussehen und nicht wie eine Nonne. Da half noch nicht einmal die Farbe rosa. Zum Glück hatte ich ja eine Verbündete, die mich verstand – meine Oma. Als abends alle zu Bett gegangen waren, griff ich mir das verunglückte Ding, stahl mich aus dem Haus und lief durch den dunklen Wald zu ihr. Wir erinnern uns: Wir wohnten jetzt im Pulvergarten und nicht mehr im gleichen Haus wie meine Großmutter. Der Mond hing zwar schon wie ein Lampion am Himmel, aber sein bleiches Licht machte die Schatten nur noch länger und die Finsternis noch dunkler. Ich versuchte mich zu beruhigen, indem ich mir vorstellte, ich sei Rotkäppchen mit einem Korb voller guter Sachen, die es seiner Großmutter bringen wollte. Das hätte ich lieber nicht tun sollen, denn nun sah ich hinter jedem Baum und unter jedem Strauch den Wolf. Ich rannte im Takt meines rasenden Herzens, bis ich wie eine Erlösung das warme Licht sah, das aus dem Wohnzimmerfenster im Haus meiner Großeltern schien. Hallelujah – geschafft! Schon von weitem schrie ich: „Oma! Oma!" und sie machte das Außenlicht an, wie zu meinen besten Plumpsklozeiten. Und am nächsten Morgen hatte ich dann ein wunderbares, um zehn Zentimeter gekürztes Kleid, aufregend, schwingend und doch elegant! Da konnte meine Mutter toben so viel sie wollte, abgeschnitten war abgeschnitten. Natürlich kam Oma, meine Retterin, auch zu meiner Jugendweihe. Da gab es nur ein kleines Problem: Sie hatte ein Gebiss, das sie aber so eklig fand, dass sie es immer zuhause im Buffet aufbewahrte und nie benutzte. Nur: Ohne Gebiss konnte sie ja nicht auf einer offiziellen Feier erscheinen! Also nahm sie es notgedrungen in den Mund, ekelte sich aber so davor, dass sie nichts aß. Als ich das bemerkte, sagte ich: „Nimm endlich dieses blöde Gebiss raus und iss ein Stück Kuchen!" Die Feier war gerettet.

Dieses nun heißgeliebte Blasendederonkleid trug ich dann auch bei meinem Tanzstundenabschlussball. Die Tanzstunde, ja, das war die Zeit, als ich Harald kennenlernte und so kommen wir gleich zum nächsten Kapitel.

Harald

Erst tanzte ich mit Lothar. Aber der war ja nun gar nicht mein Fall. Harald hingegen fiel mir sofort auf. Er war ein Jahr älter als ich, aber den hatte sich schon Jutta unter den Nagel gerissen. Doch wir wissen ja: Wo die Liebe hinfällt, wächst kein Gras mehr. So dauerte es nicht lange und Harald war mein Partner. Sowohl was das tanzen als auch was die Liebe anging. Jutta war stinksauer und kündigte mir die Freundschaft, aber die magische Anziehungskraft zwischen Harald und mir war wie eine Naturgewalt, gegen die sie nichts ausrichten konnte.

An ihn erinnere ich mich gerne, ein liebes und ruhiges Exemplar der Gattung Mann, er war auch mein erster Freund, mit dem ich gegangen bin. Manchmal sind Erinnerungen ja ganz weit weg. Wenn man sich dann aber gezielt erinnern möchte, flattern sie auf, wie Schmetterlinge auf einer sonnenbeschienenen Waldwiese, über die ein jäher Windhauch streicht. Harald, ja, er war mein erster Herzloderliebster. Was waren das für neue, ungeahnte Gefühle, als wir zum ersten Mal im Wald knutschten, da er mich nach der Tanzstunde nach Hause brachte! Schwitzige Händchen, zitternde Knie, ungelenke Bewegungen… Aber das blieb nicht lange so unsicher, denn wir wuchsen unheimlich schnell zusammen und waren ein richtig schönes Pärchen. Wie habe ich seine Aufmerksamkeiten genossen! Er brachte mich nicht nur nach dem

Tanzen nach Hause, er holte mich auch jedes Mal davor ab und immer gab es Blumen. Das war eine riesengroße, besondere Aufmerksamkeit und ging auch nur, weil seine Mutter Gärtnerin war. Mit Harald und den Blumen tanzte ich in den siebten Himmel hinein und gewann mit ihm und meinem geliebten Blasendederonkleid den Walzerwettbewerb.

Er war auch sehr hilfsbereit und fand für alles eine Lösung. Angelika wollte zum Beispiel unbedingt den Führerschein machen, schusselig wie sie war, schaffte sie es aber nicht, sich dafür anzumelden. Als Harald das hörte, dachte er kurz nach, dann klarte sein Gesicht auf und er erledigte das einfach für sie. Es dauerte nach der Anmeldung immerhin zwei Jahre, bis man die Erlaubnis erhielt, ihn endlich machen zu dürfen. Als es dann soweit war, konnte meine Schwester nicht oder wollte nicht oder musste sich dringend ihre Haare waschen – egal: Ich sprang nur zu gern in die Bresche. So habe ich dann gleich mit siebzehneinhalb den Auto- und den Motorradführerschein gemacht. Allerdings war ich zu leicht, um das Motorrad anzukicken, einen elektrischen Starter hatten die Exemplare in der DDR nicht. So brauchte ich jedes Mal einen schweren Mann, um mein Motorrad zu starten. Den fand ich immer, auch während meiner Prüfung, als mir die Maschine mitten auf einer Kreuzung absoff. Stolz hielt ich danach meinen Führerschein in die Höhe und Harald war ziemlich schnell seine rote Java los, mit der ich immer wieder wie im Rausch durch den Harz bretterte. Auch lernte ich es schnell, meinem Vater seinen Trabbi abzuschwatzen. Immer wenn während meiner Ausbildung ein ‚dringender Notfall‘ in der Klinik war, bekam ich ihn: „Die Zwillinge (oder wahlweise sogar Drillinge) kommen. Ich schaff es nicht mehr zu Fuß in die Klinik! Darf ich das Auto haben, darf ich?!" Eigentlich hätte damals die Bevölkerungsdichte von Wernigerode explodieren müssen, so oft wie ich die Notgeburten als Ausrede benutzte.

Jörg

Er war mein Bruder. Mein liebes, süßes, kleines Baby, das ich immer haben wollte. Am 2. Dezember 1966 drang seine Geburt wie ein gleißender Sonnenstrahl durch die graue Winterszeit. Für mich war ab da immer am zweiten Dezember Weihnachten und nicht am 24. Schon als ich mitbekam, dass meine Mutter schwanger war, konnte ich meine Aufregung kaum im Zaum halten. Es sollte ein Baby für mich geben! Denn das war ja klar: Es würde ‚mein‘ Baby werden. Endlich, endlich kam die Geburt, als meiner Mutter bei uns zuhause die Fruchtblase platzte. Ich weiß noch, wie ich ihr mit einem Eimer in der Hand hinterherlief, damit das Fruchtwasser nicht auf den Boden tropfte. Und dann war er da: Mit einem zartbeflaumten Köpfchen, das in meine Hand passte und Fingerchen wie von einer Puppe - ein warmes, weiches, nach Babypuder duftendes Bündel Glück. Von der ersten Sekunde an kümmerte ich mich um ihn. Ich reagierte gereizt wie eine knurrende Löwenmutter, wenn irgendjemand anderes meinen Jörgi auch einmal auf den Arm nehmen wollte. Nur bei Harald machte ich da eine Ausnahme. Wenn er mich abholte und ich war noch nicht fertig, obwohl die Sonne gerade hinter dem hohen Kamin ihre letzten Strahlen aushauchte, durfte er solange Jörg die Flasche geben. Die ganze Stadt tuschelte hinter uns her, wenn wir beide zusammen mit Jörg im Kinderwagen über den Marktplatz flanierten. Sollten sie, im Gegenteil: Es machte mich stolz. Mein erstes eigenes Baby, da konnten die Klatschweiber denken, was sie wollten. Harald genoss diese Dreisamkeit auch sehr, er ging ja inzwischen bei uns ein und aus. Die Tanzstunde war zwar schon zu Ende, aber wir waren immer noch ein Paar. Eine richtige kleine Familie. Wen wundert's, dass die ersten Worte von Jörg nicht ‚Mama‘ und ‚Papa‘ waren, sondern: ‚Nine‘ (Tine) und ‚Hahati‘ (Harald).

Ausbildung, erster Teil

Da war er nun: Der erste Schritt zum Weg in meinen Traumberuf und in die Unabhängigkeit. Der Beginn meiner Krankenschwesterlehre im Krankenhaus Wernigerode. Als kleinen Witz sagte ich mir: ‚Zur Krankenschwester muss man geboren sein. Denn wenn man nicht geboren ist, kann man ja auch keine Krankenschwester werden.‘ Diesen Humor brauchte ich auch, denn gleich der erste Tag war furchtbar. Ich bekam eine gestärkte Haube auf den Kopf und eine Schürze umgebunden. Dann musste ich mit einer großen Kaffeekanne von Zimmer zu Zimmer gehen. „Guten Morgen", sagte ich brav, „möchten Sie noch Kaffee?" Und verabschiedete mich auch jedes Mal: „Auf Wiedersehen." Was hatte das jetzt mit meinem Babytraum zu tun, dachte ich mir, als ich nach einem endlos erscheinenden Tag, in dem ich über genauso endlos erscheinende Klinikflure gelaufen war, zuhause saß und meine schmerzenden Füße massierte? Natürlich fragte ich nach und erhielt zur Antwort: ‚Lehrjahre sind keine Herrenjahre‘ oder auch: ‚Aller Anfang ist schwer‘ – diese Floskeln würde ich mir noch des Öfteren anhören müssen. So lernte ich die Krankenpflege von der Pike auf; eine unangenehme Pike, wenn ich das mal so sagen darf. Das Frühstück zu bringen und die Bettpfannen auszuleeren war gar nicht so schlimm. Auch, dass ich morgens um halb fünf aufstehen musste, um pünktlich um sechs bei der Arbeit zu sein, war etwas, an das ich mich schnell gewöhnte. Aber meine erste schlimme Erfahrung mit dem Tod werde ich nie vergessen. Als ich im Laufe meiner Ausbildung in die Chirurgie kam, hatte es in der Nacht einen schweren Motorradunfall gegeben und ich musste die Sitzwache neben dem Verunglückten übernehmen. Da saß ich nun in diesem winzigen Zimmer, neben mir ein menschliches Wesen, das so in Verbände gewickelt war, dass ich kein Stückchen Haut mehr erkennen konnte. Die Apparate surrten und klickten und über allem lag das unnatürlich schwere Geräusch des künstlichen Atemholens, das die Beatmungsmaschine erzeugte. Mir war ganz schlecht, Irgendetwas stimmte hier doch nicht. Doch da ich mich nicht traute, das Zimmer zu verlassen, harrte ich aus, bis die Schwester kam. Nach einem Blick sagte sie nur vorwurfsvoll: „Der Mann ist doch schon längst tot!" Und woran hätte ich das jetzt erkennen sollen? Ich war nur froh, dass ich endlich hinaus und frische Luft schöpfen konnte.

Friedi

Mit der Zeit arbeitete ich mich dann ein. Ich durchlief alle Stationen und auf der HNO-Abteilung machte mein Leben wieder mal einen Satz. Zuerst dachte ich, die Richtung, die dieser Satz machte, wäre genau das, wovon ich immer geträumt hatte: Ich verliebte mich nämlich. So richtig Hals über Kopf und bis über beide Ohren. Das war keine Teenagerliebelei wie bei Harald, sondern richtig ernst. Friedi war Assistenzarzt und der Schwarm aller Schwestern. Und wer bekam ihn? Ich! Gerade hatte ich meinen achtzehnten Geburtstag gefeiert, wer konnte glücklicher sein als ich? Endlich volljährig und den begehrtesten Junggesellen der Klinik geschnappt... Dass ich unser Verhältnis geheimhalten musste, störte mich nicht im Geringsten. Es brachte mich aber auch in eine Bredouille: Der Chefarzt baggerte mich nämlich an. Als Friedi einmal operierte und ich ihm assistierte, stellte sich unser Chef (der übrigens verheiratet war), hinter mich und streichelte mir ganz zart meinen Rücken. Ich durfte mir natürlich nichts anmerken lassen und musste mich auf meine Arbeit konzentrieren. Trotzdem dachte ich mir: ‚Nichts ist an sich gut oder böse. Es hängt davon ab, wie man es verwendet'. Denn eigentlich ist Streicheln ja etwas Gutes aber diese Art hatte eindeutig einen sexuellen Unterton. Dann sinnierte ich weiter: ‚Sind eigentlich alle Ärzte so?', da mir das schon einige Male passiert war...

Meine Zeit mit Friedi, die ich wie im Rausch genoss, war wundervoll und viel zu kurz. Heute weiß ich, dass frau so einen womanizer niemals halten kann; über kurz oder lang zog er sich immer mehr von mir zurück und lebte sein eigenes Leben, ohne mich. Er fuhr sehr oft nach Halle in seine Studentenstadt und ich wusste nicht, dass er dort eine andere Frau hatte. Ich kam mir nur unendlich verlassen vor. Nun erfuhr ich zum ersten Mal, dass Liebeskummer körperlich richtig wehtun

27

kann. Meine Welt stürzte zusammen, das unterste kehrte sich zuoberst, ich konnte nicht mehr essen oder schlafen und musste jeden Morgen meine rotgeheulten Augen überschminken, damit es keiner sah. Trotzdem nahm ich weiterhin die Pille, als aufgeklärte Krankenschwester wusste ich ja, zu verhüten. Als ich sie einmal nehmen wollte, wie immer jeden Morgen, fand ich nur die leere Packung. Ich fragte meinen kleinen Bruder, der ständig um mich herum war: „Jörgi, weißt du wo die Bonbons sind?" Klar wusste er und zeigte auf seinen Bauch: „Hier dinne." Was für ein Schreck! Aber zum Glück gab es bei Jörgi keine Nebenwirkungen. Um mich abzulenken, ließ ich mich von einer Freundin auf eine Party mitschleppen. Wie vom Donner gerührt blieb ich an der Eingangstür stehen, als Friedi der erste Gast war, den ich erblickte. Es kam, wie es kommen musste und wir schliefen an dem Abend zum letzten Mal miteinander. Am nächsten Morgen war ich mir sicher: Ich bin schwanger und so war es dann auch. Ich durfte es zwar keinem sagen, trotzdem fing ich wieder an, zu hoffen. Schwindlig vor Glück malte ich mir in meiner Fantasie einmal mehr die tollsten Bilder aus: Wie er in seinem besten Anzug zu uns nach Hause kam, in der einen Hand einen Strauß roter Rosen in der anderen unseren Ehering, bei meinem Vater artig um meine Hand anhielt und dann vor mir auf die Knie fiel und mich fragte, ob ich seine Frau werden wolle. Mir stiegen Tränen des Glücks in die Augen, als ich diese wunderbare Zukunft sah, die vor mir zu liegen schien!

Zuerst einmal fuhr unsere ganze Familie aber in den Urlaub an die Ostsee. Als unser Auto auf die Küstenstraße einbog und die mit Gischtspritzern gesprenkelte Meeresluft durch die offenen Fenster hereinwehte, sprang mich die Erinnerung an meine Kindheit wie ein wildes Pferd an. Wehmütig dachte ich mich in diese Zeit zurück, während ich die scharfäugigen Möwen beobachtete, die auf dem ablandigen Wind ritten und nach Beute Ausschau hielten. Ihr charakteristischer Schrei mischte sich mit dem ausgelassenen Geplapper von Jörgi, der glücklich neben mir saß, meine Hand hielt und mir alles beschrieb, was er gerade sah. Wie unschuldig er war! Genau so erschien mir meine Angst von damals, als ich mich nachts nicht vor die Tür traute und in die Ecken des

Schuppens auf den Boden pinkelte. Im Gegensatz dazu hatte ich nun echte Probleme. Ich spürte dieses werdende Leben in mir und konnte niemandem sagen, nicht einmal meiner geliebten Oma, was mich quälte. Und es sollte noch schlimmer kommen. Eine Freundin von mir kam etwas später in denselben Urlaubsort und sie hatte schreckliche Neuigkeiten im Gepäck: „Stell dir vor, Friedi hat gestern geheiratet. Ich habe ihn mit seiner Frau und der Hochzeitsgesellschaft die Rathaustreppe herunterkommen sehen."

Patsch! Da lag ich auf dem Boden der Tatsachen, plattgewalzt wie ein von einer Dampfwalze überfahrener Frosch. Sobald wir aber alle zurück waren aus dem Urlaub, machte ich mich sofort auf die Suche nach ihm, erfuhr allerdings nur, dass er nach Halle gezogen war. Irgendwie, ich weiß nicht mehr wie, gelang es mir aber trotzdem, ihn zu erreichen. Alles, was ihm einfiel, war, mir Chinin zu geben, damit der Embryo abgehen solle. Ich war so dumm! Aber daran kann man sehen, wie ich ihn liebte. Ich nahm diese Tabletten, die unser gemeinsames Kind, mein erstes richtig eigenes Baby, töten sollten und ich kotzte mir wegen der Nebenwirkungen fast die Seele aus dem Leib. Trotzdem ging ich weiterhin heimlich zur Schwangerenberatung, denn meine Eltern waren immer noch ahnungslos.

Erich

Dort traf ich Erich. Er war ein angesehener Gynäkologe in der Frauenklinik, verheiratet und hatte eine Tochter. Wie ich im Nachhinein erfuhr, hatte er schon des längeren ein Auge auf diese ‚niedliche kleine Krankenschwesternschülerin' geworfen – auf mich. Er sagte mir auch auf den Kopf zu, wer der Vater meines ungeborenen Kindes sei. Zum Glück gab es aber die ärztliche Schweigepflicht und so erfuhren meine Eltern auch weiterhin nichts. Das kam dann von ganz allein. Sie waren übers Wochenende weggefahren und ich mit Jörgi, der inzwischen vier Jahre alt war, allein zu Hause. Da setzten plötzlich die Wehen ein, das Chinin hatte wohl ganze Arbeit geleistet. Ich krümmte mich vor

Schmerzen und konnte mich kaum mehr bewegen. „Jörgi, holst du mir bitte aus der Küche die Schmerzzäpfchen?" Voller Angst um mich sauste er los, so schnell ihn seine kleinen Beinchen tragen konnten, war sofort wieder da, packte mit fliegenden Händen ein Zäpfchen aus und hielt es mir unter die Nase: „Da, nimm! Iss!" Trotz der mich schütteln-den Krämpfe war ich zu Tränen gerührt.

Irgendjemand verständigte dann den Notarzt und der karrte mich sofort in dieselbe Klinik, in der ich arbeitete. Das war mir zu dem Zeitpunkt aber total egal, denn ich konnte mir nicht vorstellen, dass man solche Schmerzen überleben würde. Am nächsten Morgen waren sie alle da, meine Eltern und meine Oma. Ich erlebte ein Dejà vu, als sich ihre Köpfe über mich beugten, es war genauso wie damals nach der Hausschuhattacke meiner Mutter. Ich machte mich schon auf ein Donnerwetter gefasst – das kam aber nicht. Sie waren nur glücklich, dass ich überlebt hatte. Am glücklichsten aber war Erich. Nun war er fort, dieser ungeliebte Embryo und er konnte zum Angriff blasen. Je-den Abend erschien er an meinem Bett, die diensthabende Schwester mit einer freundlichen Ausrede abfertigend. Einmal hatte er sogar eine Flasche Sekt dabei. Das war für meine Verhältnisse ein unerhörter Lu-xus. Ich fühlte mich richtig gebauchpinselt und blühte auf unter den Aufmerksamkeiten dieses erfahrenen, zehn Jahre älteren Arztes - wie eine dicke fette Sonnenblume. Kaum war ich dem Krankenbett entstie-gen, begannen wir schon unser Verhältnis – von dem wieder einmal niemand etwas wissen durfte.

Eines Morgens kam ich in die Klinik und es herrschte eine fürchter-liche Hektik. Aus dieser ganzen Turbulenz tauchte Erich auf, blass und zitternd. Seine Frau, die als Hebamme ebenfalls in unserem Kranken-haus arbeitete, war schwanger gewesen und hatte in dieser Nacht eine Fehlgeburt erlitten. Und auf welche Station wurde sie gelegt? Natürlich auf meine! Inzwischen wundere ich mich schon lange nicht mehr, über welch schrägen Humor das Schicksal verfügt. Diese arme Frau war nun sechs Wochen mit einem Dauerkatheter ans Bett gefesselt. Zuerst ahnte sie nur, dass da etwas lief, dann, dass es um mich ging. Das Schlimmste: Täglich machte Erich Visite an ihrem Bett und ausgerechnet ich musste ihn begleiten. Ich schwitzte jedes Mal Blut und Wasser und machte drei Kreuze, wann immer ich aus diesem Krankenzimmer herauskam. Aber ich konnte einfach nicht von diesem Mann lassen. Er war mein Prinz, der mich aus dem ungeliebten Elternhaus holen und mir eine glänzende Zukunft bieten würde! Ich sah mich schon als von allen respektierte Arztgattin, die in überbordendem Luxus für Ihre Familie ein Heim in Silber und Damast einrichtete. Er erzählte mir auch ständig, wie schlecht seine Frau sei, um mich zu beruhigen. Mir steigt heute noch die Schamesröte ins Gesicht, wenn ich daran denke, dass ich dummes Hühnchen ihm alles glaubte – weil ich es glauben wollte. Nicht einmal, als ich mitbekam, dass es noch eine andere Frau gab (Heidi, ebenfalls eine Hebamme), mit der er vor mir seine Frau betrogen hatte, konnte mich das von ihm abbringen. Er wohnte inzwischen halboffiziell bei mir in meinem kleinen Jugendzimmer im Pulvergarten. Da taten sich seine Ex-Geliebte und seine Noch-Frau zusammen und schwärzten ihn bei der Polizei an, er solle eine illegale Abtreibung vorgenommen haben. Ich fragte ihn noch: „Sag mal, du hältst die beiden doch nicht wirklich für fähig…" Er unterbrach mich schroff: „Nein, ich habe sie noch nie für fähig gehalten!" Kurz darauf standen zwei Beamte bei uns vor der Tür und nahmen ihn mit. Nach zwei Verhörtagen, an denen ich zuhause saß und bangte, kam er zurück, hohläugig und erschöpft, legte sich in mein Bett und schlief nur noch. Doch das ignorierte ich noch nicht einmal. Hauptsache, er war wieder da.

Ausbildung, Teil II

Dann kam mein zwanzigster Geburtstag. Nun war endlich Schluss mit dem Kinderkram, es gab eine richtige Gartenparty für Erwachsene. Ich deckte den Tisch, so dass er meinen Ansprüchen genügte. Ohne Silber und Damast, so wie im Stilzimmer – aber immerhin. Mein Vater schmiss den Grill an. Er gehörte zu den Grillextremisten, die gerne fossile Brennstoffe zur Weißglut brachten, um darüber unschuldige tote Tiere zu schwärzen. Es war zwar nicht ganz so ein strahlend schöner

Hochsommertag wie vor zwanzig Jahren, trotzdem war ich so glücklich, dass mein Herz leuchtete. Da störte mich auch nicht im Geringsten, dass Erich mir eine Tischdecke schenkte, die alles andere als schön war. Auch nicht, dass er mitten in der Party einen Anruf bekam, er solle zum Kartenspielen kommen und sich sofort auf den Weg machte. Mein Vater brachte es allerdings kurz, knapp und knackig auf den Punkt: „Der taugt nichts!" Trotzdem akzeptierte er ihn notgedrungen, denn die Scheidung hatte Erich inzwischen eingereicht, wir waren verlobt und er wohnte bei uns. Ansonsten hätten meine Eltern das wahrscheinlich auch nicht mit sich machen lassen.

Wie wir wissen, musste ich um halb fünf aufstehen, um rechtzeitig in der Frauenklinik zur Arbeit zu erscheinen. Nun bürdete ich mir allerdings noch selber auf, jeden Morgen die Asche aus dem kalten Ofen zu kratzen und neues Feuer zu machen, damit er es schön warm hätte, wenn er um sieben aufwachte. Oft genug musste ich mich dann im Schweinsgalopp auf den Weg machen, um rechtzeitig da zu sein und nicht den Zorn der Oberschwester heraufzubeschwören. Das habe ich auch jedes Mal geschafft und mich nie beschwert. Ich tat es so gern! Ja, wo die Liebe hinfällt, undsoweiter…

Inzwischen hatte ich alle Stationen meiner Ausbildung durchlaufen, unter anderem die Innere Medizin und die Chirurgie. Genau in diese Zeit fiel Jörgis Unfall. Ich hatte mich ja immer um ihn gekümmert und nun sollte er üben, aufs Töpfchen zu gehen. Ich befreite ihn auf dem Wickeltisch von der Windel, stellte den kleinen Pott daneben und setzte ihn darauf, so wie meine Mutter das immer tat. Hätte ich ihn doch nur auf dem Boden üben lassen… Denn just an diesem Tag war eine Bekannte zu Besuch, eine reichlich dämliche, wie ich anmerken muss. Deswegen erspare ich ihr auch, hier ihren Namen zu nennen. Was passierte? Wenn mein kleiner Bruder erfolgreich sein Geschäft erledigt hatte, hielt er sich immer an einer Stuhllehne fest, um aufzustehen. Genau in diesem Moment zog die vor sich hinplappernde Frau ohne hinzuschauen den Stuhl zurück, um sich darauf zu setzen. Jörgi griff ins Leere, verlor den Halt und stürzte kopfüber vom Tisch auf den Boden. Der ganze Fall muss nur eine Sekunde gedauert haben, aber ich sehe heute noch wie ein schreckliches Gemälde seine kleinen Beinchen in der Luft hängen, während der Rest des Körpers schon über der Tischkante verschwunden war und – gefühlte Kilometer daneben – meine vergebens ausgestreckten Arme, um ihn aufzufangen. Auch höre ich noch diesen fürchterlichen Knacks, als bei seinem Aufprall die Elle und die Speiche seines Armes brachen. Der Kleine schrie wie am Spieß und ich dachte nur: ‚Hilfe, Hilfe! Was soll ich tun?‘ Meine Eltern waren auf der Arbeit, die Alte, die das alles verursacht hatte, lief wie ein gackerndes Huhn kopflos durch die Gegend, Jörgi hörte nicht auf zu schreien und ich hatte kein Auto, um ins Krankenhaus zu fahren. Schließlich rannte ich zu einem Nachbarn, der uns dann dorthin brachte. Jörgi wurde auf meine Station gelegt, bekam einen wunderschönen Gips und war dann am Ende richtig stolz darauf. Er lernte sogar, ihn als Werkzeug zu nutzen. Hartes Brot schlug er mit seinem Gips wie mit einem Hammer klein und wenn wir am Schaufenster der Bäckerei vorbeigingen, klopfte er dagegen, um unser Kommen anzukündigen. Ich sehe dabei seinen kleinen Wuschelkopf heute noch im Geiste vor mir, zart und zerzaust wie ein aus dem Nest gefallenes Vögelchen, aber stolz auf seinen Gipsarm wie ein Großer. So etwas Tolles hatte sonst keiner seiner Freunde!

Kaum hatte ich mich von dem Schreck erholt, gab es dann eine Begegnung, die mein Leben ins Positive verändert hätte, wenn ich gehört hätte - aber Konjunktive kann man nun mal nicht ändern. Ich traf nämlich Erichs Mutter. Sie lag 15 Wochen wegen eines Oberschenkelhalsbruchs im Streckverband auf meiner Station. Ich kümmerte mich besonders liebevoll um sie, auch nach Feierabend. Zum Beispiel wusch ich ihr die Haare und saß des Öfteren bei ihr am Bett, es hatte sich eine richtige Verbundenheit entwickelt. Deswegen fing sie nach einiger Zeit auch an, aus ihrem Leben zu erzählen. Niemals werde ich mein Grauen vergessen, das ich empfand, als sie mir Erlebnisse mit ihrem vor einem Jahr verstorbenen Ehemann erzählte. Ich hatte noch nie von einem Menschen gehört, der dermaßen kalt und brutal war. Sieben Kinder hatte sie geboren und muss unsagbares Leid erfahren haben. Als sie mir ihr Herz ausgeschüttet hatte, flehte sie mich an, Erich niemals zu heiraten.

Er sei wie ihr Mann und würde mich ins Unglück stürzen. Sie sah mich dabei so intensiv an, dass ihr Blick ein Loch in meine Seele brannte. Ich bekomme heute noch eine Gänsehaut, wenn ich daran denke, wie sehr es eine Mutter gequält haben muss, so über ihren Sohn zu reden und wie stark sie andererseits war, mich zu warnen. Wie ich aber schon andeutete, habe ich den steinigen Weg gewählt.

Mein Ziel, Hebamme zu werden, verlor ich aber nie aus den Augen. Deswegen war ich ja so froh über den Wechsel in die Frauenklinik. War ich den Müttern näher – kam ich auch näher an die Babys heran. Nun stand aber zunächst meine Abschlussprüfung an und ich fühlte mich – den Warnungen seiner Mutter zum Trotz - wieder bestätigt, den richtigen Mann ausgesucht zu haben. Erich war nämlich Mitglied der Prüfungskommission und rief mich am Abend vor der mündlichen Prüfung an, um mir die Fragen durchzugeben. Mein gesamtes Prüfungsthema war: „Extrauterine Gravidität" (Bauchhöhlenschwangerschaft), ich hatte eine Patientin, die ich begleitet habe und auch da half er mir. Wen wundert's, dass ich mit einer ‚1' abschloss. Damals erschien mir mein Leben nur rosarot – das blitzartig pechschwarz wurde. Denn irgendwann war unser Verhältnis auch bis zu den Oberbossen durchgesickert. Als ich, taumelnd vor Glück, nach bravourös bestandener Prüfung und aus unserem ersten gemeinsamen Urlaub zurück zur Arbeit kam, hieß es nur: „Du arbeitest jetzt nicht mehr hier." Anstatt mich ganz hinauszuwerfen, straften sie mich noch mehr, indem sie mich in das berüchtigte Haus 2 steckten. Es war eine Sterbeklinik, in das sie Krebspatienten und solche mit hochinfektiösen Krankheiten verfrachteten. Ich hatte das Gefühl, jemand hätte mir mit Anlauf in den Bauch getreten, so schlecht war mir. Aber ich wäre ja nicht ich, wenn ich nicht sogar dort ein Baby gefunden und damit auch noch andere glücklich gemacht hätte. Denn ausgerechnet hier traf ich meine Freundin Dorothea wieder. Und ausgerechnet sie hatte Harald geheiratet, nachdem er darüber hinweggekommen war, dass ich ihn damals wegen Friedi verlassen hatte. Wir ließen die Vergangenheit ruhen und haben einen wirklich netten Umgang zueinander entwickelt. Doro hatte jetzt ihr erstes Kind entbunden, den kleinen Michi. Da sie aber eine infektiöse Brustentzündung bekam, musste sie isoliert werden. Jeden Morgen, wenn ich zu ihr kam, war sie in Tränen aufgelöst: „Tine, schau mal, schon wieder ein neuer Abszess." Nun wusste ich allerdings, wie ich ihr – und mir – eine Freude bereiten konnte. Ich organisierte einen alten, quietschenden Kinderwagen, zog Michi ein Mützchen und ein Jäckchen an (erinnert Sie das an was?) und schob ihn von der Kinderabteilung aus unter das Fenster meiner Freundin, das im zweiten Stock lag. Die stand dann weinend oben, so konnte sie ihn aber wenigstens sehen. Sie wurde erst entlassen, als Michi schon zwei Monate alt war, solange war er mein Baby und das Haus 2 etwas erträglicher.

Unsere erste Wohnung

In dieser Zeit bekam Erich eine Zwei-Zimmer-Wohnung zugeteilt. Schon wieder ging die Achterbahn des Lebens nach oben bis in den Himmel. Es gab nur einen klitzekleinen Balkon und die Toilette war auf halber Treppe. Das heißt, die von unten kamen hoch und wir von oben mussten runter. Und eigentlich war es eine Drei-Zimmer-Wohnung, denn in einem weiteren Zimmer wohnte eine sympathische ältere Dame, die auch unsere Küche benutzte. Da sie außerdem schwerhörig war, konnten wir im Nebenzimmer stets ihr Fernsehprogramm mitverfolgen, zumindest akustisch. Trotzallem war es für mich wie ein inneres Blumenpflücken, diese unsere erste gemeinsame Wohnung im dritten Stock der Johann-Sebastian-Bach-Straße einzurichten. Mein Freund Harald half mir sehr gerne bei der Renovierung, er hatte inzwischen Elektriker gelernt und war auch sonst handwerklich sehr begabt. Außerdem vergaß er mir nie, wie gut ich seinen Sohn und seine Frau behandelt hatte, als sie noch in Haus 2 lag.

Für eine kurze Zeit war diese kleine Wohnung das Paradies auf Erden. Jörgi war oft bei uns, auch Anke, die ein Jahr ältere Tochter aus Erichs erster Ehe. Die beiden verstanden sich prächtig, obwohl es am Anfang richtig lustige Verständigungsschwierigkeiten gab. Einmal, als Erich nach Hause kam, fragte Jörgi: „Wer bist du denn?" Erich: „Ich bin Onkel

Fritze." Deswegen nannte Jörgi ihn Onkel Fritze. Darauf Anke empört: „Aber mein Papa heißt doch Erich!" Und als ich Jörgi rief und er nicht hörte, sagte Anke: „Deine Mama ruft dich." Jörgi: „Das ist doch meine Schwester." Wie gesagt: Eine richtig glückliche Zeit. Die Wände unseres kleinen Heims habe ich selbsthändig weiß gestrichen. Für die alten, knarzenden Dielenbretter des Fußbodens gab es leider nur braune Farbe, also nahm ich die. Und auch von der gab es immer nur eine Dose. So strich ich die Dose leer und bis es drei Wochen später wieder eine Dose gab, lebten wir in einem gescheckten Zimmer. Als das Schlafzimmer und das halbe Wohnzimmer fertig gestrichen waren, wollte Erich plötzlich keine Dosen mehr kaufen. Das war das erste Mal, dass wir anfingen zu streiten. Ich konnte ihn nicht verstehen, wir hatten es doch schon so hübsch. Sogar eine Duschkabine für die Küche hatte er besorgt. Was zu dieser Zeit in seinem Kopf vorging, hat er mir nie gesagt und ich sollte es so ziemlich als Letzte erfahren.

Untreue

Was ich nicht als Letzte erfuhr, sondern ziemlich schnell mitbekam: Erich war auch mir untreu. Heute, wenn ich das erzähle, habe ich dabei Gefühle, die unterschiedlicher nicht sein können. Zum Einen: ‚Mein Gott, warst du wirklich SO dumm?' Und auch: ‚Warum hast du dir das alles nur gefallen lassen? Ausgerechnet du, Tine Widerspruch?' Zum Anderen sage ich mir, jetzt, mit genügend Abstand: ‚Nur indem ich mit allen Konsequenzen alleine über diese schweren Zeiten in meinem Leben geklettert bin, habe ich sie auch gemeistert. Also gehört das, was jetzt kommt und mich lange Zeit begleitet hat, auch dazu'.

Zuerst dachte ich mir nichts dabei, als er mich immer öfter alleine ließ. Wir hatten ja diese tolle Wohnung und ich einen Riesenspaß daran, sie einzurichten. Aber irgendwann war sie dann eingerichtet und die Dose mit Fußbodenfarbe gerade leer, da fiel es mir dann doch auf. ‚Komisch, er geht doch sehr viel zum Kartenspielen', dachte ich mir dann. Auch wenn wir zum Tanzen ausgingen, ließ er mich schon mal alleine sitzen und beschäftigte sich mit anderen Frauen. Eines Abends sollte ich es dann auf die brutalste Art erfahren. Er kam vollkommen aufgelöst nach Hause. Da ich nicht wusste, was los war, wartete ich und ließ mein Schweigen die Frage stellen. Da sprudelte es aus ihm heraus: Er hatte eine Schwesternschülerin verführt und dieses Mädchen behauptete jetzt, von ihm schwanger zu sein. Mein Leben zerbrach urplötzlich in Splitter aus Eifersucht, Wut und Zweifel. Eine andere Frau! Wie konnte er! War er überhaupt der Richtige für mich? Als er dann anfing zu jammern, dass er verloren sei und nicht mehr aus noch ein wüsste, wollte ich ihm aber sofort wieder helfen. Da kann man mal sehen, wie blind und blöd ich vor Liebe war. Nicht einmal seine dämliche Ausrede machte mich stutzig, dass er nichts dafür und sich auch nicht dagegen wehren konnte, weil sie praktisch ihn geschwängert hätte. Als er merkte, dass er schon wieder mit mir reden konnte, erzählte er mir das ganze Drama. Er hatte ihr nach ihrer Eröffnung, dass sie schwanger sei, ein Rezept ausgestellt. Das sollte sie dann mit zu einem Freund von ihm nehmen, der in Halberstadt Arzt war und die Abtreibung vornehmen konnte. Nachdem er mir sein Herz auf diese Weise vor die Füße gekübelt hatte, war mir sofort klar: Die Schwangerschaft ist die Waffe der Frau, einen Kerl zu kriegen. Da er das Mädchen aber nicht untersucht hatte, schlug ich Folgendes vor: „Ich hole sie mit unserem Motorroller ab und fahre sie zu einer befreundeten Frauenärztin. Die überprüft dann erst einmal, ob sie überhaupt schwanger ist." Nichts konnte mich von meinem Plan abhalten und Erich war glücklich, alles auf mich abgewälzt zu haben. Das war die Theorie. In der Praxis wurde mir schlecht, als ich auf dem Weg zu dem Mädchen war. Ein zufälliger Betrachter hätte auf dem ‚Tatra‘-Motorroller eine sportliche, hübsche junge Frau gesehen, die mit wehenden Haaren fröhlich durch die Gegend fuhr. In Wirklichkeit saßen da zwei Tines: Die Eine, die fuhr, die Zähne zusammenbiss, nur vom Kopf gesteuert wurde und wie ein Mantra immer wieder innerlich wiederholte: ‚Du schaffst das!‘ Und die Andere, die weinend dahinter saß, sich an der Starken festklammerte und vollkommen verzweifelt war. Bei dem Mädchen angekommen (das noch bei seinen Eltern wohnte), habe ich es irgendwie geschafft, ich weiß nicht WIE, sie nach einer Stunde zu überreden, mit mir mitzukommen. Mit meiner weiblichen Intuition merkte ich, wie sie sich hineingesteigert hatte, aber auch die Sicherheit haben wollte, ob sie nun wirklich schwanger war. Als wir dann zu zweit auf diesem Roller zu der Ärztin fuhren, kam ich mir fürchterlich vor, da ich mich zum Handlanger für diesen gehirnamputierten Schweifträger machte. Das Gefühl wich aber schnell einer Euphorie, als sich herausstellte, dass das Mädchen nicht schwanger war. Sofort sagte die praktische Tine zu Erich: „Nun nimmst du ihr aber gleich das Rezept wieder ab, sonst kann sie dich anzeigen." Zu dieser Zeit waren Abtreibungen in der DDR nämlich noch strafbar.

Dieses Mädchen wurde dann eine von vielen. Meistens nahm er dann die aus dem dritten Lehrjahr, die waren schon volljährig. So abgeklärt, wie sich das jetzt anhört, war ich aber nicht. Ich heulte und schrie und machte ihm Vorwürfe, konnte aber nicht von diesem Mann lassen. Ein Erlebnis hat mich damals besonders getroffen. Ich wollte meine Freundin Marion in der Klinik besuchen. Sie war OP-Schwester, hatte dort ein Zimmer und gerade Bereitschaftsdienst, also hatte sie Zeit. Mit Jörgi an der Hand marschierte ich hin. Das Zimmer war abgeschlossen. Komisch, das war es doch sonst nie! Ich klopfte und klopfte – keine Reaktion. Als ich durch das Schlüsselloch schaute, war mir alles klar. Diesmal überwog die Wut, nicht die Verzagtheit. Ich setzte mich mit Jörgi vor die Tür, spielte mit ihm und hielt meine Wut schön am köcheln. Irgendwann musste er ja rauskommen... Heute denke ich mit Wehmut daran, wie wenig es brauchte, um meinen kleinen Bruder glücklich zu machen. Selbst in dieser angespannten Situation schaffte er es, mir, seiner großen Schwester, ein Lächeln zu entlocken. Er spielte mit vor Freude geröteten Wangen das Finger-Spiel: ‚Das ist der Daumen, der schüttelt die Pflaumen' und es genügte ihm vollkommen, einfach mit mir dabei auf diesem grauen Klinikfußboden zu sitzen. Ich war allerdings mit meinen Gedanken Lichtjahre entfernt von dieser kindlichen Unschuld und mehr stinksauer auf meine Freundin als auf meinen lieben Erich. Sie musste ihn verführt haben, nicht umgekehrt. Als er dann endlich herauskam, fing ich sofort an zu weinen. Damals erkannte ich noch nicht den Hintergrund und Sinn meiner Tränen. Sie dienten dazu, dass er mich trösten konnte und das machte er so wunderbar. Mit Schwüren, Versprechungen und einem waidwunden Augenaufschlag. Ich entdeckte noch nicht seine sadistische Ader, das schaffte ich erst später. Es war ein Teufelskreislauf, aus dem ich nicht herauskam: Er wollte mich kaputtmachen, kleinhalten und Macht über mich, dann kamen meine Tränen und er konnte mich trösten. Er sei ja nur ein armer schwacher Mann und versprach mir immer wieder: Das war das letzte Mal.

Heute denke ich mir: Er hat mich als Frau verraten, so wie mich meine Eltern verraten haben, als ich noch Kind war. Dejá vu…

Das Obertrikotagengeschäft

Irgendwann hat mich das Haus 2 dann doch noch geschafft. Mein kleiner Michi war auch nicht mehr da, um mich aufzuheitern und der ständige Umgang mit sterbenden Menschen zehrte so an meinen Kräften, dass ich mich in der Kinderklinik bewarb. Ich wurde abgelehnt, natürlich, möchte ich fast schon sagen und es auf die vernetzte Kungelei von Ärzten, Schwestern und Verwaltung schieben. Ja, sie wollten mir eins auswischen und ich belegte sie alle mit undruckbaren Flüchen. Also habe ich aufgegeben. Erst einmal. Komisch, warum fällt mir jetzt der Satz ein: ‚Jedes Schlechte hat auch sein Gutes'? Wahrscheinlich, weil ich es jetzt schreibe und zurückblicken kann, denn ich entwickelte mich damals sehr schnell weiter und lernte, richtig zu kämpfen. Zum Geld verdienen ging ich in ein FDGB-Heim. Dort musste ich morgens um sechs kiloweise Kartoffeln schälen, dann habe ich die Zimmer sauber gemacht und am Ende noch den Gästen die Koffer geschleppt – so kamen wenigstens die Muskeln aus dem Kapitel mit meinem Vater zum Einsatz. Meine Mutter tat mir dann etwas Gutes, besorgte mir einen Job in einem Kurzwarenladen und meine Welt bestand ab da aus Knöpfen, BHs und Schlüpfergummis. Die Mitarbeiter dort waren alle sehr nett und zum ersten Mal seit langer Zeit hatte ich wieder richtig Spaß an der Arbeit. Hier bekam ich auch meinen nächsten Spitznamen: ‚Püppi', da ich zwei Zöpfe hatte und damit wie ein Püppchen aussah. Nun fällt mir auch noch eine nette Anekdote ein: Wernigerode war eine Kurstadt, vor allem Russen und Polen kamen busweise zu uns und im Sommer war Hochsaison. Als einmal meine Mittagspause eben zu Ende war – die Sonne hatte sich sowieso gerade verschämt hinter einer Wolke versteckt – hörte ich den Ruf meiner Chefin: „Püppi, hol die Ladenhüter raus, die Russen kommen!" So sind wir die ganzen uralt-BHs und die Goldknöpfe losgeworden. Wir hatten ja schon nichts, aber die hatten überhaupt nichts und haben gekauft wie verrückt.

Da Knöpfe nun allerdings nicht so viel mit meinem Traumberuf zu tun hatten, wechselte ich wieder und kam in ein ‚Obertrikotagengeschäft für Damen und Herren'. Es dauerte nicht lange und ich hatte mich mit der Chefin richtig gut angefreundet. Astrid ist auch heute noch meine Freundin. Ich liebte es, in diesen Laden zu kommen, denn dort roch es immer nach guter Laune. Hier lernte ich, Pullover zusammenzulegen – was frau nicht so alles braucht fürs Leben… Der Renner waren ‚kurzärmelige Herrenpullover in Häkellookoptik', aber die gab es nicht. Wenn wir dann ein Schild hinaushängten: „Wegen Warenanlieferung geschlossen", bildeten sich sofort lange Schlangen vor dem Geschäft. Niemand wusste so genau, was es gab, aber dieses Schild war jedes Mal ein Indiz, dass es gleich irgendetwas geben würde. Also standen die Menschen Schlange. Wenn wir alles eingeräumt hatten, holten wir immer Erich und Astrids Mann Detlef dazu, bevor wir uns trauten, die Ladentüren zu öffnen. Alleine hätten wir die Menschenmassen, die uns innerhalb von Sekunden gleich einer Tsunamiwelle überschwemmen würden, nicht in den Griff bekommen können. Wir postierten Detlef und Erich an neuralgischen Punkten, von denen wir wussten, dass dort besonders gern geklaut wurde. Die ‚Bückware' war in Sicherheit gebracht worden. Das waren besonders gute Stücke, die wir für Freunde und Familie unter dem Ladentisch verstauten. Um sie hervorzuholen, bückten wir uns immer, daher der Name. Dann konnten wir uns um den Verkauf kümmern. Obwohl, Verkauf war es eigentlich weniger, es erinnerte mich eher an eingeschränkte Kriegsführung, als die Menschenwoge über uns zusammenschlug und die Leute uns die Pullover aus den Händen rissen. Egal welche Größe, egal welche Farbe – nur her damit! Astrid schrieb Bons im Akkord, ich tippte ununterbrochen 39,- Mark in die Kasse, der Laden summbrummte wie ein Bienenstock und am Ende eines solchen Tages tat es mein Kopf auch. Das Geschäft war leergefegt und sah aus wie nach der Schlacht am kalten Buffet. In den Ecken lagen traurig ein paar besonders hässliche Teile, die wirklich überhaupt niemand haben wollte, teilweise abgerissene Schilder hingen noch an einem Faden leise schaukelnd von der Decke und auf dem Boden verstreut kräuselten sich Verpackungsreste, soweit das Auge reichte. Ich war nur froh, dass wir keine Toten und Verletzen beklagen mussten, die Varusschlacht im Teutoburger Wald kann auch nicht heftiger gewesen sein. Aber Astrid zählte das eingenommene Geld und war gutgelaunt. Am nächsten Tag kam natürlich kein Kunde, da alle wussten, dass wir nur noch die hässlichen Ladenhüter feilbieten würden.

Wenn wir dann den Verkauf ankurbeln wollten, schlossen wir zuerst einmal die Ladentür ab und spielten Modenschau. Wir zogen im Partnerlook genau die gleichen Sachen an, um besonders hübsch auszusehen, wenn nach der Öffnung die ersten Kunden kommen würden. Ja, hübsch sahen wir aus. Wie hübsche Vogelscheuchen – was hatten wir für einen Spaß!

Erichs Flucht

Jeden Abend, wenn ich müde von der Arbeit nachhause kam, setzte mich Erich hinten auf den Motorroller und fuhr mit mir kreuz und quer durch den Harz. Ich verstand das nicht. Am Anfang fand ich es ja noch ganz nett, dachte, er tue es mir zuliebe, um mir einen Ausflug zu schenken. Als wir dann aber wirklich jeden Abend losfuhren, egal bei welchem Wetter, ob es stürmte, schneite oder junge Hunde und Katzen regnete, begann ich, ungnädig zu werden. Er sagte mir nie, dass er sehen wollte, ob ihn jemand bei unseren ‚Ausflügen' verfolgte, denn er plante seine Flucht und ich war vollkommen ahnungslos. Zu der Zeit waren schon viele Ärzte aus dem Wernigeroder Krankenhaus in den Westen geflohen. Einmal wagte Erich einen Vorstoß: „Könntest du dir vorstellen, im Westen zu leben?" „Ich kann doch nicht von meiner Familie weggehen!" Mit Familie meinte ich vor allem Jörgi, Oma und Opa. Außerdem nahm ich sowieso an, die Frage sei reines Wunschdenken. Nicht im Traum hätte ich mir vorstellen können, wie weit Erich schon mit der Planung seiner Flucht fortgeschritten war. Mir fiel nur auf, dass er sich merkwürdig benahm. Bei nichts, was er tat, schien er so ganz bei der Sache zu sein. Eifersüchtig vermutete ich mal wieder eine andere Frau, behielt meine Gedanken aber für mich. Allerdings ging das Thema ‚Flucht' auch im Krankenhaus herum, nicht nur hinter vorgehaltener Hand. 1972 war das Ost-West-Transitabkommen zwischen der BRD und der DDR vereinbart worden. Das ermöglichte es Bundesbürgern, nur mit einem Ausweis jederzeit nach Westberlin fahren zu können. Bei begründetem Verdacht gab es Fahrzeugkontrollen, aber die waren selten. Es hieß, dass diese Möglichkeit schon einigen geholfen hatte, sich abzusetzen. Zuerst eine Kinderärztin, anschließend ihre beste Freundin und dann sogar noch ein Arztehepaar mit einem Kleinkind. Für Erich war es das Thema Nummer Eins in der Klinik. Er fragte jemanden, dem er vertraute: „Wie machen die das bloß?" „Wenn du das wissen willst, kann ich es dir sagen: Du brauchst nur 15tausend Westmark." Nun gab es für Erich kein Halten mehr. Seine Schwester wohnte schon im Westen und sie löste ihre Lebensversicherung auf, um ihm das Geld zu geben. Und so funktionierte es: Alle, die in eine Flucht involviert waren, waren extrem vorsichtig. Der Fluchthelfer gab die Info, wie es vor sich gehen sollte an denjenigen weiter, der flüchten wollte und flüchtete dann sofort selber in den Westen. So konnte ihn niemand mehr belangen, wenn derjenige, der flüchten wollte, ihn verriet oder ein Spitzel der Stasi war. Derjenige, der flüchten wollte, war dann zwar noch in der DDR, wusste aber jetzt, wie es mit seiner Flucht weitergehen sollte. Das funktionierte so gut, dass die medizinische Versorgung im Krankenhaus Wernigerode kurz davor war, zusammenzubrechen, da es fast keine Ärzte mehr gab.

Das alles bekam ich nicht wirklich mit. Mir fiel nur auf, dass ich keine neuen Sachen mehr für unsere Wohnung kaufen durfte. Es kam immer öfter zum Streit. ‚Mein Gott,' dachte ich mir, ‚hat der sich verändert.' Aber ich wollte es ja schon immer allen schön machen, ließ mich nicht

beirren, kaufte heimlich eine neue Dose Farbe und strich meinen Fußboden weiter.

Dann kam der 15. August 1972, der Tag, der alles veränderte. Beim
Abendbrot sagte Erich: „Morgen Abend fahre ich zu einem Freund
nach Halberstadt zum Kartenspielen." Ich weiß noch genau, wie eigen-
artig er sich am nächsten Tag von mir verabschiedete. Ganz fest nahm
er mich in die Arme, küsste mich und ging. Er drehte sich auch nicht
mehr um - so wie sonst immer - und ließ mich ratlos zurück. Da stimmte doch was nicht! Ich machte die ganze Nacht kein Auge zu, denn er
kam nicht nach Hause. Zuerst dachte ich an einen Unfall und malte mir
in meiner Fantasie die schrecklichsten Bilder aus, die vor allem mit Blut
und gebrochenen Knochen zu tun hatten. Als ich das Alles am nächsten Morgen auf der Arbeit Astrid erzählte, sagte sie nur: „Geh sofort
zurück und schau, ob sein Staatsexamen noch da ist." Verwirrt flitzte
ich zurück und siehe da: Es war weg! Als ich Astrid das atemlos hervor-
sprudelte, meinte sie nur lakonisch: „Dann ist er geflüchtet." Ich verfiel
fast in Schockstarre wegen der donnernden Veränderungen, die gerade
über mein Leben hereinbrachen, aber meine Freundin wusste genau,
was jetzt zu tun war. Sie stellte mich von der Arbeit frei und schickte
mich mit den Worten nach Hause: „Pack die wichtigsten Sachen zusammen und bring sie in Sicherheit. Sobald die Erichs Flucht spitzkriegen,
werden sie die Wohnung versiegeln."

Verhör

Wie ich diese Nacht überstanden habe, weiß ich bis heute nicht. Ich
schwankte zwischen Hoffen und Bangen, tigerte wie ein gefangenes
Raubtier in der Wohnung herum und lief Kreise in den Teppich. Dann
saß ich wieder wie versteinert auf einem Fleck und starrte aus dem
Fenster, sah aber nur die Schatten von Ästen auf der gegenüberliegenden Häuserwand, die sich im Takt des tickenden Weckers wiegten. Die
Zeit verging nicht, nahm sich mehr von sich und im Kreisel meiner wie
ziellose Mäuschen huschenden Gedanken muss ich dann doch irgend-

wann eingeschlafen sein.

Am nächsten Tag passierte alles Schlag auf Schlag. Früh am Morgen klingelte eine Krankenschwester an der Tür. Der OP sei vorbereitet und sie warteten auf den Doktor, der die Anästhesie übernehmen sollte. Ich log: „Er hat so einen Durchfall, er erbricht sich und sitzt auf der Toilette." Danach konnte ich nicht mehr in der Wohnung sein, nur raus hier und zu meinen Eltern. An diesem Nachmittag meldete sich Erich telefonisch bei seinem Chefarzt und teilte ihm mit, dass er jetzt im Westen sei. Irgendwie drang die Kunde bis zu uns und meine Eltern sagten mir unisono: „Das haben wir dir doch gesagt, das ist ein Schwein, der lässt dich hier allein." Pünktlich um drei Uhr nachmittags kam dann die Staatssicherheit und holte mich ab. Ich spielte gerade mit Henning, Angelikas Sohn. Als ich gehen sollte, reckte der Kleine seine Ärmchen nach oben: „Tine, mit! Mit!" Mir traten die Tränen in die Augen, wie sollte ich ihm erklären, dass er bestimmt nicht da hinwollte, wohin ich gehen musste und außerdem nicht mitkommen durfte…

Das Verhör ging bis nachts um vier. Es war wirklich so, wie man es sich in schlechten Agentenfilmen ansehen kann: Ich wurde von einer Lampe angestrahlt und geblendet, durfte mich auf meinem Stuhl nicht bewegen und bekam ununterbrochen Fragen an den Kopf geschmissen, die ich nicht beantworten konnte. Ich wusste überhaupt nichts. Das hat sich Erich anscheinend auch gedacht: ‚Wenn sie nichts weiß, kann sie nichts verraten und sie können ihr auch nichts tun'. Ansonsten hätten sie mich wegen Mitwisserschaft für mindestens fünf Jahre ins Gefängnis gesteckt. Dass ich gelogen und der Krankenschwester erzählt hatte, er säße auf der Toilette, das hatte mir die Stasi zwar angekreidet. Aber was sollten sie tun? Irgendwann durfte ich ohne Begleitung auf das WC und wollte nur noch weg. Aus dem Fenster ging es nicht, das war zugenagelt. Also schlich ich mich mit angehaltenem Atem den grauen Flur entlang, bis ich zu einer Treppe kam und eilte sie hinunter. Die führte allerdings nur in den Keller und da ging es auch nicht weiter! So trottete ich wieder hoch ins Verhörzimmer und setzte mich auf den Stuhl, was blieb mir für eine andere Möglichkeit? Kurz vor dem Ende des Verhörs ging die Tür auf, Einer kam herein und flüsterte dem Anderen etwas ins Ohr. Sie haben dann endlich eingesehen, dass ich nichts wusste. Meine verzweifelte, ratlose Unwissenheit drehte sich um mich wie nebliges Grau oder grauer Nebel, das haben sogar die gemerkt. Danach sind wir um vier Uhr morgens zu unserer Wohnung gefahren. Ich durfte unter Aufsicht nur Zahnbürste und - pasta mitnehmen, sonst nichts. Dann versiegelten sie die Wohnung, stiegen in ihr Auto, stanken ab und ließen mich mutterseelenallein auf der dunklen Straße zurück. Doch statt verzweifelt zu sein, war mein erster Gedanke: „Das können die mit allen machen – aber nicht mit mir!" Nicht umsonst bin ich durch dunkle Schokoladenfabrikkeller gerobbt, jetzt erwachte mein Kampfrattengeist.

Wieder im Pulvergarten

Als erstes organisierte ich einen Freund, der einen Kleintransporter besaß. Er schlotterte zwar vor Angst, trotzdem half er. Im Nachhinein denke ich mir, ich war schon ganz schön frech, denn was ich tat, hätte Gefängnis bedeutet, hätten sie mich erwischt. Aber das sind alles nur wie mit einer Schrotflinte verschossene Konjunktive gewesen…

Ich öffnete vorsichtig das Siegel und trug alles zusammen. Denn eine besondere Freude der Staatssicherheit war es, das Hab und Gut von ‚Republikflüchtigen' zu verkaufen. Sie schalteten eine Annonce und schneller als man ‚Stasi' sagen konnte, hatten die Sachen den Eigentümer gewechselt. Also trug ich die Silbersachen, das Radio, das Geschirr und die Kochtöpfe in den Laster hinunter. Besonders freute mich eine Sache: Für das Streichen des braunen Fußbodens hatte ich mir von einem Freund eine Rolle geliehen, denn die gab es nirgendwo zu kaufen. Es wäre mir besonders peinlich gewesen, wenn diese Rolle für immer hinter der Versiegelung verschwunden wäre. Aber nein, sie war noch da und ich konnte sie dem Freund zurückgeben. An was frau sich so alles erinnert… Meine persönlichen Sachen wie Kleidung und Kosmetika ließ ich allerdings in der Wohnung, auf die hatte ich einen Anspruch und würde sie wiederbekommen. Am Eingang drehte ich mich noch einmal um und ließ meinen Blick über unser ehemaliges kleines Reich schweifen. Irgendein Gefühl wehte mich an. War es Trauer, Wehmut, Verzweiflung, Wut? Ich schätze mal, von allem ein bisschen. Dann schloss ich die Tür hinter mir, brachte das Siegel so fachmännisch wieder an, dass niemand etwas merkte, setzte mich in den Laster und als er losfuhr, schaute ich nicht mehr zurück.

Nun war ich also erneut im Pulvergarten. Zuerst verstaute ich mein ,Diebesgut' bei uns auf dem Dachboden, dann zog ich wieder in mein Jugendzimmer ein. Dieses Zimmer mit seinen Kleinmädchenmöbeln und Erinnerungen wirkte wie eine Schachtel Sonnenschein – doch das nützte alles nichts. Ich hatte auf einmal das Gefühl, als wäre ich durch eine Tür gegangen, die ins Nichts führte und plötzlich ins Leere getreten. Mein ganzer Enthusiasmus war dahin, ich bekam schwerste Depressionen und lag nur noch auf dem Bett neben dem Telefon. Wenn die Sprache auf Erich kam, sagte mein Vater nur: „Das Schwein!" doch Angelika war in dieser Zeit sehr lieb zu mir. Von ihrem wenigen Geld hatte sie mir einen Rock gekauft um mir eine Freude zu machen und bereitete mir ein ums andere Mal Abendbrothäppchen zu, aber keiner konnte mich aufheitern. Natürlich suchte ich auch überall Halt und Hilfe, da fielen mir Erichs jüngerer Bruder Eberhard und seine Frau Ulla ein. Als Erich noch da war, hatten wir viel Kontakt, wir haben zusammen gegrillt und Ausflüge gemacht. Ich wollte mir meine seelischen Wunden mit Trost verbinden lassen und fuhr zu ihnen. Auf das was dann passierte, war ich allerdings in keinster Weise vorbereitet. Ich klingelte, Ulla öffnete und noch bevor ich den Mund aufmachen konnte, sagte sie ohne Einleitung: „Sicherlich wirst du von der Stasi beobachtet, wir möchten keinen Kontakt mehr mit dir, ich muss an meine Familie denken" und schlug mir die Tür vor der Nase zu. Mir haute es im wahrsten Sinne des Wortes die Beine weg, an die Hauswand gelehnt, rutschte ich langsam nach unten, bis ich im Dreck saß. Hilf- und fassungslos rappelte ich mich wieder auf und ging nach Hause, alles hätte ich erwartet aber nicht das. Es gab keine Tränen, nur eine überwältigende Taubheit in mir. Tage später kam mir in den Sinn, dass sie vielleicht selber bei der Stasi sein könnte. Ich hatte bei ihr schon immer das Gefühl, dass sie ein falsches Spiel spielte. Diese scheinheilige Schlange! Ihren Mann mochte ich, aber er war ihr nur untertan. Allerdings: Wenn sie wirklich bei der Stasi gewesen wäre, hätte sie doch ihre Chance nutzen können, um mich auszufragen. Da kann man mal sehen, wie dumm diese Frau war. Wahrscheinlich sogar zu dumm für die Stasi. Und wie wir inzwischen wissen, will das einiges heißen...

Am ersten September wurde dann mein Jörgi eingeschult. Ich wollte mich für ihn zusammenreißen, da er sich so freute, dass ich mit zu seiner Einschulungsfeier kam. Aber in diese Festrede, die aus austauschbarer Belanglosigkeit und dem berühmt-berüchtigten sozialistischen Hurrapatriotismus bestand, hätte ich am liebsten dazwischenschreien wollen: ‚Freie Deutsche Jugend – von wegen! Alle eingesperrt habt ihr sie! Und die, die fliehen wollten, habt ihr wieder eingefangen und eingekerkert‘. Wenn es nicht so traurig gewesen wäre, hätte ich darüber lachen müssen: Warum sperrt man jemanden im Gefängnis ins Gefängnis? Jörgi zuliebe hielt ich sowohl meine Worte als auch meine Tränen zurück, aber ich fühlte mich völlig allein im Universum, denn ich wusste ja immer noch nichts. Hatte Erich mich verlassen? Fing er alleine im Westen ein ganz neues, freies Leben an? War er wirklich ein Schwein, wie mein Vater nicht müde wurde, zu behaupten?

Fluchtvorbereitungen

Würde ich Erich nie wiedersehen? Irgendwie wollte ich es nicht wahrhaben, doch es war nur ein kleiner, angeschlagener und verletzter Glaube daran zurückgeblieben, dass alles wieder gut werden würde.

Alle Fragen fanden dann aber ein schnelles Ende, als Erich Kontakt mit mir aufnahm. Er hatte Freunde in West-Berlin, die beim Zukommen der Fluchtnachrichten halfen. Und zwar so: Sie lernten die Anweisungen auswendig und fuhren dann über die Grenze. Wären sie dabei durchsucht worden, hätte man kein belastendes Material bei Ihnen gefunden. In der DDR angekommen, schrieben sie alles wieder auf und warfen es mir in den Briefkasten. Jemand rief mich an und sagte dann nur: „Kuck sofort in deinen Briefkasten." So einfach wie es war, so einfach funktionierte es auch. Ich bin auch heute noch der Meinung: Je komplizierter ein Plan ist, umso mehr Möglichkeiten hat er, schiefzugehen.

Doch nun war mir endlich klar: Erich wollte mich immer noch und setzte alles daran, mich nachzuholen. Jetzt hatte ich wieder ein Ziel. Das machte mich froh, übermütig und anders. Leichter. Ich hatte nur ein Problem: Jörgi. Alles andere war mir egal. Jeder, den ich zurückließ, würde zurechtkommen. Nicht so mein kleiner Bruder und deswegen wollte ich ihn mitnehmen. Das hatte ich mir ganz fest vorgenommen…

Im Nachhinein muss ich Erichs Hartnäckigkeit wirklich bewundern, denn er hat insgesamt drei Fluchtaktionen für mich geplant, da die ersten beiden schiefgingen. Beim ersten Mal war es ganz profan: Die Nachricht hat mich einfach nicht erreicht. Beim zweiten Mal kamen mein Onkel und meine Tante aus Leipzig ins Spiel. Ich fuhr sie besuchen und zog die Stasi hinter mir her wie ein Pfau seine Schleppe. Denn denen war ja klar: Der Verlobte, ein Arzt, hat ,rübergemacht', dann wird es seine Braut über kurz oder lang auch versuchen. Aber ich konnte die riechen, was auch immer sie versucht haben, um mich zu täuschen. Sie haben sich aber auch wirklich zu dumm angestellt! Im Taxi zog ich mir die Lippen nach und sah dabei in den Schminkspiegel, um zu sehen, ob das gleiche Auto immer noch hinter uns fuhr. Bei Onkel und Tante angekommen, stand dann dieses Auto den ganzen Tag vor dem Wohnblock. Wie sollte ich nun zum Bahnhof kommen, ohne dass sie es bemerkten? Für meine Cousins war das ein großes Abenteuer. Sie wollten mich zum Bahnhof schleusen und kamen sich dabei genauso verrucht vor wie die Alkoholschmuggler in der amerikanischen Prohibitionszeit. Ihre Wohngegend kannten sie wie ihre Westentasche und schlichen mit mir durch Keller und alte Bunker Richtung Bahnhof, für sie war es einfach nur ein Riesenspaß. Fast hätten wir sie abgehängt, doch als wir in die Straßenbahn sprangen, schaffte es einer von den Stasitypen, im letzten Moment auch noch. Wir kamen so zwar bis zum Leipziger Hauptbahnhof, wo mein Onkel schon auf uns wartete, ich bin dann aber nicht auf den Fluchthelfer zugegangen, weil sich die Stasi um mich herumgruppiert hatte. Das unromantische Liebespaar auf der Bank war genauso von denen wie der Typ mit dem Beutel aus Dederonstoff, in den er hineinsprach, weil sein Walkie-Talkie darin war. Hätte ich den Fluchthelfer angesprochen, wäre er enttarnt gewesen und ins Gefängnis gewandert. Das wollte ich auf gar keinen Fall. Meinem Onkel wurde es dann zu viel und er sagte: „Ich nehme das jetzt in die Hand." Er setzte mich einfach in den Zug nach Wernigerode, ich fuhr wieder nachhause und so scheiterte mein zweiter Fluchtversuch.

Erich wusste nun erst mal nicht, ob es geklappt hatte, denn ich konnte ihm ja nicht Bescheid sagen. Als ich nicht an dem vereinbarten Ort in Westdeutschland erschien, war ihm allerdings klar, dass es auch diesmal schiefgegangen war. Aber er gab nicht auf. Er schrieb an meine Freunde in Bremen eine Nachricht, die packten sie in ein anderes Kuvert und sendeten es an meine Oma. Diese steckte den Brief in ihren Schlüpfer und kam in das Geschäft gerannt. Ich sah sie bereits durchs Schaufenster und wunderte mich, zu welcher Geschwindigkeit sie in ihrem Alter noch fähig war, da schwang die Tür schon hilfsbereit auf und meine atemlose Großmutter stand vor mir. Sie zerrte mich in die nächste Umkleidekabine, nestelte den Brief hervor, den ich gleich lesen und dann sofort verbrennen musste. Zum Glück waren keine Kunden im Laden (wir hatten schon des Längeren keine Warenlieferung mehr bekommen), sonst hätten die sich sehr gewundert, was denn die beiden Damen da in der Umkleidekabine zu tuscheln hatten.

Wie man unschwer erkennen kann, war außer Astrid auch meine Oma als einzige unserer Familie in meine Fluchtpläne eingeweiht. Ihr habe ich auch gesagt, dass ich Jörgi mitnehmen wollte. Traurig schüttelte sie den Kopf: „Das geht nicht. Er ist nicht dein Kind, du wirst ihn wieder ausliefern müssen. Tu ihm das nicht an." Ich nickte voll ergebener Resignation. Also gut. Jetzt nicht. Aber später. Doch diese Hoffnung war nichts anderes als ein einziges großes ‚Trotzdem'. Ich spürte, wie mir vor Enttäuschung die Tränen in die Augen stiegen. Aber nein. Nicht hier und nicht jetzt. Tränen sind kein ‚Trotzdem'. Ich würde ihn zu mir holen, so wie Erich mich holen wollte. Also musste ich jetzt fliehen. Und ich wäre ja nicht Tine mit der Fantasie und dem Kampfeswillen gewesen, wenn ich nicht schon wieder einen Plan gehabt hätte: Jörg war inzwischen ein guter Skispringer geworden. Sobald er 18 (also volljährig) war, wollte ich abwarten, bis er für einen Wettkampf ins kapitalistische Ausland fahren durfte. Dann wollte ich in überreden, bei mir im Westen zu bleiben. Dieses Versprechen gab ich mir selber und es war so tröstlich wie ein sonnenwarmer Stein in der Hand, wie der Duft nasser Rosen im Sommerregen.

Die Stasi

Bekommt ein eigenes Kapitel, denn im Nachhinein kann ich nur sagen, dass ich schon irgendwie stolz auf mich bin, wie ich diese dummen Menschen damals vorgeführt habe. Es heißt ja: ‚Eine kluge Frau führt einen Mann an der Nase dahin, wo er meint, freiwillig hinzugehen‘. So hatte ich das mit der Zeit auch mit der Stasi gemacht, es wurde ein richtiges Spiel für mich. Sie waren immer um mich, ich war die bestbeschützte 22jährige in Wernigerode. Kein Sittenstrolch hätte mich unbemerkt überfallen können, meine ‚Freunde‘ von der Staatssicherheit wären gleich zur Stelle gewesen. Wenn es mir zu dumm wurde, habe ich es aber immer öfter geschafft, sie abzuhängen. Einmal wollte ich zu meiner Oma und bin einfach mit dem kleinen Trabbi meines Vaters auf den Waldweg (wir erinnern uns an das Blasendederonkleid) zu ihrem Haus gefahren. Dort gab es zwar Begrenzungssteine, um das zu verhindern, aber ich bin mit meiner kleinen Rennsemmel einfach die schräge Böschung hochgeflitzt, um die Steine herum und dann wieder herunter. Diesmal begleitete mich nicht der Mond sondern die Stasi, die mit ihrem schweren Wartburg das Nachsehen hatte und ganz außen herum über das Mühlental zu meiner Großmutter fahren musste. Als sie eine halbe Stunde nach mir ankamen, konnte ich richtig sehen, wie sie vor Wut schäumten und habe mir ins Fäustchen gelacht.

Allerdings war es in Wirklichkeit nicht ganz so lustig, wie ich es jetzt beschreibe. Es hat mich doch alles sehr belastet, ich habe sogar von der Flucht vor ihnen geträumt. Es war, als hämmerte mein Unterbewusstsein auf mich ein und riet mir im Traum dringend, Gänge zu buddeln, um ihnen zu entkommen. Als ich meinem Vater einmal von diesen täglichen Verfolgungsfahrten erzählte, glaubte er mir nicht. Ich brachte ihn dazu, mit mir mitzufahren und er legte sich auf den Rücksitz, damit sie ihn nicht sahen. Dann kam eine wunderbare Kreuzfahrt durch das schöne Wernigerode. Rechts, links, hin und her – immer war der Wartburg hinter uns. „Na", sagte ich triumphierend, „glaubst du's jetzt?" Er knurrte nur: „Halt an!", sprang aus dem Auto direkt vor die Stasi, sodass diese in die Eisen treten mussten und brüllte sie an: „Was wollt ihr von meiner Tochter?" Dabei schoss er einen Blick auf sie ab, der einfache Wirbeltiere auf der Stelle getötet hätte. Die taten allerdings wie die beleidigte Unschuld vom Lande: „Was wir? Wir doch nicht!" Meine Mutter hatte auch mal einen am Kragen gepackt, die war da resoluter. Aber was wir auch taten, meine Schatten wurde ich nicht los. Sie haben mir nichts getan, waren aber immer um mich herum.

Im September '72 wurden sie dann deutlicher. Zum einen setzten sie einen ‚Lover' auf mich an. Mir war sofort klar, dass er ein Informant sein musste. Er sah einfach zu gut aus, erschien wie aus dem Nichts und machte sich an mich ran. Sowas passierte in Wernigerode einfach nicht. Ich tat so, als gefiele er mir ebenfalls, redete mit ihm aber kein Sterbenswörtchen über Belanglosigkeiten hinaus. Nicht mal das Wetter von morgen hätte ich diesem Lackaffen verraten! Und dann versuchten sie noch, mich mit Geld zu ködern. Angelika arbeitete im Hygieneinstitut (sie spülte dort Reagenzgläser) und sagte mir, dass die Stelle einer Krankenschwester frei wurde. Also bewarb ich mich. Allerdings gab es die Auflage, dass Familienmitglieder dort nicht zusammen arbeiten durften. So sprach mich die Stasi an: „Sie kriegen den Job und zweitausend Mark Prämie." Das war ein Vermögen, ich verdiente 400 Mark im Monat! Bedingung: Ich sollte ein Arztehepaar ausspionieren. Mein Herz gefror. Aber ich fällte sofort meine Entscheidung, mein Herz taute wieder auf und die Schnelligkeit, mit der es seinen Aggregatszustand änderte, raubte mir fast den Atem. „Nein", sagte ich, „zum Schwein werde ich nicht!" Mein Charakter war stärker als das Angebot dieser Napfsülzen. Da verlegten sie sich aufs Betteln: Ich hätte Erich einen Brief schreiben dürfen, meine Wohnung samt Möbeln wiederbekommen und er dürfte mich straffrei besuchen kommen. Wenn ich nur meine Fluchtpläne aufgeben würde… Für wie dumm hielten die mich eigentlich? Wenn Erich nur den kleinen Zeh auf das Gebiet der DDR gesetzt hätte, hätten sie ihn sofort bis in alle Ewigkeit eingekerkert. Sie wollten einfach meinen Schmerz ausnutzen und mich so zur Mitarbeit bewegen. Aber nicht mit Tine aus der Schokoladenfabrik! Innerlich zeigte ich ihnen den Stinkefinger und ging hocherhobenen Hauptes wieder in das Obertrikotagengeschäft zu meiner Freundin Astrid zurück. Jeden Tag begleiteten meine Schatten mich nun zur Arbeit und standen dann geschlagene acht Stunden im Auto vor der Tür. Diese Hampelmänner haben sich so lächerlich gemacht!

Es geht los

Endlich erreichte mich dann über unsere gut funktionierende ‚Briefkastenfirma' die Anweisung für meinen dritten Fluchtversuch. Aber es kam auch hier wieder darauf an, ungesehen von meinen ‚Schattenfreunden' auf die Reise zu gehen. Doch zwei Tage, bevor es losgehen sollte bekam ich auf einmal einen Anruf von Erich: „Die Blumen, die du mir zum Geburtstag schicken willst, schick sie mir doch bitte einen Tag später, ja?" Ich war so perplex, dass ich überhaupt nicht wusste, was ich damit anfangen sollte. Erich hatte doch gar nicht Geburtstag! Als ich das meiner Freundin erzählte, lachte sie: „Er meint natürlich, dass du einen Tag später losfahren sollst." Was war ich doch für ein Gänschen, zum Glück hatte ich meine Astrid!

Ich sollte also am 15., nicht am 14. Oktober in Ostberlin mit Blumen in der Hand am Taxistand Friedrichstraße stehen und darauf warten, dass mich jemand ansprach. Damit diesmal auch alles klappte, bin ich nicht mit dem Zug von Wernigerode über Halberstadt und Magdeburg nach Berlin gefahren. Ein Freund kutschierte mich mit seinem Barkas-Kleinlaster bei strömendem Regen durch den halben Harz und dazu quietschten die Scheibenwischer einen gummierten Rhythmus auf die Autoscheiben. Genau wie die Wischerblätter ging es wieder einmal hin und her und außerdem kreuz und quer, um zu sehen, ob uns jemand folgte, dann stieg ich in Blankenburg in den Bus nach Magdeburg und von dort in den Zug nach Berlin. Wie einfach sich das jetzt alles anhört. War es aber nicht!

Ich wollte unbedingt für Wechselwäsche (ein anständiges Mädchen hatte ja Ersatz-Schlüpfer dabei) und meine wichtigsten Unterlagen eine kleine Reisetasche mitnehmen. Mein Staatsexamen hatte ich ganz raffiniert klein gefaltet, um eine Lux-Seife gewickelt und beides zusammen wieder in den Seifenkarton gesteckt. Nur: Ich konnte ja nicht wie ein Tourist in Berlin vor dem Ritz einfach mit meiner Reisetasche aus dem Taxi auf die Straße treten. In Paris wäre ein Page auf mich zugestürzt, um mir die Tasche abzunehmen. Das hätte die Stasi in Wernigerode auch gemacht – aber nicht, um sie auf mein Hotelzimmer zu bringen sondern mich ins Gefängnis. Also musste ein Plan her. Ich besann mich auf die Schokoladenfabrik und meine überbordende Fantasie. Ja, ich hatte sie noch. Sofort schritt ich zur Tat. Der Barkas-fahrende Freund hatte eine kleine Tochter, um die ich mich oft gekümmert und mit dem Fahrrad abgeholt habe. So war es für die Stasi ein bekannter Anblick, als ich mich an diesem Abend auf das Fahrrad schwang, sowohl die Gestalt im Kindersitz als auch ich mit einem Regencape verhüllt. Allerdings war unter dem Regencape im Kindersitz meine Reisetasche und damit das nicht auffiel, habe ich mich die ganze Zeit mit ihr unterhalten, während ich im strömenden Regen zu dem Freund strampelte. „Sieh mal", sagte ich und deutete auf den uns begleitenden Wartburg, „da sind die Doofen von der Stasi und merken gar nicht, dass du eine Tasche bist." Ich musste so kichern, dass ich mich beinahe an dem Regen verschluckt hätte, der mir trotz Kapuze ins Gesicht lief. Auf dem Hof angekommen, übergab ich dem Freund seine ,Tochter' und fuhr dann leer wieder nach Hause. So weit – so gut. Nur: Wie sollte ICH in den Barkas kommen, ohne dass es bemerkt wurde? So einen großen Fahrrad-Kindersitz gab es gar nicht… Die Stasi stand inzwischen Tag und Nacht nicht nur vor unserer Vordertür, sondern auch an der Hintertür vor unserer Garage. Um sie loszuwerden, erzählte ich ihnen, dass ich am 15. Oktober mit meinen Eltern zu meiner Großmutter nach Leipzig fahren würde, da sie dort ihren Geburtstag feierte. So standen die Möchtegern-Geistes-riesen an diesem Tag zum Glück nur an der Hintertür vor der Garage und folgten dem Auto meiner Eltern nach Leipzig, auf dem Rücksitz saß allerdings Jörgi. Mit dem Freund hatte ich verabredet, dass ich um neun Uhr aus dem Haus gehe und ihn dann ‚zufällig' auf der Straße treffe und einsteige. Ich war unendlich befreit, als ich in dem Auto saß und mit ihm losfuhr. Als die ‚lieben Stasifreunde' in der Zwischenzeit in Leipzig ankamen, fing ihr Resthirn anscheinend doch an, zu rattern. So spreng-ten sie die Geburtstagsfeier meiner Oma, drehten die ganze Wohnung auf links und als sie mich nicht fanden, fuhren sie wie die Blöden im gestreckten Galopp zurück nach Wernigerode zu meiner Schwester. Nachdem sie auch dort Sturm geklingelt und alles durchsucht hatten, mussten sie blass vor Wut einsehen: Ich war weg!

Zu diesem Zeitpunkt stieg ich wahrscheinlich gerade am Berliner Bahnhof aus. Es war kalt und regnete, aber zum Glück hatte ich mei-nen dicken Wintermantel an, die Kapuze über dem Kopf und fror nicht. Da sah ich ‚meinen' Stasi-Lover den Bahnsteig entlanggehen. Ich spür-te, wie mein Herz schlingerte. Um Gottes Willen, er durfte mich hier nicht entdecken! Aber zum Glück war der geschniegelte Depp so mit sich und seiner Wichtigkeit beschäftigt, dass er weder nach links noch nach rechts sah und mich nicht bemerkte. Trotz der Kälte fing ich an zu schwitzen. Das lag aber auch daran, dass ich mit meiner Oma über die Flucht spekuliert hatte. Sie war ja fest der Meinung, ich würde in einem Fleischkühlwagen zwischen gefrosteten Rinderhälften außer Landes geschafft werden. Darum riet sie mir, mich ganz dick anzuzie-hen. Also hatte ich alles doppelt am Körper: Schlüpfer, Unterhemden, Socken, Hosen, Pullover… Die rote Hose guckte immer unter der bei-gen hervor und deswegen zippelte und zupfte ich die ganze Zeit daran herum, um das zu verhindern. Noch dazu konnte ich mich wegen der doppelten Klamottenlage fast nicht bewegen. Ich kam mir vor wie das Michelinmännchen, obwohl ich damals noch gar nicht wusste, wer das war. Wie auch immer: Ich schaffte es, pünktlich um 16 Uhr am Taxi-stand zu sein. Da stand ich also, mit meinen abgeschnippelten Alpen-veilchen, die ich irgendwo noch aufgetrieben hatte. Bevor ich mir noch irgendetwas weiter überlegen konnte, kam ein Mann, fasste mich unter und ging ein Stück mit mir. Dabei raunte er mir ins Ohr: „Morgen, 17 Uhr, Leipzig Hauptbahnhof, am Stadtplan warten. Jemand spricht dich an und fragt dich, ob du Mozart magst. Du musst antworten: Nein, Beethoven." Schon war er wieder verschwunden und ließ mich mit meinem Riechgemüse und den Klamotten, die gereicht hätten, um ein ganzes FDJ-Fähnlein auszustaffieren, im Regen stehen.

Meine Flucht

Wie ich am nächsten Tag wieder nach Leipzig gekommen bin, weiß ich bis heute nicht. Ich fühlte mich, als wäre ich über den Schlaf hinaus an einen anderen Ort gelangt, wo ich meine ganze Energie darauf verwendete, mein Nervensystem am Ticken zu halten. Der Rest meines Körpers und mein Gehirn hatten längst auf Autopilot geschaltet.

Ich stand am Stadtplan wie auf einer einsamen Insel im Ozean, eine verschwommene Figur sprach mich mit Mozart an, ich antwortete automatisch: ‚Beethoven' und wurde in ein 24-Stunden-Kino am Bahnhof geschleppt. Dort hörte ich nur: „Es kommt noch jemand." Stille dröhnte in meinem Kopf, während die Kinolautsprecher vor sich hin brabbelten und die Minuten zäh wie Sirup zerflossen. Nach einer Stunde tauchte ich aus meiner Isolation auf, als ich nach oben geschickt wurde, um mit dem gleichen Passwort einen weiteren Flüchtling, einen Mann, abzuholen. Nachdem wir beide wieder unten angekommen waren, erhielten wir nur die Information, dass wir noch eine Stunde warten mussten, da noch einer kommen würde. Mir war inzwischen alles egal. Mein Leben lag in der Hand von Irgendjemand, ich hatte alles hinter mir gelassen und das Gefühl, als würden die wichtigsten Menschen meines bisherigen Lebens (Oma, Jörgi und Astrid) hinter einer grauen Wand verschwinden. Ich zuckte aus meiner Grübelei, als ich erneut nach oben geschickt wurde, um den letzten Flüchtling abzuholen. Diesmal war es eine Dame, eine Zahnärztin aus Dresden, soviel habe ich mitbekommen. Als wir alle vier wieder im Kino waren, stand der Fluchthelfer auf:

„Kommt mit."

Hastender Lauf, so unauffällig wie möglich, in ein Auto gestiegen, eine Stunde Fahrt bis zu einer Raststätte auf der Transitstrecke. Der Fluchthelfer trieb uns wie eine Herde verschreckter Schafe in den Gastraum, bugsierte uns zu einem Tisch und sagte: „Wenn gegen 20 Uhr ein Mann reinkommt und eine Stange Zigaretten kauft, mit dem geht ihr raus." Dann war er weg.

Da saßen wir nun, wie die drei… ja, wie die drei ‚was‘? Vielleicht wie die drei Fragezeichen, ganz bestimmt nicht wie die drei Musketiere, denn mutig und furchtlos waren wir nicht, eher im Gegenteil. Wir kannten uns nicht und wollten dies auch nicht, denn: War einer von uns von der Stasi? Nur nicht reden und sich vielleicht verraten. So setzte sich die Stille zu uns wie ein ungebetener, vierter Gast. Wir saßen jeder vor einem Glas Wasser und warteten. Es wurde 20 Uhr, ohne dass jemand eine Stange Zigaretten gekauft hätte. Um 20 Uhr 30 warfen wir uns verstohlene Blicke zu. Was war los? Um 21 Uhr hatte ich das Gefühl, auf dem billigen Plaste-Stuhl festzukleben, schon ein Teil von ihm geworden zu sein. War etwas schief gegangen? 21 Uhr 15. Hatte uns irgendwer verraten? 21 Uhr 30. Wo sollte ich hin, wenn niemand kam? Um 21 Uhr 45 hatte ich das Gefühl, schreien zu müssen. ‚Ruhig, Tine‘, sagte ich zu mir im Geiste, ‚du hast schon so viel geschafft in deinem Leben. Denk nur an deine Schokoladensuche, den nächtlichen Waldausflug zu deiner Oma, die Stasi, die du abgehängt hast, dann wirst du ja wohl…‘ „Da, die Stange Zigaretten!" zischte der Mann neben mir plötzlich. Es war 22 Uhr, wir hatten zwei Stunden gewartet. Wir drei straften unsere eingerosteten Gelenke und verspannten Muskeln Lüge, schossen wie eine einzige Rakete von unseren Stühlen hoch und liefen dem Mann hinterher, als er die Raststätte verließ. Der Mann fluchte und schimpfte, sein Tonfall war eine Million Lichtjahre von ‚freundlich‘ entfernt. Er wollte eigentlich schon um neun an der Raststätte gewesen sein. Aber die Fluchthelfer in Westdeutschland hatten ein Problem: Sie wussten nicht, ob zwei oder drei Flüchtlinge kommen würden. Zweimal hatte ich es ja schon nicht geschafft, dabei zu sein. Also bauten sie extrem starke Stoßdämpfer hinten in das Auto, damit es mit der menschlichen Fracht intus nicht tiefer lag. Auf der leeren Hinfahrt hätte das Heck allerdings wie ein Entenbürzel in die Höhe geragt und um das zu verhindern, hatten sie schwere Steine in den Kofferraum geladen. Diese musste der Fluchtwagenfahrer aber auf der Transitstrecke erst einmal loswerden. Zwischen seinen hervorgestoßenen Flüchen bekamen wir mit, dass das fast unmöglich war, da es überall Überwachungskameras und Autos gab. Das war jedenfalls der Grund, warum er so spät kam und der ganze Zeitplan durcheinandergewirbelt wurde.

Wenn ich jetzt, über vierzig Jahre später, versuche, mich an alles genau zu erinnern, merke ich, dass ich doch Erinnerungslücken habe. Ich weiß nur, dass ich vor der Flucht Valium genommen habe. Zum einen, um mich zu beruhigen und zum anderen, da ich starken Husten hatte. Den musste ich auch dämpfen, wer weiß, in welcher Situation ich uns durch ihn vielleicht verraten hätte? So saß ich also auf dem Beifahrersitz, spindeldürr und innerlich taub, meine Reisetasche zu meinen Füßen. Mit einem Ton am Leibe, den er sich dringend hätte abgewöhnen müssen, befahl der Fahrer den Beiden, die hinten saßen, die Rückenlehne loszuschrauben und nach vorne zu klappen. Dann musste ich als die Leichteste zuerst nach hinten krabbeln und mich in den Kofferraum zwängen, die anderen beiden kamen hinterher. Nun schraubte der Fahrer die Rückenlehne wieder fest. Wie er das bei einer Geschwindigkeit von gefühlten 180 Kilometer pro Stunde geschafft hat, ohne uns alle ins Nirwana zu befördern, bleibt mir bis heute ein Rätsel. Als ich gerade anfing, langsam an unsere glückliche Flucht zu glauben, schoss mir ein Gedanke wie ein Blitz durchs Hirn. Panik saß auf einmal in mir wie ein gefangener Vogel, bereit, seine Flügel auszubreiten. „Ich habe meine Reisetasche auf dem Boden des Beifahrersitzes vergessen!" schrie ich so laut ich konnte, damit der Fahrer mich hörte. Von den Flüchen, die ich daraufhin mitbekam, kannte ich neunzig Prozent noch nicht. Die deftigsten habe ich mir aber gemerkt, um sie dereinst an meinen Enkeln auszuprobieren. Unser Fahrer war ein junger Mann, wahrscheinlich ein westdeutscher Student, der für diese Fahrt ungefähr tausend Mark bekam – oder zwölf Jahre Knast. Je nachdem, wer ihn zuerst erwischte. Das verlieh ihm anscheinend übermenschliche Kräfte. Ohne die rasende Fahrt zu verlangsamen, wand er sich wie Houdini halb nach hinten, schraubte die Rückenlehne erneut los, schleuderte mir die Reisetasche ins Gesicht und befestigte danach wieder alles. Ich hatte ein furchtbar schlechtes Gewissen, war aber so durch den Wind, dass es mir schon fast egal war.

Nach circa einer Stunde Fahrt in Formel-1-Manier hatte unser Nachwuchs-Niki-Lauda die Zeit wieder eingeholt und blieb somit gerade noch in der vorgeschriebenen, maximalen Transitzeit. Er wurde langsamer, bis zum Stop-and-Go – wir mussten an der Grenze sein. Das Auto war schon älter und hatte kleine Ritzen, durch die ich hindurchspähen konnte. Ich sah Lichter, allerdings fand auch der Regen einen Weg hinein und ich bekam einen nassen Kopf. Irgendwann rief der Fahrer etwas, das ich nicht verstand. Wenn ich es nun gekonnt hätte, hätte ich vor Schreck einen Satz gemacht, als der Mann, der neben mir lag: „Hurra!" in mein Ohr brüllte. Was? WAS!? War er ein Verräter, der die Stasi damit auf uns aufmerksam machen wollte? Ich warf ihm einen Blick zu, der so schwer war wie ein Grabstein und hoffte, dass er ihn töten würde. Da das nicht geschah, holte ich aus so gut ich konnte und haute ihm mit der Faust ins Gesicht, um ihn zum Schweigen zu bringen. Das muss allerdings nicht sehr stark gewesen sein, denn er reagierte darauf nicht einmal. Nach ein paar Minuten stoppte der Wagen und der Kofferraum ging auf. Himmel hilf! Gedanken splitterten durch meinen Kopf während mein Körper, wie der der anderen Flüchtlinge, in Schockstarre verharrte. Ich verkroch mich in meine Kapuze. ‚Tine‘, sagte ich mir ‚du bist in der Schokoladen… Oma, hilf mir, ich… Erich, wo ist Jörgi?...‘ Irgendjemand fasste unter meine Achseln und zog mich aus dem Kofferraum. Er wollte mich auf die Beine stellen, aber ich brach zusammen. Pechschwarze Todesangst schwappte durch meinen Körper und ich sah die Welt wie durch eine geborstene Glasscheibe. Ganz, ganz langsam fing einer meiner Sinne wieder an, zu arbeiten: Das Gehör. Ja, das waren jubilierende Freudenschreie, nichts anderes! Hätte uns die Stasi aus dem Auto gezerrt, hätte das anders geklungen. Nie werde ich den Satz vergessen, der so wie die Morgensonne, die tastend ihre ersten Strahlen über den Horizont schickte, in meinem Gehirn aufging:

„Ich bin im Westen!"

1 Der Jugendstilkachelofen 2 Das Schild 3 Ich im Garten der weißen Villa
4 Meine beiden Jungs und ich 5 Maika 6 In der Kosmetikschule
7 Alex mit Oma Hete und Opa Karl 8 Bastis erster Schultag
9 Zum zweiten Mal Braut 10 Die guten Geister helfen beim Umzug

Teil II
BRD

Berlin-Marienfelde, Aufnahmelager

Klappernd vor Kälte, Nässe und Erschöpfung stand ich neben dem Auto, das mein Leben verändert hatte, hielt mich am offenen Kofferraumdeckel fest und wusste schon wieder mal nicht, was nun passieren sollte. Da kam ein Mann auf mich zu: „Ich bring dich jetzt zu deinem Verlobten." Und gleich erwachte der alte ‚Tine-Widerspruchsgeist' in mir: „Das geht nicht, der ist in Hamburg." „Nein, er ist hier." Sein Chefarzt, mit dem er ein gutes Verhältnis hatte, schenkte ihm nicht nur das Flugticket nach Berlin, sondern er meinte auch: „Du musst frei haben. Wenn deine Verlobte kommt, kannst du die doch nicht alleine in Berlin lassen". Das erste Gefühl, das nach diesem Satz zu mir zurückkam war grenzenlose Erleichterung. Meine Einsamkeit floh wie eine Kakerlake vor dem Licht, auch wenn ich es noch nicht ganz glauben wollte. Bevor ich noch irgendetwas sagen konnte, setzte mich der Mann in einen Porsche (an diese Automarke erinnere ich mich noch ganz genau) und schoss mit mir durch das regennasse Berlin. Anscheinend erwischte ich immer Fahrer, die mit mir für den großen Preis von Deutschland trainierten... Während ich mich auf den Verkehr konzentrierte, hatten meine Gehirnzellen freien Auslauf. Das ging aber nicht lange gut. So viele Lichter, so viele Menschen, so viel Leuchtreklame hatte ich noch nie gesehen! Ich rutschte auf dem Beifahrersitz immer weiter nach unten, da ich das nicht wirklich verkraften konnte. Wie durch ein Kaleidoskop fiel mein Geist durch Farben, Lichter und Geräusche und nur meine an den Griff der Tür gekrallte Hand verhinderte, dass mein Körper hinterherfiel. Die Fahrt wollte nicht enden, bis er dann dastand. Er zog mich aus dem Auto, drückte mich fast zu Tode und wollte mich gar nicht mehr loslassen: Erich.

Diese erste Nacht in Freiheit verbrachten wir in dem unverschämten Luxus eines westlichen Hotels, das uns die Fluchthelfer gezahlt hatten. Am nächsten Morgen sagte Erich: „Wir müssen dich für das Bundesnotaufnahmeverfahren anmelden, dafür gehen wir in das dazugehörige Lager." Zuerst erledigten wir aber noch eine andere Sache, die mir sehr am Herzen lag: Ich wollte meine Familie informieren, dass es mir gutging. So stellten wir uns am Bahnhof Zoo bei der Post an und warteten, bis wir in Bremen bei unserem Freund Heiko anrufen konnten. Das war derjenige, der die ‚Umkuvertierungs-Aktionen' für meine Flucht gemacht hatte. Er war dann so lieb und nahm das ganze Theater mit der Telefonat-Anmeldung in die DDR auf sich und sagte meiner Familie Bescheid. Als wir das hinter uns gebracht hatten, fiel mir erst einmal ein Stein vom Herzen. Doch gleich ging es weiter in das Aufnahmelager. Das ganze Prozedere, das mich dort erwartete, kannte Erich schon, denn er hatte es selbst auch durchlaufen. Für die Zeit, die wir dort waren, hatte er ein Zimmer organisiert. Es war nur ein Tisch und ein Bett darinnen, aber – ganz ehrlich – mehr brauchten wir auch nicht. Zuerst einmal wurde ich allerdings von Erich separiert und musste in die niedrige, graue ‚Seuchenbaracke', die wie ein vorsintflutliches Tier am Ende einer kleinen Straße kauerte. Dort bekam ich meine ersten Sachen aus dem Westen ausgehändigt. Ich weiß es noch ganz genau: Eine Schüssel zum Waschen, Seife, Zahnpasta und –bürste, ein Handtuch und ein Nachthemd. Kaum hatte ich mich gewaschen und angezogen, nahm die ganze Welt schon wieder einen Rosaton an und ich schaute mich kampfeslustig um. Ich sollte zwar in der Baracke bleiben, bis feststand, ob ich nicht vielleicht eine ansteckende Krankheit hatte, aber das sah ich ja nun gar nicht ein. Ich kam doch nicht vom Mars und hatte die ‚Kleine-grüne-Männchen-Krankheit'! Mit mir nicht! Ich hatte zu viel durchgemacht, um mir jetzt noch von irgendwem etwas vorschreiben zu lassen. Das Zimmer bedrängte mich und wenn ein Fenster nicht vernagelt war, dann kam ich da auch hinaus. Ich wollte nach dieser langen Zeit der Trennung und der Ungewissheit einfach nur zu Erich. Niemand bemerkte es, als ich wie ‚Das kleine Gespenst' im Nachthemd über den Hof von Schattenfleck zu Schattenfleck wehte. Was muss das für ein Anblick gewesen sein: Der Wind fuhr in das dunkle Gestrubbel der Haare des ‚Gespenstes‘, hob Strähnen an und ließ sie wieder fallen, wie jemand, der sich in einem Geschäft bunte Bänder aussucht. Dabei hüpfte die Erscheinung, sorgfältig jedem Lichtschein ausweichend, Richtung Erich, während das Nachthemd wie eine Standarte hinterherflatterte. Als ich mir vorstellte, was ich für ein Bild abgab, musste ich so sehr kichern, dass ich bis zu unserer Unterkunft einen Schluckauf hatte.

Dort lernte ich meine nächste Lebenslektion: Frau braucht nicht viel Unterwäsche… Ich durfte mich ins Bett legen, Erich wusch meinen Schlüpfer und den BH im Waschbecken, legte sie auf die Heizung und am nächsten Tag zog ich sie wieder an. So ging das eine Woche und wenn er mir stattdessen einen Pelzmantel, Schmuck und einen Ferrari geschenkt hätte, hätte mir das auch nicht mehr Freude bereiten können.

Natürlich wollte mir Erich auch Berlin zeigen, diese geteilte Stadt, deren Ostteil unter anderem auch die Hauptstadt der DDR war. Nur: Diese graue und karge Betonwüste hatte so gar nichts mit dem Übermaß im Westen gemeinsam. Erich hatte ja ein viertel Jahr ‚West-Vorsprung‘ und ging mit mir zuerst einmal in das Kaufhaus des Westens, Kennern als ‚KDW‘ bekannt. Heute fehlen mir fast die Worte, die Gefühle zu beschreiben, die dort über mir zusammenschlugen. Damals fehlten mir die Worte übrigens auch. Als Krankenschwester würde ich sagen: Ich erlitt einen anaphylaktischen Schock, als ich die Lebensmittelabteilung des KDW betrat. Die Regale quollen über vor leuchtendem, frischem Obst und ich wusste gar nicht, woran sich meine Augen zuerst weiden sollten. Von dem Angebot der DDR kannte ich nur verschrumpelte Äpfel aus dem letzten Jahr, schmutzige Kartoffeln und Kohl, also nur den Rest der regionalen Produkte, den die Bonzen uns, dem gemeinen Volk, übrigließen. Wenn man sich einmal ausnahmsweise für eine Dose Pfirsiche anstellen durfte, dann nur, wenn man beweisen konnte, dass man auch wirklich Jugendweihe hatte. Diese Pfirsiche wurden dann zu dem Belag für den Festtagskuchen und auf einmal hatte man schrecklich viele Verwandte. Sonst sah und hörte man die ganze Zeit nichts von ihnen, bis es darum ging, ein Stück Pfirsichkuchen zu ergattern. Dementsprechend klein fielen dann auch die Stücke aus, aber das nur am Rande…

Auf einmal entdeckte ich im KDW endlich die Bananen. Sofort wollte ich eine Tüte kaufen und sah mich nach der Schlange um, an deren Ende ich mich dafür anstellen musste. Man wusste ja nie, ob es morgen noch welche geben würde. Erich lachte nur: „Dummerchen, die kannst du hier immer kaufen." Doch ich blieb stur: „Nein, die nehme ich jetzt mit, die MUSS ich jetzt haben!" Es war ein Traum von mir, mich einmal richtig an Bananen satt zu essen und nicht nur mit den Zähnen die Innenseite der Schale abzukratzen. Das tat ich nämlich immer, wenn wir es - selten genug – im Osten einmal geschafft hatten, zwei dieser herrlichen Früchte zu ergattern. Das Fruchtfleisch selber bekam immer Jörgi, weil er so ein kleiner Fussel war und noch wachsen sollte. Als ich diesen sonnengelben Schatz aus sieben Bananen in den Händen hielt, ihren unverwechselbaren Duft einsog, die beruhigende Kühle spürte, die von ihnen ausging und mich auf die gleich folgende Schlemmerorgie freute, gaben wegen des Glücksgefühls meine Knie beinahe nach. Erich merkte, dass ich wankte und schleppte mich die Rolltreppe hinunter an die frische Luft. Ich sank auf einer Bank auf dem Ku'Damm zusammen, legte den Kopf in den Nacken und sah in den Himmel, der wie zerlaufenes Vanilleeis aussah. Dankbar atmete ich tief ein und verdaute erst einmal meinen ersten Kulturschock.

Auch die Eindrücke in dem Aufnahmelager haben sich mir wie mit einem Laser ins Gehirn gebrannt. Nicht nur die ersten Geschenke wie Nachthemd und Seife oder die Baracke, sondern auch den Speisesaal werde ich nie vergessen. Jeder von uns bekam: Ein Brettchen, eine Scheibe Brot, eine Ecke Schmelzkäse und ein Messer. Wir saßen dort mit Flüchtlingen aus aller Herren Länder und aßen in trautem Frieden. Es war auf einmal alles so einfach und die Deutsche Demokratische Republik mit ihren Verboten und Repressalien, ihrer Stasi und ihren Lügen versank in der Unwirklichkeit, so wie ein Alptraum, wenn man morgens aufwacht.

Wir mussten solange in dem Lager bleiben, bis ich den bundesdeutschen Pass bekam. In dieser Zeit wurde ich von den Engländern verhört, was ich allerdings fast nicht mitbekam. Der dickliche englische Offizier, der mich begrüßte, ruhte in seinem Stuhl wie ein Königsberger

Klops in seinem Topf. Er bot mir Schokolade und Kaffee an und ich verstand die Welt nicht mehr. Wenn DAS ein Verhör war, dann wollte ich gar nicht erst wissen, wie in diesem wunderbaren Land alles andere aussah! Natürlich konnte ich verstehen, dass sie sicher sein wollten, ob ich nicht doch ein Stasi-Spitzel war. Sie legten mir eine Karte von Wernigerode vor und ich musste alles benennen: Wo war der Sitz der Stasi, wo der der Polizei, wo hatte ich gewohnt. Das gleiche Spielchen durchlief ich dann auch bei den Amerikanern, nur gab es da zusätzlich zu der Schokolade noch Kaugummis. Oh, war das da alles lecker! Fast wie Weihnachten nur nicht ganz so feierlich. Doch dieser ganze überbordende Luxus in Kombination mit der ausgesuchten Höflichkeit und Freundlichkeit, schaffte es, mich schüchtern zu machen. Das muss man sich mal vorstellen: Ich, Tine Widerspruch, wurde schüchtern! Fast bis zum Schluss habe ich mich nicht getraut, von dieser köstlichen Schokolade zu nehmen. Am gleichen Tag, an dem dann endlich das erste Stück auf meiner Zunge zerschmolz, bekam ich meinen ersten bundesdeutschen Pass. Die Kronjuwelen konnten der Königin von England auch nicht wertvoller erschienen sein, als mir dieses kleine Heftchen. Ich hielt ihn in der Hand, sah sein beruhigendes, dunkles Grün, spürte die Riffelung seines Einbandes, roch die Druckerschwärze und hörte einen Chor mit Streichern, Bläsern und dem ganzen Brimborium in meinem geistigen Ohr, während die letzte Schokolade meine Speiseröhre hinunterglitt. Tine aus der Schokoladenfabrik in Wernigerode/DDR war jetzt eine Bundesbürgerin! Ich weiß nicht, ob diese Tastatur so viele Ausrufezeichen hat, wie ich sie bräuchte, um das zu betonen!

Dann ging alles sehr schnell: Wir haben vom Staat ein Flugticket geschenkt bekommen. Klar, auf der Transitstrecke hätten sie uns sofort wieder verhaftet. Es war der erste Flug meines Lebens. So etwas Schönes hatte ich noch nie erlebt. Erich hielt meine Hand, ich flog wie Petra Pan über die DDR hinweg und landete im Westen. So leicht war es also!

Hamburg

Nun kam meine: ,Zum-ersten-Mal-Zeit'. Alles was jetzt passierte, hatte ich noch nie gesehen, erlebt oder gemacht. Ich kam mir vor, als wäre ich mit 22 frisch geboren und lief staunend durch diese neue, bunte und freie Welt. Nur mein angeborener Sinn für alles Schöne verhinderte, dass mir ständig der Unterkiefer vor Überraschung herunterklappte und mich wie ,Klein Doofie mit Plüschohren' aussehen ließ. Außerdem rief ich mich innerlich zur Ordnung: ,Tine, du hast schon so viel erlebt und gemeistert, dass dich dieses neue Land in keinster Weise ...' und schon fiel mir wieder mein Gesicht auseinander. SO konnte also ein Bus aussehen!? Nicht wie die alte Klapperkiste, die mich schnaufend und stinkend durch den Harz gegondelt hatte, als ich noch ein Kind war. Dieser Bus hier war von außen fast so groß wie die Wohnung in der Schokoladenfabrik und sah von innen beinahe wie ein Hotelzimmer in der DDR aus. Mich streifte die Idee, dass ich hier von einem Extrem ins andere fallen und eine Menge lernen aber auch geben würde. Also: Auf ins Neue!

Jetzt begann unsere ,Bus-Zeit'. Wir hatten ja kein Auto und mussten alle Wege ,zu Bus' erledigen. Das störte mich aber nicht im Geringsten, für mich war es fast wie im Urlaub. Vom Flughafen fuhren wir in die Barmbeker Straße zu Erichs Tante und Onkel. Diese waren über fünfzig, jeder von den Beiden wirkte so gemütlich wie ein altes Sofa und sie ließen uns in einem Zimmer bei sich wohnen. Unten im Haus hatten sie eine Kneipe und direkt vor der Tür gab es eine Bushaltestelle. Das war sehr praktisch, denn gleich am nächsten Tag fuhr Erich mit mir nach Geesthacht zu der Klinik, in der er bereits arbeitete. Er wollte mich dort vorstellen, damit auch ich Arbeit bekam. Und was soll ich sagen: Innerhalb von zwei Wochen, am 01.11.1972, konnte ich als Krankenschwester auf der Gynäkologie anfangen. Das Beste war allerdings, dass es für uns eine Ärzte-Wohnung neben dem Krankenhaus geben sollte. Ich war im siebten Himmel. Zwei Zimmer, eine Einbauküche, ein bis oben gefliestes Bad und ein großer Balkon. Taumelnd vor Glück stiegen wir in den Bus, um zurück zu fahren – es war natürlich der Falsche, wir hatten nicht darauf geachtet. Aber irgendwie war es auch der Richtige, denn nun gab es eine Sightseeing-Tour durch die schönen Vierlande. Ich fühlte mich an meine Urlaubs-Kinderzeit an der Ostsee erinnert, als ich an der Busfensterscheibe klebte und mir dabei fast die Nase plattdrückte, um alles sehen zu können. Die mächtige Elbe, die mich wie eine alte Freundin aus der DDR begleitete, die großen Schiffe, alles gehüllt in Oktobersonnenschein – es war so ein schönes Land. Nicht spektakulär, aber sanft und in gedämpften Farben streichelte es die Seele. Hier wollte ich bleiben.

Eine Kinderärztin (Lilo, auch heute noch meine Freundin), die Frau des Chefarztes, nahm dann die praktische Seite in die Hand. Sie fragte das gesamte Personal der Klinik: „Morgen kommen Flüchtlinge – wer hat was?" Wie mit einer Horde Heinzelmännchen schaffte sie es, über Nacht unsere komplette zukünftige Wohnung einzurichten. Das war auch gut so, denn am nächsten Mittag standen wir mit unseren paar Habseligkeiten wieder vor der Kliniktür. Ich war froh, von Erichs Onkel weg zu sein, denn bei diesen – für mich – alten Leuten fühlte ich mich nicht wirklich wohl. Außerdem sollte ja auf mich unsere eigene Wohnung warten. Lilo stand leicht gekrümmt in der Tür, irgendwie mitleidend. Ich dachte: ‚Was ist das denn für eine komische Frau?' Sie ließ uns ohne ein Wort in den ersten Stock gehen. Sofort merkte ich, wie unrecht ich ihr getan hatte, es war einfach ihre Art. Denn als ich die Tür öffnete, dachte ich, ich bin in der falschen Wohnung. Stocksteif und still stand ich in diesem Traum aus einem Möbelhauskatalog. Das Wohnzimmer war eingerichtet mit Sesseln und einem Tisch, auf dem als Willkommensgruß eine Flasche Wein, Gläser und Knabbereien standen. Die Küche war voll bestückt mit Töpfen und Geschirr und im Bad gab es Seife und Handtücher. Beim Schlafzimmer angelangt, musste ich mich wirklich am Türrahmen festhalten: Strahlend weiß bezogene Federbetten, rechts und links ein Nachtschränkchen und das tollste: Vor den Betten lag jeweils ein Lammfell auf dem Boden. Ich verstand die Welt nicht mehr. Alice im Wunderland, so hieß doch dieses Mädchen, das in eine wundervolle Welt fiel? Ja, genauso fühlte ich mich. Wir schliefen in dieser Nacht wie im Himmel. Am nächsten Morgen nahmen wir uns die Zeit, unsere erste eigene Wohnung, die wir endlich, endlich mit niemandem teilen mussten, richtig anzuschauen. Nachdem Erich zur Arbeit gegangen war, klingelte Lilo. Sie hielt einen Feudel, einen Putzeimer und ein Päckchen mit der Antibabypille in der Hand: „Die sind wichtig, damit du nicht gleich ein Kind bekommst." Ja, die liebe Lilo war schon immer sehr pragmatisch.

Auf Station

Sofort Arbeit zu haben, war auch deswegen sehr gut, da ich gleich nachdem ich aus dem Kofferraum des Fluchtautos gezogen worden war, einen Wechsel über 15tausend Westmark unterschreiben musste. Dadurch, dass wir ja nun alle Beide Arbeit hatten, konnten wir diese – für mich immer noch horrende – Summe schneller abbezahlen. Die Fluchthelfer ließen aber auch nicht locker. Sie kamen immer nach Hamburg geflogen, wir trafen sie am Flughafen und händigten ihnen jeweils größere Teilsummen aus, solange, bis alle Schuld getilgt war. Aber das nur am Rande.

Zurück ins Krankenhaus, das übrigens von Diakonissen geleitet wurde. Was waren die giftig und gallig. Ich überlege gerade, ob das Wort: ‚Diakonisse' nicht von der ‚Hornisse' abstammt…!? Jedenfalls falteten sie mich sofort zusammen, wenn ich mal etwas tat, das ihren konkreten Anweisungen zuwiderlief. Es war für mich zum Beispiel eine Selbstverständlichkeit, dem Oberarzt mal eine Tasse Kaffee zu kochen. Oh, gab das einen Ärger! ‚Das gehöre nicht zu meinen Aufgaben, ich hätte mich nur um die Patienten zu kümmern, das sei doch hier kein Kaffeehaus' und was sie mir nicht noch alles an den Kopf geschmissen haben. Da ‚Tine Widerspruch' das aber überhaupt nicht einsah, habe ich dem Chef ab da die Tasse Kaffee immer heimlich zubereitet. Das blieb dann unser kleines Geheimnis.

Für mich begann nun eine Zeit des Lernens. Ich dachte am Anfang: ‚Krankenschwester ist Krankenschwester, egal wo'. Weit gefehlt. Hier im Westen war alles anders, die ganzen medizinischen Artikel waren mir fremd. In Wernigerode haben wir während der Nachtwache, wenn wir also Zeit hatten, alles gewaschen, abgekocht oder sterilisiert. Hier gab es Einmal-Artikel: Spritzen, Tücher, Tupfer, Watte, Verbände. Was für ein Luxus! Daran gewöhnte ich mich schnell, mein größtes Problem war allerdings: Die Medizin hieß hier anders. Sicher, sie hatte gleiche oder ähnliche Wirkstoffe, aber ich konnte mein ganzes, mühsam erlerntes Medikamenten-Vokabular gepflegt auf den Müll schmeißen. Ich musste richtig Vokabeln lernen, wie bei einer Fremdsprache. Aber das feuerte mich nur an. Vor allem auch deswegen, da mir das Leben schon wieder zulachte. Die Diakonissen wurden bald abgezogen und so fehlte eine Stationsschwester. Wir erinnern uns: Wenn Tine etwas wollte... Im Sturmschritt habe ich die Station übernommen. Was mir dabei zu Gute kam: Der leitende Klinikarzt wusste, dass die medizinische Ausbildung in der DDR erstklassig war und er musste seine Entscheidung nie bereuen, im Gegenteil. Ich habe nämlich sehr schnell bemerkt, dass die Ausbildung der Schwestern dort miserabel war. Dagegen musste ich etwas tun – meine Pflicht rief mich nicht, sie hämmerte in voller Kampfausrüstung an die Tür! Von dem Moment an sagte ich mir: „Hier ist Not am Mann, beziehungsweise an der Frau, ich muss die ausbilden." So haben Erich und ich ihnen einmal pro Woche gynäkologischen Unterricht gegeben. Das war so bitter nötig! Die Beispiele, die ich jetzt aufschreibe, ziehen mir heute noch die Schuhe aus: Eine frisch operierte Patientin (‚vaginale Totale mit vorderer und hinterer Plastik‘) klingelte wegen der Schmerzen. Ich schickte eine Hilfsschwester – was für ein Fehler! Sie sagte der Patientin nämlich: „Da hat sich wohl eine Plastik eingeklemmt." ‚Plastik‘ bedeutete in diesem Falle aber: Die operative Straffung der Muskulatur. Das durfte doch nicht wahr sein! Denn für alles, was hier schieflief, musste ich die Verantwortung übernehmen, ich stand praktisch immer mit einem Fuß im Gefängnis. Eine Krankenschwester machte es mir besonders schwer. Sie sollte eine Infusion entfernen und was tat das dumme Huhn? Schnitt den Schlauch ab und wickelte eine Binde darum! Bei der Visite sah ich dann den durchgebluteten Verband und mir blieb fast das Herz stehen... Früher gab es auch noch keine Intensivstation. Die frisch Operierten wurden auf Station postoperativ beobachtet. Dieselbe Schwester hielt dann bei einer solchen Patientin Sitzwache und musste in genau bestimmten Abständen den Blutdruck messen. Da ich ihr nicht mehr traute, ging ich hinein, um alles zu überprüfen. Ich entdeckte dabei einen Blutdruckwert auf dem Zettel, den ich noch nie in meinem Leben gesehen hatte. Die Patientin musste tot sein – aber warum lag sie dann im Bett und schaute mich an? Als ich die Schwester darauf ansprach, meinte sie nur lakonisch: „Ich habe noch nie den Blutdruck gemessen." Meine entsetzten Recherchen ergaben, dass sie angeblich im Krieg ihr Ausbildungszertifikat verloren hatte. Ab da gab ich ihr nur noch ungefährliche Hilfsarbeiten zu tun, denn das Leben meiner Patienten war mir zu wichtig und man konnte nie wissen, was ihr gerade durch die Rübe rauschte. Heute bin ich mir sicher, dass diese Frau gar keine ausgebildete Krankenschwester war. Zum Glück ging sie bald in Rente.

Die erste Zeit

Sie werde ich nie vergessen, im Nachhinein kann ich sie wirklich nur mit ‚wunderschön' beschreiben. Die Visite machten wir immer zusammen und ich war unbändig stolz auf meinen Verlobten. Er hatte eine ruhige und bedachte Art, mit den Patientinnen umzugehen und genauso führte er auch seine Operationen durch. Die Patienten bekamen natürlich mit, dass wir ein Paar waren. Und hier im Westen war das kein Problem, anders als im Osten – im Gegenteil: Es steigerte noch mein Ansehen, denn bald sollte ich ja Arztfrau sein - falls Erich es sich nicht doch noch anders überlegen würde... Ach was, sagte ich mir, das Leben ist voller ‚falls', wenn man danach ging, konnte man ja gleich den Kopf in den Sand stecken. Wenn etwas für mich sicher war, dann, dass wir heiraten würden. Ich war nicht nur seine Verlobte, sondern vor allem seine Verbündete, die ihm sein Leben leichter machte. Außerdem hatte er viel zu viel gewagt um mich aus der DDR in den Westen nachzuholen, es wäre unverständlich gewesen, wenn er jetzt gekniffen hätte.

Ebenfalls unverständlich war mir allerdings auch das Krankensystem hier im Westen. Es gab in der Krankenversicherung zwei Klassen. Das kannte ich nicht und es lief meinem Gerechtigkeitsempfinden so zuwider, dass ich es auf meiner Station teilweise abgeschafft habe. Die Patienten der ersten Klasse bekamen zum Beispiel ihren Kaffee (der für mich ein heiliges Gut war) in einem Porzellankännchen mit ebensolcher Tasse, Unterteller und Serviette serviert. Denen in der zweiten Klasse stellte man nur einen Keramikpott auf das Nachtkästchen. Das blieb nicht lange so, denn selbstverständlich bekamen diese Patientinnen ihren Kaffee bei mir ebenfalls in Porzellan. Ich war ja nicht umsonst durch die ‚Schule des guten Benehmens‘ der Frauen Heinemann gegangen und hatte tagelang die Ausstattung des ‚Stillzimmers‘ im Schloss Wernigerode in mich aufgesogen. Mit der Putzhilfe der Station des Geesthachter Krankenhauses gab es deswegen aber dann Krieg. Sie musste alles abwaschen und das waren täglich 21 Gedecke. „Gehen sie doch dahin zurück, wo Sie hergekommen sind", fauchte mich diese dicke Frau an, wusch klappernd das Geschirr ab, dass es nur so schäumte und quoll dabei vor Empörung fast aus ihrer Kittelschürze. Da ich mir so eine Frechheit natürlich nicht gefallen ließ und der Oberschwester Bescheid sagte, bekam sie eins auf den Deckel. Ab da war ich die bestgehasste Frau für diese Giftspritze. Da ich aber gar nicht so viel Alkohol trinken konnte, um mich auf ihr Niveau hinunter begeben zu können, wandte ich mich einfach wichtigeren Aufgaben zu: Meinen Patientinnen. Meine Pflegezuwendung bestand neben der medikamentösen aus Liebe, Herz und Zeit. Gerade das letzte ließ ich mir nicht nehmen. Jeden Abend, bevor ich nach Hause ging, schaute ich noch einmal in den Fünf- und Zweibettzimmern bei Allen vorbei. Zu jeder setzte ich mich aufs Bett, fragte, wie es ginge und sagte: „Gute Nacht, bis morgen." Die Patientinnen liebten dieses Ritual. Viele von Ihnen waren operiert und hatten einen Bauchschnitt mit entsprechend großer Narbe. Vor allem zu husten und zu lachen tat immer sehr weh. Ich gab ihnen den Rat, dabei die Hände fest auf den Bauch zu legen. Wenn ich dann abends meine Runde beendet hatte, sagte ich jedes Mal: „So, schön schlafen jetzt. Und wenn ihr nicht lieb seid, dann erzähle ich euch einen Witz." „Neinnein, bitte nicht", kam es dann jedes Mal im Chor leicht verzweifelt zurück und die ersten mussten schon wieder lachen und griffen sich an die Bäuche.

Natürlich gab es auch Arbeit, die weniger schön war, trotzdem – oder vielleicht gerade deswegen – habe ich sie gerne gemacht. Ich bin nämlich oft bei Sterbenden gesessen. Es war egal, wie lange es dauerte, eine oder zwei Stunden, sie ließen mich nicht los und ich von meiner Seite aus konnte auch nicht gehen. Ich habe sie begleitet bis zum Schluss und erst dann war ich bereit, den Raum zu verlassen. Vollkommen erschöpft konnte ich nach dieser kräftezehrenden emotionalen Arbeit dann allerdings die weiterführende, vorgeschriebene Behandlung der Toten aber nicht mehr erledigen. Wenn das Leben nicht mehr in ihnen war, ging es nicht mehr für mich, sie anzufassen. Die Schwesternschülerinnen waren andererseits froh, dass ich ihnen die - für sie viel schwerere - Sterbendenbegleitung abgenommen hatte und meinten: „Schwester Christina, wir machen das schon.‟

Hochzeit

Wir beschlossen zu heiraten. Ganz unromantisch. Wir waren jetzt vier Jahre zusammen und ich sagte: „Schluss jetzt mit wilder Ehe, nun wird geheiratet.‟ Erich fügte sich, ich will jetzt nicht sagen: ‚Murrend‘ – doch, vielleicht passt gerade ‚murrend‘ gut. Er war ja schon einmal verheiratet gewesen und glaubte nicht mehr so recht an diese Institution, außerdem wusste er selbst am besten, was für ein Schürzenjäger er war. Andererseits hoffte ich damals noch, die Hochzeit würde ihn vielleicht von seinen ganzen Eskapaden abhalten.

Der Termin war dann schnell gefunden, es wurde der 3.5.1974. Der Wonnemonat Mai, der sollte es sein. Kirchlich wollten wir beide nicht heiraten, darum gab ich mir mit meinem Outfit für das Standesamt umso mehr Mühe. Ich möchte das hier bitte in ROT geschrieben sehen, dass ich damals Größe 36 trug! Für diese Barbiepuppen-Figur suchte ich mir einen weißen Hosenanzug aus, der weite Beine hatte und somit fast wie ein Rock aussah. Dazu passend fand ich noch einen breitkrempigen weißen Hut, so wie es in den 70ern der letzte Schrei war. Von der

Zeremonie weiß ich nicht mehr viel, nur, dass ich so stolz und glücklich beim ‚Ja-Sagen' war! Als wir aus dem Standesamt traten, schwebte aus dem nahen Park der Duft von blühenden Akazien herüber, die Schwestern und meine Freundin Lilo standen Spalier und warfen Reis. Mein Herz jubelte. Tine aus der Schokoladenfabrik in der DDR war im Westen angekommen und bereit für das glorreiche Leben, das nun auf sie wartete.

Die Hochzeitsfeier selber hat uns Erichs Onkel in seiner Wohnung ausgerichtet, also fuhren wir gleich mit dem Bus nach Hamburg. Wir waren sehr glücklich darüber, denn wir zahlten ja noch immer die Fluchthelfer ab und hatten keine müde Mark, wie man so schön sagt. Als wir an der Barmbeker Straße ausstiegen, ertönte ein Martinshorn und ein Polizist sprach durch ein Megaphon: „Herzlichen Glückwunsch zur Hochzeit und alles Gute." Doch nicht nur das hatte der Onkel für uns organisiert, sondern auch ein richtig deftiges Buffet für uns aufgebaut. Ich erinnere mich vor allem an die Frikadellen. Wer immer jetzt über Fleischklopse als Hochzeitsessen die Nase rümpft: Ich kannte es nicht anders, eher noch weniger und kam mir vor wie im Schlaraffenland. Der Kreis der Hochzeitsgäste war überschaubar, da ja Erichs und meine Verwandten aus dem Osten leider nicht zur Feier ausreisen durften. Das warf für mich einen Schatten über diesen Freudentag. Wie gerne hätte ich meine Freunde und Familie wiedergesehen, besonders Oma und Opa, meine Eltern, Angelika, meinen Jörgi und Astrid. Ausgerechnet an meiner Hochzeit, dem Ziel meiner Wünsche, durften sie nicht dabei sein! Doch ich schluckte die Tränen weg. Ich durfte nicht undankbar sein, ich hatte ja einen Plan, wie ich meinen kleinen Bruder bald zu mir holen würde. Von der Familie konnten außer Erichs beiden Schwestern nur Onkel, Tante und deren drei Töchter mit uns feiern. Mit der Ältesten, Ingrid und deren Mann Heinz, habe ich mich sehr schnell angefreundet. Die anderen beiden kamen zur Hochzeit extra aus Bad Oeynhausen und Memmingen angereist. Deswegen gab es zur Feier des Tages die obligatorische Hafenrundfahrt. Die hat mir so gut gefallen, dass ich sie die Jahre darauf immer mit ins Besichtigungsprogramm aufnahm, wenn wir mal Besuch von außerhalb Hamburgs bekamen.

Nach dieser Feier sind wir dann auch gleich wieder nach Geesthacht in unsere Wohnung zurückgefahren. Wir bekamen dort viele Geschenke und das lenkte mich von meiner Trauer, ohne meine Familie geheiratet zu haben, dann doch ab. Vieles kam nicht nur von den Krankenschwestern, sondern auch von den Patientinnen, seien es Blumenvasen oder ein schönes Service und wir konnten alles gebrauchen. Ein besonderes Highlight war die Gabe von Lilo und ihrem Mann, dem Chefarzt: Ein handgeknüpfter Orientteppich. (Den hatte ich bis 1996, bis ihn Ingo mir gestohlen hat. Aber diese Geschichte kommt später.) Diese Farben, das Design und seine Seidigkeit warfen mich damals fast um. So etwas Tolles kannte ich nicht aus der DDR, nur knarrende, selbsthändig braun angestrichene Holzfußböden.

Bald hatte mich dann wieder der Alltag eingeholt, trotzdem änderte sich für mich alles. Ich blieb zwar Schwester Christina, war aber nun verheiratet mit meinem Traummann, dem Stationsarzt.

Alexander

Jetzt fehlte mir nur noch eines zum Glück: Ein Kind. Mein eigenes Baby, von dem ich träumte, seitdem ich angefangen hatte, zu denken. Erich wollte keines, er hatte ja schon Anke aus seiner ersten Ehe. Ich ließ mich aber nicht von meinem Plan abbringen, vielleicht, weil ich immer noch hoffte, dass ein Kind ihn endlich zur Vernunft bringen würde. Wenn er erst einmal Vater wäre, so dachte ich, würde er mit den Seitensprüngen aufhören. Ich war ja nicht dumm und bekam immer wieder mit, wenn zwischen ihm und einer Schwesternschülerin ,etwas lief'. Zuerst wusste ich nicht, welche es diesmal war und fühlte mich unangenehm an die Rolle seiner ersten Frau in der DDR erinnert. Wenn die Betreffende dann aber mir gegenüber zu respektlos wurde („Machen Sie ihren Scheiß doch alleine"), war mir sofort klar: Die ist es. Was dann kam, war die berühmte Katze, die sich in den Schwanz beißt. Ich heulte und schrie, Erich versprach mir das Blaue vom Himmel herunter, ich glaubte ihm, weil ich es glauben wollte und erteilte ihm somit Absolution für sein nächstes Abenteuer. Nicht einmal Lilo, die hier im Westen mehr und mehr die Rolle einnahm, die Astrid damals in der DDR hatte, konnte ich erzählen, was mich quälte. Allerdings bin ich mir heute sicher, dass sie von Anfang an Bescheid wusste.

Ich wollte weiter unbedingt ein Kind, organisierte mir ein ums andere Mal einen Schwangerschaftstest und als er endlich ‚blau‘ anzeigte, hätte ich vor Freude schreien mögen. Bei der nächsten Visite ging ich hinter Erich und malte mit meinem Finger ein ‚Plus‘ auf seinen Rücken. Das bedeutete: ‚Positiv‘. Erich wusste sehr genau, was das hieß und war stinksauer, was mir allerdings relativ egal war. Denn ich kannte jemanden, der richtig glücklich sein würde. Ich ging zu Lilo: „Ich habe eine gute Nachricht für dich und eine gute. Welche willst du zuerst wissen?“ „Na, die gute natürlich!“ strahlte sie mich an, denn sie ahnte schon, um was es gehen sollte. Lilo freute sich unbändig für mich, denn sie wollte schon des Längeren selbst ein Baby bekommen, aber es klappte nicht. Nun sollte es also ein Kind geben in unserem Haus – meines!

Während meiner Schwangerschaft war ich viel krank, ein Keim hatte sich in meinen Nieren festgesetzt und wollte nicht weichen. Meiner Meinung nach hatte mein Mann mich angesteckt und somit dafür gesorgt, dass ich nicht mehr fähig war zu arbeiten und nun in unserem Krankenhaus auf Station liegen musste. Als ich da so im Bett lag und die weiße Decke anstarrte, fragte ich mich, ob das Gefühl, das sich in mir niedergelassen hatte, Glück war oder doch nur seine weit entfernte Verwandte, die Zufriedenheit. ‚Nein, Tine‘, schalt ich mich, ‚denk daran, dass du schon immer ein Baby wolltest. Jetzt ist es soweit. Also freu dich gefälligst!‘ Und so freute ich mich wie Bolle, während mein Bauch immer dicker wurde.

Irgendwann durfte ich dann wieder aus dem Krankenhaus, nach Hause in meine gut funktionierende Freundinnen-Infrastruktur, die mich begeistert auffing. Nicht nur Lilo wartete auf mich, auch Doris, eine ebenfalls aus der DDR Geflüchtete. Die hatte ein Jahr vor mir ein Kind bekommen und überließ mir großzügig ihre komplette Schwangerschaftsbekleidung. Und meine Freundin Ruth sammelte alle Babysachen zusammen, derer sie habhaft werden konnte. So kam ich zu einem wunderschönen Kinderwagen. Allerdings griffen wir auch einmal ins Klo, wie man so schön sagt, als wir ein gebrauchtes Kinderbett kauften. Beim Abtransport im geliehenen Auto sah ich zu meinem Entsetzen, wie die Sägespäne herausrieselten, weil im Inneren schon jemand wohnte: Der Holzwurm. Mit quietschenden Reifen hielten wir bei der nächsten Müllhalde und warfen das Ding über den Zaun. Danach fegte ich erst einmal das Auto aus, wobei ich meinen unförmigen Bauch von einer Seite auf die andere schob, da er mir immer mehr im Weg war. Am nächsten Tag bekam ich von einer Krankenschwester eine wunderschöne handbemalte Wiege und das versöhnte mich dann wieder. Ich habe ihr allerdings nie erzählt, dass ich das kleine Möbel zuhause heimlich erst einmal nach Holzwurmlöchern abgesucht habe…

Das war auch die Zeit, in der ich anfing zu nähen. Da ich nicht wusste, ob es ein Junge oder ein Mädchen werden würde, nähte ich zwei komplette Garnituren: Eine in blauweiß- und eine in rotweiß-kariert. Nun war alles vorbereitet und mein Baby konnte kommen!

Als ich nicht mehr dachte, dass mein Bauch noch dicker werden könnte, tat mir dann am 1.6.1975 mein Sohn Alexander den Gefallen und kam zwei Wochen zu früh auf die Welt. Erich und ich machten gerade einen Ausflug. Als ich aus dem Wald trat, flatterte eine Lerche auf, schraubte sich in den Himmel und schwebte jubilierend in einem eleganten Schwung davon. Ich blickte ihr entzückt hinterher, wie sie sich über einem weiten, vor uns liegenden Getreidefeld im Blau verlor. Der Wind strich über die Halme des Feldes, die Ähren wogten sacht. Es sah aus, als ob eine große, unsichtbare Hand die noch grünen Stängel wellte. Voller Sehnsucht dachte ich an das Kind, das ich bald gebären sollte und das heranreifte wie das junge Korn vor mir. Ich wünschte mir von Herzen, dass ihm all die schlimmen Dinge, die mir im Leben widerfahren waren, erspart bleiben würden. Denn ich hatte ja inzwischen gelernt, dass das Leben auf niemandes Träume Rücksicht nahm. Trotzdem hoffte ich. In diesem Moment platzte mir die Fruchtblase. Blitzschnell war die Souveränität der abgeklärten Krankenschwester dahin und ich erlag fast einer Panik. Noch dazu hatte mein Mann so gar keine Eile, sich auf den Rückweg zu machen, sagte nur: „Ich habe ja ein Abschleppseil dabei um die Nabelschnur abzubinden." Diese Art von seltsamem Humor konnte ich nun gar nicht gebrauchen. Denn ich wusste ja, wie wichtig Sterilität bei einer Geburt war und was für Utensilien man dazu brauchte, die hier allerdings weit und breit nicht zu finden waren. Ich machte auf der Hacke kehrt, eilte zurück zum Auto und beschwor dabei mein ungeborenes Kind, jetzt nur nichts zu überstürzen. Beim Wagen angekommen, war Erichs größte Sorge, dass der Vordersitz seines kostbaren Autos nass werden könnte und er breitete umständlich eine Plastiktüte darüber aus. Ich hätte ihn verfluchen können, als ich danebenstand und wartete, während mir das Fruchtwasser die Beine herunterlief, so wie damals meiner Mutter, kurz vor Jörgis Geburt. Jörgi, ich musste wieder an meinen kleinen Bruder denken, von dem ich so lange nichts mehr gehört hatte. Ging es ihm gut? Doch diese Gedanken mussten jetzt erst einmal warten, nun musste ich mich um mein Kind kümmern.

Um 20 Uhr waren wir im Krankenhaus, eine halbe Stunde nach Mitternacht wurde mein erster Sohn geboren, am internationalen Tag des Kindes. Besser konnte es doch gar nicht kommen! An die Wehen und die Geburt erinnere ich mich nicht mehr so gut, ich weiß nur noch, dass der Dammschnitt und das Nähen fürchterlich weh taten. Noch dazu war ich mit Erich alleine, da er die Hebamme nach Hause geschickt hatte. Die Geburt zog sich hin und es war mitten in der Nacht. Trotzdem war er der Meinung, mit allem alleine zurecht zu kommen. Als Alex dann aber da war, war er allerdings sofort überfordert. Wo waren die Augentropfen, die jedes Neugeborene gleich nach der Geburt erhalten musste? Wie sollte er das Kind baden? Das konnte ja heiter werden! Mit mir war nicht zu rechnen, da mich die Geburt so angestrengt hatte, dass ich, am ganzen Körper zitternd, nur im Bett lag und mich darauf konzentrieren musste, das Atmen nicht zu vergessen. Er rief dann die Hebamme doch wieder an, sie kam und versorgte meinen kleinen Schatz. Als mein herzhaft krähendes Baby auf meinem Bauch lag, überschwemmte mich ein bis dahin nie gekanntes Glücksgefühl. Gut, kann sich die geneigte Leserin jetzt sagen, das waren die Hormone. Ich war damals aber der festen Meinung, dass jetzt alles gut werden würde. Tine Widerspruch aus der Schokoladenfabrik hatte jetzt endlich, endlich ein eigenes Baby! Diesem Kind würde ich meine ganze Liebe angedeihen lassen und ihm zeigen, dass die Welt auch schön sein konnte!

Lilo

Erich war wieder mal weg. Als ich aus dem Krankenhaus entlassen wurde, machte er in Süddeutschland seine Facharztausbildung. ,Nur Mut, Tine', sagte ich mir, ,du hast schon ganz andere Dinge geschafft'. Trotzdem hatte ich ein mulmiges Gefühl, als ich mutterseelenallein mit meinem zwei Tage alten Sohn auf dem Arm und mit Taschen bepackt nach Hause ging. Aber meine liebe Lilo kam mir schon auf halbem Weg entgegen und nahm mir Alex ab. Glücklich ging ich mit ihr und lauschte ihrem entzückten Geplapper, während sie Alex über sein kleines Gesichtchen strich, der dabei selig schlummerte. Mir war ab da klar, dass er zwei Mütter haben würde. Ich war auch kein bisschen eifersüchtig deswegen, im Gegenteil: Hier würde alles auf zwei Paar Schultern verteilt werden und ich nicht alleine sein, obwohl mein Mann nicht da war. An diese schöne Zeit erinnere ich mich ganz genau: Es war ein wunderbarer warmer Sommer. Als ich eines Nachmittags auf den Balkon trat, traf mich die Luft wie Karamellsirup, süß, voller Düfte und Versprechungen. Allerdings auch mit dem Versprechen auf ein Gewitter. Bald war der Himmel eine schwarze Leinwand, über die hin und wieder ein Blitz mäanderte. Für mich war das fürchterlich, denn seit meiner Kindheit hatte ich Angst vor Gewitter und konnte es auch als Erwachsene nicht ertragen. Ich nahm Alex in den Arm und kniff bei jedem Blitz entsetzt die Augen zusammen, vor dem Donner konnte ich aber die Ohren nicht verschließen. So weinten mein Sohn und ich bei jedem Gewitter um die Wette. Aber immer wenn Lilo das mitbekam, klingelte sie bei mir, holte uns beide zu sich herunter und gab uns Sicherheit und Geborgenheit. Doch sie war auch für ganz süße Überraschungen gut. Unsere Wäsche hängte ich im Sommer auf dem Wäscheplatz auf, den alle Mitglieder unseres Hauses benutzen durften. Oft passierte es, wenn ich die vom Wind trockengestreichelte Wäsche abnahm, dass da Strampler dazwischen hingen, die ich nicht kannte. ‚Komisch‘, dachte ich, ‚die gehören mir doch gar nicht…‘ Dann tauchte Lilo kichernd zwischen den wehenden Handtüchern auf und mir war klar, welcher gute Geist die Strampler herbeigezaubert hatte. Sie war inzwischen 38 und es sah so aus, als ob sie keine Kinder mehr bekommen könne. Ungebrochen war aber ihre Freude, Kindersachen zu kaufen und Alex sah immer aus wie aus dem Ei gepellt.

Als er 12 Wochen alt war, kam sie eines Tages zu mir in die Wohnung gestürzt: „Tina, ich bekomme ein Kind.“ „Das ist ja wundervoll! Wann denn?“ „Morgen!“ Damit sie doch noch Mutter werden konnte, hatten sich ihr Mann und sie schon des Längeren für eine Adoption angemeldet. Nun sollte morgen also Wiebke zu ihr kommen, die gerade geboren war und jetzt musste es schnell gehen. Wir rissen Alex praktisch alles unter dem Hintern weg und brachten es nach unten. Die Wiege wurde in Rot umgestrichen und ich schenkte ihr die rot-weiß-karierte Erstausstattung, die ich damals selber genäht hatte. Als ich den Säugling, dieses winzige kleine Mädchen zum ersten Mal sah, tat es mir so leid, weil doch seine leibliche Mutter nichts von ihm wissen wollte. Aber ich dachte bei mir: ‚Jetzt hast du eine gute Mutter und kannst in Ruhe und Frieden wachsen und gedeihen‘. Auch meine kurzfristige Sorge, dass sich Lilo jetzt, da sie ein eigenes Kind hatte, nicht mehr so um Alexander bemühen würde, war total unbegründet. Im Gegenteil: Die beiden wuchsen wie Geschwister auf und in der ersten Zeit besorgte sie die Strampler zwei Nummern größer, damit mein Sohn sie zuerst anziehen konnte. War er aus ihnen herausgewachsen, bekam sie Wiebke. Als unsere Kinder dann ein Jahr alt waren, kaufte Lilo immer alles doppelt. So hätte man die Beiden für Zwillinge halten können, wenn Alex die Kleine nicht um einen halben Kopf überragt hätte.

Eines Nachts - ich war mal wieder allein – lag ich schlaflos im Bett und sah aus dem Fenster. Am Himmel rasten die Wolken vor einem blendenden Mond. Ich grüßte hinauf. Da bekam ich in unserem hellhörigen Haus eine heftige Diskussion im Schlafzimmer unter mir mit. Lilo und ihr Mann freuten sich darüber, dass sie sich ein wunderschönes Reetdach-Landhaus in Tesperhude gekauft hatten, von dem sie schon so lange träumten. Am nächsten Morgen ging ich hinunter, Lilo stürzte auf mich zu und wollte mir die Neuigkeit erzählen, aber ich meinte nur lächelnd: „Ich weiß, ihr habt euch euer Landtraumhaus gekauft." Ich freute mich wirklich für sie, es war ein warmer Vormittag im Sommer und alles fühlte sich richtig an. Der Umzug stand bald an, doch ich wusste ja, dass ich meine Freundin immer besuchen gehen würde. Am meisten würde mir nur das ‚Kinderlüften' fehlen. So nannte ich es, wenn ich Wiebke und Alex in den Panoramakinderwagen legte und mit ihnen losschob. Dabei schaute Wiebchen jedes Mal ganz aufmerksam aus ihrer Seite des Wagens mit großen Augen staunend auf die bunte Welt und Alex schlief – wie immer.

Unsere Selbstständigkeit

Als Alex geboren wurde, mietete Erich das alte Gesundheitsamt in Geesthacht, um sich als Gynäkologe selbstständig zu machen. Zur Geburt unseres ersten Kindes hätte ich mir zwar gerne etwas Anderes, Schöneres, ja vielleicht: Wertvolleres für seinen Sohn gewünscht, aber gut… Trotzdem richtete ich mit Feuereifer – wie das immer noch so meine Art ist – die Praxis ein. Zum Glück bekam ich zu dieser Zeit auch mein erstes eigenes Auto, einen R4, ich musste ja zur Arbeit kommen. Ja, das war etwas anderes als meines Vaters röhrender Trabbi, der sich vorstellte, dass seine Geschwindigkeit mit Rückenwind, Berg runter, angelegten Ohren und Heimweh 100 km/h sein sollten! Alex schleppte ich immer mit in der Wippe. Das ging gut, denn er rollte sich zusammen wie eine Katze und war glücklich, wenn ich ihn schlafen ließ. So konnte ich schalten und walten und die Praxis nach meinem Gusto einrichten. Lampen, Gardinen, Stühle – alles habe ich besorgt und nicht Ruhe gegeben, bis es so aussah, dass ich zufrieden war. Am 1. Oktober 75 wurde die Praxis eröffnet und ich war die Sprechstundenhilfe, fühlte mich aber so stolz wie eine Königin. Alex war sofort der Liebling der Patientinnen, vor allem die Schwangeren umgurrten ihn wie die Glucken und stritten sich fast, wer ihm die Flasche geben durfte. Er wurde praktisch in der

Praxis zwischen all den verschiedenen Frauen groß und hat deswegen auch nie gefremdelt. Als er allerdings anfangen wollte zu krabbeln und sich immer öfter aus der Wippe herausrollte, schien es zuerst so, als ob ich nun ein Problem bekommen sollte. Doch dann bot mir Heidi an - unsere Vermieterin, die über uns wohnte – ihn als Tagesmutter zu übernehmen. Sie wohnte dort mit ihrem Mann und der Oma, hatte selbst drei Kinder und so war sie sowieso den ganzen Tag zuhause. Alex wuchs in dieser Großfamilie bis zu seinem dritten Lebensjahr auf und für mich war es eine große Erleichterung. Morgens gab ich ihn oben ab, schloss danach die Praxis unten auf und holte ihn abends wieder herunter.

Wenn ich mir das jetzt so alles durchlese, hört es sich doch an, als ob mein Leben leicht geworden wäre. Aber immer wieder schlug die Angst vor den außerehelichen Eskapaden meines Mannes über mir zusammen wie ein schweres feuchtes Netz. Eines Nachts kam er mal wieder nicht nach Hause und ich hatte den Gedanken: Er kann nur in der Praxis sein. Ich ließ den schlafenden Alex mit schlechtem Gewissen allein zuhause, setzte mich in mein Auto und fuhr wutschäumend dorthin. Aus dem Fenster sah ich einen Lichtschein dringen und dachte mir: ‚Jetzt sitzen sie in der Falle, es gibt nur einen Ausgang‘. Doch während mein Mann mir lautstark und umständlich die Türe öffnete, sah ich drei Gestalten aus dem Hinterausgang rennen. Sie entwischten nur nicht so schnell, dass ich neben zwei Schülerinnen nicht auch den Ausbildungsleiter der Schule erkannt hätte. Er war also genauso ein Schwein wie Erich. Normalerweise wären die beiden Männer dafür in den Knast gekommen. Unzucht mit Schutzbefohlenen. In diesem Moment wurde ich unsäglich traurig. Ich wollte doch nur mit meinem Mann zusammen glücklich sein oder zumindest unbesonnen in ein zänkisches Alter stolpern. Doch er ließ mich in seinem wirklichen Leben – jedenfalls in dem, was er dafür hielt – außen vor. Das war die Zeit, in der ich zum ersten Mal neben Minderwertigkeitsgefühlen auch Depressionen bekam.

Dann zogen wir in unser erstes Haus. Es war zwar nur gemietet – aber immerhin! Und es wurde für mich auch endlich Zeit, aus diesem Ärztewohnhaus wegzukommen. Denn genau uns gegenüber, keine hundert Meter entfernt, lag das Schwesternschülerinnenheim. Da

Erich die Schülerinnen weiterhin ausbildete, wurde er natürlich zu jeder Abschlussfeier eingeladen und er ließ es sich nicht nehmen, dorthin zu gehen. Im Gegenteil, er fieberte immer auf dieses Ereignis hin und es fiel ihm niemals ein, mich mitzunehmen. Von unserem Balkon aus konnte ich direkt auf die Terrasse sehen und die Musik hören. Natürlich sah ich auch, wie er sich herrlich amüsierte, flirtete und knutschte. Ob er es wusste oder nicht, dass ich alles wie auf einer großen Kinoleinwand präsentiert bekam, es war ihm egal. Unsere fragile, splittrige Beziehung bekam jedes Mal einen weiteren Riss. Dennoch hielt ich an ihm fest. Zum einen liebte ich ihn abgöttisch und zum anderen war ich hier im Westen vollkommen allein. Natürlich, ich hatte Freundinnen, aber meine Familie war im Osten. Ich hatte einfach zu große Angst, mit meinem Kind alleine dazustehen und so sehr daran geglaubt, dass er sich ändern würde. Es war eine so große wunderbare Lüge, dass es sich nicht lohnte, ihr zu widersprechen.

Nun endlich konnten wir von den Versuchungen hier wegziehen. Ein befreundeter Arzt hatte sich ein Haus gekauft und wir zogen in das nun freiwerdende Reihenhaus. Es war sogar ein richtig schöner großer Garten dabei, nicht so ein handtuchschmaler, wie man es sonst von Reihenhäusern kannte. Endlich konnte ich es wieder allen schön machen! Wir nahmen zwar unsere alten Möbel mit, die Kinderzimmermöbel waren aber alle neu. Am liebsten denke ich jedoch immer noch an einen alten Bauernschrank zurück. Den hatte ich auf dem Sperrmüll gefunden. Da stand er und winkte mir in einer steifen Abendbrise mit seinen Türen zu, als hätte er auf mich gewartet. Der musste doch gerettet werden – und zwar von mir! Er wurde blau grundiert und dann verzierte ich ihn mit den schönsten Blumenornamenten. Danach kam er in das Gästezimmer und thronte dort wie ein König. Ich richtete das Zimmer komplett in blau und weiß ein, nähte Tischdecken, Bettüberwürfe und Gardinen in den passenden Farben und war in meinem Element. Es machte mir wirklich Freude, außerdem hatten wir immer wenig Geld, da wir anscheinend noch eine gefühlte Ewigkeit unsere Schulden an die Fluchthelfer zurückzahlen mussten. Als mein Werk fertig war, ließ ich zufrieden meinen Blick darüber schweifen. Zum Schluss sah ich an den sich im warmen Sommerwind bauschenden Gardinen vorbei in den Himmel und den tollkühnen auf und abtauchenden Schwalben hinterher, die leise vor sich hinplappernd in eigenen Geschäften unterwegs waren. An diesen Moment des Glücks kann ich mich wirklich noch nach über vierzig Jahren erinnern. Nur traurig, kann ich jetzt sagen, dass die Glücksmomente dieser Zeit so gar nichts mit meinem Mann zu tun hatten. Glück empfand ich immer dann, wenn ich mich um Alex kümmern konnte. Er hatte schon große Fortschritte gemacht und konnte auf seinen stämmigen Ärmchen und Beinchen krabbeln wie ein Weltmeister. Oft genug passierte es, dass einer von den Nachbarn mit sauertöpfischer Miene ankam, meinen wild sich wehrenden und laut protestierenden Sohn unter dem Arm geklemmt. „Der war schon wieder in unserem Garten!" Was sollte das denn, das war doch kein Hund! Aber Alex ließ nicht nach in seinem Tatendrang. Es gab keinen Zaun, also krabbelte er weiter einfach los, ihm waren die Grenzen der Erwachsenen egal, darin erinnerte er mich immer an mich.

Jörgi

Mein Jörgi… Es war der 4.7.77 und zuerst sah es wieder einmal so aus, als sollte alles gut werden. Erich und ich wollten in Ratzeburg zusammen den Segelschein machen. Nur wir zwei, vierzehn Tage ganz allein, ohne Versuchungen. Die Kinder von Tante Sophie aus Aachen holten Alex ab. Er sollte Urlaub im ‚Killewittchen' machen und war glücklich. Was Wunder, gab es dort doch ein Pony, Hunde, Katzen und jede Menge Kinder zum Spielen. In diesem Paradies war Alex mittenmang und fiel gar nicht weiter auf. Ich weiß noch, dass Tante Sophie nach zwei Wochen anrief: „De Jung is trocken!" und als sie das Telefon weiterreichte, Alex in den Hörer strahlte: „Mama, ich bin de liebsche Jung."

Doch wir müssen zurück. Es fällt mir unendlich schwer, aber ich werde es aufschreiben, denn es gehört dazu.

Ich sehe mich in der Auffahrt stehen und dem Wagen hinterherwinken, mit dem Alex in den Urlaub fährt. Da klingelt das Telefon, Erich geht ran. Ich laufe zu ihm, sehe ihn erbleichen, höre ihn stottern: „Was? W...as!?"

In dem Moment wusste ich, dass etwas Fürchterliches passiert sein musste. Irgendetwas stimmte nicht. Es war so, als würde aus dem Nebenzimmer Rauch dringen und einem damit verraten, dass irgendwo im Haus Feuer ausgebrochen war. Zuerst dachte ich, Opa ist gestorben, denn er war schon länger krank. Natürlich ist das schlimm, armer Opa! Doch man geht ja davon aus, dass die Menschen, die älter als man selber sind, vor einem sterben. Deswegen ist man irgendwie dagegen gewappnet. Doch gegen das, was jetzt kam, war ich in keinster Weise gewappnet. Totenbleich und wortlos reichte mir Erich den Hörer. Es war das erste und das letzte Mal, dass ich meinen Mann so erschüttert gesehen habe. Am anderen Ende der Leitung war meine Mutter. Sie begann sofort zu reden. Ich hörte irgendwas von Jörgi und Judounfall, bekam den Sinn ihres Wortschwalls aber nicht wirklich mit. Ich dachte: ‚Jörgi hatte also einen Unfall. Aber so schlimm wird es ja nicht sein. Er ist ein zäher Bursche'. Ich weiß nicht mehr genau, wann ich es begriff, was mir die schrille Stimme am Telefon und mein schweigend mich anstarrender Ehemann klarzumachen versuchten: Mein kleiner Bruder war tot. Als diese Tatsache langsam in mein Hirn zu sickern begann, fühlte sie sich an wie Eiswasser und ich fing an, von innen heraus zu erfrieren.

Es dauerte Jahre, bis ich die ganzen Puzzleteile zusammengesetzt bekam, da mir immer nur Fetzen der Wahrheit präsentiert wurden. An diesem Tag aber schrie ich meine Mutter an: „Ich muss zu euch, ich will noch etwas tun!" Morgen schon sollte die Beerdigung sein. Meine Mutter hatte extra so spät angerufen, damit ich nicht mehr rechtzeitig dabei sein konnte. Sie sagte: „Nicht, du kommst ins Gefängnis, die verhaften dich sofort, wenn du hierherfährst."

Dieser Tag wurde zum schlimmsten im bisherigen Leben von Tine aus der Schokoladenfabrik. Am Abend saß ich im dunklen Zimmer, als ob es ein Sakrileg gewesen wäre, jetzt, da Jörgi nicht mehr lebte, Licht anzumachen. Für ihn war es ja auch dunkel. Dass Erich mich an diesem Abend auch wieder allein ließ, war zweitrangig. Ich versuchte verzweifelt, mich zu beruhigen und nach allen Erinnerungen an meinen kleinen Bruder zu greifen. Doch dort, wo er in der Welt gewesen war, blieb nicht einmal ein Umriss zurück, nicht die Spur eines Wortes, nicht das Flüstern eines Lächelns – nichts. Zum ersten Mal bereute ich es, dass ich auf meine Oma gehört hatte und ihn bei meiner Flucht nicht mitgenommen hatte. Ich machte mir endlose Vorwürfe. Warum war ich nicht dagewesen, um ihn zu retten? Eine solche Hölle wird niemals kalt.

Immer und immer wieder sah ich die Gedankenbruchstücke wie Blitze in meinem Hirn: Ich hab ihn doch mit allem versorgt, was nötig war, bevor ich ihn nach seiner Volljährigkeit in den Westen holen wollte. Er bekam von mir einen Skianzug, Skibrille und Handschuhe, denn inzwischen war er ein begeisterter Mattenskispringer. Als ich ihm etwas besonders Gutes tun wollte, steckte ich Westgeldscheine in den Anorak, den ich ihm schickte. Da er dieses Geld allerdings nicht kannte, benutzte er es als Lesezeichen für seine Schulbücher. Leider kannte seine Lehrerin dieses Geld nur zu gut. Als sie es entdeckte, stellte sie ihn vor die Klasse wie an den Pranger und schrie meinen verängstigten kleinen Bruder an: „Deine Schwester ist ein Republikverräter. Du wirst nie an Wettkämpfen im kapitalistischen Ausland teilnehmen. Dafür sorge ich!"

Das erzählte mir meine Mutter, als ich es nach einer achtstündigen Wartezeit endlich schaffte, sie telefonisch zu erreichen. 2266 war die Nummer, ich werde sie nie vergessen, so oft habe ich sie gewählt. Auch sagte sie mir, dass ‚die da oben' gedroht hatten, den Telefonanschluss meiner Eltern zu kappen, sollten sie noch ein einziges westliches Telefonat annehmen.

Da saß ich wieder, im Dunkeln in unserem Geesthachter Haus und hatte das Gefühl, dass alles Lachen floh, als der Tod Jörgi besiegte. Ich stand auf, ging rastlos durch die Wohnung, landete vor dem Kühlschrank und öffnete ihn. Eine halbvolle Cognacflasche starrte mich an. Es schien, als rief sie mir etwas zu, süß und mit Nachdruck. Ich schloss die Tür und ignorierte das Flüstern aus dem Kühlschrank. Ich hatte nicht einmal mehr die Kraft, mich zu betrinken.

Dieser fürchterliche ‚Judounfall' bekam dann eine ganz andere Wende, als die ersten Gerüchte flüsternd in Umlauf kamen. Flatterndes kleines Geflüster, das mir ins Ohr floss und es mit Schrecken erfüllte. Ich erhielt zum Beispiel einen Brief von der alten Dame, mit der Erich und ich in der DDR unsere erste Wohnung geteilt hatten. Sie schrieb so etwas in der Art: „Wie kann ein Junge so etwas tun, was treibt ein Kind dazu?" Ich war empört, was schwafelte die Frau da? War es nicht schlimm genug, dass Jörgi durch diesen tragischen Unfall für immer tot war, jetzt setzte sie auch noch solche Geschichten in die Welt!

Es dauerte bis 1981, bis ich die ganze Wahrheit erfuhr. Inzwischen gab es die Reiseerleichterungen und wir hatten es mit einem erfundenen Todesfall als Ausrede meiner Schwester ermöglicht, dass sie uns im Westen besuchen kommen durfte. Gleich nach ihrer Ankunft wollten wir zusammen nach Gran Canaria in den Urlaub fliegen. War es nun der Kulturschock, den sie genau wie ich damals erlebte oder hatte sie nur zu lange geschwiegen? Sei's wie es sei, jedenfalls fing sie plötzlich an zu reden: „Damals ... damals, du weißt ja, da habe ich doch über euch gewohnt." Ich wusste intuitiv sofort, um was es ging und hielt den Atem an, um sie bloß nicht in ihrem Redefluss zu unterbrechen. „Ich hörte Lärm, ein lautes Poltern. Deine Eltern waren nicht da, da bin ich runtergegangen. Ich sah etwas von der Gardinenstange baumeln, Jörgi lag regungslos am Boden. Ich versuchte ihn zu beatmen, die Notärzte machten mir später den Vorwurf, ich hätte dadurch Erbrochenes in die Lunge gedrückt, ich konnte nur noch beten. Ich habe laut gebetet aber es hat nichts genützt..." Mit einer Stimme, so kalt wie eine Winternacht, raunzte ich sie an: „Angelika! Willst du mir damit sagen, dass unser kleiner Bruder sich selbst umgebracht hat?" In dem Moment, wo ich es sagte, wusste ich schon, dass es die Wahrheit sein musste und achtete nicht mehr auf ihre weinerlichen Erklärungen. Ich konnte ihr auch noch nicht einmal böse sein, dass sie mir erst jetzt alles erzählt hatte, zu viel Getuschel von allen möglichen Seiten hätte mich eigentlich schon warnen sollen.

Schrecklich war ja auch in diesem Kabinett des Schrecklichen, dass mir meine Eltern erst einen Tag vor der Beerdigung Bescheid gesagt hatten, da war er aber schon 14 Tage tot. Ich rechnete fieberhaft zurück: Doch, es stimmte! Einen Tag vor seinem Tod hatten wir noch miteinander telefoniert. Nichts, gar nichts hatte darauf hingedeutet. Er wünschte sich nur so sehr einen Taschenrechner und dass ich ihn vorbeibringen würde. Ich weiß noch, wie ich ihn tröstete: „Ich darf doch nicht kommen, sonst sperren sie mich ein. Aber Onkel Heinzi kommt zu Weihnachten und bringt ihn dir mit, macht dich das zufrieden?" „Ja, jetzt bin ich zufrieden." Das waren die letzten Worte, die ich in diesem Leben von meinem Bruder hörte.

Wieder und wieder und wieder denke ich über Jörgi nach. Die ganzen Sachen, die mir jetzt einfallen und doch nichts mehr ändern. Als ich meine Mutter endlich auf die Wahrheit ansprechen konnte, sagte sie mir, dass mich alle vor der Wahrheit schützen wollten und sie sich deswegen den Unfall ausgedacht hatten. Aber was ist denn so schlimm an der Wahrheit? Sie wird doch nicht unwahr, bloß weil man sie verschweigt! Nun wollte ich alles wissen und sie erzählte mir noch, dass er obduziert wurde. Das Genick war gebrochen, er war sofort tot. Er hat nicht gelitten, nein, das tat er vorher. Die wahrhaftigen Gründe sind bis heute ungeklärt doch bin ich der festen Meinung, dass der sozialistische Staat dabei ganze Arbeit geleistet hat. Jörgi war für sein Alter schon sehr reif und sensibel, die vielen Briefe, die er mir geschrieben hatte gaben mir manchmal das Gefühl, mit einem sehr viel älteren Menschen zu kommunizieren. Er war ein Mathegenie, dem es Spaß machte, Lichtjahre zu berechnen und ein sehr guter Schüler. All das schrieb er mir, auch dass er gern und gut tanzte. Wie unglücklich er war, schrieb er mir nie. Kann es sein, dass er Verachtung für die Erwachsenenwelt entwickelte? Auf alles Halbe, Ungenaue, Ungerechte? Also für das Leben selbst? Ich werde es nie wissen.

Dass mich Oma zum Schluss noch einmal auf ‚die Sache' ansprach, setzte dieser ganzen makabren Unsäglichkeit noch eine düstere Krone auf. Nach meiner Flucht kam sie aus Leipzig zu meinen Eltern zu Besuch und ging mit Jörgi im Wald spazieren. Da stampfte er plötzlich mit den Füßen auf und rief: „Ich will meine Tine wiederhaben!"

Es heißt, die Zeit heilt alle Wunden, aber es gibt Wunden, die nur darauf warten, wieder aufzubrechen. Was mich bis heute quält, ist die Erinnerung an den letzten Abend vor der Flucht. Ich wusste ja, was ich am nächsten Tag vorhatte und wollte mich verabschieden. Angelikas Söhne Henning und Dirk saßen mit Jörgi vor dem Fernseher. Die Beiden ersten knutschte ich ab und sagte: „Auf Wiedersehen!" zu ihnen. Sie begriffen zwar nichts, ließen es allerdings über sich ergehen. Ganz im Gegensatz zu seinem sonstigen Verhalten wehrte sich Jörgi aber mit allen Kräften und strampelte sich los: „Nein! Lass mich! Ich will nicht!" Hatte er etwas geahnt? Mir läuft heute noch ein Schauer über den Rücken, bei diesem Gedanken. Ich konnte mich also nicht von ihm verabschieden. Die anderen Beiden habe ich wiedergesehen.

Meinen kleinen Bruder nicht.

Sebastian

Auf seinen Segelkurs wollte Erich nun partout nicht verzichten und schleppte mich am nächsten Tag mit nach Ratzeburg. Ich war tief in meiner Trauer versunken und stand während dieser Zeit einen gefühlten Kilometer neben mir. Bei nichts, was ich tat, war ich wirklich bei der Sache. Doch während dieses Urlaubes wurde ich schwanger. Ich weiß noch genau, wie ich es meinem Mann eröffnete. Es war Abend und die Wellen wiegten das Boot, das sich dabei knarrend zu räkeln schien. Aber auch diese sanfte Bewegung konnte Erich nicht beruhigen. Er wurde wütend, noch wütender als bei Alex. „Ich will kein Kind mehr, verdammt nochmal!" schrie er mich mit hochrotem Kopf an. Die darauffolgende Stille lauerte wie Blei in der Kabine. Ich fühlte eine raumgreifende Sehnsucht in mir hochsteigen. Ein Kind – mein geliebter kleiner Bruder – war gestorben. Nun sollte ich wieder ein Kind bekommen. Niemals würde ich abtreiben, niemals! Sollte er toben, bis er platzte. Er konnte nur froh sein, dass ich bei ihm blieb, trotz seiner dauernden Seitensprünge. In dieser Nacht lag ich lange wach und lauschte in die Dunkelheit. Hin und wieder schrie eine schlaflose Möwe und hörte dann sofort wieder auf, als hätte ihre eigene Stimme sie überrascht. Ich lauschte aber auch in mich hinein. Ein Baby wuchs wieder in mir und ich war mir sicher, dass es diesmal ein Mädchen werden würde. Denn diese Schwangerschaft verlief ganz anders als die mit Alex. Den hatte ich kaum gespürt. Er frönte ja auch schon in meinem Bauch seinem Lieblingssport: Dem Schlafen. Dieses Kind nun zappelte und stieß und ließ mir keine Ruhe. Ja, das musste ein Mädchen werden. Und es sollte in einem ganz tollen Heim aufwachsen, denn wir hatten unseren Traum gefunden. Ein Riesenhaus am Waldesrand mit Schwimmbad im Keller, Partyraum und Sauna. Von so etwas hatte ich geträumt, seit ich der Pförtnerin im Schloss Wernigerode entwischt war, um in das Stilzimmer zu laufen und mit offenem Mund zu staunen! Wir hatten dieses Haus gekauft, denn Erichs Praxis lief gut und endlich waren wir auch mit den Schuldenrückzahlungen an die Fluchthelfer fertig. Wieder einmal zogen wir mit den alten Möbeln um, während draußen die Finsternis eines Februarmorgens wartete. Aber mit der Zeit hatte ich alles so eingerichtet, dass es so aussah, wie ich es wollte. Am besten erinnere ich mich noch an diese hässliche dunkelbraune Holzdecke im Wohnzimmer. Die erdrückte einen, fast wie ein Sargdeckel. Also kletterte ich mit meinem schwangeren Bauch auf die Leiter und strich sie in einem weißblaugrau an, welches mich an den wie verlaufenes Vanilleeis-farbenen Himmel über Berlin erinnerte, als ich mit meinen ersten Bananen aus dem KDW kam.

Während dieser Einrichtungsphase half uns ein angeblich befreundetes Ehepaar. Angeblich, da die Frau des Paares ihren Mann nur dazu überredet hatte, weil sie scharf auf meinen Mann war. Sie machte mich immer schlecht, um ihre Vorzüge in den Vordergrund zu rücken. Erich erzählte mir das. Aber auch nur, weil er diese Frau ausnahmsweise einmal nicht haben und mir damit zeigen wollte, was für ein treuer Ehemann er doch war. Was er mir nicht erzählte, ich aber dennoch mitbekam: Er hatte während unserer Segelausbildung viele Menschen kennengelernt und verabschiedete sich immer öfter zu Kutterfahrten nach Ratzeburg. Dabei sang er: „Auf dem Kutter geht's wie Butter…"

Ich wusste schon, was da ,ging', konnte nur aber nicht mitkommen, da ich inzwischen hochschwanger war. Der Schnee war mittlerweile zu schmutziggrauen Flecken zusammengeschnurrt. Es war noch nicht wirklich Frühling, aber er lag schon in der Luft. Nun bekam ich von Erich Anweisungen, die Geburt betreffend: „Ich hab nur Mittwochs Nachmittag und am Sonntag frei." Also musste ich mein Kind in dieser Zeit bekommen. Brav, wie ich war, setzten an einem Mittwoch, dem 29.03.78 um neun Uhr vormittags die Wehen ein. Erich, lapidar: „Geh schon mal ins Krankenhaus, wenn ich frei habe, komm ich nach." Also taperte ich ins Krankenhaus, legte mich in den Kreißsaal und niemand kümmerte sich um mich. Um 12 Uhr schaute Erich desinteressiert vorbei, sah, dass es noch dauern würde und ging zum Unterricht mit seinen Schwesternschülerinnen. Die Wehen wurden immer schlimmer, das kannte ich so nicht von meiner ersten Geburt. Gerade als ich dachte, ich überlebe das nicht, kam eine ehemalige Kollegin, um nach mir zu sehen. Bevor sie noch irgendetwas sagen konnte, schrie ich sie an: „Hol Erich!" So schnell wie ein eingeseiftes Kaninchen rannte sie los in die Schule und als Erich erschien, konnte er sich nur noch einen Handschuh überziehen und das Kind wurde geboren. Kurz davor hatte ich noch einen fürchterlichen Krampf im Bein und schrie wie am Spieß. Erichs Reaktion: Eine schallende Ohrfeige und: „Du bist ja hysterisch!" Einen Augenblick überlegte ich, ob ich den Tränen, die irgendwo in meiner Kehle bereitsaßen, freien Lauf lassen sollte. Doch dann war zum Glück alles vorbei. Die Schmerzen, die Verzweiflung und die Wut auf Erich, für den Kinder nur lästig, nass und rotznäsig waren. Denn in diesem Augenblick hielt er unser frisch entbundenes zweites Kind nach oben, das noch an der Nabelschnur hing. Ich sah es nur von hinten, eine Sache fiel mir aber sofort auf: „Oh, hat die aber dicke Schamlippen." Erich: „Das ist ein Säckchen." Ich war so enttäuscht – aber nur kurz. Jetzt, da ich dies alles schreibe, erinnere ich mich, dass ich Sebastian diese Geschichte auch schon erzählt habe und er mir verziehen hat, dass ich eigentlich ein Mädchen wollte.

An diesem Abend legte Erich Alex ins Bettchen, wartete, bis er eingeschlafen war und ging zum Kartenspielen in die Kneipe, seine zweiten

Leidenschaft - neben fremden Frauen. Er ließ mich mal wieder alleine. Dieser totale Egoist schaffte es gerade noch, mich nach drei Tagen aus dem Krankenhaus abzuholen. Diesmal konnte ich nicht nach Hause laufen, so wie mit Alex damals, das wäre dann doch zu weit gewesen.

Dort erwartete mich meine liebe Tante Sophie. Ihr Mann war ein Cousin meines Vaters, also war sie eigentlich gar nicht meine Tante. Aber ich nannte sie so, obwohl sie gleich einen anderen Namen von mir bekam: Sophie Wühlmaus. Resolut wie sie war, stürzte sie sich nämlich sofort in die Haus- und Gartenarbeit, um ‚das liebsche Mädsche' (mich) zu entlasten. Ich bin ihr heute noch so dankbar, denn das hat sie wirklich getan: Mich entlastet, vor allem in der ersten Zeit. Sie liebte Alex und den kleinen Basti auch heiß und innig und es war somit für uns alle vier eine herrliche Zeit. Die ging nur leider viel zu schnell vorüber, denn Tante Sophie musste ja irgendwann zurück ins Killewittchen und ich war wieder alleine. Alex kam in den Kindergarten und ich blieb ein Jahr zuhause. Mit zwei kleinen Kindern konnte ich nicht auch noch als Sprechstundenhilfe in der Praxis arbeiten. In dieser Zeit merkte ich, wie groß unser schönes Haus doch war. Das verstärkte meine Einsamkeit noch mehr. Denn an ein geordnetes Eheleben war mit Erich schon lange nicht mehr zu denken. Er kam abends um sieben aus der Praxis, aß etwas und verschwand so gegen acht wieder. Ob zu Karten oder anderen Frauen war inzwischen schon fast egal.

Nachdem dieses Jahr um war, besorgte ich mir eine Zugehfrau, denn ich wollte wieder arbeiten. Die Decke, so schön ich sie auch angestrichen hatte, wäre mir sonst auf den Kopf gefallen. Frau Wende betreute meine Söhne und hielt das Haus in Ordnung. Sie war im wahrsten Sinne des Wortes eine Perle. So eine freundliche, zuverlässige und ordentliche Hilfe hatte ich seitdem nicht wieder. Auch Alex und Basti können sich noch gut an sie erinnern, denn sie blieb uns fünfzehn Jahre treu. Sie machte in dieser Zeit jeden Umzug mit. Wahrscheinlich wäre sie jetzt immer noch bei mir, wenn sie nicht ihr Schicksal ereilt hätte. Eines Tages kam sie nicht zur Arbeit. Da das noch nie vorgekommen war, wusste ich sofort, dass etwas Schlimmes passiert sein musste. Zuerst dachte ich, es ist etwas mit ihrem Mann, denn der war schon des Längeren krank und wurde von ihr gepflegt. Der leuchtende Morgen schickte erste Schwalben über die Dächer, als ich mich auf die Suche nach ihr machte. Er war viel zu schön für die fürchterliche Nachricht, die ich dann von ihrem Mann erhielt: Unsere Frau Wende war in der Nacht an einem Herzinfarkt gestorben. Mit 51 Jahren.

Schmerzen

Natürlich hatte ich Erwartungsschwund aufgrund des Beachtungsmangels meines Mannes. Dennoch schaffte ich es immer wieder, die Geschichte wenigstens ab und zu in ein Zaubermärchen zu verwandeln. Zum Beispiel so: Erichs großer Bruder Ernst war schon in den 50er Jahren nach Amerika ausgewandert. Nun planten wir eine Reise nach Denver, um ihn zu besuchen. Mir schwirrte der Kopf. Ich, Tine aus der Schokoladenfabrik, sollte in das Land der unbegrenzten Möglichkeiten reisen! Wie verblassende Fotos tauchten in meiner Erinnerung die Beschränkungen, Zäune, Verbote sowie der Mangel der DDR auf und ich hätte den grauen Männern der Stasi zu gerne zugeschrien: ‚Schaut her: DAS ist das Leben, niemand sperrt mich ein – und ihr schon gar nicht!‘

Die Kinder waren wieder herzlich willkommen im Killewittchen und ich kam mir vor wie Kolumbus, der seine ‚Santa Maria‘ bestieg, als ich die Gangway des Fliegers hochschritt, mit dem es über den großen Teich gehen sollte.

Déja vu! Nach der Landung war es fast das gleiche Gefühl wie auf der Autofahrt durch das regennasse Berlin nach meiner Flucht. Ich dachte allerdings nicht, dass der Kulturschock noch mehr über mich hereinbrechen konnte als damals, doch es war möglich. In Amerika war alles größer, weiter, mächtiger als in Deutschland. Ja, es war richtig gewesen zu fliehen. ‚Diese Welt ist so schön und groß und will entdeckt sein‘, dachte ich mir, als wir an diesem wunderbaren Junitag, strahlend voll Sonne, zu Erichs Familie fuhren. Ich war schon so gespannt auf sie und musste erst einmal lachen, als wir von Hanna, Ernsts Frau, begrüßt wurden. Ihr magdeburgisches Englisch war so gut wie mein Kisuaheli. Allerdings bekam ich gleich darauf einen Dämpfer. Ich ging ja davon aus, dass ich im Urlaub war und legte mich deswegen im Bikini in den Garten, um die Sonne zu genießen. Hanna lief sofort zu mir: „Tina, das geht so nicht. Wenn dich jemand sieht, der kann dich anzeigen." Verwundert schüttelte ich den Kopf. Waren die hier so prüde? Das kannte ich aus meinen DDR-Zeiten gar nicht. Anscheinend war jedes Land der Erde nur so schön, gut oder frei wie die Menschen, die es bewohnten. Trotzdem entschädigte mich dieser neue Kontinent für die Einschränkungen. Die Beiden waren ja ansonsten sehr nett und zeigten uns zum Beispiel die Rocky Mountains. Jeder der dieses Naturwunder kennt, weiß, dass es zu herrlich ist, um es mit Worten beschreiben zu wollen. Dieses Ereignis muss man mit allen Sinnen erleben, um es würdigen zu können. Oft rief ich allerdings auch im Killewittchen an, um zu hören, wie es meinen Jungs ging. Dabei erfuhr ich, dass beide Keuchhusten hatten. Ich erschrak und machte mir Sorgen. Doch Tante Sophie meinte nur: „Allet jut, Mädsche, dann sind se damit durch, wennsde wieder ausem Urlaub zurück bis." So war sie – ein echter Goldschatz!

Als Höhepunkt unserer Reise war aber gedacht, dass wir nach San Francisco weiterfliegen sollten. Ich wollte unbedingt die Golden Gate Bridge sehen und über sie hinübergehen. Das war für mich der Inbegriff der Freiheit – das Tor zum Westen! Aber daraus wurde nichts. Ich hatte schon des Längeren Schmerzen im Rücken, sagte nur nichts und betäubte sie mit Tabletten. Ich wollte mir doch wegen so ein paar dummen Wehwehchen diese ‚Magical Mystery Tour' nicht verderben lassen! Doch am Tag vor unserem Flug nach Frisco wachte ich in der Nacht auf und musste husten. Da fuhr mir der Schmerz wie ein Messer ins Rückgrat und ich konnte mich nicht mehr bewegen. Was war das nur? Ich trank nichts mehr, aus Angst, zur Toilette zu müssen und schrie vor Schmerzen, wenn Erich mich dann doch einmal zum WC trug. Da es sowohl die anderen als auch ich bald nicht mehr aushalten konnten, zerrte mich Hanna nach drei Tagen zum Arzt. Während sie mir beim Ausziehen half, bekam sie auf einmal einen ganz roten Kopf und zischte mir zu: „Tina! Deine Beine sind nicht rasiert." Sie sprach diese Worte aus, als würden sie wie ein öffentliches Klo an einem heißen Tag riechen. Mir war das gar nicht bewusst, dass diese Tatsache hier in Amerika quasi ‚unanständig' war und sie sich fürchterlich für mich schämte. Aber ganz ehrlich: Das war mir inzwischen herzlich egal. Ich wollte nur Erlösung von diesen teuflischen Schmerzen. Der Arzt diagnostizierte einen Bandscheibenvorfall – Golden Gate ade!

Ich weiß nicht wie ich den Flug zurück nach Hamburg überstanden habe, aber irgendwie schaffte ich es. Nur dort wurden die Schmerzen ständig schlimmer, mein linkes Bein immer dicker. Natürlich war ich auch hier in ärztlicher Behandlung aber es wurde nicht besser. Erich fing an, mir gegen die Schmerzen Morphin zu spritzen, so dass ich wenigstens wieder ein bisschen laufen konnte. Ein viertel Jahr verabreichte er mir das Schmerzmittel und die Abstände, in der es wirkte, wurden immer kürzer. Ich musste aber durchhalten, hatte ich doch zwei kleine Kinder zu versorgen. Meine Wahrnehmung driftete ab, wurde verschwommener, surrealer. Oft hatte ich das Gefühl, ich tauchte aus einem Traum auf oder trudelte in einen hinein. Als sich Basti einmal an einem Griff des Küchenschranks stieß, nahm ich aus Verzweiflung einen Hammer und schlug zu. Rote Flüssigkeit tropfte auf den Fußboden. Ich hörte erst auf, als ich alle Griffe des Schrankes abgeschlagen hatte. Die zerdrückte Tomate, die ich in der anderen Hand gehalten hatte, warf ich in den Mülleimer. Wäre ich noch klarer im Kopf gewesen, hätte ich nie so reagiert. Auch diese Tatsache der Krankheit änderte nichts an Erichs Verhalten. Abends um halb Acht gab er mir die Spritze, danach ging er zum Kartenspielen. Eines Nachmittags wusste ich, dass sich nur etwas ändern würde, wenn ich es selbst in die Hand nahm. Ich sah gerade aus dem Fenster. Der Regen hatte eben aufgehört und die Sonne unternahm tapfere Versuche, durch die grauen Wolkenbänke zu brechen, die schnell vorüberzogen. Diese tröstliche Stimmung der Natur verlieh mir neue Kräfte. ‚So wie die Sonne wirst du es auch machen, Tine', sagte ich mir, ‚du setzt dich jetzt durch'. Also meldete ich mich in der Endoklinik zu einem Arzttermin und der darauffolgenden Operation an. Außerdem organisierte ich noch, dass Sebastian zu Tante Sophie kam. Alexander würde hierbleiben, er ging ja schon in den Kindergarten. Alles war geregelt, jetzt konnte ein neues Kapitel beginnen.

Heilung

Dieses Kapitel begann mit einer herben Enttäuschung. Alle Frischoperierten konnten am Tag nach der OP aufstehen und laufen – nur ich nicht. Bei der nächsten Visite piesackte ich den Arzt mit meinen Fragen solange, bis er es mir erklärte: Der Ischiasnerv war mit einem Blutgefäß zusammengewachsen. Die Schmerzen wären so nie von alleine weggegangen. Deswegen war es auch so eine komplizierte Operation und die Genesung würde sehr lange dauern. Nach dieser Katastropheneröffnung war jeder Gedanke an ein behagliches Nickerchen in der Bettdecke hängengeblieben.

Ich kam dann zwar wieder nach Hause, aber mein Körper wollte nicht gesunden und ließ sich nach der OP etwas anderes einfallen. Ausgehend von meinem linken großen Zeh, begann mein Fuß, abzusterben. Es waren Schmerzen, als ob er erfror. Einmal, weiß ich noch, trank ich einen Doppelkorn und schüttete einen zweiten über meinen Fuß – nur damit alles irgendwie betäubt wurde. Half aber natürlich nicht. Verzweifelt versuchte ich, mich anders abzulenken. Ich schloss die Augen und tauchte in meine Fantasie ein, so wie ich es als Kind gemacht hatte, wenn die Wirklichkeit zu grausam wurde. Ja, ich konnte es noch und erinnerte mich an die Winterszeit in der Schokoladenfabrik, als wir Kinder in dicken Mänteln, mit Pudelmützen und roten Bäckchen den Holzschlitten aus dem Schuppen holten. Die kräftige Wintersonne war gerade über das Dach gekrochen und zündete Lichterketten auf der beschneiten Fläche an. Auf dem Weg zum Rodelberg stapften wir glücklich durch den tiefen Schnee und bestaunten die Büsche, die in weißem Pelz glitzerten. Jauchzend fuhren wir durch eine aufstiebende Pulverschneewolke den Hügel hinunter und merkten nicht, dass unsere Füße immer kälter wurden... Leider wirkte das nur kurz. Die Farbe meiner Haut veränderte sich, sie sah aus wie eine Landkarte und die Ärzte im Krankenhaus, in dem ich inzwischen wieder gelandet war, blieben ratlos. Noch dazu kam, dass die Krankenschwestern dachten, ich sei medikamentenabhängig. Jedes Mal, wenn ich wegen der Schmerzen nach einer Spritze klingelte, gaben sie mir eine mit Kochsalzlösung. Aber da ich ja vom

Fach war, kannte ich diesen Psychotrick: Kochsalzlösung brannte wie verrückt und sollte dem Patienten suggerieren, dass das der Grund war, warum es half. Nur - das Placebo half bei mir leider überhaupt nicht. In dieser Zeit überkam mich eine totale Erschöpfung und tiefe Depression. Ich hatte wirklich mit dem Leben abgeschlossen, fühlte mich, als wäre ich seelisch gestorben. Den Glauben, jemals wieder gesund zu werden, hatte ich nicht mehr. Meine einzige Angst war: Wer wird sich um meine Jungs kümmern, die inzwischen vier und eineinhalb Jahre alt waren, wenn ich nicht mehr bin?

Dann kam meine Rettung – und das auch noch von einer Seite, mit der ich überhaupt nicht gerechnet hatte. Wir erinnern uns: Ich sollte in der DDR die Stelle als Krankenschwester im Hygieneinstitut nur bekommen, wenn ich ein Ärztehepaar ausspionieren würde. Das habe ich ja rigoros abgelehnt. Lieber Leser, stell dir nur vor, ich hätte sie verraten, damals in Wernigerode, dann hätte ich sie nie im Westen wiedertreffen können! Es rüttelt sich im Leben doch immer wieder alles zurecht. Denn die Frau des Paares, die Ärztin Ulrike, war kurz darauf ebenfalls in den Westen geflüchtet und gehörte inzwischen zu unserem weiten Bekanntenkreis. Dort hörte sie, wie schlecht es mir ging und kam mich besuchen. Ich sah ihren Blick über mein Bein flattern und ihr Erschrecken, aber gleich darauf hatte sie eine glorreiche Idee: Ihr Vater, der als Medizinprofessor in der Schweiz lebte, hatte ein Medikament entwickelt. Dieses erhöhte den Sauerstoffgehalt des Blutes um das Hundertfache und ermöglichte es dem Körper gleichzeitig, besser darauf zugreifen zu können. So wurde alles besser durchblutet und die Heilung forciert. Ulrike hatte sich gerade von einem schweren Autounfall erholt und das auch nur, da ihr Vater ihr dieses Medikament verabreicht hatte. Praktisch wie sie war, bestellte sie gleich die Spritzen und ich bekam sie ab da täglich. Sofort nach der ersten Injektion wurde mein kalkweißer Fuß wieder rosig und die Schmerzen weniger. Heureka, wir hatten das Mittel zu meiner Heilung gefunden! Ich wurde entlassen und bekam die Spritzen täglich zuhause von Christian, einem befreundeten Arzt.

In dieser Zeit der langsamen Gesundung konnte ich natürlich keine

Hausarbeit erledigen. Frau Wende half, wo sie konnte und Alex war ja auch schon ein großer Junge. Nur Basti war immer noch im Killewitt- chen und ich hatte irrsinnige Sehnsucht nach ihm, denn ich hatte ihn inzwischen ein viertel Jahr nicht mehr gesehen. So kam Tante Sophie aus dem Rheinland und brachte ihn mir. Sogleich brach ich vor Freude in Tränen aus und wollte ihn an mich reißen, aber er kannte mich nicht mehr und hatte Angst vor mir. „Omma, Omma", rief er, befreite sich aus meinen Armen und lief zu Tante Sophie zurück. Zwei Tage blieben sie und in dieser Zeit traute er sich nicht, zu mir zu kommen. Ich konnte das verstehen, er war ja noch so klein, hatte mich in seiner Zeitrechnung ewig nicht mehr gesehen und ich war eine Fremde für ihn. Trotzdem liefen mir die Tränen übers Gesicht, als sie wieder abfuhren. Ich winkte dem Auto hinterher, eine Staubwolke blieb in der ruhigen Luft zurück, die sich langsam in der Morgensonne erwärmte. ‚Doch', beruhigte mein Verstand mein weinendes Herz, ‚es ist richtig so'. Basti war ein aufge- wecktes Kerlchen und ich hatte noch nicht die Kraft, ihn zu versorgen. Zum Glück blieb mir noch der ruhige Alex und irgendwann würde Bas- ti auch wieder zurückkommen.

Zuerst einmal kam ich aber zur Reha nach Damp, denn ich brauchte Zeit, um meine verhedderten Nerven wieder zu entwirren. Außer inter- essanten Arztgesprächen brachte diese aber keine positiven Ergebnisse. Die Schmerzen blieben. Wenn auch nicht so stark, aber dennoch. Der Arzt meinte: „Was bis zu drei Jahren bleibt, bleibt." Die Zeit fing aber an, mich zu heilen. So langsam habe ich mich wieder berappelt. Im Juni passierte es, im Oktober war die OP, nach einem weiteren Jahr war ich wieder richtig fit. Im Nachhinein denke ich mir, dass ich die Last, die mir Erich durch sein Verhalten aufbürdete, nicht mehr tragen konnte und mein Körper mit der Krankheit darauf reagierte.

Ausbildung zur Kosmetikerin

Ich kam wieder in Erichs Praxis zurück und habe sie von acht bis 13 Uhr geleitet. Oder sagen wir mal so: Ich versuchte es. Da ich ja über ein Jahr krank gewesen war, wäre es eigentlich normal gewesen, dass ich dort Hilfe und Nachsicht erhalten hätte. Dachte ich mir. Doch das Gegenteil war der Fall. Und dieser Fall hieß Annemarie. Mal wieder eine Frau, die sich in Erich verguckt hatte. Sie war OP-Schwester im Krankenhaus gewesen und hatte dort gekündigt, um in seiner Praxis arbeiten und somit in seiner Nähe sein zu können. Als ich wiederkam, sah sie natürlich ihre Felle davonschwimmen und benahm sich mir gegenüber wie Rotz am Ärmel. Ich hatte das Gefühl, dass sie trotzdem um ihre Ausweglosigkeit wusste. So schien es, als wäre um ihr Herz eine Hornhaut gewachsen und ihre verbitterte Seele funkelte finster aus ihren zusammengekniffenen Augen. Wie ein Feldherr ließ sie sich von allen als Frau vom Chef anreden, mich nur noch Karteikarten einsortieren und kein gutes Haar an mir. Vor meiner Krankheit hätte ich dagegen angekämpft, weil ich, Tine Widerspruch, mir so ein unverschämtes Verhalten doch nicht gefallen lassen konnte. Doch jetzt sagte ich mir: ‚Tine, du hast gerade einen Warnschuss vor den Bug bekommen. Lass dir etwas anderes einfallen. Diese Frau ist sowieso keine Konkurrenz für dich, sondern nur ein armes Würstchen. ICH bin mit Erich verheiratet'. So setzte ich mich zuhause auf die Terrasse, zog mich zu einer guten Tasse Kaffee zurück und überlegte. Basti war inzwischen drei und auch im Kindergarten, ich hatte also zumindest den Vormittag Zeit, um etwas Neues zu beginnen. Was würde ich denn gerne machen?! Nachdenklich stellte ich die Kaffeetasse zurück und sah, dass darauf noch der Abdruck meines Lippenstiftes zurückgeblieben war – wie der Geist eines Kusses. Genau! Das war es! Ich würde eine Ausbildung zur Kosmetikerin machen. Sogleich schlug ich es Erich vor. Bessergesagt: Ich teilte es ihm mit. Fragen würde ich ihn nicht mehr. Die Zeiten waren vorbei. Eigentlich war es ganz einfach. Ich musste jeden Tag nach Hamburg in die Nähe des Fernsehturmes fahren, denn dort war die Kosmetikschule. Vorher brachte ich meine Jungs noch in den Kindergarten, Erich holte sie um 13 Uhr wieder ab und Frau Wende versorgte sie, bis ich um 15 Uhr wieder zu Hause war. Trotzdem hatte ich in der Anfangszeit einmal Herzrhythmusstörungen auf der Autobahn, da es alles doch ein bisschen viel war.

Über die Schule kann ich sagen, dass sie schwerer war, als meine Krankenschwesternausbildung. Ich musste außerdem mit meinen 33 Jahren erst wieder lernen, zu lernen. Wir waren ein sehr gemischter Haufen, wenn ich mich mal so ausdrücken darf. Meine Mitschülerinnen waren in jedem Alter von 21 bis 53 und von jeder Ethnie, die diese Welt zu bieten hatte. Die Anzahl reduzierte sich aber rapide innerhalb des ersten halben Jahres um die Hälfte, denn eine Ausbildung als Kosmetikerin bestand halt doch nicht nur aus schminken... Ich freundete mich mit Inge an, die 20 Jahre älter war als ich. Sie gehört auch heute noch zu meinen Freundinnen. Sie half mir damals sehr und war bald auch eine geübte ‚Alex-Sitterin‘.

In dieser Zeit hing unsere Ehe am seidenen Faden. Erich hatte mal wieder ein Verhältnis, diesmal mit seiner Auszubildenden (Jasmin, 17) und kaufte ihr sogar einen BMW. Ich teilte dies ihren Eltern mit, die dagegen allerdings nichts unternahmen. Im Gegenteil: Jasmins Mutter hatte später ebenfalls eine Affäre mit Erich. Es waren Zustände wie in Sodom und Gomorrha. Trotz allem wollte ich unserer Ehe noch eine letzte Chance geben. So buchten wir eine Reise nach Korsika. Ich sah einen Silberstreif am Horizont und voller Elan fing ich an, alles zu organisieren. Ich beantragte ein Visum für meine Oma, die aus der DDR mit ihrer Schwester kam, um das Haus und Basti zu hüten. Alex war solange bei Inge. Aber alle meine Hoffnungen zerschlugen sich, als ich eines Abends in unseren Bungalow im Club Med kam. Die Badezimmertür war von innen verschlossen, auch hier hatte er mal wieder eine Frau versteckt, die er an der Bar kennengelernt hatte. Eigentlich bin ich es langsam leid, das alles zu beschreiben, doch leider gehörte es zu meinem Leben dazu. Jetzt, im Nachhinein fällt mir ein passendes Sprichwort ein: ‚Wenn du versuchst, es allen recht zu machen, hast du mit Sicherheit einen vergessen – Dich!‘ Der Urlaub war jedenfalls gelaufen und wir flogen außerplanmäßig früher wieder zurück. Ich fiel erneut in tiefe Depressionen und konnte kaum mehr dem Unterricht folgen.

Einer Mitschülerin, einer jungen Philippinin, erzählte ich, dass ich nicht glaubte, die Prüfung schaffen zu können. Sie konnte mich gut leiden, nicht nur, da ich ihr Alex' Kindersachen für ihren Sohn geschenkt hatte: „Christinaaa, biiitte kooomm weiter zum Unterricht. Ich lasse diiich auch bei der Prüfung aaabschreiben!" Sie zog die Vokale in die Länge wie eine gähnende Katze. Ich musste lächeln, nicht nur weil die Aussprache so niedlich war, sondern auch wegen des freundlichen Angebotes. Doch den Ausschlag, weiterzumachen, gab Inges Anruf an diesem Abend: „Tina, die Schule ist zu schwer, ich mache die Prüfung nicht, da falle ich doch durch." Ich war so erleichtert, dass es nicht nur mir so ging und schüttete ihr mein Herz aus. „Ich schaffe es auch nicht. Soviel zu lernen, die Kinder, Erich – alles wird mir zu viel." Das weckte Inges Kampfgeist, sie schlug mir vor, zusammen zu lernen und uns alles gegenseitig beizubringen. Zuhause war es nicht möglich, da Basti ständig mit der Trommel um uns herumlief. Da hatte ich die glorreiche Idee, am Wochenende in Erichs Praxis zu lernen, wenn diese sowieso leer stand. Es lief wie geschmiert und am Ende so gut, dass sich uns viele Mädchen aus unserem Kurs anschlossen. Inge erklärte das lymphatische System, ich das anatomische. Sogar Erich half aus, wenn wir Fragen hatten. Zum Schluss bestanden Inge und ich die Prüfung mit einer 1. Wieder einmal wäre mein Leben in einer ganz anderen Richtung verlaufen, wenn nicht ein rettender Engel erschienen wäre. In diesem Falle war es Inge mit ihrem Anruf.

Jörn

Er bekommt auch ein Kapitel, denn die Begegnung mit ihm war ein großer Schritt in meine Unabhängigkeit. Es begann damit, dass nach der bestandenen Prüfung im März '83 die Abschlussfeier in der ‚Wiener Marie' stattfand. Dieses österreichische Lokal direkt neben der Schule gibt es auch heute noch. Erich wollte nicht mitkommen. Jede Aktivität, die sich nicht ausnahmslos um ihn drehte, interessierte ihn nicht. Dabei war ich doch so stolz, den Abschluss trotz aller Widrigkeiten und

Kämpfe geschafft zu haben. Obwohl sich Erich mir gegenüber derart unmöglich benahm, hätte es mir viel bedeutet, wenn er dabei gewesen wäre. So saß ich zerrüttet, entmutigt und mit Null Selbstwertgefühl in einer Ecke, während um mich herum alles lachte, tanzte und feierte. Mein Leben wurde aber auf einmal in eine ganz andere Richtung geschubst, da ausgerechnet an diesem Abend auch Kriminalbeamte der Polizei dort ihren Abschluss feierten. Denn nach einer Weile fiel mir auf, dass ein gutaussehender junger Mann ebenfalls still in einer Ecke saß. Wir kamen ins Gespräch. Ich fand ihn süß, mit seinen Sommersprossen und seine Augen waren von einem Blau wie die Oberfläche des Meeres bei Sonnenlicht. Ich erfuhr, dass sich seine Freundin von ihm getrennt hatte und ihm ebenfalls überhaupt nicht nach Feiern zumute war. Nach einer Weile wallte ein Gedanke in mir hoch, den ich nicht unterdrücken konnte und bis dahin noch nie gehabt hatte: ‚Warum zahle ich es Erich eigentlich nicht mit gleicher Münze heim? Bin ich nur treu wie Gold aus Mangel an Fantasie und Gelegenheiten?‘ An der Fantasie konnte es nicht liegen, die hatte ich schon immer gehabt. Und der Mangel an Gelegenheiten war hiermit vorbei, hier saß die Gelegenheit vor mir und hieß Jörn. Als wir auch noch feststellten, dass wir am gleichen Tag Geburtstag hatten, war ich soweit: Ich wollte an diesem Abend nicht nach Hause, sondern mit diesem Mann die Nacht verbringen. Wir verließen die Feier, ohne dass es jemand merkte. Zum ersten Mal seit einer gefühlten Ewigkeit kam ich mir wieder begehrt vor. Jörn meinte mich und nur mich, bei ihm war ich nicht eine von vielen. Endlich spürte ich wieder etwas – ich war also doch noch nicht vollkommen erkaltet. Als ich morgens nach Hause kam, wusste ich nicht, wie spät es war. Die Zeit vergeht ja immer viel schöner ohne Uhr. Ich hörte nur das schwache Rascheln des Windes der Morgendämmerung in den Kirschbäumen und wusste, dass ich ein verträumtes Lächeln auf dem Gesicht trug. Erich hatte übrigens gar nicht gemerkt, dass ich nicht da war, er war selber aushäusig und zum ersten Mal, wirklich zum allerersten Mal, war es mir vollkommen egal, mit wem und wo er sich herumtrieb. Mit Jörn, der mir mein Selbstwertgefühl zurückgab und mich erweckte, wie ich es gerne beschreiben möchte, war ich dann zwei Jahre zusammen.

Meine Selbstständigkeit

Mit aller Akribie, Organisation und Freude bereitete ich sie vor. Endlich tat ich mal was für mich und wusste, dass es danach niemanden geben würde, der meine Arbeit und den Enthusiasmus, die ich hineingesteckt hatte, ignorieren würde. Natürlich hatte ich längst ausgespäht, dass ein Zimmer in der Praxis frei war und darin richtete ich meinen Beautybereich ein. Das praktische an der Sache war, dass Erich und ich uns eine Telefonnummer teilten. So konnten die Mädchen am Empfang meine Telefonate entgegennehmen und meine Termine verwalten. Diese Sorge war ich also schon mal los. Welche Sorge aber immer größer wurde, war die um mein Verhältnis zu Erich. Die Eiszeit unserer Ehe war inzwischen so kalt geworden, dass sich Inge als Mediatorin anbot. Als kluge und lebenserfahrene Frau wollte sie zwischen uns beiden vermitteln. Ich dämpfte den zart aufflatternden Wunsch, dass wieder alles gut werden würde und hoffte nur ganz zaghaft auf Verständigung. So saßen wir eines Tages zu dritt in unserem Wohnzimmer, um miteinander zu sprechen. Das war in den letzten Jahren überhaupt nicht mehr vorgekommen. Aus dem ‚sprechen‘ wurde aber nur leider nichts. Ich fuhr ja seit der Feier meiner Abschlussprüfung des Öfteren zu Jörn. Ob ich es Erich nun gesagt oder er es irgendwie herausbekommen hatte, weiß ich heute nicht mehr. Nur soviel: Erich war rasend eifersüchtig. Das muss man sich mal vorstellen: Da betrog er mich inzwischen seit über einem Jahrzehnt mit der Regelmäßigkeit eines Uhrwerkes und dann wurde ER eifersüchtig, als ich es auch einmal wagte… Jedenfalls schrie er mich an diesem Tag an: „Du bist ein Nichts! Du bist ein Garnichts! Alles was du bist, bist du nur durch mich!“ Seine Stimme war schon beim ersten Satz vor Wut eine Oktave höher. Beim zweiten kletterte sie um eine weitere Stufe hinauf. Trotz meines Erschreckens stellte ich mir vor, dass nur noch Hunde und Delfine seinen Wutausbruch würden hören können, wenn er die nächste Stufe der Skala erreichte. Ich fing sowohl innerlich als auch äußerlich an zu zittern, aber Inge blieb ganz gelassen. Ruhig stand sie auf und sagte zu mir: „Wir gehen. Du hast hier nichts mehr zu suchen.“

Aber eine Trennung ist nie einfach. Weder die räumlich noch die seelische. Diese würde sowieso schwerer werden, also kümmerte ich mich erst einmal um die räumliche. Am 1.10.83 hatte ich ja die Beauty-Praxis eröffnet und so einen Zulauf, dass ich Beruf und Kinder kaum noch zusammen managen konnte. Erich zog sich mehr und mehr zurück von uns und die kärgliche Hilfe, die er mir bei unseren Kindern angedeihen ließ, wurde immer spärlicher. Alles was noch ging, war Hilfe in der Praxis. Hatte ich einmal einen Problemfall auf der Haut einer Kundin (zum Beispiel eine große Milie), konnte ich ihn aus dem Zimmer nebenan herbeiholen und er entfernte sie. Auch bei der Falten-Unterspritzung sah ich ihm zu. So lange, bis ich es selber konnte. Aber das war es auch schon. Er lebte weiterhin fröhlich seine Verhältnisse aus und hielt es mit der Zeit auch nicht mehr für nötig, sie zu verstecken. Diesmal war es Sprechstundenhilfe Angelika und heute wundere ich mich, dass ich die ganzen Namen und zudem noch in der richtigen Reihenfolge weiß. Auch diese Angelika fiel in die Rolle der ehrgeizigen Geliebten. Dazu gehörte wahrscheinlich auch, mir gegenüber respektlos zu werden und mich zu mobben. Was war so großartig daran, die eh schon gedemütigte Ehefrau noch extra unterzubuttern? Das werde ich nie verstehen!

Doch es ging endlich, endlich aufwärts mit meinem Selbstwertgefühl. Meine Kundinnen mochten mich und zeigten mir das auch. Nicht nur durch Gesten und Worte, sondern auch durch kleine Geschenke. Und Gerhild trat in mein Leben, zuerst als Kundin, dann als Freundin. Sie kam, sah und sagte: „Alles was ihr getan habt, habt ihr einander angetan." Das Maß war voll, ich brauchte nur noch diesen kleinen mentalen Schubs von ihr und ich ging los und suchte mir eine eigene Wohnung.

Schillerstraße

Weil die Zeit 1984 anscheinend mehr als reif schien und ich im vorübergehenden Zustand der Vernunft war, flutschte alles, wie man so schön sagt. Gute Freunde halfen mir beim Umzug. Sogar Erich war froh über meine Entscheidung. Ab nun konnte er alle Schuld auf mich schieben,

nach dem Motto: „DU hast ja die Scheidung gewollt." Zum Dank verlegte er den Teppichboden in meiner neuen Wohnung. Danach verschwand er sofort wieder und ich dachte bei mir: ‚Für manche Leute
schwimmst du über Ozeane und für dich springen sie nicht mal über
eine Pfütze'. Doch die Wahrheit war, dass Erich unsere Ehe abgeschrie-
ben hatte. Und die Wahrheit hing nicht davon ab, ob ich sie glauben
wollte oder nicht…

Ich konzentrierte mich also auf einfachere Dinge – wie ich dachte. So
fragte ich Basti: „Welche Farbe hättest du denn gerne für dein Zimmer?"
Freudig teilte er mir mit, dass er sich Blau wünschte. Als alles fertig
war und ich ihm stolz sein neues kleines Reich zeigte, war er entsetzt:
„Nicht in diesem Haus! In dem anderen Haus!" Auch mit Alex bekam
ich Schwierigkeiten. Ich saß gerade an meinem neuen Schreibtisch. Ein
Stapel Post hockte darauf, denn ich hatte die Scheidung eingereicht und
mein Anwalt schrieb mir eifrig. Da bekam ich einen Anruf von Alex'
Lehrerin. Er war in der Schule noch ruhiger geworden als er sowieso
schon war und seine Leistungen fielen rapide ab. Sie fragte mich, ob es
denn zuhause Probleme gäbe? Ich erzählte ihr von den ganzen Veränderungen und sie war total erstaunt, da er kein Wort darüber verloren
hatte. Nach diesem Gespräch war ich richtig aufgewühlt und mir wurde
bewusst, wie schwer das alles für meine Jungs werden würde. Zur Ner-
venberuhigung ging ich in die Küche, schaltete die Kaffeemaschine ein
und beobachtete, wie sie bekümmert den letzten Milchschaum auf den
Cappuccino krächzte. Allerdings war ich nicht so bekümmert wie die
Kaffeemaschine und machte schon wieder Pläne. Ich ließ mich von meinem Anwalt beraten, denn es gab ja einiges an Werten, die Erich und
ich zusammen erarbeitet hatten und ich wollte - wenigstens finanziell
- nicht über den Tisch gezogen werden. Ich hatte einen guten Anwalt,
er sagte mir, dass Erich ab dem Tag der Scheidungseinreichung nichts
mehr manipulieren konnte. So war es auch und unsere Ehe wurde
nach zehn Jahren relativ schnell geschieden. Es ging fast so schnell und
lieblos über die Bühne wie unsere Hochzeit, dachte ich traurig. Zum
trauern blieb mir aber keine Zeit, denn mit meinen Söhnen hatte ich
immer mehr Probleme, vor allem mit Alex. Er wollte auf keinen Fall

mit in die Schillerstraße ziehen, sondern in dem großen Haus bleiben. Da ich aber wusste, dass Erich ständig aushäusig war, fuhr ich abends immer dorthin, um zu sehen, ob das Kind schlief – er war ja schließlich erst neun. Beim ersten Mal war es eine echte Marter für mich, da jetzt nun alles ganz offiziell aus war zwischen Erich und mir. Ich erinnere mich, dass die Straße nass war und in einer Kurve verloren die Räder meines Autos ganz kurz nur den Kontakt mit ihr. Ich fühlte mich wie in einem Schwebezustand. So, als ob jemand zögerte, die Würfel fallen zu lassen, mit denen über mein Leben entschieden wurde. Um meinen jagenden Puls zu beruhigen, saß ich danach noch eine Weile im Auto vor der Wohnungstür und das Licht von Armaturenbrett und Radiokonsole umhüllte mich dabei wie ein verglühendes Kaminfeuer. Trotzdem fühlte ich mich so verloren wie die kleine Tine aus der Schokoladenfabrik auf dem winterlichen Weg zum Plumpsklo. Es brauchte eine Weile, bevor ich mich traute, hineinzugehen. Nachdem ich Mut gefasst hatte, stieg ich aus und schlich mich wie ein Dieb in das Haus, das einmal das Ziel aller meiner Wünsche gewesen war...

Es dauerte allerdings nur 14 Tage, bis Alex auch zu uns wollte. Das einsame, von Mutter und Bruder verlassene große Haus, machte ihm Angst. In dieser Zeit war Frau Wende ganz viel in meiner Wohnung und betreute die Kinder, denn ich arbeitete ja immer noch in der Praxis. Dort hatte ich erst recht keine Chance, meine Trauer zu verarbeiten, Erich ließ mir keine. Fröhlich schäkerte er mit allen Frauen, die noch einen Puls hatten und lebte ganz offiziell seine Affären aus. Eines Abends ging es nicht mehr. Ich versuchte noch, mich mit fernsehen abzulenken. Das Programm war gewohnt schlecht und ich drückte auf die Fernbedienung als wäre sie ein Revolver, um die Programme zu wechseln. Dann wurde mir schwarz vor Augen. Als ich mitten in der Nacht wieder zu mir kam, rief ich den Notarzt, weil ich am Ende meiner Kräfte war. Auch hier hatte ich mal wieder Glück im Unglück. Der Notarzt kannte Erich nämlich und auch seinen schlechten Ruf, der ihm vorauseilte. Er gab mir nicht nur eine Beruhigungsspritze, sondern nahm sich auch viel Zeit, um mit mir zu reden. Bevor er ging, sagte er noch: „Sie müssen aus dieser Praxis raus und somit auch räumlich Distanz schaffen. Je eher das passiert, desto besser für Sie."

Ritterstraße

In dieser Zeit ging ich viel spazieren. Ich bewegte mich an der frischen
Luft, es war ein Ausgleich zu meiner Arbeit und ich konnte dabei auch
meinen Gedanken freien Auslauf lassen. Meine Sinne kehrte ich dabei
von allem Müll frei und sie wurden wieder geschärft. Bei einem dieser
Spaziergänge zog mich das hell erleuchtete Viereck eines Fensters magisch an. Ich schaute durch es hindurch in eine Wohnung und sah genau
das Richtige für meinen ausgehungerten Sinn nach allem Schönen: Einen herrlich verzierten und geschwungenen Jugendstil-Kachelofen, der
bis zu Decke reichte. Von diesem Kachelofen träumte ich in jener Nacht,
denn ich war auf der Suche nach einer anderen Wohnung. Ich hatte mir
die Worte des Notarztes zu Herzen genommen und brauchte jetzt ein
Zuhause, in dem ich in einem Extra-Zimmer auch meinen Beauty-Be-
reich unterbringen konnte. Als ich dann zu meiner ersten Wohnungs-
besichtigung ging, war es doch tatsächlich diese mit dem herrlichen
Kachelofen. Und nicht nur das: Ich bekam sie auch! Wenn ich nicht
aufpasste, war ich fast wieder glücklich. Voller Elan zogen meine Söhne
und ich 1985 in die Ritterstraße, in diesen Traum aus Erkern, Stuck,
Aura und Flair. Für meinen Basti gab es in dem großen verwilderten
Garten sogar einen Kletterbaum. Den brauchte er mit seiner verwir-
rend quecksilbrigen Persönlichkeit auch dringend, um seine ganzen
überschüssigen Energien auszutoben. Ich sehe ihn heute noch, schnell
wie einen aufgescheuchten Troll und glücklich bis in die Haarspitzen,
durch sein grünes Reich flitzen. Auch hatte ich in dieser Wohnung genug Platz, um mein geliebtes weißes Klavier aus dem großen Haus am
Haferberg zu holen. In der DDR hatte ich ja schon Klavierunterricht
erhalten und konnte nun endlich wieder spielen. Zudem setzte ich es
im weiteren Verlauf dann auch als musikalische Waffe ein. Denn wie
sagte ein weiser Mann einmal so schön: ‚Hüte dich vor deinen Wünschen, sie könnten in Erfüllung gehen'. Genau dieser Spruch ratterte mir

durch den Kopf, als ich in aller Herrgottsfrühe um fünf Uhr am nächsten Morgen aus dem Bett hochschoss. Zuerst dachte ich: ‚Die Russen kommen'. Das war aber nicht so positiv gemeint, wie damals der Ruf meiner Chefin in dem Knopfladen, als wir all unsere Ladenhüter losgeworden waren. Nach einer eingehenden Recherche fand ich heraus, dass es eine fünfköpfige Familie war, die jeden Morgen gleichzeitig um diese unchristliche Uhrzeit aus den Betten anscheinend ungebremst auf den Fußboden fiel. Darauf blieben sie aber leider nicht liegen, sondern donnerten im Büffelgalopp ins Bad, in die Küche, ins Wohnzimmer, in den Flur und wieder zurück. Alles untermalt von markigem Geschrei und die Grundfesten des Hauses erschütterndem Türenknallen. Als ich mich wieder unter meinem Kopfkissen hervortraute, das ich mir zum Schutz über den Kopf gelegt hatte, da ich dachte, die Decke stürzt ein, zog ich mich schleunigst an und begab mich nach oben zur zurückgebliebenen Hausfrau, um mit ihr ein Wörtchen zu reden. Zurückgeblieben war sie auch im anderen Sinne, denn sie konnte überhaupt nicht begreifen, was ich für ein Problem hatte. Ich bereute es zutiefst, diesen Umzug gemacht zu haben und mir war danach auch klar, warum diese wunderschöne Wohnung so leicht zu haben war. Unter dem Lärm, der dem des ausbrechenden Vesuvs gleichkam, wollte niemand gerne wohnen. Trotzdem mussten wir uns dort einleben und wenn es morgens wieder einmal zu schlimm wurde, setzte ich mich hoheitsvoll im Nachthemd an das Klavier, hämmerte in die Tasten, schmetterte dazu: „Brüder zur Sonne, zur Freiheit" und als Krönung kam ein furioses ‚Grande-Grandezza'- Klaviersolo. Danach herrschte himmlische Ruhe und ich konnte mich wieder ins Bett legen. Außerdem bemühte ich mich, vor allem die schönen Seiten dieser Wohnung zu sehen. Hier hatte ich wieder einen Garten, der zu dieser Wohnung und somit nur mir gehörte. Auch war er nicht so schattig und einsam wie der des großen Hauses. Wenn mir der Lärm über meinem Kopf zu groß wurde und ich keine Lust auf Klavierspielen hatte, ging ich in den Garten arbeiten und bald blühte und grünte alles. Als ich dann einmal an einem warmen Sommerabend auf meiner Gartenbank saß und mich von der Dämmerung einhüllen ließ, die sich in Königspurpur über Bastis Kletterbaum wölbte, dachte ich mir: „Es sieht doch noch ganz gut aus hier." Aber ‚Doch-noch'-Sätze sind die Trostpreise unter den Komplimenten. Das wurde mir immer klar, wenn Frau Wende kam. Denn mit ihr kamen auch Neuigkeiten aus dem Haus am Haferberg, da sie dort ebenfalls weiterhin putzte. Frau Wende erzählte nie viel und diese Verschwiegenheit liebte ich auch sehr an ihr. Denn so wusste ich, dass auch aus unserem kleinen Reich nichts nach draußen drang. Nur wenn sie sich zu sehr über Erich ärgerte, rutschte ihr doch etwas heraus. Zum Beispiel: Wenn sie zur Vordertür hereinkam, wurden die Frauen zur Hintertür hinausgelassen. Was sie am meisten empörte, war, dass Erich sie für so dumm hielt, dass sie diese Aktion nicht bemerken würde. Aber Erich war inzwischen über jede Scham erhaben. Ich hatte ja noch den Schlüssel vom Haferberg und ging extra mittags dorthin, damit ich ihm nicht über den Weg lief, um Sachen für die Kinder zu holen. Da lag der Schülerausweis einer siebzehnjährigen Bettina auf dem Tisch. Erich war inzwischen 44, das durfte doch nicht wahr sein! Mein Gerechtigkeitssinn und mein immer noch vorhandener Herzschmerz bewogen mich dazu, ihre Eltern anzurufen. Diese kamen auch und wir warteten zusammen im Wohnzimmer, als er nachts mit ihr nach Hause kam. Nachdem die Eltern mit ihrer missratenen Tochter abgezogen waren, wollte ich gerade ebenfalls gehen, da holte er mich im Flur ein. Im Wohnzimmer, als die Eltern da waren, hatte er sich ja noch zusammenreißen müssen, aber inzwischen hatte er sich richtig in altmodische Wut hineingesteigert und stürzte sich auf mich. Er packte mich an den Haaren und riss sie mir büschelweise aus, während er unartikulierte Sätze hervorstieß, da ihm durch mich Bettinas Entjungferung durch die Lappen gegangen war, auf die er sich schon den ganzen Tag gefreut hatte.

Aber auch diese Eltern erlagen seinem Charme – oder ihre Tochter war ihnen egal – jedenfalls war er danach mit ihr zusammen, bis die nächste kam. Auch gefiel ihm besonders, dass die Eltern eine Kneipe hatten und diese wurde dann sein zweites Wohnzimmer. Das bekam ich alles mit, da dieses Mädchen noch sechs kleine Geschwister hatte. Einmal kam er nämlich mit seinem Wagen zu uns in die Ritterstraße, um etwas abzugeben und hatte das ganze Auto voller kleiner Kinder.

Beim Abschied winkten diese und meine Jungs, die am Straßenrand zurückblieben, guckten ihnen sehnsüchtig hinterher. Diese Szene sehe ich heute noch vor meinem geistigen Auge und ich weiß auch noch, dass es mir damals fast das Herz zerrissen hätte.

Hausverkauf und Reihersee

Während meiner Ehe hatte mir Lilo ständig angeraten, mich ebenfalls im Grundbuch des Hauses am Haferberg eintragen zu lassen. Zum Glück habe ich auf die Gute gehört und eines Tages setzte ich es wirklich durch und wir gingen zum Notar. So war ich offiziell Mitbesitzerin und musste dementsprechend ausgezahlt werden, wenn er es verkaufen würde. Bei unserer Scheidung war es dann soweit und bald hatte Erich einen Käufer an der Hand, einen Bekannten von ihm. Diesem verschacherte er unser Haus sehr schnell und sehr günstig, somit bekam ich auch nur sehr wenig Geld. Erschwerend kam hinzu, dass sowieso noch nicht allzu viel abbezahlt war. Nach Jahren erst ging mir ein Licht auf: Wenn es ein Bekannter war, dann hatte Erich natürlich alle Möglichkeiten gehabt, die Hand für Schwarzgeld aufzuhalten. Er hatte mich mal wieder belogen und betrogen. Meine Wut auf ihn stieg im selben Maße wie die Verachtung für meinen Ex-Mann, der mir die Chance genommen hatte, etwas anderes zu sein als eine lästige Verpflichtung. Ich überlegte mir oft: Natürlich hatte ich eine schwere Kindheit. Aber verglichen mit meinen Erlebnissen mit Erich hatte ich nie das wirklich Böse gesehen, bis er gekommen war und es mitgebracht hatte. Seine Mutter hatte mich gewarnt, aber Vergangenheit heißt ja deswegen Vergangenheit, weil sie vergangen war und man sie nicht mehr ändern konnte…

Einmal saß ich bei einem Frühstück in der Ritterstraße mit einer Tasse Kaffee - die Kinder waren in der Schule, die erste Kundin noch nicht da - und konzentrierte mich auf das Brot im Toaster, als ob es psychischen Beistand bräuchte, um herauszuspringen. Dabei reflektierte ich, was mir das große Haus je bedeutet hatte. Ja, am Anfang dachte ich wohl, es sei das Ziel meiner Wünsche. Solange, bis ich bemerkte, dass es nur mit Ängsten und Arbeit gefüllt war. Traurig war ich nur für meine Kinder, da sie ihr zuhause verloren hatten. Aber war es je ein zuhause gewesen? Nein, eher nicht. Mir zumindest hatte es keine Träume erfüllt.

Wesentlich entspannter ging es am Reihersee bei Lüneburg zu. Dort hatten wir ein Grundstück gekauft, auf dem ein kleines Häuschen stand. Wenn wir dort waren, hatten wir immer eine Auszeit, so wie Ferien, der Ärger blieb zuhause. Es gab ein Paddelboot, mit dem Erich auf den See fuhr, um zu angeln. Richtig stolz war er, als er den gigantischsten Hecht aus dem Wasser zog, den ich jemals gesehen hatte. Mir war das Surfbrett lieber, mit dem ich über den See segelte. Was war das wunderschön: Der warme Sommerwind streichelte meine Haut wie ein Freund und die Landschaft war von herzzerreißender Schönheit, denn der See lag im glitzernden Sonnenschein und hielt kleine grüne Inseln in seinen blauen Armen. Für die Kinder war es der Abenteuerspielplatz schlechthin und wir sahen sie manchmal nur zu den Essenszeiten, wenn sie aus irgendeinem Versteck mit hungrigem Magen, zerzausten Haaren und leuchtenden Augen angetrabt kamen, um sofort danach wieder zu einem Spiel zu verschwinden. Während der letzten sonnengetränkten Woche der Sommerferien lag ich des Nachts manchmal auf meiner Luftmatratze und konnte nicht einschlafen. Ich hörte auf das tiefe Säuseln der schlafenden Wälder um uns herum, genoss den nicht zu erschütternd scheinenden Frieden und wünschte mir von Herzen, es möge zuhause auch so sein. Dass wir auf diesem Grundstück überhaupt wohnen konnten, hatten wir übrigens zum großen Teil meinen Eltern zu verdanken. Durch die Reiseerleichterungen konnten sie für eine längere Zeit zu uns kommen, wohnten in diesen Wochen in dem Häuschen am See und machten das Grundstück urbar. So mussten sich die ersten Siedler im Wilden Westen gefühlt haben: Mein Vater fällte mindestens 30 Tannen, zersägte sie, stapelte Feuerholz und baute einen Bootssteg, während meine Mutter das meterhohe Unkraut mit der Sense mähte und das Häuschen auf Vordermann brachte. Ich war ihnen unendlich dankbar dafür. 1989, nach der Grenzöffnung, kamen die ganzen Neffen mit ihren jugendlichen Freunden und ihren Trabbis ‚angerast‘, na, sagen wir mal: ‚angestunken' und haben dort einen schönen Sommer verlebt. Stilecht mit Camping, Lagerfeuer und Klampfenmusik. Das war kurz bevor das Grundstück verkauft wurde. Erich hatte mal wieder einen Plan, mich über den Tisch zu ziehen. Was hätte man aus dieser kriminellen Energie nur alles machen können? Was taten die Menschen nur mit sich!? Er belieh das Grundstück, so dass es nur noch 50tausend Mark wert war und quasi der Bank gehörte. Ich sollte nach der Scheidung sowieso nicht darankommen. Doch wie gesagt: Ich hatte einen guten Anwalt und bekam das Grundstück zugesprochen. Nach dem Sommer 89 war ich allerdings nicht mehr dort und habe es zwei Jahre später verkauft, denn mir war klar: So unbeschwerte, schöne Tage würde ich dort nie mehr verleben.

Die goldene Kette

Obwohl die Wohnung in der Ritterstraße durch die Obermieter immer noch so laut war, als wären Bauarbeiter auf ihren Presslufthammern eingeschlafen, schaffte ich es mit meinem Sinn für alles Schöne, ein traumhaftes Ambiente zu zaubern. Die Wohnung half mir dabei, denn es gab schon einen ganz breiten Engelsstuck an der Decke. Da musste ich nur noch eine Wölkchentapete anbringen und schon fühlten sich meine Kundinnen wie im Himmel. Das Beautystudio dekorierte ich mit Accessoires in einem ganz dunklen Pink und Weiß, was sich auch im Eingangsbereich und bis vor die Haustür fortsetzte. So wurden die Kunden wie auf einer Wohlfühlstraße bis in die Kosmetikkabine geleitet. Ich hatte mir einen richtigen kleinen Traum verwirklicht. Nicht nur deswegen ging es mir wirklich besser, sondern auch, weil ich mich so intensiver um meine Kinder kümmern konnte. Ein ums andere Mal habe ich ihnen, wenn die Schönheitsmaske auf dem Gesicht der Kundin einwirkte, ein Brot geschmiert.

Zu dieser Zeit war ich noch mit Jörn zusammen. Während der heißen Phase meiner Scheidung blieb er im Hintergrund, erst danach, in der

Ritterstraße, verbrachten wir mehr Zeit miteinander. An Weihnachten lernte ich auch seine Familie kennen. Stimmt schon, ich hätte diese lang vermisste Harmonie genießen sollen, ich war mit ihm aber nicht wirklich glücklich. Mir war auch ziemlich schnell klar, woran es lag: Hier war zwar endlich mal ein Mann, der sich nur auf mich konzentrierte – was mir sehr gefiel – aber er kam nicht so gut mit meinen Kindern zurecht. Eigentlich konnte ich ihm keinen Vorwurf machen, denn er hatte selber keine und ihm fehlte die Übung. Wie soll ich es am besten beschreiben: Vielleicht, weil er sehr pedantisch war und im Umgang mit ihnen irgendwie hölzern wirkte, ohne Empathie. Das beste Beispiel ist, glaube ich, diese Geschichte: Eines Abends gähnten wir uns durch das dröge Fernsehprogramm, bevor ich Basti ins Bett brachte. Dieser erzählte mir kurz vor dem Einschlafen, dass er die goldene Kette verloren hatte. Weil ich nur Modeschmuck besaß, war es für mich relativ unwichtig, welche Kette er verloren hatte und ich beruhigte ihn, dass es nicht so schlimm wäre. Am gleichen Abend rief mich allerdings die Mutter eines Klassenkameraden an, mit dem Basti immer spielte. Sie berichtete mir, dass ihr Sohn eine Polizeimarke an einer langen goldenen Kette aus der Elbe gefischt hatte. Da diese Marke sehr echt aussah, hatte sie diese zur Polizei gebracht und dort abgegeben. Mir schwante nichts Gutes, denn ebenfalls an diesem Abend vermisste Jörn seine Marke, die er als Kriminalbeamter immer bei sich tragen musste. Natürlich konnte ich verstehen, dass er wütend wurde, aber so stinksauer hatte ich ihn noch nie erlebt wie an dem Tag, als ich ihm die ganze Sache erzählte. Am Anfang meiner Beichte konnte ich fast hören, wie sich die Haare an seinen Armen aufstellten. Er benahm sich ja gerade so, als wäre es der Beginn einer kriminellen Karriere und nicht das Werk eines kleinen Jungen, der etwas Glänzendes an sich genommen hatte, um damit zu spielen. Ich konnte ihn gerade noch davon abhalten, meinen Sohn aufzuwecken. Doch gleich am nächsten Tag nahm er sich ihn zur Brust. Die Standpauke endete damit: „Wir gehen jetzt zur Polizei und holen die Marke ab." Basti wehrte sich mit Händen und Füßen, er schrie und brüllte, nein, er wollte nicht zur Polizei, die würden ihn bestimmt einsperren. Ich konnte mir schon vorstellen, dass Jörn Ärger bekam, da er die Marke so verwahrt hatte, dass ein kleines Kind sie entwenden konnte. Doch dass er ab diesem Tag wochenlang auf mich und meine Jungs sauer war - obwohl Alex zum Beispiel gar nichts damit zu tun hatte – bewirkte, dass unsere Beziehung immer mehr kriselte. Ich habe Jörn nie geliebt wie ich Erich geliebt hatte und im Nachhinein kann ich sagen, dass ich ihm dankbar war, dass er mir den Glauben zurückgegeben hatte, eine begehrenswerte Frau zu sein. Mehr aber auch nicht. So ist es mit der Wahrheit: Sie ist nie gut oder böse, sondern einfach nur die Wahrheit.

Jeanette

Es gibt Menschen im Leben, die auf einmal da sind und dazugehören, auch wenn man einiges dafür gegeben hätte, wenn dem nicht so gewesen wäre. Aber auch dieses Konjunktivfestival verhinderte nicht die Ereignisse, die durch diese Frau über mich hereinbrachen und meinem Leben mal wieder eine ganz andere Richtung gaben.

Es fing damit an, dass eines Tages vor dem Haus am Haferberg ein Mann stand, den ich nicht kannte. Zuerst jedenfalls nicht und ich dürfte meilenweit sichtbar ein Fragezeichen auf der Stirn getragen haben. Als er anfing zu sprechen, war er aber sofort wieder da: Das war Volker, einer meiner Freunde aus DDR-Zeiten. Dort war er auch im Knast gewesen, denn er gehörte zu den Unglückseligen, denen die Flucht nicht gelungen und die geschnappt worden waren. Als er seine Strafe abgesessen hatte, wurde er in die BRD abgeschoben. Ironie des Schicksals, denn genau dort wollte er ursprünglich hin, nur halt nicht mit dem Umweg über die Gefängnis-Ereignis-Karte: ‚Gehen Sie direkt dorthin, ziehen Sie keine fünftausend Mark ein'. Dort hatte er auch sein verträumtes blondes Wuschelköpfchen verloren, denn die Gefangenen des DDR-Regimes mussten wirklich darben. Zu essen gab es kein Gemüse geschweige denn Obst, nur undefinierbare, zerkochte Pampe und somit keine Vitamine. Wer hätte gedacht, dass 500 Jahre nach den Mannschaften auf Segelschiffen, die monatelang auf See unterwegs waren, auch

114

Menschen des 20. Jahrhunderts wieder an Skorbut erkranken konnten, so dass ihnen die Zähne ausfielen? Was es an Vitaminen zu wenig gab, war dafür aber an psychischen Repressalien zu viel und nicht wenige verließen diese Kerker mit den Füßen voran oder als gebrochene Menschen. Umso mehr freute es mich, dass ich die Möglichkeit hatte, ihm nun einen Gefallen zu tun. Seine 19jährige Nichte Jeanette suchte einen Ausbildungsplatz als Arzthelferin und den konnte ich ihr in Erichs Praxis besorgen. Mein Mann konnte ihr auch etwas besorgen, aber etwas ganz anderes. Obwohl ich wusste, dass er sich auf jedes Frischfleisch stürzte, freundete ich mich mit ihr an. Sie hatte ein nettes Wesen, bot sich gleich als Kindersitterin in der Ritterstraße an und ein ums andere Mal gingen wir auch zusammen am Abend aus. Das waren ihre vordergründig guten Seiten. Ihren falschen Kern entdeckte ich, als ich einmal nach Unterlagen in meinen Schubladen suchte. Die waren völlig durcheinandergewühlt. Komisch, an diese Schubladen ging doch niemand außer mir?! Die Kinder interessierte das nicht und Frau Wende würde so etwas niemals tun – blieb bloß Jeanette. Im Nachhinein kam heraus, dass sie nicht nach Schmuck oder Geld gesucht hatte, sondern nach Informationen, die Erich für unsere Scheidung gegen mich verwenden konnte.

Und dann dieser Wintertag. Es schneite sanft und leicht, wie nebenbei. Da kam sie zu mir und lieh sich meine Schlittschuhe aus, weil sie mit einer Freundin zum Eislaufen gehen wollte. Als sie die Schuhe am Abend zurückbrachte, schaute ich ihr hinterher, um zum Abschied zu winken. Da sah ich Erich die Ritterstraße entlangfahren und sie einsammeln. Sie war also mit ihm Schlittschuhlaufen gewesen. Mit meinen Schlittschuhen. Nicht ein einziges Mal hatte er das für mich getan! Meine Hand, zum Winken erhoben, blieb wie eingefroren in der kalten Winterluft stehen. Was hatte ich eigentlich in einem anderen Leben verbrochen, dass so viele meinten, derart auf mir herumtrampeln zu dürfen? Ich denke mal, es lag daran, dass ich immer zuerst an das Gute im Menschen glaubte. Deswegen traf es mich immer wie ein Blitz aus heiterem Himmel, wenn ich dann hintergangen wurde. Trotzdem bin ich stolz auf mich, dass ich den Glauben an das Gute im Menschen auch weiterhin nicht verloren habe.

Diese Jeanette wurde übrigens Erichs dritte Ehefrau, die er ziemlich schnell nach unserer Scheidung heiratete. Allerdings blieb sie nur solange bei ihm, bis er ihr Studium finanziert hatte und machte sich dann vom Acker. So wurde er endlich auch einmal verlassen und ausgenutzt. Seine eigene Medizin zu kosten, musste mehr als bitter für ihn geschmeckt haben. Als ich dies erfuhr, war es wie ein inneres Blumenpflücken für mich und ich zog mich zur Feier des Tages auf direktem Weg in eine erstklassige Flasche Champagner zurück.

Ingo

Als ich noch dachte, Jeanette wäre eine Freundin, bin ich des Öfteren mit ihr ausgegangen. Einmal schlug sie das ‚Tschako' in Bergedorf vor. Wir hatten uns kaum an den Tisch gesetzt, als ich bemerkte, dass der Typ am Nebentisch zu uns - vor allem zu mir - herüberstierte. Ja, genau nur so kann ich es beschreiben. Ich dachte mir: ‚Was will denn dieser Bierkutscher von mir, der mit seinem Silberblick…' Das war Ingo. An ihm hatte mich wirklich so gar nichts gereizt und ich schaute immer weg, sobald er versuchte, meinen Blick einzufangen. Ob ihn das nun umso mehr anspornte? Jedenfalls dauerte es nicht lange und er setzte sich zu uns an den Tisch. Eine Runde nach der anderen gab er aus und ich konnte ihn mir genauer ansehen. In seiner Lederweste wirkte er irgendwie prollig und als er lachte - was er oft und laut tat - hatte ich das Gefühl, unter ihm erzitterte die Erde. Und genau dieser Mann kam wie eine Naturgewalt über mich. Ich konnte mich gegen diese Mischung aus John-Wayne-für-Arme, zupackender Leutseligkeit und übersprühendem Bauerncharme einfach nicht wehren. Jeanette war schon verschwunden (wahrscheinlich zu Erich, wie mir dann hinterher klar war), als mich Ingo in die Disco ‚Corner' nach Wandsbek mit den Worten einlud: „Gehen wir woanders hin, in dem Bums hier ist sowieso nichts mehr los!" Mein Auto ließen wir stehen und fuhren mit seinem und ordentlich Promille an Bord nach Hamburg. Von diesem Abend weiß ich nur noch zwei Sachen: Wir tanzten viel und stellten außerdem fest, dass wir schon wieder, genau wie bei Jörn, am gleichen Tag Geburtstag hatten. Wie ich nach Hause gekommen bin, weiß ich allerdings nicht mehr…

Am nächsten Vormittag, es war ein wunderschöner Maitag und sogar der Regen roch grün und sommerlich, lag er schon auf meiner Kosmetikliege und ließ sich eine Gesichtsbehandlung angedeihen. Das war die einzige Möglichkeit, ihn wenigstens mal für zehn Minuten zum Schweigen zu bringen. Jedenfalls so lange, wie die Maske einwirkte. Als er wieder den Mund aufmachen konnte, lud er mich sofort danach zum Essen ein. Ich nahm seine Einladung gerne an, zu sehr hatte ich die Aufmerksamkeiten eines Mannes vermisst. Was mich auch für ihn einnahm: Er konnte wirklich gut mit meinen Jungs umgehen. Als er mich nämlich zum Essen abholte, brachte er die größte Pralinenschachtel mit, die ich jemals gesehen hatte. Er gab sie allerdings nicht mir, sondern Alex und Basti: „Aber nicht alle aufessen, zwei müsst ihr uns schon übriglassen!" Damit hatte er sie ‚im Sack', wie man so schön sagt, sie fanden ihn schlichtweg supertoll.

Für mich war es allerdings nicht so einfach. Nach der unendlichen Enttäuschung mit Erich und der Pleite mit Jörn, wollte ich mir nun mehr Zeit lassen. Ein ums andere Mal saß ich abends zuhause und überlegte, ob er denn nun der Richtige sei. Als ich zu keinem Ergebnis kam, versuchte ich, mich mit Lesen abzulenken. Doch irgendwie stolperte ich nur durch das Buch, las jeden Satz drei Mal, begriff ihn nicht ein einziges Mal und legte es dann weg. So dauerte es drei Wochen, bis wir uns näherkamen und ich Ingo zu mir in die Wohnung mitnahm. Er war überhaupt kein Draufgänger, wie mir schien, ganz anders als Erich. Viel später erzählte er mir einmal: „Eigentlich wollte ich mit dir nur ins Bett, doch dafür warst du mir dann doch zu schade."

Es kehrte nun fast eine Art Familienleben ein, so etwas, das ich mir bei Erich immer vergeblich gewünscht hatte. Zum Beispiel fuhr Ingo mit meinen Jungs samstags immer einkaufen und endlich gab es wieder etwas Richtiges zu essen, weil Geld genug da war. Er beschenkte mich sogar, auch das kannte ich nicht. Sein erstes größeres Geschenk war ein Videorekorder. An diesem Abend hatte ich es uns gemütlich gemacht, eine gute Flasche Wein stand auf dem Tisch und von meinem alten Plattenspieler wanden sich meine Lieblingslieder durch den Raum. Natürlich habe ich mich über sein Geschenk gefreut, allerdings wäre mir eine Waschmaschine lieber gewesen, ich hatte nämlich keine.

Erich war schon fast aus meinem Leben verschwunden, nur in dem ersten Jahr nach unserer Trennung kam er noch zu den Geburtstagen seiner Kinder. Ingo bediente ihn dabei ganz souverän mit Kaffee und Kuchen und ließ somit keinen Zweifel aufkommen, dass Erich hier nur noch ein Gast war. Ingo wusste sehr genau, was er wollte und demonstrierte meiner Meinung nach auch ein ziemlich robustes Verhältnis zum Rechtsstaat. Denn einmal, als er bei mir übernachtete, brachte er eine gefüllte Urne mit und deponierte sie im Flur, da er Angst hatte, sie könnte im Auto gestohlen werden. Er war nämlich Bestatter von Beruf und am Anfang hatte mich das schon gestört. Nicht nur, da ich nicht wusste, ob das mit der Urne legal war (wahrscheinlich nicht), auch war ich noch immer Krankenschwester, die das Leben erhalten wollte. Wie wir wissen, konnte ich die Patienten ja auch nicht mehr berühren, nachdem sie gestorben waren.

Die weiße Villa

1979, als Erich und ich noch am Haferberg in Geesthacht gewohnt hatten, gefiel uns beiden nicht, dass das Haus sehr im Tal lag und das ganze Grundstück, das immerhin vierzehntausend Quadratmeter maß, durch die vielen Bäume sehr schattig war. Also beschlossen wir, das Grundstück zu teilen, auf der sonnigsten Fläche ein neues Haus zu bauen und das alte zu verkaufen. Allerdings hatten wir keine Vorstellungen, wie denn das neue Haus aussehen sollte und so sahen wir uns nach Anregungen um. Auf meiner Inspirationssuche fuhr ich eines Tages von Geesthacht über Wentorf Richtung Bergedorf. ‚So viele Häuser habe ich schon gesehen und nichts war dabei', dachte ich und kam mir vor wie der Prinz, der mit dem Glasschuh in der Hand nach Aschenputtel Ausschau hielt. Ich passierte gerade eine Allee und der dunkle Tunnel der Bäume überwölbte die Straße. Urplötzlich hörte dieser auf und ich wendete den Kopf nach links, da mich die Sonne so blendete. Es war aber nicht die Sonne, sondern eine schneeweiße Villa, die so strahlte. Wie ein majestätischer Schwan auf seinem See thronte sie mitten in einem Garten, der auf sie zugeschnitten schien. „Das ist es!" jubelte ich, doch schon war ich mit meinem Auto vorbeigerauscht. Wieder zuhause angekommen, ließ ich nicht locker, bis ich Erich dazu überredet hatte, sich dieses Prachtstück anzusehen. Wie wir inzwischen wissen, wurde aber aus unseren Hausbau-Plänen nichts.

Und jetzt kommt wieder dieser verrückte Kobold mit Namen ‚Schicksal' ins Spiel. Ingo war noch verheiratet und wohnte mit seiner Frau in Wentorf. Und wo wohnte er? Ja genau! In dieser schwanenweißen Villa, deren Bild sich mir seit dem ersten Blick in mein Gehirn tätowiert hatte. Manchmal war es schon fast unheimlich – hatte ich das zweite Gesicht? Juppiduh – sollte jetzt wirklich mal ein Traum von mir in Erfüllung gehen, ich war Aschenputtel und Ingo ein Prinz? Ich sah mich wieder in der Schokoladenfabrik im Bett liegen, die Decke bis zur Nase hochgezogen, da diese unheimlichen Mäuschen in den Gardinen schaukelten und von meinem Prinz träumen. War es nun soweit, dass alles Wirklichkeit werden sollte? Im Sommer 1989 beschlossen wir jedenfalls, zusammenzuziehen. Ingo hatte sich inzwischen scheiden lassen und seine Frau war ausgezogen. Dieser Tag, an dem ich, Tine aus der Schokoladenfabrik mit Plumpsklo, in dieses Märchenschloss einziehen sollte, hatte etwas Majestätisches. Ich hatte noch gar nichts mitgebracht, wollte nur durch das Tor in den Garten gehen, meinen Traum vor mir liegen sehen und wissen, dass er wahr geworden war. Die Sonne strahlte wie am Tag meiner Geburt und obwohl es noch nicht so spät im Sommer war wie damals, schwebte Sonnenlicht durch die Wipfel der Bäume und goss Glanz auf Millionen von Blättern. Es war wie eine herzliche Begrüßung und ab da ging alles sehr schnell. Meinen Söhnen gefiel diese Residenz natürlich. Für Basti gab es diesen großen Garten und mein Vater hat uns auch sehr geholfen. Der Keller war exakt so groß wie das Erdgeschoss und so baute er voller Begeisterung aus einem großen Raum zwei Zimmer. „Eine leichte Aufgabe für einen Bergbauingenieur", sagte er nur. So hatte jedes Kind endlich wieder sein eigenes Reich. Als Erich einmal kam, um sie abzuholen, staunte er nur: „Jetzt hast du also deine weiße Villa!" Für mich war es zwar etwas anstrengend, denn meine Söhne gingen ja noch in Geesthacht zu Schule und ich fuhr sie jeden Morgen dorthin. Nach den Sommerferien sollte aber alles anders werden, denn ich hatte vor, die Jungs in Wentorf einzuschulen.

Familienleben

Immer wieder kommt mir dieser Spruch in den Sinn: Hüte dich vor deinen Träumen, sie könnten in Erfüllung gehen… So war es leider auch mit meiner Villa. Als Ingos Kinder aus seiner ersten Ehe nämlich sahen, wie harmonisch wir in diesem Haus zusammenlebten, zogen sein ältester Sohn, Ingo junior und seine Tochter Sybille auch mit ein. Damit hatte ich zwar gar nicht gerechnet, denn sie waren schon 18 und 17, aber wer war ich, ihnen das verbieten zu wollen, meine Kinder lebten ja auch hier und die Villa war schließlich groß genug. So begann ein lautes, arbeitsreiches Zusammenleben und am Anfang habe ich es nur mit ,unschön' umschrieben. Zum Beispiel gab es hier eine Kellerbar. Wenn Ingo jr. nach einem gewonnenen Fußballspiel nach Hause kam, lud er seine komplette Mannschaft einfach ein und feierte weiter. Sein Vater ließ es sich nicht nehmen und soff gleich mit, anders kann ich es wirklich nicht beschreiben. An Schlaf war dabei natürlich nicht mehr zu denken, vor allem, da Sybille es mit ihren Freunden genauso machte. Ich fühlte mich in meinem zuhause nicht mehr wohl aber ich wollte mir nicht Bange machen lassen. ,Tine', sagte ich mir, ,du hast schon ganz andere Sachen geschafft. Besinn dich auf das, was du kannst und mach dir dein Leben schön'. Hier hatte ich Platz, im Erdgeschoss richtete ich mir wieder meinen Beautybereich ein, in den bekannten Farben Pink und Weiß, die jetzt schon ein Markenzeichen von mir geworden waren. Dort war ich in meinem Reich und alles lief gut. Viele Kunden aus Geesthacht waren mir in die weiße Villa gefolgt, auch hier in der Gegend sprach es sich schnell herum und ich bekam immer mehr Kunden aus Wentorf. Den Umgang mit den Kunden kannte ich inzwischen und es fiel mir wirklich leicht, die Arbeit mit ihnen zu managen.

Was ich nicht kannte und überraschend über mich hereinbrach wie ein Schneesturm im Frühling über einen Krokus, der gerade seine Nase aus dem Erdreich gesteckt hatte: Auf einmal war ich das alleinige, weibliche Oberhaupt einer Großfamilie. Ich musste mich nicht nur um meine Kinder kümmern, sondern hatte auch noch die beiden von Ingo und Ingo selbst zu versorgen. Mit diesem Problem ließ er mich ganz alleine. Manchmal dachte ich über ihn: ‚Du bist zwar ein Macher und hast die Kraft der zwei Herzen – ich wäre aber mit einem Hirn schon zufrieden gewesen'. So kaufte ich zum Beispiel morgens um acht für die ganze Bagage Essen ein, karrte alles nach Hause und wenn ich abends den Kühlschrank aufmachte, war nichts mehr darinnen. Genauso muss sich eine Löwenmutter gefühlt haben, wenn sie nach einer aufreibenden Jagd ein Zebra erlegt hatte, es zum Rudel schleppte, ihnen beim Fressen zuschaute und am Abend dann nur noch die Knochen ablecken und sie danach entsorgen durfte. Der nächste Schock kam, wenn ich mit den gebrauchten Handtüchern, die ich bei einem anstrengenden Beauty-Tag benutzt hatte, in den Keller zur Waschmaschine ging. Dann musste ich diese nämlich erst einmal unter Bergen von Schmutzwäsche ausgraben. Knietief stand ich in dem ganzen kunterbunten Durcheinander, das die fünf Paschas dorthin geworfen hatten und dachte weiter: ‚Jeder von euch ist ein Messi aber niemand ein As – sonst wäre einer von euch der MessiAs…' Nein, es war nicht lustig, die witzigen Sprüche, die mir durchs Hirn zuckten waren der reine Galgenhumor. Der Tropfen, der dann das Fass zum Überlaufen brachte, war Marco, Ingos jüngster Sohn. Er wohnte jetzt bei seiner Mutter und als er sah, wie gut es sich bei uns leben ließ, wollte er auch einziehen. Marco war erst 13 und ich mochte ihn sehr gerne, aber ich musste die Notbremse ziehen. „Es tut mir leid, du hast eine Mutter, wenn du auch zu uns kommst, schaffe ich das alles nicht mehr." Natürlich konnte ich ihn verstehen, seine Mutter hatte Alkoholprobleme und er sah, wie seine Geschwister leben konnten, denn irgendwie bekam ich es immer hin, dass unser Haushalt funktionierte. Er funktionierte aber leider nur auf Kosten meiner Gesundheit und als erstes Warnsignal meldeten sich meine Depressionen wieder bei mir.

Thomas

Ich musste hier raus um meine Akkus aufzuladen und zwar schleunigst! Also packte ich meine Jungs und fuhr mit ihnen in den Urlaub nach Fuerteventura. Es dauerte nicht lange und ich lernte dort einen netten Mann kennen. War es die spanische Sonne mit ihrer Zauberkraft, die Ruhe, die Entspannung oder alles drei zusammen? Jedenfalls verliebten wir uns ein bisschen, es war ein richtig heißer Sommerflirt. Er hieß Hartmut und kam aus Frankfurt am Main. Wir verabredeten, dass wir uns in Deutschland wiedersehen wollten. Einziges Problem: Er war verheiratet. Natürlich war auch ich mit Ingo zusammen, doch im Moment war mir das wirklich egal. Hier war mal ein Mann, der mein Herz zum Kribbeln brachte und das wollte ich genießen. Also schmiedeten wir einen Plan. Wir wollten uns in Berlin treffen, auf ‚neutralem Boden'. Des Weiteren überredete ich meine Freundin Birgit, mich zu begleiten. Die Idee fand Hartmut klasse: „Das ist gut, so mache ich das auch. Ich bringe meinen Freund Thomas mit!" Heute kann ich mir vorstellen, dass er sich im Nachhinein vor Wut über seinen ‚tollen Einfall' noch monatelang am liebsten selber in den Hintern gebissen hätte. Was passierte? Die beiden Männer kamen aus der Flughafentür, ich sah Thomas – und die ganze Welt verschwand, nur noch dieser Mann existierte. Es war Liebe auf den ersten Blick. Ich merkte noch, wie Hartmut meinem Blick entglitt, er schien sich aufzulösen und ein Strudel von Sehnsucht zog, nein: zerrte mich förmlich zu Thomas hin. Dieser sah mich so lange an, als sollte das Bild meiner Gestalt erst in seinem Kopf verschwinden, als müsste er mich schauend zusammensetzen, um mich danach nie wieder vergessen zu können. Ich frage mich heute noch, warum damals niemand anderes merkte, dass wir beide unisono von demselben Blitz getroffen wurden.

122

Irgendwie landeten wir dann alle vier in einem Taxi und fuhren in das Hotel Esplanade. Birgit sollte mit Thomas in einem Zimmer übernachten und ich mit Hartmut. Das war der ursprüngliche Plan – doch nach den Ereignissen des Abends teilten Birgit und ich uns ein Doppelbett… Aber der Reihe nach. Ich war ganz ruhig, denn mir war klar: Alles würde jetzt richtig laufen. Selbst wenn es im Moment wie das reinste Chaos anmutete. Denn als wir uns zum Essen trafen, konnten Thomas und ich die Blicke einfach nicht mehr voneinander lassen. Ich ließ mich treiben und sagte zu jedem Vorschlag, den man mir machte: ‚Ja und Amen'. Staunend wie ein Kind sah ich die Fassade des KDW wieder, dachte nur ganz kurz an meine geglückte Flucht aus der DDR und dann sofort wieder an diesen Mann neben mir, der nicht nur in meinem Kopf, sondern in meinem ganzen Körper zu sein schien. Er brachte mein Innerstes zum Glühen, obwohl wir uns noch nicht einmal berührt hatten. Bald versammelten sich Alle plappernd an dem Moet & Chandon-Stand, um mit einem Glas Champagner auf unser Abenteuer anzustoßen. Ich blieb weiterhin ganz still, denn die Welt hatte mich schon so oft enttäuscht, dass ich es vorzog, sie nicht mehr an meinen Träumen zu messen. Doch dieses Mal überraschte sie mich, denn aus dem Traum wurde Wirklichkeit. Nach einer geleerten Flasche trafen sich Thomas' und meine Hände, zuerst wie zufällig, hinter Hartmuts Rücken. Heute wundere ich mich, dass mir dabei keine Flammen aus den Ohren schossen und ich nicht zu einem Feuerball mutierte, denn genauso fühlte es sich an. Egal, wo wir an diesem Abend saßen, wir füßelten nur noch unter dem Tisch miteinander. Was war das für ein lasziver Gefühl: Ich streifte die Pumps ab und ließ meine nackten Zehen langsam sein Bein hinaufspielen. Dabei verzog er keine Miene, während sein anderer Fuß schon meine Wade kitzelte. Ich zermarterte mir das Hirn, wie ich bloß richtigen Kontakt zu ihm aufnehmen konnte. Endlich kam die Möglichkeit im Café Kranzler. Die plüschige Atmosphäre heizte uns noch mehr auf, ein Klavier ließ flattrige Akkorde hören, untermalt von den überdehnten Schluchzern eines Saxophons. Er forderte mich zum Tanz auf und dabei konnte ich ihm schließlich eine Visitenkarte von mir zustecken…

Ab diesem Tag telefonierten wir nur noch. Die ganze Nacht durch, nächtelang, bis die Akkus der Telefone leer waren. Jedes Gespräch beendete er mit den Worten: „Nimm dir ein Taxi nach Frankfurt, komm sofort her!" Tja, wie gerne hätte ich das getan, doch ich war ja mit Ingo zusammen. Doch meine Vernunft kämpfte mit meiner Sehnsucht einen aussichtslosen Kampf. Natürlich verlor sie.

Ekstase

Irgendwann gab ich den Kampf auf. Gegen diese Sehnsucht, die Thomas hieß und aus Thomas bestand, kam ich nicht mehr an. Ich erfand eine Produktpräsentation meiner Kosmetikartikel auf einer Messe und flog nach Frankfurt. Den ganzen Flug über war ich aufgeregt wie ein Schulmädchen, das sich auf den Weg zum Abschlussball machte. Mir zitterten die Knie so sehr, dass ich dachte, ich würde nach der Landung nicht mehr die Gangway hinuntergehen können. Es wurde immer schlimmer, kurz vor der Ausgangstür schlotterte ich dermaßen, dass mich ein Mann neben mir fragte, ob alles in Ordnung sei. „Nichts ist in Ordnung", murmelte ich, „Ich treffe gleich die Liebe meines Lebens und ich weiß nicht, ob ich das überlebe." Der Mann lächelte verständnisvoll und hielt mir die Tür auf. Da stand Thomas. Bei seinem Anblick durchfuhr mich die Sehnsucht wie ein Blitz und setzte sich in meinem Unterleib fest. Dort saß sie wie eine kleine, brodelnde Sonne und trieb mich zu diesem Mann hin. Am liebsten wäre ich losgerannt und ihm um den Hals gefallen. Ich konnte mich gerade noch beherrschen und zwang mich, ruhig auf ihn zuzugehen. Er nahm mich in die Arme. Diese erste, richtige Berührung umhüllte uns wie ein Kokon und dauerte eine gefühlte Ewigkeit. Um uns herum strömten lachend und rufend die lauten Menschen aber sie waren so weit entfernt, als würden sie sich in einem anderen Kosmos bewegen. Nur noch dieser Mann existierte, der Duft seines Rasierwassers, die Rauheit seines Sakkos an meiner Wange und die zärtlichen Worte, die er mir ins Ohr flüsterte. Blumen hatte er mir keine mitgebracht, ich hätte allerdings sowieso keine Hand freigehabt, um sie zu halten.

Irgendwann lösten wir uns dann voneinander, bevor wir zu einem Verkehrshindernis wurden und fuhren in sein wunderschönes Haus. Das zeigte er mir gleich in einer Führung. Als wir allerdings zum Schlafzimmer kamen, blieben wir dort hängen und kamen bis zu meinem Rückflug nicht mehr heraus. Zuerst war es nur ein vorsichtiges Herantasten an den fremden Körper. Was kannte ich schon? Die Männer, die ich vorher gehabt hatte, waren immer nur auf ihre Befriedigung ausgewesen. Ob ich dabei auf meine Kosten kam, war ihnen herzlich egal. Nicht so Thomas. Er war ein unendlich zuvorkommender, zärtlicher Liebhaber und ließ sich alle Zeit der Welt. Schon die Art, wie er mir die Bluse aufknöpfte, ließ mich erbeben. Seine Hände waren überall. Sanft streichelnd hätten sie ein Feuer in mir entfacht, wäre ich nicht schon lichterloh in Flammen gestanden. Nicht eine Sekunde kam Scham oder Scheu auf, nur eine Woge der Glückseligkeit, dass ich diesen Mann getroffen hatte. Er schaffte es, dass ich mich treiben lassen, ihm ganz hingeben konnte und Sex zum ersten Mal in meinem Leben als etwas Wunderschönes empfand. Es ging alles wie von alleine, ich liebte ihn, ließ es zu, dass er meinen Körper an Stellen streichelte, die die wundersamsten Erregungen hervorriefen und ich glitt wie von Zauberhand in die höchsten Ekstasen dieser Welt. Er wusste genau, was er tun musste und lernte meinen Körper zu lesen wie einen erotischen Roman. Es war fast, als müsste er nur den richtigen Knopf drücken, damit mich ein Orgasmus davonschwemmte. Es gab keine Tabus, alles Fühlen war auf diesen einzigen Augenblick zusammengedrängt.

Ab diesem Abend wusste ich dann, was es bedeutet, wenn ein Mann ganz auf eine Frau eingehen kann, damit beide guten Sex haben. Das schrie natürlich nach einer Wiederholung. Ach was – nach vielen! Sämtliche Ausreden der Welt ließen wir uns einfallen. Einmal sagte ich: „Eine Freundin zieht um, ich muss ihr helfen." Ich hatte prophylaktisch meinen Jogging-Anzug dabei (braucht man ja zum Möbelschleppen). Um es noch glaubwürdiger zu machen, zog ich mich nach der Landung in Hamburg auf der Flughafentoilette um und kam an diesem Abend im Jogging-Anzug in die weiße Villa zurück. Leider hatte ich nicht an die passenden Turnschuhe gedacht und musste meine High-Heels dazu anziehen. Doch Ingo war so mit sich beschäftigt, dass ihm das nicht auffiel. Immer öfter mussten Thomas und ich uns sehen, es war wie ein Rausch. Wenn ich sagte: „Ich weiß nicht, ob ich noch einen Flug bekomme", antwortete er: „Du kriegst einen Platz in diesem Flugzeug und wenn ich den Piloten rausschmeißen muss!" Der Abschied fiel uns jedes Mal schwerer, je öfter wir uns trafen. Ganz Deutschland wurde zu unserem Liebesnest. Wo er hinfuhr war ich auch und umgekehrt, sei es Hamburg, Frankfurt, Oberstaufen, im Westerwald, Düsseldorf oder am Tegernsee. Er konnte überall hinreisen, war Single und selbstständig. Ich hatte Millionen Schmetterlinge im Bauch aber an mir hingen ja zwei Kinder, sonst hätte ich nicht lange gefackelt. Birgit nahm mir zwar viel Arbeit ab, indem sie sich um sie kümmerte und mit ihnen Hausaufgaben machte, wenn ich mal wieder ‚auf einer Messe‘ war. Aber die ganze Situation wartete auf eine Entscheidung. SO konnte es jedenfalls nicht weitergehen. Da ich aber nicht wusste, wie ich alles lösen sollte, rief ich meine Oma an und schilderte ihr das Dilemma, in dem ich steckte. Ihr Rat fiel leider ganz anders aus, als ich erhofft hatte: „Der Mann in Frankfurt hatte noch nie Kinder, der kommt mit deinen temperamentvollen Jungs nicht zurecht. Ingo hat Kinder, der kennt sich damit aus. Bleib bei ihm." Ja klar, in der Familie kannten alle nur Ingos Sonntagsgesicht, deswegen liebten sie ihn und hielten zu ihm. Ich sackte am Telefon in mich zusammen. Sollte es das ein? Musste mein Verstand doch über meine Liebe siegen?

Aber an einem Sonntag eskalierte die ganze Sache. Ingo war mal wieder total besoffen und zog nur über mich her. Da stürzte ich in mein Zimmer, packte einen Koffer, rief ein Taxi, fuhr zum Flughafen und flog nach Frankfurt. Ich wollte ihn verlassen und nie wieder zu diesem kalten Mann zurückkehren. Thomas nahm mich mit offenen Armen auf und war überglücklich. Als ich nachts nicht nach Hause kam und den zweiten Tag auch nicht, schlug Ingo Alarm und machte sich auf die Suche nach mir. Wir hatten einen Kriminalbeamten im Bekanntenkreis (nicht Jörn…), der half ihm dabei. Über die Wahlwiederholung meines Telefons und den Taxiruf fanden sie heraus, dass ich zum Flughafen Hamburg gefahren war. Von dort aus ermittelte der Beamte noch das Flugziel: Frankfurt. Danach verlor sich meine Spur für sie. Ingo blieben nur Gedanken: Wen hat sie da, was macht sie dort… Sollte er, mir war es inzwischen egal. Natürlich fragte er alle meine Freundinnen ab, so auch Anna. Das erfuhr ich, als ich sie anrief. Sie wusste über unsere Liebe Bescheid, wenn Thomas in Hamburg war, bekamen wir immer ihre Wohnung zur Verfügung gestellt. Sie schlief in solchen Nächten bei einer Freundin. Natürlich erzählte sie Ingo auf seine Nachfragen nichts. Zu mir sagte sie allerdings: „Der sucht dich überall, er wird schon fast verrückt, du musst dich bei ihm melden." Ich meinerseits hatte schon des Längeren auf eine Ansage von Thomas gewartet, oder zumindest ein Zeichen, wie er sich unsere gemeinsame Zukunft vorstellte. Doch es kam nichts, überhaupt nichts! Am Morgen des dritten Tages, er war gerade Brötchen holen gefahren, saß ich ratlos auf der Bettkante. Mein Inneres war wie erstickt. Ich sah aus dem Fenster zu den Wolken auf, um Rat zu bekommen oder ihnen zumindest ihre Gesichter abzustarren. Doch es half nichts, scharfkalte Bitterkeit machte sich in mir breit. Anna hatte recht. Ich rief Ingo an. Seine Reaktion: „Egal wo du bist, ich hol dich von überall auf der Welt ab". Damit hatte ich nicht gerechnet. Eigentlich mit Vorwürfen, aber die blieben aus. Er wollte mich nur zurückhaben. Automatisch sagte ich: „Ich nehm das nächste Flugzeug, hol mich dann in Fuhlsbüttel ab." Nicht einmal zum Frühstück blieb ich bei Thomas, denn inzwischen hatte ich ein fürchterlich schlechtes Gewissen.

Als ich die weiße Villa wieder betrat, standen auf dem Wohnzimmertisch 60 langstielige rote Rosen. „Mein Schatz, ich habe versäumt, dir in den letzten sechzig Monaten, die wir zusammen sind, jeden Monat eine rote Rose zu schenken", sagte Ingo. Dann brach er weinend zusammen und ich erstickte fast an meinen Schuldgefühlen.

Ich hoffte so sehr, dass sich wieder alles einrenken würde, in der nächsten Zeit schlief ich trotzdem nicht mit ihm. Wer einmal eine Sahnetorte gekostet hatte, wollte kein Schwarzbrot mehr, ich hatte einfach

keine Lust auf sein: „Huch – fertig! Und jetzt muss ich eine rauchen."
Auch bestand ich auf einer Paartherapie. Nach zwei Gesprächsstunden schmissen sie ihn allerdings raus, da er vor mir und meiner Arbeit weiterhin keinen Respekt hatte. Auf die Frage: „Wie sehen Sie den Beruf Ihrer Frau?" antwortete er nur mit abschätzig heruntergezogenen Mundwinkeln: „Ach die mit ihrer Pickelpulerei, damit verdient man doch kein Geld."

Bad Bevensen

Bevor ich aus Frankfurt zu Ingo zurückflog, erzählte ich Thomas, dass ich es tun werde. Irgendetwas erwartete ich von ihm, irgendetwas! Doch nichts kam. Keine Lösungsvorschläge, wie wir ein gemeinsames Leben gestalten könnten. Ich hatte mir so erhofft, dass er wüsste, was zu tun sei, da ich komplett ohne einen Plan war. Doch außer Trauer kam – nichts! Ingo hatte inzwischen Thomas' Telefonnummer herausbekommen, da er begann, mir hinterherzuspionieren. Er rief ihn an, um seine Besitzansprüche klarzustellen. Thomas reagierte ziemlich gelassen. Nachdem er sich Ingos Tirade ruhig angehört hatte, sagte er nur: „Wenn ich eine Frau wie Christina hätte, die unter Asthma leidet, würde ich sie nicht vollqualmen." Die Reaktion fand ich zwar souverän, da er nicht zurückbrüllte, allerdings hätte ich mir mehr klare Worte gewünscht, die nur leider nicht kamen.

Ich weiß noch, dass ich ein ums andere Mal versuchte, mit Ingo über die ganze Misere zu reden. Aber er war beratungsresistent und verstand überhaupt nicht, was ich für ein Problem hatte. Jetzt war ich ja wieder da und alles war gut. In seiner fröhlichen Unbekümmertheit erinnerte er mich eher an einen kleinen Jungen, der staunend in den Tag hineinlebte und sich um nichts Sorgen machte, als an einen erwachsenen Mann. Nach so einer ‚Diskussion' bediente ich mich des Schweigens, um mein Missfallen auszudrücken. Er allerdings meinte, dass wir nun fertig seien, alles geklärt wäre und ging zufrieden zur Arbeit. Ich blieb auf dem Sofa zurück und starrte Löcher in die Luft. ‚Wird er das Problem irgendwann begreifen und es lösen?' dachte ich, ‚Soll ich ihm mehr Zeit geben?' Doch als sich weiterhin nichts änderte, war die Zeit für mich nur noch ein Dieb, der mir das Leben stahl. Ich schaffte das alles nicht mehr und drohte, an meinem Wunsch nach Liebe und Perfektion zu zerbrechen. Erschwerend kam hinzu, dass Ingo unbedingt heiraten wollte und ohne großes Federlesen begann, die Feier vorzubereiten. Ich kann mich wirklich nicht einmal mehr daran erinnern, dass er mich gefragt, geschweige denn, dass ich ‚Ja' gesagt hätte...

Nur einer Sache bin ich mir heute noch sicher: Ich wusste zu diesem Zeitpunkt nicht mehr, was richtig und was falsch war. Oft genug saß ich wie ein Häufchen Elend auf dem Sofa und stierte vor mich hin, ich konnte einfach nicht mehr. An einem solchen Tag kam mich Inge besuchen. Mit ihrer Empathie erfasste sie sofort die ganze Situation, zog mich vom Sofa hoch und sagte: „So, heute gehen wir zum Arzt, so geht das nicht weiter!" Die Psychologin, die mich daraufhin untersuchte, stellte auch gleich eine Diagnose, die man heute ‚Burnout' nennen würde. Damals hieß sie einfach nur: Totale Erschöpfung. „Sie müssen sofort in eine Klinik!" Das konnte ich aber nicht, da ich ja die Kinder zu versorgen hatte. Am meisten bereitete mir Basti Kopfzerbrechen. Es tat so gut, dies alles einmal einer kompetenten Ärztin zu erzählen und diese wusste auch gleich Rat: Sie sagte mir, dass es für solche Fälle direkt neben der Klinik in Bad Bevensen ein Internat geben würde. Inge, als Frau der Tat, kümmerte sich nun mit mir um die ganze Angelegenheit. Wir fuhren mit Basti los, um ihm alles zu zeigen. Schon diese Reise öffnete meine Sinne. Ich konnte endlich wieder positive Reize in mich aufnehmen, vor Allem diese herrliche Natur. Die Klink gibt es auch heute noch, sie liegt sehr abgelegen und das ist mit Bedacht so gewählt. Vor uns bildeten die Bäume mit ihren jungen Blättern Korridore für die alten Wege die dorthin führten, es wurde eine Reise in die Ruhe. Als wir ankamen sah ich, wie auf einem Gemälde: Der Reiz dieses verwunschenen Ortes lag in der Natur, die ihn in verschwenderischer Schönheit in die Arme nahm. Ja, ich wusste: Hier würde ich Ruhe und Frieden finden und meine Akkus aufladen können. Um meinen jüngeren Sohn ebenfalls zu begeistern, zeigten und erklärten wir ihm alles: „Du musst nur solange hierbleiben, wie Mama in der Klinik ist. Gleich danach fahren wir zusammen wieder nach Hause." Das sollten eigentlich sechs Wochen werden, es wurden aber nur vier daraus, da sie nach dieser Zeit für den Sommerurlaub schließen würden. Meine Sorgen waren aber gänzlich unbegründet, Basti fand die ganze Anlage toll. Hier gab es herrliche außerschulische Aktivitäten: Seifenkistenrennen, Tennis, Reiten und er konnte es fast nicht erwarten, hierher zu kommen. Mir fiel ein Stein vom Herzen, jetzt könnte alles gut werden. Ja – ‚könnte' war schon wieder ein Konjunktiv... Ich rief nämlich nach diesem Ausflug - freudestrahlend und fast schon wieder glücklich - Erich an, um ihn zu fragen, ob er sich geldlich ein bisschen an Bastis Internatsaufenthalt beteiligen könne. Das hätte ich nicht tun dürfen. Zuerst bat er um Bedenkzeit und legte auf. Danach schmiedete er mal wieder einen perfiden Plan.

Sorgerechtsstreit

Mein Klinikaufenthalt und die Internatseinschulung für Basti sollten nun also bald stattfinden. Je näher diese Termine allerdings rückten, umso schwieriger wurde mein Söhnchen. Ich konnte das überhaupt nicht verstehen. Er hatte mir doch noch auf unserer Rückfahrt begeistert davon vorgeschwärmt, wie sehr er sich auf das Internat freuen würde! Am Tag vor unserer gemeinsamen Abreise platzte mir schließlich der Kragen. Ich wollte mit ihm die letzten Sachen einkaufen, aber er war so frech und aufsässig, dass ich ihn zu Stubenarrest verdonnerte und in einem Zimmer im ersten Stock einsperrte. Als ich wiederkam, war er weg. Ich wollte meinen Augen nicht trauen, als ich mit reichlich schlechtem Gewissen und fast schon wieder versöhnt, die Tür aufsperrte. Als ich sah, dass das Zimmer leer war, dachte ich zuerst an einen Scherz. „Komm raus aus dem Schrank, ich bin auch nicht mehr böse!" Doch im Schrank waren nicht einmal abgelegte Liebhaber geschweige denn mein Sohn, nur Kleidung. Viel mehr Versteckmöglichkeiten gab es aber nicht. Als ein Luftzug meine Wange streifte, sah ich ungläubig zum Fenster und auf die Gardine, die im leichten Wind wehte, als ob sie mich heranwinkte. Ich stürzte hinüber und beugte mich mit klopfendem Herzen über das Fensterbrett. Fast erwartete ich, ein zerschnittenes Leintuch herabhängen zu sehen, an dem er sich abgeseilt hatte. War er wirklich - wie ein Sträfling aus dem Gefängnis - ‚ausgebrochen'! Ja, er musste an der Regenrinne hinuntergerutscht sein. Ein Kletterbaum-geübter Basti würde so etwas fertigbringen. Ich stolperte die Treppe hinunter zu Alex. In seiner ruhigen Art erklärte er mir, dass ihr Vater mit Basti Kontakt aufgenommen und ihn dazu überredet hatte, zu ihm zu kommen. Er, Alex, sei dabei zu Stillschweigen verpflichtet worden. Jetzt konnte ich auch nachvollziehen, warum Basti so renitent gewesen war: Er musste sich so schlecht benehmen, um mit mir nicht zum Einkaufen fahren zu dürfen, da der Plan, zu seinem Vater zu ziehen, schon feststand. Alex erzählte weiter, dass Erich Basti abgeholt hatte. Mein kleiner 13jähriger Sohn hatte nur einen Rucksack mit ein paar Sachen mitgenommen und war aus meinem Leben verschwunden. Das war das erste Mal seit langer Zeit, dass ich wieder Gefühle für Erich empfand. Nur diesmal war es abgrundtiefer Hass. Konnte dieser Mann, der so viele Jahre meines Lebens in die Tonne getreten hatte, uns nicht einfach in Ruhe lassen? Nein, jetzt musste er auch noch meine Söhne gegen mich aufbringen! Er hatte überhaupt kein Interesse an Basti, sondern nutzte dessen Wunsch nach der Liebe und Anerkennung seines Vaters nur schamlos aus. Erich wollte einfach keinen Beitrag zum Internat zahlen und meinte, dass es für ihn die billigere Lösung sei, wenn Basti einfach zu ihm zöge. Das Traurigste an dieser ganzen verfahrenen Situation war auch noch, dass Basti Jahre brauchte, bis er diese ganze Erbärmlichkeit seines Vaters realisierte…

Als Erstes bin ich allerdings wie von der Tarantel gestochen nach Kollow gefahren, wo Erich wohnte. Ich weiß heute nicht mehr, wie ich das geschafft habe, da ich vor lauter Tränen fast nichts sehen konnte. ‚Ich sollte Erich und seine brutale Egomanie doch inzwischen kennen', sagte ich mir, während ich mit einem Taschentuch mein Gesicht abtrocknete. ‚Doch im Universum sind es anscheinend immer die vertrauten Dinge, die einen am meisten erschüttern. Wir erwarten stets das Neue'. Ja, und ich hatte erwartet, dass Erich wenigstens einmal nur an sein Kind und nicht an sich denken würde. Doch es sollte noch übler kommen. Nachdem ich bei ihm Sturm geklingelt hatte, öffnete er zwar die Tür, ließ mich aber nicht mit Basti sprechen. Ich überschüttete ihn mit verbaler Vernichtung, musste dann aber unverrichteter Dinge abziehen. Jeder Tag, der nun folgte, drehte sich eine Schraubendrehung tiefer in schwarze Verzweiflung. Ich konnte keinen Kontakt zu meinem Sohn aufnehmen und erfuhr ganz nebenbei, dass mein Ex-Mann ihn vom Gymnasium genommen und in Schwarzenbek eingeschult hatte. Außerdem erzählte Erich der dortigen Direktorin, dass ich verrückt sei und dadurch wurde mir untersagt, meinen eigenen Sohn von der Schule abzuholen. Das Schlimmste: Ich musste ihn vom Internat abmelden. Diesem Internat, auf das er sich so gefreut hatte. Bezahlen musste ich es trotzdem. Zum Glück hatte ich auch in dieser schweren Zeit Unterstützung. Ich setzte mich mit der Frauenbeauftragten von Wentorf in Verbindung, die solche Fälle nur zu gut kannte und wusste, wie ich mich verhalten musste. Ziemlich schnell kam es zu einer Gerichtsverhandlung über das Sorgerecht. Natürlich nur über Basti, an Alex hatte Erich kein Interesse, durch ihn konnte er kein Geld sparen. Lilo begleitete mich als Zeugin. Sie sagte aus, was für eine fürsorgliche und gute Mutter ich sei, denn meine Kindererziehung hatte sie ja hautnah miterlebt. Doch es half nichts: Nicht nur, dass Basti an diesem Tag nicht im Gericht war – ich hätte ihn so gern einmal wiedergesehen; nein, die Verhandlung endete niederschmetternd für mich mit dem Entzug des Sorgerechts für meinen jüngeren Sohn. Der Richter fragte mich dann noch ganz scheinheilig, wie ich mich denn nun verhalten würde. Was kümmerte es diesen alten Mann, der soeben mein Leben zerstört hatte und in seiner abgetragenen Robe wie ein zerrupfter Geier aussah, wie ich mich fühlte? Das war dem doch egal, er hatte sich ja von Erich einlullen lassen. Stolz erhob ich meinen Kopf. Vor dem hatte ich weder Respekt noch Angst. Da hatte ich mit der Stasi ganz andere Sachen erlebt. „Ich werde mich wie in den vergangenen 16 Jahren um meine Kinder kümmern. Da können Sie in ihr Pamphlet schreiben was sie wollen!" Ohne diese ganze erbärmliche Gesellschaft auch nur noch eines einzigen Blickes zu würdigen, hakte ich Lilo unter und wir verließen diesen unsäglichen Ort.

Klinikaufenthalt

Zu meinem großen Glück trat ich kurz darauf meinen Klinikaufenthalt in Bad Bevensen an. Wer weiß, was mit mir passiert wäre, wenn ich zu dieser Zeit nicht mit professioneller Hilfe aufgefangen worden wäre... Hier konnte ich mich fallenlassen und war niemandem eine Last. Im Gegenteil: Ich kann mich an keinen Abschnitt meines Lebens erinnern, in dem ich mich so aufgehoben gefühlt habe. Die ganze Klinik wirkte wie ein Nest. Es gab nur gedämpfte Farben, leise Töne, runde Formen. Da ich seit einer Ewigkeit vor lauter Sorgen nachts nicht mehr schlafen konnte, durfte ich dies hier solange tun, bis ich aufwachte. Egal wann das war: Mein Frühstück stand bereit. Wenn ich morgens die Augen aufschlug, um sieben oder um zehn Uhr, begrüßte mich mein schnuckeliges, in warmen Farben gehaltenes Zimmer, die Luft durchstochen von Strahlen staubflirrenden Lichts. Ich saugte diese liebevolle Stimmung und Betreuung in mich auf wie ein Schwamm und merkte dadurch erst, wie ausgehungert ich nach Zuwendung war. Wie freute ich mich jedes Mal auf meine Psychotherapie, die ein altehrwürdiger Professor abhielt. In diesen Einzelgesprächen erzählte ich meine ganzen Erlebnisse. Es kristallisierte sich heraus, dass ich Versprechungen nicht mehr traute: „Alles was man in Worte fasst, droht sich aufzulösen, wie in einem Säurebad. Worte sind gefährlich. Sie können lügen", sagte ich ihm einmal, denn das waren meine Erfahrungen mit Männern und deren Umgang mit mir. Auch berichtete ich meinem Therapeuten über die ganze Situation in der weißen Villa. Zum Beispiel: Ingo sagte gleich am Beginn unserer Beziehung zu mir: „Du brauchst nicht mehr zu arbeiten, ich sorge schon für dich". Ich zog aber nur unter der Bedingung bei ihm ein, dass ich weiter als Kosmetikerin mein eigenes Geld verdienen konnte. Das war auch gut so, denn ich merkte mehr und mehr, dass er kein Verhältnis zum Geld hatte und dies auch seine Kinder von ihm ‚lernten'. Er arbeitete viel und verdiente auch sehr gut – nur: So wie das Geld hereinkam, so löste es sich auch wieder in warme Luft auf. Das erzählte ich dem Professor, auch über Ingos polternde Art und wie gerne er Alkohol trank, verlor ich das eine oder andere Wort. Mein Arzt legte sein zerknautschtes Gesicht in noch mehr Falten und fasste zusammen: „Sie dürfen diesen Mann nicht heiraten!" Zum zweiten Mal in meinem Leben wurde ich davor gewarnt, einen bestimmten Mann zu heiraten. Auch hier war es ein kompetenter Rat, genauso wie bei dem von Erichs Mutter. Doch auch dieses Mal reagierte ich nicht darauf. Ich sagte meinem Therapeuten, dass alles schon vorbereitet sei, ein Schiff für die Zeremonie gechartert, das Buffet bestellt und über hundert Gäste eingeladen. Trotzdem gab der Professor nicht auf. Bei einem der wenigen gestatteten Besuche lernte er Ingo kennen, was ihn noch mehr in seiner Meinung bestärkte: „Dieser Mann soll wieder fahren, er soll sie nicht mehr besuchen kommen." Doch ich hörte nicht…

Trotz - oder vielleicht gerade wegen - dieser üblen Prophezeiungen genoss ich meinen Klinikaufenthalt in vollen Zügen. Ich hatte inzwischen schon so viel Kraft geschöpft, dass ich es sogar schaffte, Thomas einen ganz langen Brief zu schreiben. Tage und Nächte saß ich darüber und ‚verarbeitete' ihn. Als ich schrieb, dass ich seine Ära jetzt beenden werde, da ich Ingo heiraten würde, tropften mir die Tränen auf das Briefpapier. Für diesen Satz benötigte ich jede Bewegung meiner Einbildungskraft. Wie ein Echo erlebte ich noch einmal seine und meine Leidenschaft und musste mein flatternd schlagendes Herz beruhigen, bevor ich weiterschreiben konnte. Doch ich hatte das Gefühl, mich richtig entschieden zu haben. Ich wusste aber auch: Wäre nur ein einziges, klitzekleines Zeichen von Thomas gekommen, dass er mit mir zusammenleben wollte – ich wäre mit fliegenden Fahnen bei Nacht und Nebel getürmt und hätte mich in seine Arme geworfen. Heute denke ich mir, dass er ebenfalls Angst vor den Konsequenzen hatte und dem ganzen Rattenschwanz an Veränderungen, die seine Entscheidung nach sich gezogen hätte…

Nach dieser Erkenntnis erlebte ich einen erneuten Trauerschub aber ich war ja zum Glück in der trauten Sicherheit der Klinik geborgen. Außerdem freundete ich mich mit einer Mitpatientin an, die ebenfalls Kosmetikerin war. Wir verbrachten unsere Freizeit zwischen den Anwendungen und Therapiesitzungen miteinander und erzählten uns gegenseitig unser Leid, das uns in diese Klinik gebracht hatte. Es tat so gut, zu hören, dass andere Frauen auch in dieser Situation waren und sie aber ebenfalls daran arbeiteten, um sie zu ändern. Diese vier Wochen verflogen dabei wie ein Traum und es ging mir von Tag zu Tag besser.

Heirat

Wieder zu Hause, stolperte ich ‚Hintern über Kopf‘ in die Hochzeitsvorbereitungen von Ingo hinein. Ich hatte wirklich das Gefühl, wie Alice im Wunderland in eine komische, fremde Welt hinuntergepurzelt zu sein. Ingo der große Macher, wie in allen Dingen, hatte alles unter Kontrolle und ich wurde kaum gefragt. Ja, natürlich hätte ich: „Nein!" sagen können. Aber was wäre die Alternative gewesen? Ich jedenfalls hatte keine. Es schien mir am vernünftigsten, alles seinen Gang gehen zu lassen. Außerdem kam ich gerade erholt aus der Klinik zurück und hatte keine Lust, meine frisch aufgeladenen Akkus durch Spiegelfechtereien wieder unnütz zu entleeren. Was mir damals auch sehr geholfen hat, waren die Hochzeitsvorbereitungsgespräche mit dem Pfarrer. Dieser Mann hat mir mit seiner einfühlsamen Art unheimlich viel Beistand geleistet. Ihm klagte ich auch meine Sorgen um Basti. Er beruhigte mich: „Wenn Sie alles so lassen wie es ist, sein Zimmer zum Beispiel, dann kommt er von ganz alleine wieder". Ich glaubte zwar nicht so wirklich daran - aber siehe da: Einen Tag vor der Hochzeit stand mein jüngster Sohn mit gebügeltem Anzug über dem Arm und den Worten vor der Tür: „Ich lasse meine Mutter doch nicht allein heiraten!" Ich war völlig unpassend und ganz und gar übertrieben gerührt. Das war das erste Mal seit langer Zeit, dass er es klaglos über sich ergehen ließ, dass ich ihn in die Arme nahm und drückte, bis mir fast der Atem ausging.

Dann kam der 29.8.1991, unser Hochzeitstag. Die Sonne brannte und troff vor Versprechungen und ich nahm das als ein gutes Omen. Männer konnten lügen – aber doch bitte die Sonne nicht! Diese Sonne, die am Tag meiner Geburt ebenso schön geschienen hatte. Ja, sie kam immer wieder, um mir zu zeigen, wie wundervoll das Leben sein konnte. Was mich besonders glücklich machte: Diesmal konnte auch meine Familie an der Feier teilnehmen, es war ja schon zwei Jahre nach der Grenzöffnung. Alle (meine Eltern, Oma, Angelika und Astrid) waren nach der Wende in Wernigerode geblieben und es kam mir so vor, als hätten sie für sich und ihren Anhang einen ,Sonderzug nach Hamburg' (nicht nach Pankow) gemietet, um mit uns zu feiern. Wenn ich heute allerdings über diesen Tag sinniere, scheint es mir, als ob ich über eine andere Person sprechen würde, ich nicht wirklich dabeigewesen wäre. Ich fühlte mich, als erlebte ich das wie eine Außenstehende, die ganze Sache so gar nichts mit mir zu tun hätte. Es war alles einfach nur überwältigend…

Ingo holte mich mit einem schneeweißen Rolls Royce Cabriolet ab, das rote Ledersitze hatte und wir beide fuhren mit dieser Luxuskarosse in die Kirche. Dabei grüßte er wie ein Souverän die Menschen, die am Straßenrand stehenblieben und uns hinterhergafften. Dass der Bräutigam seine Braut erst in der Kirche zum ersten Mal in ihrem Brautkleid sehen sollte, sonst würde es Unglück geben, störte ihn nicht. Wie bei meiner ersten Hochzeit kommt mir die Zeremonie nur verschwommen ins Gedächtnis, obwohl sie diesmal doch in viel größerem Rahmen und in der Kirche stattfand. Mein Erinnerungsvermögen setzt erst wieder richtig bei der Feier auf dem Schiff ein. Es war eine einzige rauschende Party. Bei diesem Fest war Basti zum ersten Mal hochgradig besoffen. Er feierte mit den Jungs auf dem Oberdeck und wurde von diesen immer nach unten an die Bar geschickt, um eine neue Runde Jägermeister zu holen. Natürlich brachte er dann jedes Mal einen für sich mit. Irgendwann war Basti hackenkackenzackenstramm. Weil ihm alles aus dem Gesicht fiel, beauftragte ich meinen Neffen Henning, auf ihn aufzupassen. Dieser löste das Problem ganz cool: Mit dem linken Arm hielt er Basti über die Reling, damit dieser die Fische füttern konnte und mit der rechten Hand trank er sein Bier. Als das Schiff dann anlegte, haben mein Vater und meine Mutter Basti nach Hause getragen und in der Nacht mit einem Eimer Sitzwache an seinem Bett gehalten. Ein Gutes hatte die Sache jedenfalls: Sebastian kann bis heute das Wort ,Jägermeister' nicht mehr hören… Dies alles erfuhr ich nur nebenbei, da ich – mit

136

meiner Oma im Schlepptau – auf eine andere Hochzeit ging, um weiterzufeiern. Ein Freund, den ich noch von Reihersee-Zeiten her kannte, heiratete ebenfalls an diesem Tag. Der Abend goss das blaue Licht des späten Sommers in den Garten, als wir dort auftauchten. Das war vielleicht ein Hallo, inklusive anzüglicher Bemerkungen und Verwirrung, als es bei dem Fest auf einmal zwei Bräute im weißen Hochzeitskleid gab! Mir war das egal, meine eigene Heirat muss keinen so großen Eindruck auf mich gemacht haben, dass ich lieber woanders weiterfeierte. Wo mein frischangetrauter Ehemann zu diesem Zeitpunkt war, weiß ich heute gar nicht mehr. So wurde ich ganz unromantisch zum zweiten Mal eine Ehefrau.

Eine Anekdote fällt mir noch dazu ein: Wir wollten keine Geschenke haben, Ingos Idee war es, dass alle Gäste lieber eine Spende an ein Hospiz entrichten sollten, was alle auch gern und reichlich taten. Das war an und für sich eine lobenswerte Idee, denn im Gegensatz zu meiner ersten Hochzeit hatten wir schon alles, was wir brauchten, um zufrieden zu sein. Doch später erfuhren wir aus den Medien, dass die Hospizleiterin alles Geld veruntreut und sich damit abgesetzt hatte. Das tat mir besonders für meine Eltern leid, da ich wusste, wie lange und hart sie für dieses gespendete Geld gearbeitet hatten.

Alltag

Als ich am nächsten Morgen erwachte, blieb keine Zeit, um romantisch im Bett herumzutrödeln. Das ganze Haus war voller Gäste – und die hatten Hunger. Also war meine erste Amtshandlung als neue Ehefrau, für gefühlte 7.521 Mann Frühstück zu bereiten. Natürlich halfen Oma, Tanten und meine Mutter, nur Angelika nicht. Die verlegte sich wieder auf das, was sie am besten konnte: Jammern. „Ach, und das Leben ist jetzt sooo schwer geworden, in der damaligen DDR war doch irgendwie alles besser brabmmirsnschießmichtot" … und was sie mir nicht noch alles ins Ohr krümelte, während ich mit Tellern und Brötchenkörben bepackt, zwischen Küche und Esszimmer hin- und her wuselte. Mit dem Fuß öffnete ich die Verbindungstür, da ich die Hände voll hatte und schaffte es sogar noch, diese für sie mit dem Ellenbogen aufzuhalten, derweil sie lamentierend hinter mir hertrottete. „Es gibt so viele Möglichkeiten", sagte ich und verteilte Honig, Marmelade, Käse und Aufschnitt. „Du kannst ein Sonnenstudio aufmachen. Oder wie wäre es mit Fußpflege? Das wird immer gebraucht." ‚Servietten fehlen noch, Fräulein!' hörte ich da Mutter Heinemann in meinem Kopf, wie ein Echo aus meiner Kindheit. Ich lächelte und griff nach dem Halter, doch fast hätte ich ihn fallengelassen, da mich die Antwort meiner Schwester hinterrücks ansprang wie ein zähnefletschendes Raubtier: „Du hast leicht reden. Jetzt hast du es gut, du stinkst ja vor Geld." Ganz langsam setzte ich den Serviettenhalter auf dem Tisch ab und drehte mich um. Da stand sie vor mir, so wie ich sie von früher kannte. Dass ich eine abenteuerliche und gefährliche Flucht auf mich genommen hatte um hierher zu kommen, mir alles selber aufgebaut und einen zehnstündigen Arbeitstag hatte, vergaß sie ganz großzügig in ihrer wehleidigen Jeremiade. Ich war kurz davor, meiner Schwester an meinem Hochzeitstag Eine zu scheuern. Meine Mutter, die alles mitbekommen hatte und uns gut kannte, ging dazwischen, um zu schlichten. Zum Glück, kann ich nur sagen, sonst hätte es hier noch eine Keilerei gegeben, da mich Angelikas eifersüchtige Spitzfindigkeiten so beleidigt hatten. Wenn man meiner Schwester die Wahrheit sagte, wurde sie verletzend, das hatte sie nicht verlernt… In der restlichen Zeit ihres Besuches schaute ich einfach durch sie hindurch. Zu sehr freute ich mich darüber, Oma, meine Eltern, Tanten, Onkel, Nichten und Neffen um mich zu haben. Da konnte ich eine unzufriedene Angelika gerade noch verkraften!

Nachdem wir einen Tag später unseren Besuch zum Bahnhof geschafft und uns tränenreich voneinander verabschiedet hatten, kehrte in der weißen Villa wieder der normale Alltag ein. Wenn man so etwas ‚normal' nennen konnte. Wie vor meinem Klinikaufenthalt versuchte ich, Harmonie zu finden und in unser Familienleben zu bekommen. Doch es war nicht möglich. Wenn mein Mann um 17 Uhr aus dem Büro kam, schmierte er sich ein paar Schnitten und die Kinder machten es ebenso. Ich musste allerdings bis halb sieben arbeiten und wenn ich dann mit knurrendem Magen ins Wohnzimmer ging, lagen alle schon vorm Fernseher und sahen meistens noch nicht einmal auf. Wie freute ich mich da auf das Wochenende, denn da sollte es ja wohl Möglichkeiten für gemeinsame Mahlzeiten geben. Ja Pustekuchen! In dem Moment, in dem ich den Mittagstisch deckte, standen Sybille und ihr Freund gerade erst auf und wollten nun ausgiebig frühstücken. Auch das Bad war nach ,Murphy's Law' immer dann besetzt, wenn ich hineinwollte. Gut, man kann sagen, das hätte man alles unter ,Kollateralschäden' verbuchen können. Ja, hätte man - wenn es nur das gewesen wäre… Viel schlimmer traf es mich allerdings, dass Ingo Alkoholiker war. Das fand ich leider erst mit der Zeit heraus. Des Öfteren haben ihn nämlich seine Saufkumpane nach Hause geschleppt, wenn er wieder so strafff mit 3f war, dass er den Weg nicht mehr alleine fand. Zu meinem Leidwesen wurde er an solchen Abenden nicht müde, sondern im Gegenteil immer aktiver und aggressiv wie ein Erdmännchen auf Futtersuche. Dabei torkelte er durch die Wohnung, ich lief mit und versuchte, nicht nur seinen Weg vorauszuahnen, sondern auch, mein Hab und Gut in Sicherheit zu bringen. Einmal schaffte ich es nicht und diese Sache tat mir besonders weh. Es ging um zwei hohe Stehlampen, deren Glaskörper von einem Grün wie der Sommerwald während der Morgendämmerung war. Die hatte ich mir von meinem eigenen Geld gegönnt und jede von ihnen kostete – für mich damals fast utopische - 140 Mark. Doch diese Geldausgabe hatte ich nie bereut, denn immer, wenn ich sie sah, atmete mein Herz auf. Nun stampfte Ingo also ins Schlafzimmer wie ein Elefant in den Porzellanladen und ich sprang hinterher – aber eine Sekunde zu spät. Ich sah ihn noch unkontrolliert herumhampeln und eine der beiden Lampen flog wie in einem schlechten Film gegen die Wand und zerfiel in einem Schauer aus Glas. „Nein!" schrie ich und fing an zu weinen, „du hast meine Lampe kaputt gemacht!" „Was, die?" grölte er, „die andere auch!" Ehe ich auch nur irgendwie reagieren konnte, grabschte er nach der zweiten noch heilen Lampe und pfefferte sie auf den Boden. Da stand ich nun schluchzend vor den Bruchstücken meines dunstigen Sommerwaldtraumes, während Ingo mit der Grazie eines Dinosauriers weiter wie blind durch die Wohnung stolperte.

Die Unternehmerin

Am nächsten Tag wusste er natürlich von nichts und entschuldigte sich wortreich, als ich ihm die ganze Tragödie erzählte. „Entschuldigung", ja, das hatte er gesagt, aber seine Stimme hatte etwas ganz anderes gemeint. So nach dem Motto: ‚Stell dich nicht so an, war doch nur eine Lampe'...

Zu diesem Zeitpunkt verkauften wir das Reiherseegrundstück, ich hatte es ja bei meiner Scheidung zugesprochen bekommen. Die Logik im Verein mit der Tatsache, dass ich in rechtlichen Dingen nicht so firm war, ließ uns dabei zu einem Notar gehen. Das war an und für sich eine gute Sache. Als wir fast fertig waren, flüsterte Ingo mir allerdings ins Ohr: „Du, ich habe meine Kontonummer angegeben, da ich deine nicht auswendig wusste." ‚Ist ja egal, dachte ich mir, ‚es ist ja mein Geld, egal auf welchem Konto'. Außerdem fand die Abwicklung gerade ihr Ende und ich machte mir weiter keine Sorgen. Hätte ich mir aber mal machen sollen, wie wir später sehen werden... Dieses Geld – es ging um 150tausen Mark – würde ich demnächst auch gut brauchen können. Mein Kundenzulauf wurde nämlich so groß, dass ich im Souterrain der weißen Villa einen weiteren Raum dazunehmen musste und zum ersten Mal eine Kosmetikerin, Kathi, einstellte. Ich, Tine aus der Schokoladenfabrik ohne eigenes Zimmer, war jetzt eine Unternehmerin geworden. Trotz dieses zusätzlichen Raumes war der Kundenandrang fast nicht zu schaffen. Da hatte mein Mann eine Idee. Das Nachbarhaus gehörte auch ihm und er schlug mir vor, darin eine Kosmetik-Praxis einzurichten. Dafür wollte er das Reiherseegeld benutzen, denn es mussten einige Umbaumaßnahmen getätigt werden. Oh, war das alles herrlich! Seit Jahrzehnten konnte ich meiner Fantasie endlich einmal wieder freien Lauf lassen und war mit Feuer und Flamme dabei. Zum Schluss wurden es eine Sonnenbank und vier Kosmetik-Kabinen. Alle hatten ein Waschbecken, eine war komplett in mintgrün und eine in Pink gehalten. Von diesen beiden Räumen konnte man direkt auf die Terrasse treten, was vor allem im Sommer wunderbar war. Die Sonne warf dann, von grünen Blättern gefiltert, flirrende Muster auf die Steine am Boden. Durch die hohen Türen entstand ein helles und lichtdurchflutetes

Ambiente, selbst wenn meine große Freundin einmal nicht schien. Im Entree war ein Empfangsraum, in dem wir auch Kosmetikartikel und Dessous verkauften und etwas im Hintergrund befand sich eine Küche für Kaffee und kleine Snacks. Auch gab es ein komplett eingerichtetes Bad, in dem die Kundinnen nach der Anwendung ihre Körperpeelings abduschen konnten. On top stellte ich noch eine Kosmetikerin ein und entwarf für uns alle drei das gleiche Outfit. Was mir damals noch gar nicht klar war und ich erst im Nachhinein realisierte: Meine Idee mit der ‚Beautyfarm Christina' war im großen Umkreis innovativ. So eine Einrichtung gab es weit und breit nicht und machte das verschlafene Wentorf zu einem Ort ‚to be'. Als die komplette Komposition meinen Ansprüchen nach allem Schönen genügte, stand ich, taumelnd vor Glück, mitten in meinem ganzen Stolz und sprühte vor Energie, es war ein Traum! Als Sahnehäubchen kam noch hinzu, dass ich in diesem Jahr auch das zehnjährige Jubiläum meiner Ausbildung zur Kosmetikerin feierte. Natürlich musste das gebührend gewürdigt werden und zwar mit einem fulminanten Eröffnungsfest. Am Abend davor war alles so wie es sein sollte. Ein tiefer Frieden erfasste mich. Ich war so glücklich, dass ich jetzt allein sein musste. Also schlich ich mich in den Garten der weißen Villa, denn im hinteren Teil hatte ich mir eine zauberhafte Laube gestaltet, meinen ganz persönlichen Rückzugsort. Ein weißer zierlicher Stuhl im Jugendstil stand vor einer schmalen Marmorsäule auf der - ebenfalls aus Marmor - ein Engel mit einer Lyra tanzte. Neben dieser kleinen Komposition rankte eine Rose an einem Gitter in die Höhe und verbarg mich vor neugierigen Blicken. Ich setzte mich auf den Stuhl und schloss die Augen. Ganz Wentorf ruhte in einer warmen weichen Julidunkelheit. Ich legte den Kopf in den Nacken und sah in die Nacht, in der die Sterne brannten. ‚Denk nur, wie schön es im Himmel sein muss, wenn er schon auf der Außenseite so wunderbar aussieht', kam es mir dabei in den Kopf. Fast eine Stunde saß ich da und genoss dieses unendlich erscheinende, lang vermisste Gefühl von Ruhe, Zufriedenheit und Glück. Dann rief ich mich selbst zur Ordnung: „So Tine, ab ins Bett, du hast morgen einen großen Tag vor dir und musst ausgeruht sein."

Gleich am nächsten Morgen ging es dann auch schon los. Meine Kunden und viele Freunde kamen, auch meine Eltern waren da. Mein Vater blies im Akkord Luftballons auf und meine Mutter bediente die Gäste. Ich war wie im Rausch und versuchte, an allen Stellen gleichzeitig zu sein. In einem Raum stellte ich meine ganzen Geschenke aus, die ich zur Eröffnung bekam, denn die waren so zahlreich, dass sie diesen Extraraum auch brauchten. Sie waren sehr liebevoll ausgesucht oder selbstgemacht. Zum Beispiel ein rosafarbenes Badehandtuch mit meinem aufgestickten Namen. Oder auch ein selbstverfasstes Gedicht einer Kundin in Postergröße, das meinen Werdegang beschrieb und mit dem Dank endete, dass es mich gab. Dieses Gedicht hängt heute noch bei mir.

Anschließend lief die Kosmetikpraxis wie geschnitten Brot. Der Stress fiel von mir ab wie ein vertrockneter Kokon. Die ganzen lärmenden Ablenkungen der Kinder und meines Mannes, wie: Klospülung, Musik, Fernseher und Türenklappen fielen weg und ich konnte konzentriert in aller Ruhe arbeiten. Genauso hatte ich es mir immer gewünscht!

Kämpfe

Gewünscht hatte ich mir auch ein harmonisches Eheleben. Doch auch mit meinem zweiten Ehemann war dies nicht möglich. Zwar aus anderen Gründen als mit meinem ersten, doch es war für mich mindestens genauso schlimm. Im Gegensatz zu Erich rauchte Ingo und meine größten Ängste waren, dass er mit einer brennenden Zigarette in der Hand, volltrunken im Bett einschlief und das ganze Haus in Brand steckte. Wir hatten schon des Längeren zwei getrennte Schlafzimmer, da er so schnarchte und die ganze Nacht der Fernseher lief. Eines Morgens wachte mein Mann auf und hatte in der Nacht mehrere Löcher fabriziert. Eins im Teppich, ein weiteres in seiner Schlafanzugjacke und sogar auf der Haut seiner Brust war eine versengte Stelle. Das mussten mindestens zwei verschiedene Zigaretten gewesen sein. Aber lernte er daraus? Natürlich nicht. Ich stand oft in der Nacht auf, um zu verhindern, dass unser Hab und Gut in Flammen aufging. So einen Luxus wie Rauchmelder kannten wir damals noch nicht. Schreckte ich aus einem unruhigen Schlaf hoch, nahm ich erst einmal einen tiefen Atemzug. Nein, es roch nicht verbrannt. Relativ erleichtert machte ich mich dann auf den Weg in sein Schlafzimmer, um ihm einen erkalteten Glimmstängel aus der Hand zu nehmen, den Fernseher auszuschalten und das Licht zu löschen. Erst dann konnte ich mir noch ein paar Stunden Schlaf gönnen. Eines Nachts eskalierte die ganze Situation. Ich stand zum dritten Mal auf, um den Fernseher auszumachen, den ich trotz unserer beiden geschlossenen Schlafzimmertüren über den Flur hören konnte. Jedes Mal, wenn ich auf den ‚Aus'-Knopf drückte, wachte er auf, nuschelte: „Ich kucke doch" und schaltete ihn wieder ein. Nach diesem dritten Mal passierte allerdings etwas in meinem Bauch. Ein ganz böses Gefühl begann, zuerst langsam, dann immer schneller, darin zu brodeln. Plötzlich war ich wieder die kleine Tine aus der Schokoladenfabrik, die es allen nur schön machen wollte aber niemand ließ sie… Doch diesmal würde ich mich wehren! Ich stürzte in den Keller hinab und kippte den Werkzeugkasten aus, den mein Vater dagelassen hatte. In dem auf den Boden verteilten Inhalt sah ich sofort einen riesigen, antiquiert wirkenden Hammer, schnappte ihn mir und stürmte mit wehendem Nachthemd die Treppen wieder hinauf. Ingo schlief - und der Fernseher lief. Das würde dieses Ding gleich nie wieder tun! Ich holte aus und drosch mit dem schweren Werkzeug auf den Bildschirm ein. „So!" schrie ich, „das ist für meine eine Lampe!" Erster Schlag. „Und das für meine Andere!" Zweiter Schlag. „Und das dafür, dass du mich nicht mehr schlafen lässt!" Dritter Schlag. „Und das ist für – für … überhaupt!" Nach diesem vierten Schlag gab die Mattscheibe nachts um drei Uhr fünfzehn endlich ihren Geist auf und fiel - scheinbar überwältigt von einer noch größeren Macht als sie selbst es war - in einem Regen aus Glassplittern und mit einem lauten ‚Plopp' in sich zusammen. Daran, dass ich einen elektrischen Schlag hätte bekommen können, dachte ich in meiner Rache gar nicht. Ingo war beim ersten Schlag auf den Fernseher aus seinem Suffkoma hochgeschreckt, schaute mir sprach- und verständnislos zu bis ich mein Werk vollendet hatte – und schlief gleich darauf wieder ein. Zwei Tage später stand dann in neuer, noch größerer Fernseher in seinem Schlafzimmer.

Eigentlich dachte ich ja, dass es nicht noch schlimmer werden konnte – doch es konnte. Als meine Kosmetikpraxis im Nachbarhaus noch nicht fertig war, kam er an manchen Tagen besoffen in unsere schöne weiße Villa, ging in mein Arbeitszimmer und zerstörte alles, was ich liebevoll dekoriert hatte. Er konnte sich einfach nicht damit abfinden, dass ich so selbstständig war und mein eigenes Geld verdiente. Ja, man kann sagen: Er war eifersüchtig auf meinen Erfolg. Er, Ingo, war doch der große Macher und nicht seine Ehefrau, die er zu gern als hilfloses Mäuschen gesehen hätte. An eine Sache erinnere ich mich noch besonders schmerzhaft. Es war kurz vor Ostern. Ich hatte Birkenreiser gesammelt und sie so an der Decke drapierte, dass es sich anfühlte, als stehe man unter einem Baum, an dessen Ästen sich das erste zarte Frühlingsgrün zeigte, wenn man in den Raum trat. An diese Zweige hatte ich Eier gehängt, in deren Innerem sich kleine Zettel mit Nummern befanden. Jede Kundin durfte sich nach ihrer Behandlung ein Ei aussuchen und jede Nummer war ein kleines Geschenk. Oft lagen sie gespannt auf der Behandlungsliege, schauten erwartungsvoll wie kleine Kinder nach oben und sagten Sachen wie: „Ich glaube ich nehme das blaue. Oder doch nicht, vielleicht eher das rosafarbene. Ach, ist das aufregend!" Es kam unheimlich gut bei Allen an und ihre Freude wärmte mein Herz. Als ich aber eines Morgens in den Raum kam, wäre ich beinahe rückwärts wieder hinausgefallen. Mein liebevoll eingerichtetes Osternest sah aus, als wäre in der Nacht ein Wirbelsturm hindurchgefegt. So war es auch und dieser Wirbelsturm hieß Ingo, obwohl Schlechtwetterzonen eigentlich weibliche Namen haben. Weinend begann ich, die zerbrochenen Eier, heruntergerissenen Zweige und zerschlagenen Glastiegel zusammenzukehren. In diesem Moment kam Frau Wende zur Arbeit, sah das ganze Tohuwabohu und fing schweigend an, noch im Mantel, die umgekippten Stühle aufzuheben. Was hätte ich nur ohne sie getan! Jedes Mal schaffte ich es mit ihrer Hilfe gerade noch, alle Katastrophenschäden meines Mannes zu beseitigen, bevor die erste Kundin kam. Denn es war nicht Ingos letzte Aktion, ich erspare mir jetzt aber, alle seine Ausraster noch einmal aufzuschreiben. Es war schlimm genug, dass er sie auf meinem Rücken auslebte. Im Suff war er einfach unerträglich, sein ganzer Bauerncharme dahin – für mich war er nur noch eine gespaltene, kranke Persönlichkeit. Ich war aber nicht seine Psychiaterin sondern seine Ehefrau und hätte einfach nur mit Respekt behandelt werden wollen, wenn schon keine Anerkennung von ihm zu erwarten war.

Maika

Das war zu der Zeit, in der in dem Nachbarhaus meine neue Kosmetikpraxis noch im Bau war. Schon des Längeren wünschte ich mir so dringend ein Kätzchen. Ich erinnerte mich an meine Kindheit, wie ich diese geduldigen Tiere in meinem Puppenwagen durch die Gegend geschoben und wie glücklich mich das damals gemacht hatte. Aber Ingo wollte davon nichts hören. Er hatte den Plan, nach Mallorca auszuwandern und dort eine Wohnung zu kaufen. Doch wenn Tine sich etwas in den Kopf gesetzt hatte... Meine Kinder wurden zu meinen Verbündeten und eines Tages kam Sebastian zu mir und erzählte, dass in Gülzow kleine Katzenbabys abzugeben seien. Heimlich fuhr ich dorthin. Als ich in die Scheune des Bauernhofes kam, sah ich sofort die Katzenmama mit ihren vier kleinen Jungen auf einem erhöhten Heuballen in einem von ihr selbstgebauten Nestchen liegen. Es waren drei Tiger und eine kleine Kohlschwarze, die alle noch die babyblauen Augen hatten. Nur die Augen der Schwarzen waren gelb wie meine große Freundin, die Sonne. Das war sie, diese Katze musste ich haben! Ich stand und stand und redete die ganze Zeit mit ihr: „Ach, was bist du für eine Süße, ich glaub, dich nehm ich mit, du wirst es immer gut bei mir haben und..." Die Katzenmama stieß ein ungeduldiges Quarren aus. So nach dem Motto: ‚Jetzt nimm sie schon mit, ich glaube dir ja!' Ich hatte wirklich das Gefühl, dass sie mir vertraute und ihr Kind bei mir in den besten Händen wusste. Also packte ich Maika – wie ich sie sofort taufte – unter meine Jacke und fuhr mit ihr wieder nachhause. Nur – wie sollte ich das Ingo verkaufen? Alex hatte eine Idee: „Wir sagen einfach, dass wir sie dir zum Geburtstag geschenkt haben, dann kann es keinen Ärger geben." Doch mein Geburtstag war erst in drei Wochen. Was also tun? Diesmal kam die Idee von mir. Die neue Praxis war fast fertig und deswegen zog das Kätzchen dort solange ein. Meinem Mann hatte ich aus den bekannten guten Gründen sowieso untersagt, jemals meine neuen, kostbaren Kosmetikräume zu betreten und so würde er Maika auch nicht vor der Zeit zu Gesicht bekommen. Unser neues Familienmitglied nahm ihr bis jetzt unbekanntes Zuhause sofort in Besitz. Sie kam hinein, nein, sie erschien wie eine Diva, sah sich kurz um, sprang auf den Sessel im Entree, rollte sich zusammen und schlief mit einem Gesichtsausdruck ein, der eindeutig besagte: ‚Alles meins!'

Jetzt gab es allerdings noch etwas anderes, um das ich mich kümmern musste. 1994 wurde Ingo 50 und ich 43. Wie das bei uns inzwischen so üblich war, lief der Macher ‚Super-Ingo' zu Höchstleistungen auf. Ich dachte ja schon, dass ich ein bisschen zu perfektionistisch war, wenn ich es uns allen schön machen wollte. Aber mein Mann war einfach nur maßlos und setzte immer noch eins drauf. Wenn er feierte, dann musste es eine rauschende Party werden, von der Alle noch Jahre später sprechen sollten. Wenn er Geld ausgab, dann mit vollen Händen, bis sein Konto ächzend in die Knie ging. Wenn er trank, dann hörte er nicht auf, wenn er besoffen war, sondern wenn es nichts mehr gab. Und er wählte für die Feier die Fürst-Bismarck-Mühle in Aumühle, das teuerste und edelste Restaurant weit und breit. Zum Glück durfte ich die Dekorateurin aussuchen, damit ich etwas zu der Feier beitragen konnte. Es war ja schließlich auch mein Geburtstag. Sie gestaltete die Festräume in meiner Lieblingsfarbe Pink und in der meines Mannes: Schwarz. Diese Kombination sah richtig edel aus. So schaffte es die Künstlerin, wenigstens farblich ein bisschen Harmonie in unser Eheleben zu bringen. Die Feier mit ihrem ganzen überbordenden Brimborium bedeutete mir allerdings gar nicht so viel. Wichtiger war, dass Maika jetzt offiziell ein Familienmitglied wurde, da meine Kinder sie mir an meinem Geburtstag mit großem Tamtam ‚geschenkt' hatten. Da konnte Ingo gar nichts machen. Ihre königliche Hoheit ‚Maika von Gülzow' betrat die weiße Villa, als ob sie schon immer hier gelebt hätte. An diesem Tag hängte ich einen Zettel an die Tür: ‚Vorsicht, freilaufender Tiger!' Dieser Spruch kam bei Allen so gut an, dass eine Kundin ihn mir später sehr künstlerisch auf einer Metalltafel gestaltete, die vor der Tür aufgestellt wurde. Meine freilaufende Tigerin bewältigte den Trubel mit den vielen unbekannten Gerüchen, Geräuschen und anderen Sinneseindrücken mit majestätischer Grandezza, so wie nur sie es konnte. Als ihr das ganze Gedränge dann doch zu viel wurde, schritt sie ohne sich umzudrehen gelassen zur Terrassentür, weil sie wusste, dass ihr Mensch (also ich) ihr folgen würde. Mein Herz floss über vor Liebe, als ich ihr die Tür öffnete, um sie in den Garten zu lassen.

Was ich allerdings bei meiner ganzen ‚Maika-Beschaffungsaktion‘ nicht bedacht hatte: Am nächsten Tag flogen wir Alle nach Mallorca. Aber wohin mit Maika? Ich dachte gar nicht lange nach und steckte das kleine Fellbündel einfach in meine Handtasche. Dort saß sie und schnurrte während des ganzen Fluges, als wäre es die normalste Sache der Welt. Dies war der Anfang einer weltreisenden, jettenden Katzenkarriere. Meine Freundin Mercedes auf Mallorca gab ihr dann den Namen: ‚Jetset-Maika‘ und von nun an nahm ich sie immer mit auf die Insel.

Als wir wieder zuhause waren, setzte im nächsten Frühling wärmeres Wetter das erste Grün in den Garten und lockte Maika über die Felder hinter dem Haus in den nahen Wald. Doch ich hatte keine Angst um sie. Das war eine Kampfkatze und obwohl sie noch so klein war, würde sie ihren Weg nach Hause immer wieder finden, dessen war ich mir sicher. Wer so souverän durch die Welt reisen konnte und nicht nur alles als gegeben hinnahm, sondern mit Freuden eroberte, konnte alles schaffen. Dieses mutige kleine Tier bestärkte mich ab nun darin, dass das Leben erobert werden wollte und man immer den ersten Schritt wagen musste, dann eröffnete sich der weitere Weg ganz von alleine. Ein neues Tor zum Unglaublichen, zum Möglichen. Ein neuer Tag, da alles geschehen konnte, wenn man es sich nur gefallen ließ!

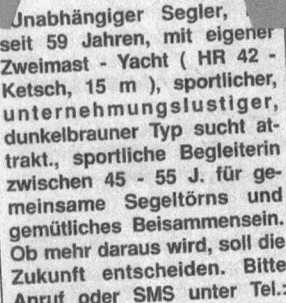

Unabhängiger Segler, seit 59 Jahren, mit eigener Zweimast - Yacht (HR 42 - Ketsch, 15 m), sportlicher, unternehmungslustiger, dunkelbrauner Typ sucht attrakt., sportliche Begleiterin zwischen 45 - 55 J. für gemeinsame Segeltörns und gemütliches Beisammensein. Ob mehr daraus wird, soll die Zukunft entscheiden. Bitte Anruf oder SMS unter Tel.:

1

DB 14.8.03

2

3

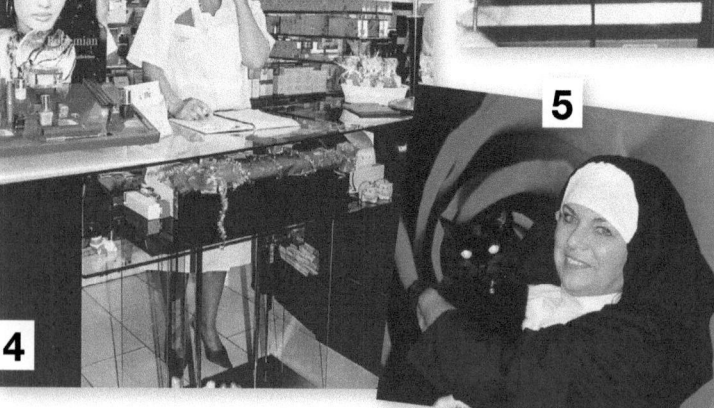

4

5

148

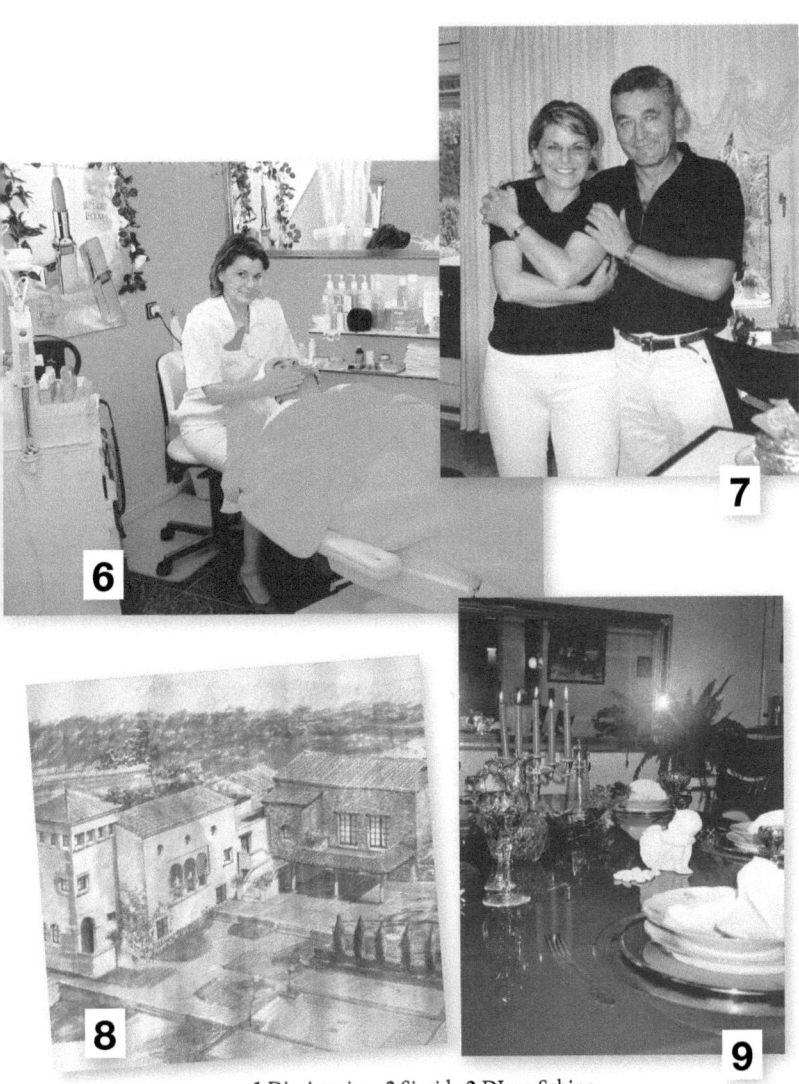

1 Die Anzeige 2 Sigrid 3 DJane Sabine
4 Beautyfarm Christina in der weißen Villa 5 Maika und ich im
Nonnenkostüm 6 In der Beautyfarm 7 Bernhard und ich
8 Entwurf für Finca Santa Eugenia 9 Ich mache es mal wieder allen schön

10 Eingang zur ersten Beautyfarm Christina
11 Basti und ich   12 Ich singe im Engelchen und TeufelchenClub
13 Ich, geschafft in Son Caliu   14 Son Caliu

Teil III
Mallorca

Puerto Portals

Mallorca – es war Liebe auf den ersten Blick, als ich vor Jahren das erste Mal als Touristin hierherkam. Ich hatte sowohl mit Erich als auch mit Ingo viele Reisen in der großen, freien Welt unternommen aber die Erlebnisse mit der Stasi in der DDR und die Flucht saßen mir damals noch immer in den Knochen. Ausgerechnet diese Insel heilte mich, denn sie hatte so gar nichts mit jener grauen Zeit zu tun. Alles hier war freundlich, sanft, auf eine nie gekannte Art lässig. Mallorca nahm mich in die Arme und ich hätte jauchzen können. Ich war so begeistert von dieser spanischen Lebensweise, die sich fast nur auf den Straßen, den Dächern oder am Strand abzuspielen schien. Nie wäre es mir in den Sinn gekommen, dieses zauberhafte Stückchen Erde ,Malle' oder gar - noch abfälliger - ,Putzfraueninsel' zu nennen, das hätte es nie und nimmer verdient! Auch auf dem gewöhnlichen Ballermann bin ich nicht ein einziges Mal gewesen. Diese Insel bot doch so viele andere, wunderschöne Erlebniswelten. Wenn man wollte, konnte man innerhalb einer Stunde vom Strand über die Großstadt bis ins Gebirge fahren. Ich erkundete herrlich verschwiegene Ecken und bezweifelte, dass sogar viele Mallorquiner von ihnen wussten. Und was gab es Schöneres, als mit Oliven, Käse und Wein in einem Restaurant am Strand zu sitzen, die nackten Zehen in den warmen Sand zu bohren und über das Meer zu schauen, in dessen blaugrünen Wellen sich die Nachmittagssonne in zahllosen, anschwellenden, blendenden Reflexen spiegelte!?

Daran dachte ich, als wir an diesem Tag in Palma landeten und ich erst einmal tief einatmete. Sogar die Luft roch hier anders, irgendwie nach Urlaub und hieß mich willkommen. Mein Patenkind Kristin war mit uns geflogen und würde sich in der Zeit unserer Anwesenheit um

Maika kümmern. Allerdings ist uns gleich ein Fauxpas passiert: Als wir aus dem Flugzeug stiegen, erinnerte mich ein Maunzen aus meiner Handtasche daran, dass sogar eine noch so gelassene Katze irgendwann auch Bedürfnisse hatte. Da Maika nicht damit aufhörte, nahm ich an, dass sie Durst hatte und wir holten ihr aus dem Waschraum im Flughafen Wasser zum Trinken. Das Kätzchen trank und trank, bis wir endlich merkten, dass es Salzwasser war und es ihr wegnahmen. Es dauerte noch einige Jahre, bis aus den Hähnen Süßwasser kam, nur ist es jetzt so gechlort, dass man es ebenfalls nicht trinken kann.

In Puerto Portals hatte Ingo eine Wohnung gefunden. Für so etwas hatte er schon immer einen Riecher. Sie lag direkt am Hafen und war sehr großzügig geschnitten. Das musste doch unbezahlbar sein! Deswegen fragte ich meinen Mann: „Haben wir denn überhaupt so viel Geld?" Doch Ingo hatte an alles gedacht: „Ich habe mein Geschäft an meinen ältesten Sohn verkauft." Deswegen konnte er die Wohnung bar bezahlen. 100tausende von Mark hatte sie gekostet. Ich will mir gar nicht vorstellen, wie er mit dieser für mich utopischen Summe durch die Gegend gelaufen ist. Etwa mit einem Geldkoffer, der an seiner Hand festgekettet war? Gesehen hatte ich das nicht. Sei es wie es sei: Ich liebte diese Wohnung. Nicht nur, dass ich sie ganz alleine eingerichtet hatte. Nein, am schönsten war fast der Blick von unserem Balkon in den Hafen. Immer gab es hier etwas zu sehen: Die Fischerboote, die an der Kaimauer dümpelten, das Ein- und Auslaufen der Segler, der Betrieb in den beiden kleinen Cafés und das geschäftige Treiben der Händler. Das Sahnetüpfelchen auf dem i war allerdings, wenn sich die untergehende Sonne in ihrer Alchemie übte und alles in ein rostfarbenes Gold tauchte. So war Mallorca. Es besänftigte meine unruhige Seele, hier konnte ich ausspannen und hatte nicht nur das Gefühl, dass ich zur Ruhe kommen konnte, sondern auch, dass mich diese Insel auf wundersame Weise immer wieder mit Energie auflud.

Santa Eugenia

Als wir wieder in Deutschland zurück waren, kam Ingo eines Tages zu mir und sagte: „Es sind da irgendwelche Gläubiger unterwegs, die, wenn die Sache schiefgeht, an mein Kapital wollen. Ich muss das Haus an dich verkaufen." Mir kam die Sache ziemlich verschwurbelt vor, aber mein Mann würde schon wissen, was er tat – dachte ich mir. Von dem Reihersee-Grundstücks-Verkauf war noch Geld übrig und als Erich das Haus Am Haferberg verschacherte, bekam ich meinen Anteil ausgezahlt, den ich noch nicht angerührt hatte. Mit der Summe aus den Beiden kaufte ich Ingo die weiße Villa ab. Ich fühlte mich so großartig. Nicht nur, dass ich in diesem Traum wohnte, nein, jetzt gehörte er mir auch noch! Die einzige Prämisse: Beim Notar ließ er sich ein lebenslanges Wohnrecht eintragen. Mir sollte es recht sein. Was ich allerdings damals nicht ahnte: Nur den Verkauf der weißen Villa an mich hatte Ingo ins Grundbuch eintragen lassen, das lebenslange Wohnrecht allerdings nur beim Notar hinterlegt. So konnte das Haus verkauft werden und der Käufer würde erst hinterher erfahren, dass dieses Wohnrecht bestand, da es nicht im Grundbuchauszug auftauchen würde. Außerdem hätte ihm keine Bank der Welt ein Darlehen nach dem anderen gegeben, da die Villa durch dieses Wohnrecht immens an Wert verlor. Um auch ja alle zu täuschen, musste ich die Darlehen aufnehmen. Er bereitete alles akribisch vor und Tine unterschrieb alles treudoof.

Im Nachhinein ist mir klar, dass ich mehr hätte hinterfragen, misstrauischer hätte sein müssen. Aber die ganzen Ereignisse schlugen über mir zusammen wie eine Meereswoge über einem Seepferdchen und irgendwie bestand Geld in dieser Größenordnung für mich doch nur aus irgendwelchen Zahlen mit unvorstellbar vielen Nullen dahinter. Es kam nämlich außerdem noch dazu, dass unsere Pläne noch viel größer wurden. Wir gründeten eine GmbH, da wir ein Grundstück mit einer alten Finca in Santa Eugenia gefunden hatten und es kaufen wollten. Mein Plan war es, dort eine Schönheitsfarm zu eröffnen. Vor Aufregung konnte ich oft nicht mehr einschlafen. Nächtelang lag ich im Bett und träumte und dachte und malte mir eine Zukunft aus, an die die kleine Tine aus der Schokoladenfabrik mit all ihrer Fantasie noch nicht einmal ansatzweise zu denken gewagt hätte. Ja, das war doch etwas ganz anderes, als wenn man vor Sorgen nicht einschlafen konnte! Sollte es wirklich wahr werden? War ich nicht nur dem DDR-Regime entflohen, sondern würde ich auch der BRD und ihren eisigen Schneewintern den Rücken kehren können? Ich dachte an den Spruch: ‚In Deutschland ist es ein halbes Jahr Winter und ein halbes Jahr kalt'… Würde jetzt, bitte endlich einmal, alles gut werden? Geld hätten wir genug, da wir alle Einlagen der GmbH verwenden und dann noch die Wohnung in Puerto Portals verkaufen würden. Es ging alles in einem irrwitzigen D-Zug-Tempo voran. Die wirklich grandiosen Bauzeichnungen eines Architekten lagen ziemlich schnell vor, denn auch ein besonderes Problem hatte Ingo bedacht und gelöst: Um den wüsten Schwarzbauten einen Riegel vorzuschieben, durfte man nämlich dort nur dann bauen, wenn auf dem Grundstück schon ein Haus stand. Das konnte man dann sanieren, umbauen oder es ganz abreißen und ein neues Haus an die gleiche Stelle setzen. Wir haben uns für das Umbauen entschieden. Da war nur ein Manko: Auf dem Grundstück gab es kein fließendes Wasser und es war nicht an das Elektrizitätswerk angeschlossen. Aber die Option dafür bestand und Ingo, der Macher, würde sich um alles kümmern. Eine große Summe hatte er schon im Voraus als Anzahlung für das Grundstück geleistet. Da waren sie wieder, die vielen Nullen… Aber es sah doch so aus, als hätte alles Hand und Fuß.

Wir beide saßen stundenlang bei der alten Finca und schauten meiner großen Freundin zu, wie sie ihren gleißenden Weg über den stahlblauen Himmel zog. Es war das erste und einzige Mal, dass ich Ingo träumerisch erlebt habe. Ich bin mir heute auch sicher, dass er damals wirklich mit Feuer und Flamme dabei war. Jedenfalls am Anfang. Doch sein Alkoholkonsum wurde nicht weniger und er vernebelte immer mehr seine Sinne. Außerdem würde bald noch etwas anderes passieren und ich sollte mal wieder die Letzte sein, die es erfuhr.

Gedanken prägen Taten

Da meine Kinder noch schulpflichtig waren, konnte ich mich nicht so lange auf Mallorca aufhalten wie mein Mann. Aber natürlich wollte ich über alles informiert werden. Es war schließlich mein Traum, der in Erfüllung gehen und dessen Ausbau nun mit großen Schritten vorangebracht werden sollte. Immer, wenn wir telefonierten, fragte ich nach den Fortschritten. Ingo lobte in den höchsten Tönen jede Kleinigkeit: Zum Beispiel seien die Mandelbäume auf dem Grundstück schon alle beschnitten worden und der Umbau ginge gut voran. Nach jedem dieser Telefonate war ich wieder beruhigt – bis ein ganz bestimmter Anruf kam. Mein Mann wollte mir da erklären, dass die Gelder zur Neige gingen und bat mich, nein, er forderte von mir, eine weitere Hypothek auf die weiße Villa eintragen zu lassen, diesmal sollten es 250tausend Mark sein. Die sollte ich mit einer Lebensversicherung abdecken. Ab dem Moment hatte ich ein komisches Bauchgefühl. Misstrauisch sagte ich: „Weißt du, ich glaube es ist am besten, wenn ich nach Mallorca fliege und mir die Finca einmal anschaue." Er antwortete sofort: „Neinnein, das ist nicht nötig, es läuft hier doch alles. Ich kümmere mich um die Finca und du dich um das Darlehen und um zuhause." Ich legte den Hörer auf und starrte aus dem Fenster. Da stimmte doch etwas nicht! Was konnte das sein? Mein erster Gedanke war: ‚Ich weigere mich, das Darlehen aufzunehmen'. Und gleich der zweite: ‚Flieg nach Mallorca und schau nach, was da los ist'.

Gesagt, getan. Gedanken prägen Taten. Ein weiterer Vorteil von Mallorca war ja, dass man in zwei Stunden dort sein konnte. Das war kürzer, als wenn man mit dem Auto von Hamburg nach Bielefeld fahren wollte. Doch was sollte ich auch in Bielefeld? Ich buchte also den Flug und rief ihn an, um ihm zu sagen, dass alles wunderbar in Ordnung sei. Ich plapperte vor mich hin und erzählte alles Mögliche, nur nicht, dass ich schon auf dem Flughafen Fuhlsbüttel stand und auf meinen Flug wartete. In Palma angekommen, nahm ich erst einmal einen tiefen Atemzug. Das war mein Ritual. So begrüßte mich Mallorca und ich wusste, dass ich wieder da war. Vor mich hinsummend, stieg ich die Treppen zu unserer Wohnung hinauf. Diese Insel schaffte es immer wieder und jedes Mal, dass ich gute Laune bekam. Doch die verging mir schlagartig, als ich in die Wohnung kam. Er war nicht da und überall standen fremde Fotos, auf denen nur er oder seine Kinder zu sehen waren. Kein einziges zeigte mich, geschweige denn meine Kinder. Auf dem Couchtisch und im Schlafzimmer lagen Zigarettenpackungen, die ganz bestimmt nicht seine Marke waren und von den beiden Zahnbürsten im Bad war auch nicht eine davon meine. Mir wurde kalt. Von innen heraus und ganz plötzlich. Wie im Kaleidoskop fielen auf einmal in meinem Kopf Bilder von Situationen durcheinander, die ich mit Erich und gefühlten hundert Frauen erlebt und mit denen er mich betrogen hatte. Ich musste Ingo finden und wollte Erklärungen von ihm hören. Also machte ich mich auf die Suche. Ich begann in Puerto Portals in unserer Stammkneipe. Auch dort war er nicht. Kaum hatte ich den Pub wieder verlassen, musste der scheinheilige Inhaber, der mir gerade wortreich erklärt hatte, er habe überhaupt gar keine Ahnung wo Ingo denn bloß sein könnte, zum Telefon gegriffen und ihn gewarnt haben, dass ich da sei. Es ging bestimmt um eine andere Frau! Ich roch, fühlte und spürte so etwas, leidvolle Erfahrungen hatte ich ja genug gesammelt. Mein Mann tauchte allerdings alleine in der Wohnung auf und zur Begrüßung brüllte er mich an, was ich denn zum Teufel hier wolle!? Vor sich hinbrabbelnd ging er durch die Zimmer und kümmerte sich um irgendwelchen Kram. Auf meine Fragen, was denn nun los sei, bekam ich keine Antwort. Am nächsten Tag beachtete er mich weiterhin kaum und ging nur seiner Wege. Da ich Ingo niemals so geliebt hatte wie Erich, traf mich das nicht besonders hart. Ich war ja auch nicht wegen ihm hergekommen, sondern wollte doch sehen, was der Umbau unserer ‚Finca Cantómeo‘ für Fortschritte gemacht hatte. Mit meinem Auto fuhr ich nach Santa Eugenia. Dort lag das Grundstück im Sonnenlicht und war so unverändert, wie an dem Tag, an dem ich es verlassen hatte. Weder die Mandelbäume waren beschnitten, noch irgendetwas anderes war geschehen. Geschockt setzte ich mich auf die morsche Terrasse und lehnte meinen Kopf an die sonnenwarme Hauswand, von der der Putz abbröckelte und in mein Haar fiel. Die Tränen saßen mir in der Kehle, fanden ihren Weg in meine Augen – doch nein! Ich würde nicht weinen. Nicht auf Mallorca! Ich sah auf dieses sonnenbeschienene, isolierte Inselstück, das sich im Frieden mit sich und der Welt befand, die es nicht kannte. „Du kannst da gar nichts dafür", flüsterte ich und streichelte die Rinde eines alten knorrigen Mandelbaumes, der neben der Terrasse stand. Aber Ingo konnte. Und der würde mir jetzt Rede und Antwort stehen müssen!

Lügen

Als ich zurück in unsere Wohnung kam, begann Ingo, ein Potpourri von blumenreichen Ausreden und Lügen über mir auszuschütten. Von seinem ganzen zusammenhanglosen Gestotter blieb bei mir nur hängen: ‚Er wäre ja so arm, weil er hätte ja vom Kauf zurücktreten müssen, da es nicht möglich war, Wasser und Strom auf das Grundstück zu legen und somit die Kaufbedingungen nicht erfüllt werden konnten. Er könne da überhaupt gar nichts dafür und sei von der ganzen Sache vollkommen überrascht worden und die Anzahlung sei auch weg. So sei das nun mal auf Mallorca, damit müsse ich mich gefälligst abfinden'. Für diese drei Sätze brauchte er eine halbe Stunde. Nicht nur, weil er alles doppelt und dreifach erzählte, sondern auch, da er inzwischen schon wieder einmal so besoffen war, dass ich bei dem Genuschel kaum etwas verstand und am Anfang noch nachfragte. Später ließ ich es dann sein, da sowieso nichts mehr dabei herauskam. Mir fiel neben meiner Trauer um die verlorene Finca aber auch ein Stein vom Herzen, da ich mich geweigert hatte, das Darlehen von 250tausend Mark auf die weiße Villa einzutragen. Vor allem: Wenn er von dem Kauf hatte zurücktreten müssen – wozu hätte er denn dann das viele Geld gebraucht? Ich war soweit, dass ich ihm kein Wort mehr glaubte. Die folgenden drei Tage in unserer schönen Wohnung in Puerto Portals wurden schrecklich. Ich blieb nur deswegen so lange, da ich noch irgendeine Erklärung von ihm hören wollte. Er allerdings war des Öfteren so sturzhackevoll, dass ich mich vor Angst im Schlafzimmer einschloss.

Doch auch das beruhigte die Situation nicht. Im Gegenteil. Er hämmerte gegen die Tür und kreischte in den höchsten Tönen unverständliche Sätze. Noch ein Wort in dieser Frequenz und ich hätte einen Tinnitus bekommen. Doch soviel bekam ich mit: Wenn ich nicht sofort die Tür aufmachte, würde er Maika und Lilly, den kleinen weißen Pudel meiner Nachbarin und Freundin, auf den ich aufpassen sollte, von unserem Balkon im zweiten Stock werfen. Aus wahnsinniger Sorge um diese beiden unschuldigen Tiere öffnete ich das Schlafzimmer. Sofort ging der Streit weiter. Ich wollte Antworten, er wollte mir keine geben oder war zu besoffen oder beides. Unsere Auseinandersetzung eskalierte immer mehr und auf einmal hatte er einen Golfschläger in der Hand. Ich hob die Arme, da ich dachte, er würde damit ausholen und auf mich einschlagen. Doch er ergriff ihn quer, rechts und links mit beiden Händen, drängte mich an die Wand und versuchte, mir mit diesem zum Mordwerkzeug mutierten Sportgerät die Kehle einzudrücken. Zum Glück waren meine Arme dazwischen. Außerdem war ich inzwischen richtig wütend und mobilisierte alle meine Kräfte. Ich würde mir doch von diesem vierschrötigen, dahergelaufenen Bierkutscher nicht die Butter vom Brot nehmen lassen. Da müssten schon die Bäcker kommen und nicht die Brötchen! Ich stieß ihn zurück und flüchtete in das nächste Zimmer, in dem ich mich wieder einschloss. Gottseidank war er bereits dermaßen besoffen, dass er da, wo er war, umfiel und einschlief.

Die nächsten beiden Tage versuchte ich noch, irgendetwas Erhellendes aus ihm herauszubekommen. Doch es war einfach nicht möglich, was auch immer ich probierte. Irgendwann gab ich auf. Hier konnte ich nichts mehr erreichen. Ich würde wieder nach Deutschland fliegen und nachdenken, vorallem in Ruhe nachdenken, ohne ihn. Es musste etwas geschehen, denn so konnte es nicht weitergehen. Wir waren erst seit zwei Jahren verheiratet und er behandelte mich wie Dreck – wenn er sich überhaupt einmal dazu herabließ, mich zur Kenntnis zu nehmen. Was ich damals noch nicht wusste: Er hatte eine Brasilianerin kennengelernt. Das war die Frau, der die Zahnbürste und die Zigarettenschachteln gehörten. Und als Krönung hatte er sie bereits geschwängert. So dämlich ist nicht einmal Erich gewesen.

Verräter

Sein ältester Sohn, Ingo junior, hatte vor, zu heiraten. Mein Mann wollte allen Bekannten noch eine heile Welt vorgaukeln und richtete ein gewohnt bombastisch-geschmackloses Fest aus, zu dem er Hinz und Kunz einlud. Als er wieder so viel Alkohol intus hatte, dass ein Elefant darin hätte schwimmen können, schwadronierte er vor seinem Freundeskreis in epischer Breite, dass er die Türschlösser in unserer Wohnung in Puerto Portals hatte auswechseln lassen. Soviel zu seinem: ‚Heile-Welt-Theater‘. Natürlich wollte er, dass ich das hörte und auch darauf reinfiel. Doch nicht mit Tine aus der Schokoladenfabrik! Ich bekam es sehr wohl mit, dann allerdings zog ich mich in einen stillen Raum mit Telefon zurück und rief meine Nachbarin und Freundin auf Mallorca an. Die hatte nämlich einen Schlüssel und ich bat sie, eben über den Flur zu gehen und das nachzuprüfen. Natürlich konnte sie noch aufschließen und somit enttarnten wir Ingos Märchen als Fantasielüge. Jetzt hatte ich die Nase gestrichen voll! Da ich gerade so schön praktisch am Telefon saß, buchte ich gleich einen Flug nach Palma. Ich schützte Kopfweh vor, sagte, dass ich nach Hause wolle und verabschiedete mich bei allen. Sofort ging ich zurück in die weiße Villa, aber nur, um Wechselwäsche und Maika einzupacken. Mein felider Faulpelz blinzelte mich aus seinem Körbchen an, so nach dem Motto: ‚Fliegen wir wieder nach Mallorca? Okay!‘ Für mich sind Katzen ja Gedankenpolizisten und beherrschen autogenes Training. Sie setzen sich einfach auf dich drauf, fangen an zu schnurren und schon geht es dir besser. Mir traten die Tränen in die Augen, weil sie so bedingungslos zu mir hielt. Doch ich hatte keine Zeit für Tränen, jetzt musste ich mich sputen. Dadurch, dass Ingo dachte, ich ginge nur nach Hause und legte mich ins Bett, hatte ich einen Vorsprung gewonnen und den wollte ich auch nutzen.

Als ich spätabends in Palma landete, nahm ich wie immer meinen tiefen ‚Begrüßungsatemzug‘. Ich war wieder auf meiner Lieblingsinsel und mehr als bereit, um meinen Traum zu kämpfen. Das musste ich gleich früh am nächsten Morgen tun. Ich entdeckte nämlich als Erstes in der Tiefgarage, dass er mein Auto verkauft hatte. Nach einem gotteslästerlichen Fluch reckte ich meinen Kopf in die Höhe und nahm die Schultern zurück. Egal! Dann würde ich eben mit dem Bus zur Bank fahren! Ich musste dorthin, um das Geld von unserer GmbH zu sichern, es ging immerhin um 300tausend Mark! Die Bankangestellte, mit der ich das alles regeln wollte, war eine gute Bekannte von mir. Allerdings hatte ich das Gefühl, dass sie die Abwicklung unnötig in die Länge zog. Das machte mich sehr nervös und ungeduldig. Es gab nämlich folgendes Gesetz: Wer zuerst kommt, kann verfügen. Ich hatte einen Briefpapierbogen mitgebracht, auf dem stand: ‚Ich bitte darum, keinerlei Kontobewegungen zu veranlassen'. Damals dachte ich, dass die Frau mit Ingo unter einer Decke steckte und ihn vielleicht heimlich in Deutschland informiert hatte, als sie mal wieder im Hinterzimmer der Bank verschwand, um angeblich ein weiteres, neues Formular zu holen, das ich ausfüllen sollte. Später kam heraus, dass ich ihr Unrecht getan hatte. Denn Freunde haben mir erzählt, dass ein bekannter Makler aus Palma, ein Spezi von Ingo, an diesem Tag zufällig in der Bank hinter mir stand. Ich hatte ihn gar nicht gesehen, da ich mich nur nach vorne konzentrierte. Jedenfalls machte dieser Verräter auf der Hacke kehrt, als er mitbekam, um was es ging. Er verließ die Bank und rief Ingo in Deutschland an. Ich konnte mir das bildlich vorstellen: Er kam auf der Suche nach einem Telefon durch die Tür des Bankhauses herausgesegelt, zum Platzen gefüllt mit Neuigkeiten und berstend vor Sensationslust. Er plapperte und erzählte am Hörer, dass der Speichel spritzte. Alles was er wusste und noch mehr dazu. Kurz darauf kam in der Bank ein Fax mit Anweisungen von Ingo an, welches er sofort nach dem Anruf des Heuchlers losgeschickt haben musste. Aber die liebe Tine war nicht umsonst der Stasi entkommen! Irgendetwas musste ich ja daraus gelernt haben. Dieser Mistkerl sollte mich noch kennenlernen! Ich ließ mir das Fax zeigen und las oben die Uhrzeit ab, zu der es bei der Bank eingegangen war. Sofort setzte ich mich in den Besucherbereich und schrieb meine Anweisungen auf, die ich zehn Minuten früher als das Fax meines Mannes datierte. Den zuständigen Bankangestellten ließ ich das quittieren, denn die Bankerin hatte sich inzwischen zurückgezogen. Sie konnte das ganze Theater wohl nicht mehr mit sich und ihrem Gewissen vereinbaren.

In meinem Kopf klickerte es nun ununterbrochen, ich hatte Pläne, wie ich das alles erledigen musste und ging mit Elan und, ja, man kann fast schon sagen: Freude daran, meinen Traum zu retten. Kaum war ich wieder in unserer Wohnung in Puerto Portals, rief ich meinen Anwalt in Deutschland an. Er nahm mir auch gleich die Angst: „Wenn Sie alles schriftlich haben, ist das kein Problem. Das schaffen wir schon." Beruhigt legte ich den Hörer auf, ich war einen Schritt weiter. Ingos Machenschaften waren mir so suspekt, dass ich endlich Ordnung schaffen wollte. Wie wir später sehen werden, war das auch bitter nötig.

Überwachung

Mein Kampfeswillen war zwar geweckt, ich musste aber schnell handeln. Viel Zeit hatte ich nicht, denn am nächsten Tag wollte ich auch schon wieder nach Deutschland fliegen, um ihn nicht alleine in unserer schönen weißen Villa Unheil ausbrüten zu lassen. Also machte ich mich im Schweinsgalopp auf, zu retten, was zu retten war. Ich sammelte meine Wertgegenstände zusammen, um sie vor meinem wirbellosen Ehemann zu verstecken und deponierte sie bei einer Freundin. Als ich am Abend endlich fertig war, waren dies auch meine Kräfte. Ich setzte mich auf den Balkon, schenkte mir ein Glas Wein ein und sah auf das Panorama, das ich so sehr liebte. Wer wusste schon, wie lange ich das noch würde genießen können? Doch diesmal konnten mich die Geschäftigkeit des Hafens und der traumhafte Sonnenuntergang nicht beruhigen. Was hatte ich nur verbrochen, dass ich es nicht schaffte, den Mann fürs Leben zu finden und meinen Traum zu leben? Hatte ich nicht versucht, es allen immer nur schön zu machen und geglaubt, mit der Flucht aus der DDR und vor der Stasi, die dazugehörigen Repressalien und Kämpfe los zu sein? Doch dann verbannte ich das wahrscheinlich dem Wein geschuldete Selbstmitleid. Ich war eine Kämpferin, jawoll das war ich! Nachdem ich aufgestanden war, um weiterzumachen, öffnete ich auch den Tresor, da ich meine wichtigen Dokumente einstecken wollte. Dort fand ich außerdem tausend Mark, die ich für meine Unkosten ebenfalls herausnahm.

Mein Mann fing nun an, nach allen Seiten auszutreten, wie ein störrischer Esel und ein beleidigter kleiner Junge in Personalunion. Zuerst erzählte er überall seine Lügengeschichten herum. Statt der tausend Mark, die sowieso mir gehörten, erfand er 200tausend Mark, die ich ihm gestohlen hätte. Ganz davon abgesehen, dass er es war, der alles Geld verschleudert und keinen Pfennig mehr hatte: Für ihn war es anscheinend nicht nötig, einer guten Story die Wahrheit in die Quere kommen zu lassen. Und dann veranlasste er bei all meinen Freundinnen auf Mallorca eine Hausdurchsuchung. Begründung: ‚Diebstahl in der Ehe'. Aber er hat meine versteckten Sachen nie gefunden. Ich war eine ebenbürtige Gegnerin, da konnte er so viel mit den Zähnen knirschen wie er nur wollte.

So tapfer und abgeklärt, wie sich das hier vielleicht anhört, war ich allerdings nicht. Ich hatte nämlich nicht nur vor seiner Gewalt Angst, sondern auch davor, dass er mir den Schlüssel für unsere Wohnung auf Mallorca wegnehmen würde. Eines Morgens wachte ich ganz früh auf – nicht einmal der erste Sonnenstrahl hatte das Zimmer durchstreift – und in diesem Moment fiel mir ein, wo ich den Schlüssel verstecken könnte. Ich wickelte ihn in Alufolie – damit er wie eine angebrochene Cremepackung aussah - und wollte ihn ihm Kühlschrank meiner Praxis deponieren. Ganz hinten neben dem Gesichts-Pflegeserum. So schnell war ich unterwegs, sozusagen in persönlichen Angelegenheiten, dass ich mir nur den Morgenmantel überstreifte, ich konnte ja eben durch die den Garten umgebende Hecke auf das Nachbargrundstück schlüpfen. Ob Ingo mich dabei beobachtet hatte, weiß ich nicht, jedenfalls fand dieser Filou den Schlüssel und weg war er. Was er zum Glück nicht wusste: Meine Freundin in Puerto Portals hatte noch einen. Er allerdings, fühlte sich wieder obenauf und nun begann in Deutschland eine Zeit der Hölle für mich. Er soff ununterbrochen. Da er sein Institut ja gewinnbringend an seinen Sohn verkauft hatte, gab es keine Kunden mehr, denen er den seriösen und vorallem nüchternen Geschäftsmann vorspielen musste. Also ließ er sich noch mehr gehen als zuvor. Ich bekam immer mehr das Gefühl, dass er erst ab zwei Promille für sich das Leben meistern konnte und deswegen morgens den

Tag mit Cognac statt Kaffee einläutete. Mir ging es dementsprechend schlecht, ich wusste keinen Ausweg und war oft ohnmachtsreif vor Angst. Ich kann mich nur wiederholen: Er war krank im Kopf. Ein Beispiel gefällig? Eines Abends war ich gerade im Dachgeschoss und sah von der Wendeltreppe aus durch das Fenster. Hatte ich ein Geräusch gehört? Und was, zum Kuckuck, war denn DAS!? Ein splitterfasernackter Ingo krabbelte wie ein Wurm auf dem Bauch über das Dach in Richtung meines Schlafzimmerfensters. Dann legte er ein Ohr an die Scheibe und lauschte, ob er irgendetwas hören konnte. Mir blieb der Mund offenstehen. Geneigte Leserin: Das ist die Wahrheit und diese ist wahr, auch ohne dass sie geglaubt wird. Obwohl ich das niemandem übelnehmen könnte, wenn er es nicht glauben würde. Und mein Mann setzte immer noch eins drauf: Er wollte mich lückenlos kontrollieren, baute Überwachungskameras in der weißen Villa ein und ließ dann auch mein Schlafzimmer abhören. Irgendein Teil seines noch nicht alkoholumnebelten Resthirns musste ihm zugeflüstert haben, dass nächtliche Exkursionen über ein Dach, nackt, volltrunken und ohne Bergsteigerausrüstung, früher oder später zum Tode führen könnten. Also versuchte er, seine Neugierde technisch zu befriedigen. Ich bekam das allerdings sehr schnell mit, denn die Stasi-Zeit hatte mich auf Vorsicht und Achtung geprägt. Einmal, als ich telefonieren wollte, hörte ich es rattern. Ich hob den Kopf. Das kam doch von oben!? Behutsam legte ich den Hörer auf die Gabel und stieg die Wendeltreppe hinauf. In der Dachkammer fand ich die Abhöranlage - noch nicht einmal versteckt, sondern breit und bräsig mitten im Weg. Ich kicherte. Sowas Dussliges! Von nun an machte ich mir den Spaß, meiner Freundin Anna, die ich noch aus der Kosmetikschule kannte, nur das am Telefon zu erzählen, was er auch hören sollte: „Ach Anna, ich glaube ja, er hat Krebs. Er ist so anders geworden, ich muss jetzt ganz lieb zu ihm sein – wer weiß, wie lange mein armer Mann noch zu leben hat!?" Es zeugt schon von immenser Schauspielkunst, dass ich dabei nicht in prustendes Lachen ausbrach. Obwohl – vielleicht hätte das mal eine befreiende Wirkung auf meine gedrückte Stimmung gehabt...

In diesem Jahr, 1996, legte ich mir dann eines der ersten Handys zu, damit ich wenigstens außer Haus ungestört frei sprechen und wichtige Angelegenheiten telefonisch regeln konnte.

Endlich frei

So erlösend, wie sich die Überschrift anhört, beginnt dieses Kapitel leider nicht. Im Gegenteil, es fängt mit einer Höllennacht an…

Da Ingo immer mehr merkte, dass ich seinen Schachzügen ebenbürtig, wenn nicht gar immer einen voraus war, verlegte er sich auf das einzige, dem ich nichts entgegenzusetzen hatte: Seine Gewalt. An diesem Abend fing er urplötzlich an, auf mich einzuschlagen. Ich brach zusammen und blieb auf dem Boden liegen. ‚Nur totstellen, wie ein Hase, den ein Hund am Genick gepackt hat', schoss es mir durchs Hirn. Ich hatte die winzige Hoffnung, dass er dann vielleicht von mir ablassen würde. Doch dem war nicht so. Mit berserkerhafter Wut zerrte er mich an den Haaren die Treppe hinauf und in mein Schlafzimmer. Dann sperrte er die Tür hinter sich ab. Mir war das inzwischen fast egal. Wenn er meinte, mir Gewalt antun zu müssen – ich würde die Augen schließen und an England denken, so wie Queen Victoria es gesagt bekommen hatte. Allerdings war sein Plan noch viel perfider. Er verriegelte das Fenster ebenfalls, nahm sich einen Stuhl und setzte sich von innen vor die Tür, damit ich bloß nicht entkommen konnte. Dann befahl er mir, mitten im Raum stehen zu bleiben. Genüsslich kramte er nun eine noch nicht geöffnete Zigarettenpackung aus seiner Hosentasche, wickelte sie umständlich aus und ließ das Papier übertrieben deutlich auf den Boden fallen. Dann steckte er sich einen Glimmstängel an, da er ganz genau wusste, wie sehr ich seine Qualmerei hasste und lächelte überlegen. Dachte er. Für mich war es einfach nur ein dämliches Grinsen, das da seinen Mund verzerrte. Als ich ihn ungläubig fragte, was das denn solle, bekam ich wahrhaftig diese Antwort: „Du wirst jetzt die ganze Nacht hier stehen bleiben, während ich das überwache. Das ist die Strafe dafür, dass du immer müde bist." Mit der Tonlage dieser ‚Erklärung' hätte man dabei Tischtücher zerschneiden können. „Das ist nicht dein Ernst!?" Ich legte Zweifel in meine Stimme, die ich wahrscheinlich gar nicht hatte. Ja, es war mir klar: Er meinte es sogar todernst. Das war seine einzige Möglichkeit, noch gegen mich anzukommen. Nun begann ein Psychokrieg. Es war ihm dabei eine besondere Freude, achtlos auf den Boden zu aschen und die Kippen auf dem Teppich auszutreten. Auch hatte er mit Bedacht mein und nicht sein Zimmer ausgesucht, da er wusste, dass ich den Qualmgestank hier wochenlang nicht herausbekommen würde. Zuerst versuchte ich noch, ihn durch reden zur Vernunft zu bringen. Aber das hatte überhaupt keinen Sinn. Er hatte nämlich noch zusätzlich eine Flasche Cognac in mein Schlafzimmer mitgebracht, das sich für mich mehr und mehr zum Kerker entwickelte. Immer, wenn er das Gefühl zu haben schien, sein Gehirn wache wieder auf, setzte er die Flasche an den Hals. Wurde ich so müde, dass ich anfing zu wanken und wollte mich setzen, zog er mich torkelnd wieder hoch. Zäh wie erstarrender Beton verrannen die Stunden. Nicht nur vor Müdigkeit tränten mir die Augen. Auch, da er die Hälfte der Packung schon geraucht hatte und man die Luft in dem Zimmer inzwischen in Quader schneiden und in den Garten hätte stellen können. Da wollte ich jetzt auch hin! Als er einen kurzen Moment abgelenkt war, weil er sich eine neue Zigarette ins Gesicht stecken wollte, nahm ich Anlauf. Ich wollte durch das Fenster aus dem ersten Stock springen. Alles war mir inzwischen egal – nur raus hier! Leider dauerte es so lange, das Fenster zu öffnen, dass er mich noch an den Beinen erwischte. Halb aus dem Fenster baumelnd, sog ich tief und verzweifelt den frischen Nachtwind in meine Lungen, bevor er mich wieder ins Zimmer zerrte und das Martyrium weiterging. Das einzige, das mich am Leben hielt, war mein Blick auf einen großen Kerzenständer. Schwer, silbern und beruhigend massiv stand er da. Ich zog mich in meine Fantasie zurück. Das konnte ich immer noch und werde es auch nie verlernen, denn es hat mich in meinem Leben schon oft gerettet. Ich malte mir gefühlte tausend Möglichkeiten aus, wie ich meinen Ehemann mit diesem wunderschönen Ding erschlug. Ich verwandelte es in ein Schwert, einen Ambos – sogar in einen Ritter auf einem edlen Ross, die mich (weil es mir selbst anscheinend nicht möglich war) alle vor diesem bösen Mann retteten, den ich leider geheiratet hatte.

Zum Glück schoss sich Ingo jedes Mal selber aus, wenn er soff. Irgendwann kippte er schnarchend vom Hocker und ich konnte entfliehen.

Dann endlich kam der Tag der Wahrheit. Ungewohnt ernst und nüchtern sagte mein Mann zu mir: „Ich muss mit dir reden." ‚Ja wer sagt's denn‘, dachte ich. ‚Jetzt, nachdem ich es ein halbes Jahr versucht habe, kommt er auch auf die Idee‘. Doch es folgte keine Erklärung, geschweige denn eine fruchtbringende Diskussion, nur ein kurzes Statement: ‚Er könne sich jetzt nicht mehr um uns kümmern (womit er explizit meine Kinder und mich meinte). Er hätte ja schließlich auch noch ein eigenes Leben‘. Ich konnte mir vorstellen, dass sein – inzwischen hochschwangeres – Verhältnis ihm ein Ultimatum gestellt hatte. Trotzdem wollte ich es noch einmal von ihm hören: „Liebst du mich denn nicht mehr?" „Nicht mehr so wie früher." Mit diesen lapidaren Worten wurde also meine zweite Ehe beendet. Obwohl: In der Art, wie er sich aufgeführt hatte, war das schon seit einem Jahr keine Ehe mehr gewesen. Es war auch kein weiterführendes Gespräch mehr möglich, so wie ich das schon zur Genüge von ihm kannte. Auf einmal überkam mich der dringende Wunsch, hier ganz schnell verschwinden zu müssen. Ich schnappte mir meinen Autoschlüssel, eilte in die Garage und startete durch zu meiner Freundin Anna. Auf der Wentorfer Straße kam mir ein Spruch meiner Mutter in den Sinn: ‚Raus aus Metz, Paris ist größer‘ und gleich danach überschwemmte mich ein Glücksgefühl. Ich erlebte es sogar befreiter und euphorischer als nach meiner abenteuerlichen Flucht damals in Berlin. Ein seliger Taumel erfasste mich und ich verstand die Welt nicht mehr. Ich war sie alle los, diese gebrochenen Versprechungen auf dem Pfade der Zeit, das musste es sein! Als ich bei Anna ankam, konnte ich nur stottern: „Mein Mann hat mich gerade verlassen und ich habe ein nie gekanntes Gefühl der Befreiung." Anna sagte dazu nur trocken: „Das wurde aber auch Zeit." Natürlich übernachtete ich bei ihr und sprach mich endlich einmal aus. Ja, es schäumte aus mir heraus wie ein Fluss, der eine Staumauer überwindet, an der er jahrelang vergebens genagt zu haben schien. Es kam mir auch nicht in den Sinn, auch nur noch einen einzigen Versuch für irgendeine Versöhnung zu starten, wie ich das so oft bei Erich versucht hatte. Diesen hatte ich wirklich geliebt, er war mir ja auch so viel wichtiger gewesen als Ingo.

Als ich am nächsten Morgen nach Hause kam, war mein Mann weg. Diesen Abgang musste er von langer Hand geplant haben – zumindest in den Zeiten, die er unter zwei Promille verbracht hatte. Es war übrigens der 1. April. Ich erinnere mich deswegen so genau an das Datum, da ich einen Aprilscherz dieses Kalibers noch nie zuvor erlebt hatte.

Ingos Auszug

Ab diesem Datum kam er nur noch sporadisch nach Hause. Ich sagte zu meinen Jungs: „Seid nett und höflich." Die allerdings hatten Charakter und haben sich nicht an meine Anweisungen gehalten. Für sie war klar: Dieser Mann hat unsere Mutter wie Dreck behandelt. Also gibt es ihn für uns nicht mehr. Sie entwickelten eine Meisterschaft darin, durch Ingo hindurchzuschauen, wenn er da war. Für sie war er weniger als Luft. Ich war weiterhin freundlich und zurückhaltend, wenn er mich ansprach, denn ich wollte mir auf keinen Fall irgendetwas nachsagen lassen. Er jedoch legte sich diese vornehme Zurückhaltung nicht auf. Sein Auftreten war arrogant und überheblich, wie Graf Koks von der Gasanstalt. Von seinem Bauerncharme war weit und breit nichts mehr zu entdecken, wie fortgeblasen.

An einem schönen Tag im Mai, nachdem Regen heruntergerauscht und weitergezogen war, saßen Maika und ich im Garten. Sie hatte mir geholfen, den Boden vorzubereiten, damit wir Frühlingsblumen pflanzen konnten. Das heißt: Ich grub die schwarze, regenschwere Erde um und sie tupfte verwundert mit sanften Pfoten nach den sich kringelnden Regenwürmern. In ihrem fragenden Gesichtsausdruck konnte ich richtig lesen: ‚Was bitteschön, soll DAS denn sein!?' Ich musste so lachen und genoss den heiteren Moment. Auch, da in diesem Augenblick ein leuchtenden Regenbogen Erde und Himmel verknüpfte. Der Nachbar nutzte das gute Wetter ebenfalls. Er saß auf seinem Aufsitzrasenmäher (der für mich so groß war, dass er fast wie ein begehbarer Rasenmäher wirkte) und grüßte herüber. Als Krönung dieser Idylle schaute mich von der anderen Seite des Zaunes sein Hund an, dessen Schwanz mit seinem kleinen runden Hinterteil wedelte. Maika ignorierte ihn allerdings geflissentlich, so wie nur Katzen das können. Ich seufzte glücklich. Was für eine friedliche Szene!

Doch meine gute Laune verging kurze Zeit später. Mein Mann hatte sein Kommen angekündigt, um ‚seine Sachen abzuholen'. ‚Seine Sachen' – das konnte ja wohl nicht viel sein. Mein Schlafzimmer hatte ich mir gekauft, die Bilder im Wohnzimmer, die Couch, die Küche hatte ich eingerichtet… Na, jedenfalls, das wollte ich nicht alleine über mich ergehen lassen und hatte meinen Anwalt zu mir bestellt. Nachdem er eingetroffen war, hörte ich bald danach einen Transporter auf den Vorhof fahren und Augenblicke später ging die Tür auf. Was dann über mich hereinbrach war die Sintflut. Die armen Völker in China mussten sich genauso gefühlt haben, als sie von Dschingis Khan und seinen marodierenden Truppen überrannt worden sind. Ingo erschien wie dieser Feldherr – nur ohne dessen Klasse und Charisma – und brüllte seine Befehle. Befehlsempfänger waren vier Möbelpacker einer Spedition, die darauf spezialisiert war, Transporte nach Mallorca durchzuführen; außerdem seine beiden Söhne und die schwangere Schwiegertochter. Sie alle stürzten sich auf meine weiße Villa und räumten sie leer. Ich stand nur in dem ganzen Tohuwabohu, dachte perplex: ‚Eine Armee von Treiberameisen im Dschungel kann auch keine gründlichere Arbeit leisten' und konnte ihnen nichts entgegensetzen. Denn wenn ich sagte: „Finger weg! Das Bild gehört doch mir, das hab ich gekauft!" dann stieg die Schwiegertochter mit ihrem dicken Bauch hinter mir gerade auf die Leiter, um die Gardinen abzunehmen, während Ingo jr., rechts den Toaster und links die Kaffeemaschine unter den Arm geklemmt, nach draußen entschwand. Mein Anwalt war auch ganz verdattert. Als er den rasenden Räuber Ingo doch einmal zu fassen bekam, brachte er nur heraus: „Nun lassen Sie Ihrer Frau doch wenigstens einen Stuhl zum sitzen". Doch das spornte meinen Mann nur noch mehr an. Ich hatte eben eine Super-8-Kamera mit den Filmen meiner Kinder auf den Boden gestellt, um das Bild zu retten. Ingo sah das und trat sofort wie ein Wahnsinniger auf die Kamera ein. Das wurde seinem jüngsten Sohn dann doch zu viel: „Papa, nun lass das doch", sagte er, während er ihn von der Kamera wegzerrte. Marco, ja, dich hab ich von Ingos Kindern immer am liebsten gemocht. Doch es nützte nichts: Die Kamera hatte nur noch Schrottwert und die Filme mit meinen kleinen Söhnen waren dahin. Mit Tränen in den Augen sah ich hilflos zu, wie sie alles von den Wänden und den Fenstern rissen, derweil die Möbelpacker Sofas, Tische und Betten hinausschleppten. Mein Anwalt stand ebenso machtlos neben mir. Doch dann wurde ich wütend: „Tun Sie doch was! Herumstehen und gaffen kann ich selber, dafür bezahle ich Sie nicht!" herrschte ich ihn an. Er zuckte nur mit den Schultern und ging. Was für eine Flachpfeife! Ich hätte eher die Polizei als ihn rufen sollen, vielleicht wäre mir dann noch etwas geblieben. Zumindest dachte ich, dass ich einen Fernseher gut versteckt hatte, doch in ihrem Herausreiß-Wahn fanden sie ihn später auch noch und klauten ihn mir ebenfalls. Es war nichts anderes als Diebstahl und keinerlei Diskussion oder Gegenwehr möglich.

Alles war nun leer. Ich hatte nur noch den Staub, der nach dieser Aufregung langsam zu Boden sank und eine Matratze im Dachgeschoss. Diese hatten sie mir noch gelassen, damit ich nicht auf dem Boden schlafen musste. Oh, wie großzügig! Doch dann kam plötzlich wieder Leben in mich: Noch bevor die Möbelpacker nach Mallorca aufbrechen konnten, drückte ich ihnen ein paar Mark in die Hand, damit sie von der Praxis einige Sofas und Stühle herübertrugen und in die Kaminecke stellten. So sah gleich alles doch wieder sehr wohnlich aus.

Ich habe leider nie herausgefunden, wo meine ganzen Sachen abgeblieben sind. Wer weiß, ob er sie verkauft, eine andere Wohnung in Mallorca damit eingerichtet oder alles in unserer Wohnung in Puerto Portals gestapelt hat. Diese habe ich übrigens nie wieder betreten. Doch nicht nur das schmerzte mich unendlich, sondern auch, dass er jetzt anscheinend in Mallorca wohnen würde und nicht ich. Sollte es wirklich so sein, dass er meinen Traum leben durfte?

Neue Pläne

Wie ein ruheloses Gespenst wandelte ich an diesem Abend durch die entkernte weiße Villa. Ich hatte mir eine Kerze genommen, das harte Licht der nackten Glühbirnen hätte die leeren Räume nur noch einsamer erscheinen lassen. Allerdings kam ich mir mit der zuckenden Flamme in der Hand wie ein verlassenes Schlossfräulein in einer öden Burg vor, das war also auch keine so gute Idee. In einem der Zimmer hallten sogar meine Schritte von den kahlen Wänden wider, da sie doch tatsächlich den mir von Lilo zu meiner ersten Hochzeit geschenkten Perserteppich gestohlen hatten. Nach dieser letzten Inspektion sah ich ein: Es hatte heute keinen Sinn mehr, sich den Kopf über Dinge zu zerbrechen, die man erst später genauer wissen würde. „Nach ‚fest' kommt ‚ab' und nach ‚müde' kommt ‚doof'", flüsterte ich vor mich hin, als ich mit sich überschlagenden Gedanken die Stufen zu meiner Dachkammer emporkletterte. Dann legte ich mich erschöpft ins Bett, äh – auf die am Boden liegende Matratze. Ich war so müde von den ganzen erlebten Ereignissen, dass ich sofort einschlief. Doch mitten in der Nacht wachte ich auf, nein, ich saß auf einmal senkrecht im Bett. Hatte ich es geträumt? Das musste es gewesen sein, denn mir ging im wahrsten Sinne des Wortes ein Licht auf. Bildlich sah ich vor mir eine blendend helle Flamme und darin stand: Warum machst du aus dieser wunderschönen weißen Villa, aus der jetzt der böse Geist von Ingo endlich ausgetrieben ist, nicht eine Schönheitsfarm!? Als ich erst nach Stunden wieder Schlaf fand, hatte meine Fantasie, die gottseidank immer noch da war, das Haus schon komplett eingerichtet.

„Bonjour Tristesse", sagte ich am nächsten Morgen zu diesen Räumen, die genau das ausstrahlten, „doch das werden wir jetzt ändern!" Als erste Maßnahme ließ ich einen Schlosser kommen und vom Keller bis zum Dach alle Schlösser austauschen. Dieser Mistkerl, den ich aus Versehen einmal geheiratet hatte, würde in meine weiße Villa nie wieder einen Fuß setzen! „Den werde ich in die Fugen bügeln", murmelte ich vor mich hin. Voller Tatendrang wollte ich mich daran machen, die Idee mit der Schönheitsfarm umzusetzen. Doch zuerst traf ich Alex, der zum Glück noch bei mir wohnte, da war ich nicht ganz so einsam. Er wollte sich gerade auf den Weg machen. Ingo hatte ihm vor einem Jahr einen gebrauchten und schon recht rostigen Jeep geschenkt. Den forderte dieser – mir fallen keine Schimpfworte mehr ein – jetzt von meinem Sohn zurück. Ich schäumte: „Alex, stell ihm das alte Ding hin, dann machst du die Handbremse los und lässt ihn in das Schaufenster seines Instituts rollen." „Nein Mama, sowas mache ich nicht!" sagte mein vorbildlicher Sohn, doch heute meine ich, dass er vor der Antwort kurz gezögert hatte…

Als Alex aus der Tür war, fingen meine Gedanken wieder an zu kreisen: Wie geht das auf so einer Schönheitsfarm vonstatten? Ich kratzte 300 Mark zusammen (mein allerletztes Geld) und buchte einen Tag in einem damals sehr angesagten Beautycenter. Das wollte ich mir ganz genau anschauen und dann besser machen. Aufgeregt machte ich mich am nächsten Tag auf den Weg. Die Straße tastete sich weich durch die grüne Sommerlandschaft und der Himmel wirkte wie ein sich aufblähendes Tuch aus weißgetöntem Blau. Den ganzen Weg begleitete mich meine große Freundin, die am Firmament ihre Bahn zog, unbeirrt des ganzen Tuns der kleinen Menschlein hier auf der Erde. Ich nahm das als ein gutes Omen – und so war es auch. Diesen Tag genoss ich mit allen meinen Sinnen. Endlich mussten mal die Anderen arbeiten und ich konnte die Seele baumeln und den Körper verwöhnen lassen. Trotzdem sah ich sehr genau hin und machte mir Gedankennotizen. Aha, es gab also Frühstück, Mittagessen und eine Kaffeetafel. Getränke standen bereit und Snacks für zwischendurch. Ich merkte mir die Anzahl, Größe, Farbe und Beschaffenheit der Handtücher. Welche Kosmetikprodukte und wie viele wurden verwendet? Was für Anwendungen wurden angeboten, konnte man die Produkte und Accessoires kaufen? Als der Tag zu Ende war und ich entspannt und erholt mit meinem Auto nach Hause fuhr, war mein erster Gedanke: ‚Das kannst du besser - und zwar deutlich!' Bei mir würde es mehr Luxus geben, den Kundinnen jeder Wunsch von den Augen abgelesen werden und kein Stäubchen ihre Erholung trüben.

Alle meine Freundinnen hatten mir jeweils einen Stuhl geliehen. Ich stellte am Tag darauf einen Tapeziertisch auf, platzierte das Sammelsurium der verschiedenen Stühle rundherum und legte eine weiße Damasttischdecke über die Platte, auf der ich ein opulentes Frühstück aufbaute. Heute sollten meine Freunde kommen und mir beim Umzug von der Praxis in die weiße Villa helfen. Das hatte unter anderem den Grund, dass mich Ingo aus dem Nachbarhaus fristlos rausgeschmissen hatte. Ich sagte: „Da muss ich aber Geld wiederbekommen, den Umbau hab ich doch komplett bezahlt!" (Wir erinnern uns: Es war das Geld des Reihersee-Grundstücksverkaufes…) Mein Mann lächelte widerlich und blökte mich dann an: „Und? Wo steht das!?!" Mir wurde kalt und heiß, so viele Gefühle wallten durch mich: Trauer, Wut, auf ihn aber auch auf mich, denn ich hätte mich ohrfeigen können, da ich damals so vertrauensselig gewesen war und nichts schriftlich festgehalten hatte. Ich hatte ja gedacht: Wir sind verheiratet, glauben aneinander, gehören zusammen… von wegen! ‚Nach vorne schauen, Tine und Sachen, die du nicht mehr ändern kannst, abhaken', sagte ich mir wie ein Mantra immer wieder, bis ich es begriffen hatte. Das Geld und die Praxis waren also futsch, jetzt konnte ich nur noch mein bewegliches Gut in Sicherheit bringen. Das war auch ein Grund für den Umzug: In der weißen Villa hätte er ab heute keinen Zugriff mehr darauf. Und schon klingelte es, da waren sie alle, meine guten Geister: Anna, Alex, mein Neffe Henning (der vor allem für die Elektrik zuständig war), meine Mitarbeiterin Kerstin, ihre Mutter, ihr Vater, meine Mitarbeiterin Ina und Melanie, eine Kosmetikerin, die ich auf Mallorca kennengelernt hatte. Wir schufteten wie die Ackergäule und schafften es wirklich, innerhalb eines Tages den Inhalt eines Hauses in ein anderes Haus zu verfrachten. Als der Abend herniedersank und alle ihr Werk betrachteten, zwar mit schmerzenden Knochen aber dennoch zufrieden, war ich trotz meines drohenden Muskelkaters zu Tränen gerührt. Ich hatte uns ein Abendessen bringen lassen, denn zum selber kochen war natürlich keine Zeit geblieben. Als mein Helfervolk um den Tapeziertisch versammelt saß, war ich so glücklich, dass ich eine Rede halten musste. In der dankte ich wahrscheinlich jedem Menschen, dem ich je begegnet war, einschließlich des Postboten und des Mädchens, das in der Grundschule neben mir gesessen hatte. Ina fing als Erste an zu kichern, dann prustete Alex los und am Ende mussten alle lachen. Was war das für ein schöner Abschluss eines erfolgreichen Tages!

Beautyfarm Christina

Hin und her überlegte ich: Wie sollte ich meine Schönheitsfarm nennen? Ich ließ meinen Gedanken freien Lauf, während ich das Haus im Autopilot-Modus saubermachte. ‚Schönheitsfarm Wentorf‘? Hmm. ‚Die weiße Villa‘? Na ja… Endlich: ‚Beautyfarm Christina‘. Kurz, knapp, knackig, klar. DAS würde jeder sofort im Oberstübchen behalten. Als allererstes bestellte ich ein Schild mit dieser Aufschrift. Es war oval, ein Meter zwanzig mal 60 Zentimeter und die schöne Schreibschrift hob sich deutlich von dem weißen Hintergrund ab. Ich polierte es solange, bis es im Licht der Sonne wie der Nachthimmel blitzte. Dann brachte es Alex am Balkon an, so dass es von der Straße aus gut zu sehen war. Vor dem Nachbarhaus, in dem die Praxis gewesen war, stellte ich ein kleineres Schild auf. Darauf wies ein Pfeil nach rechts und darunter stand: ‚Behandlungen ab sofort in der weißen Villa nebenan‘. Das wertete die ganze Sache natürlich auf. Ich war so stolz! Hatten meine zauberhaften Heinzelmännchen und ich es doch tatsächlich geschafft, alles am Wochenende so fertig zu bekommen, dass am Montag die Behandlungen weitergehen konnten, als wäre dies die natürlichste Sache der Welt. Von den Kunden hatte niemand die Kämpfe, die Arbeit und den ganzen Frust mitbekommen. Wenn es das nur schon gewesen wäre mit dem Frust! Am Tag darauf rief nämlich mein Mann aus Mallorca an. Ach, er durfte auf meiner Insel sein… Na ja, jedenfalls brüllte er sofort los. Zum Glück war mein Arm lang genug, damit ich den Hörer so weit weghalten konnte, dass es nicht in meinem Ohr von seinem ganzen Gegeifer klirrte: „Was, zum Teufel, hast du gemacht?“ „Hallo Ingo, ich freue mich auch, von dir zu hören. Wie ist das Wetter auf meiner Lieblingsinsel? Ist das Meer immer noch so frühlingshimmelblau?“ Die Zeit, in der ich

Angst vor ihm gehabt hatte, war vorbei. Im Gegenteil: Ich freute mich tierisch, als ich aus dem einen halben Meter entfernten Telefon hörte, wie sich seine plärrende Stimme vor Wut überschlug. Derweil überlegte ich. Sein feiger Sohn Ingo jr. musste ihm brühwarm erzählt haben, dass ich dieses Schild angebracht hatte. Nachdem er einmal nach Luft schnappen musste, nahm ich den Hörer wieder ans Ohr. „Du wolltest das doch so. Und ich hatte keine Lust, ausgerechnet auf dem wunderschönen Mallorca in einem Hafenbecken versenkt zu werden, so wie du mir das angedroht hast, wenn ich nicht sofort aus der Praxis ausziehe." Danach summte Schweigen über den Kontinent und ich legte den Hörer auf, er war für mich gestorben.

Meine Mutter hatte mir ihr Sammelservice und ihr Essgeschirr geschenkt und so konnte ich mich schon mal unauffällig für die Arbeit warmlaufen. Es war so eine schöne Erinnerung an sie, was mich sehr freute. Die schlimmen Kindertage lagen so weit zurück...

Voller Freude gingen meine Mitarbeiterinnen und ich daran, meinen Traum zu realisieren: Wir empfingen die Kundinnen, die zum Beauty-Tag kamen, mit einem wundervoll gedeckten Frühstückstisch. Danach konnte ihr Entspannungstag weitergehen, an dem es Ihnen an nichts fehlte und sie sich wie Prinzessinnen fühlen durften. Das sprach sich in Windeseile herum, der Laden brummte, wie man so schön sagt, wir konnten uns vor Anmeldungen kaum retten. Mein Organisationstalent wurde häufig auf die Probe gestellt, aber ich wurde immer einfallsreicher. Als es zum Beispiel so viel wurde, dass uns die Arbeit über den Kopf zu wachsen drohte, verlegte ich das Frühstück in das schnuckelige Hotel auf der anderen Straßenseite. Wenn die Kunden ausgiebig gefrühstückt hatten, machte ich mich auf den Weg, um sie abzuholen. Meine kleine Freundin Maika begleitete mich dabei ein ums andere Mal, obwohl ich immer Angst um sie hatte, wenn es darum ging, Straßen zu überqueren. Doch sie war ‚plietsch‘, wie man so schön in Norddeutschland sagt, ihr ist nie etwas passiert.

Einer nach dem anderen liefen die goldenen Tage dieses Sommers davon – und mit ihnen auch leider meine Kräfte. Ich, Tine Tausendsassa, die es immer allen nur schön machen wollte, hatte weiterhin noch nicht gelernt, mit meinen Kräften Haus zu halten. Die ganze Situation überforderte mich über kurz oder lang wieder einmal. Es war wirklich nicht leicht, so ein Unternehmen zu ,wuppen'. Ich hatte nicht nur meine Kinder, sondern nun auch drei Mitarbeiterinnen, die sich alle auf mich verließen. Außerdem war im Hinterkopf immer noch Ingo, der inzwischen auf Mallorca lebte – was eigentlich mein Traum war. Zudem wusste ich nicht, ob er nicht gerade wieder irgendeine Gemeinheit ausbrütete.

Ich arbeitete also einfach weiter, weil ich es nicht anders kannte. Bis meine Kräfte zu Ende waren und ich zusammenbrach. Ich landete wieder einmal für drei Wochen im Krankenhaus. Da lag ich nun, starrte die triste Decke an und versuchte, zur Ruhe zu kommen. Wie sollte es nun weitergehen? Zum Glück hatte ich diesmal meine Kosmetikerinnen, die den Betrieb am Laufen hielten. Jetzt musste ich mich erst einmal entspannen und die Akkus aufladen, dann würden wir weitersehen. Aus den Tiefen meiner Erschöpfung holte ich ein grimmiges Lächeln hervor und schlief ein.

Peter

Trotz der ganzen Arbeit schaffte ich es tatsächlich, wieder einen neuen Mann in mein Leben kommen zu lassen. Eine Freundin wollte mit mir auf den Dom gehen. Es war ein schöner Tag, ich blickte in den wolkenbetupften Himmel, als ich am Eingang ankam. In Vorfreude genoss ich die typischen Kirmesgerüche, wie gebrannte Mandeln und die ebenso typischen Geräusche, die zu mir herüberwehten: „Ja, jetzt muss jeder mal dabei sein, die nächste Fahrt geht rrrückwärts!" und das anschließende Kreischen der Fahrgäste, lieblich untermalt von ohrenbetäubender Dudelmusik. Ich war ein bisschen zu früh und stellte mich auf eine längere Wartezeit ein, da ich wusste, dass sie gerne ein bisschen zu spät kam. „Zu früh ist auch unpünktlich", murmelte ich vor mich hin, während Bratwurstduft appetitlich meine Nase kitzelte. Da fiel mir ein gutaussehender Mann in meinem Alter auf, der anscheinend auch auf jemanden wartete. Über kurz oder lang kamen wir ins Gespräch, denn er hatte sich auch schon überlegt, wie er mich wohl am besten ansprechen könnte. Als meine Freundin endlich eintrudelte, wusste ich schon, dass er Peter hieß und Kapitän auf großer Fahrt war. Das witzigste an der Sache war aber, dass wir beide auf meine Freundin warteten, die sich hier mit uns verabredet hatte... Ich merkte sehr bald, dass Peter gerne den Ton angab. Als Kapitän war er gewohnt, das Sagen zu haben, allerdings mir gegenüber immer auf eine herzensgute Art. Ziemlich schnell wurden wir zu einem Paar. Er besuchte mich jeden Tag im Krankenhaus und ging mit mir spazieren. Mit der Zeit fiel mir auf, wie ich mich immer mehr auf ihn freute und ihm regelrecht entgegenfieberte, da er ein Lichtblick in dem grauen Klinikalltag war. Als er wieder einmal gegangen war und ich alleine in dem öden Krankenhauszimmer lag, dachte ich mir: ‚Man muss den Schmerz erfahren, um zu wissen, dass man ihn überlebt‘. Ja, auch diese Krankheit, den Schmerz und die Enttäuschung mit Ingo würde ich überleben. Nicht nur überleben, sondern gestärkt daraus hervorgehen. Mein Schicksal sandte mir jedes Mal einen rettenden Engel, genau dann, wenn ich ihn brauchte. Diesmal hieß der Engel Peter. Er half so gut er konnte in der Beautyfarm, denn er war ein Mann der Tat. Gab es etwas zu dübeln, zu reparieren oder anzuschrauben, sagte ich immer: „Wartet bis Peter kommt." Dann war alles wieder heil. Noch dazu war er sehr begabt, am Computer zu arbeiten. Er erstellte jeden Gutschein und die Werbung für mich. Das kannte ich alles nicht von meinen Ex-Männern. Die waren entweder eifersüchtig auf meinen Erfolg, so wie Ingo. Dieser hätte die Werbung sowieso in freier Auslegung der Rechtschreibregeln geschrieben – wenn er dies überhaupt getan hätte. Dann wäre da noch: unfähig, so wie Jörn, oder: desinteressiert, so wie Erich. Ja, Peter war genau zum richtigen Zeitpunkt in mein Leben getreten. Er hatte auch noch eine andere gute Idee: Seine Frau war vor vier Jahren gestorben und er hatte von ihr sehr schöne alte Möbel geerbt. Also zog er mit diesen bei mir ein und das Wohnzimmer erstrahlte in neuem Glanz, denn hier in der weißen Villa kamen sie richtig zu Geltung.

So sehr ich mich jeden Tag über meine Villa freute, soviel Sorgen machte sie mir allerdings auch. Gegen die letzte Hypothekenforderung Ingos
von 250tausen Mark hatte ich mich ja gewehrt. Doch vorher hatte ich
dummes Huhn mich immer wieder breitschlagen lassen und ‚Ja‘ gesagt,
wenn mein Mann die Villa belasten wollte. Er wusste schon, wie er mich
kriegen konnte: „Das Geld ist ja alles für deine Finca in Santa Eugenia!“
Doch wie wir wissen, ist sein Gerede keinen feuchten Furz wert gewesen. Als ich einmal Kassensturz machte, da ich endlich die Ruhe dazu
fand, stellte ich entsetzt fest, dass mein Zuhause mit einer Million und
50tausend Mark belastet war. Wie, um Gottes Willen, sollte ich diese
Schulden zurückzahlen? Seine Schulden, die nun meine waren!? Mir
schwindelte. Ich hielt mich an der mattschimmernden Platte eines kleinen runden Tisches fest, die wie stilles, düsteres Wasser aussah. Genauso düster sah ich auch meine Zukunftsaussichten. Aber nur kurz. Jetzt
war ja Peter da. Es gibt Menschen, die haben in meinem Herzen eine
Mietwohnung und solche, die eine Eigentumswohnung darin besitzen.
Er gehört zu den Letzteren…

Ich musste meine Angebote erweitern um mehr arbeiten zu können.
Also lieh ich mir von ihm 12tausend Mark und machte zwei zusätzliche
Ausbildungen: Einmal zum Permanent-Make-Up-Artist und dann zur
Farb- und Stilberaterin. „Bloß nicht stehenbleiben“, sagte ich mir. „Wer
stehenbleibt, hat sich verirrt.“

Scheidung

Damit dieses unsägliche Thema nun endlich ein Ende finden sollte,
reichte ich 1997 die Scheidung ein. Noch träumte ich ja davon, es irgendwie gütlich über die Bühne bringen zu können. Doch ich erreichte
damit das genaue Gegenteil. Als Ingo die Scheidungspapiere ins Haus
flatterten, hatte er es schriftlich, dass ich nicht mehr seine Frau sein
wollte. Das war ein Affront ohne Gleichen für ihn. Er, der große Macher, der unwiderstehliche Frauentyp, durfte doch nicht von einer Frau
verlassen werden – und schon gar nicht von seiner Ehefrau! Mein Mann

hatte einfach nicht begriffen, dass man niemanden zur Liebe zwingen kann und auch nicht zur Treue. Man kann nur die Zuneigung am Leben halten und das Beste hoffen. Doch dafür war es jetzt allemal zu spät, nun lernte ich seine tiefschwarze Seite kennen.

Einige von seinen blödsinnigsten Rundumschlägen will ich jetzt doch noch aufschreiben, obwohl sie mir im Nachhinein fast surreal vorkommen. Wir sahen uns nur noch vor Gericht. Er strebte ein Verfahren nach dem anderen an, um zum Beispiel den Kühlschrank, die Waschmaschine und die Wäschemangel zu erstreiten. Diese Dinge hatte er bei einer großen Firma in Wentorf gekauft, da er durch sein Geschäft dort Prozente erhielt. So hatte er natürlich auch Belege darüber und wollte am Ende der Scheidung alles für sich. Erst als ich dem Richter klarmachen konnte, dass die Hemden der Verstorbenen weder vor noch nach der Beerdigung gewaschen und gemangelt wurden, sah auch er ein, dass man in einem Beerdigungsinstitut keine Waschmaschine und keine Mangel brauchte und diese Dinge wurden mir zugesprochen. Das war ein kleiner Sieg für mich. Doch bei jedem Klingeln an der Tür, bei jedem Brief, erwartete ich eine neue Gemeinheit, die mein Noch-Mann aus dem Hut zaubern würde. Und als dann die Sache mit dem Dach kam, dachte ich bis zuletzt, ich würde verlieren. Er behauptete nämlich dreist, ich hätte vor Jahren seinem Freund Horst, einem Dachdecker, den Auftrag gegeben, das Dach für 60tausend Mark neu zu decken. Das Geld hätte er ausgelegt und ich sollte es zurückzahlen, da ich ja nun in dem Haus wohnte und außerdem den Auftrag erteilt hätte. Ich warf den Brief vor Wut auf den Boden und trommelte mit den Fäusten gegen die Wand, bis ich vor Schmerz damit aufhören musste. „Das ist gelogen, gelogen, gelogen", schrie ich die unschuldige Tapete an. Ich würde mich wehren! Auch als ich den Brief des Gerichts bekam, dass ich verloren hätte und die 60tausend Mark zurückzahlen müsste, blieb ich ganz ruhig. Ich hatte ja schon über eine Million Mark Schulden, da kam es auf diesen Betrag auch nicht mehr an. Doch ich wollte Gerechtigkeit! Ich ging also zum Oberlandesgericht und legte Berufung ein, obwohl mein Anwalt mir dringend davon abriet. Ich weiß noch genau, dass er mich dazu extra in eine Pizzeria einlud. Er fing sofort an zu reden, während ein vor sich hinpfeifender Koch das, was er in seiner Ahnungslosigkeit für eine Pizza hielt, in einen Holzkohleofen schob. Ich betrachtete derweil meinen Anwalt, dessen schütteres Haar ein Rückzugsgefecht mit seiner Glatze führte und hörte seinen Überzeugungsversuchen zu. Doch ich blieb stur, ich hatte nämlich noch einen Trumpf im Ärmel und der hieß Peter. Als das Dach damals gedeckt werden sollte, rief mich Horst an. Aus einer Intuition heraus stellte ich das Telefon auf laut, denn neben mir saß Peter und hörte schweigend zu. Horst, der davon nichts wusste, redete munter drauflos: „Ingo hat gesagt, ich soll sagen, dass du mir den Auftrag erteilt hast." Mein feiner Mann baute nämlich gerade ein Haus für seine Tochter. Über diesen Hausbau verrechnete er nicht nur unsere Dachsanierung, sondern auch viele andere Sachen und kam sich dabei unheimlich gewitzt vor. Doch diesmal brach es ihm das Genick. Zum Glück leitete dieses Verfahren am Oberlandesgericht eine Richterin, der er nichts vormachen konnte. Mit Peter als Zeugen erkannte sie die Sachlage: „Ihr Mann ist ein Mann, der wissentlich nicht die Wahrheit spricht." So hatte sie ihn im Namen des Volkes zum Lügner erklärt. Ich sah dabei den Dachdecker an, der sich auf seinem Stuhl wand wie ein Wurm und mir nicht in die Augen schauen konnte.

Die Sonne versprach, an diesem Tag dunkle Wolken nicht neben sich dulden zu wollen, als der Brief mit dem Urteil des Oberlandesgerichtes in meiner weißen Villa ankam. Ich nahm ihn, schenkte mir ein Glas Wein ein, tat einen großen Schluck um meine Nerven zu beruhigen und öffnete mit zitternden Händen den Umschlag. Schnell überflog ich das ganze Beamtendeutsch bis ich zu dem Urteil kam: Gewonnen! Ich hatte gewonnen, die 60tausend Mark, die wie ein Damoklesschwert über mir gehangen waren, lösten sich in Luft auf, Ingo musste alle Kosten tragen und war ganz offiziell ein Lügner! Ich warf den Brief in die Luft und schrie vor Glück, bis mir die Lungen weh taten. Bilder flirrten durch meinen Kopf, wie ich als kleine Tine den imaginären Schokoladenhasen nach einer erfolgreichen Suche stolz in die Höhe reckte und Freudentränen liefen mir über die Wangen, weil es doch noch Gerechtigkeit zu geben schien.

Natürlich sah es auf der anderen Seite dagegen rabenschwarz aus. Er hatte ja den gleichen Brief bekommen und giftspritzend rief mich mein Exmann an: „Wenn deine Söhne in der Disco sind, die kommen da nicht mehr lebend raus." ‚Ach Ingo, du dummes kleines Würstchen‘, dachte ich, während ich den Hörer auflegte, ‚erzähl das doch alles deinem Friseur. Ich glaube dir nie wieder ein Wort und habe keinen Respekt mehr vor dir. Aber was noch viel besser ist: Auch keine Angst!‘

Son Caliu

Meinen Traum, auf Mallorca zu leben, wollte ich nie aufgeben und werde das auch nicht tun, bis ich es geschafft habe! Schon wieder ratterte es in meinem Kopf und – wie das bei mir so der Fall ist – nach Kurzem purzelte erneut eine Idee heraus. Ich würde mir dort eine eigene Wohnung besorgen, ohne irgendeinen Mann, der Ansprüche erheben konnte. Das wäre ja gelacht, wenn ich das nicht auch fertigbrächte und noch dazu besser! Also packte ich ein kleines Köfferchen und stellte die Katzenreisetasche bereit. Es ging wieder auf unsere Insel, das wusste Maika und saß gleich schon zufrieden schnurrend darin, so dass ich nur noch den Reißverschluss zuziehen musste.

Kaum angekommen, atmete ich tief ein und hatte das Gefühl, dass auch Maika dies tat, ein warmer Luftzug senkte sich auf uns, als ich mit ihr die Gangway betrat. Im Nachhinein wundere mich immer noch, wie souverän meine kleine Freundin mit mir diese Reisen absolvierte und wie schnell sie sich jedes Mal akklimatisierte. Manchmal dachte ich, dass sie auf Mallorca sogar schon in Spanisch miaute...

Mein Glück blieb mir hold, ich fand und mietete sehr schnell in Son Caliu eine schöne Wohnung. Was heißt schön – sie war atemberaubend. Ein Wohnzimmer, zwei Schlafzimmer, eine große Küche, zwei Bäder und ein Balkon, dessen Geländer aus griechischen Säulen bestand. Durch diese konnte man auf das träge blaue Wasser des Mittelmeeres sehen, das sich wie ein Laken aus geglättetem Himmel Richtung Palma erstreckte. Hier würde sich mein lang vernachlässigter Geschmack für alles Schöne austoben können. Schon damals stromerte ich gerne über Flohmärkte und fand immer Sachen, die es lohnten, in diese Wohnung aufgenommen zu werden. Ich drapierte lange Seidenschals an die Fenster, so dass sie sich anmutig im warmen Wind bauschen konnten, legte kleine weiche Teppiche für nackte Füße auf die Terracottafliesen und stellte gemütliche Sessel auf den Balkon. Diese zauberhafte Wohnung war wie geschaffen für ein Angebot, das ich meinen Hamburger Kunden machen wollte: ‚Buchen Sie eine Beauty-Woche auf Mallorca mit jedem erdenklichen Luxus'. Leider habe ich mich wieder zum Lastesel gemacht, doch ich wollte es ja so: Es gab Frühstück, mittags einen Salat und am Abend ein Drei-Gänge-Menü. Das bereitete ich nicht nur zu, ich musste auch jede einzelne Zutat einkaufen und in den zweiten Stock schleppen. Wenn ich das alles schnaufend erledigt hatte, kam leider noch einer der wenigen Nachteile Mallorcas zum Tragen (im wahrsten Sinne des Wortes): Mehrere Fünf-Liter-Flaschen Trinkwasser wollten auch noch die Treppen hinaufgewuchtet werden! War alles vorbereitet, begann erst die eigentliche Arbeit: Die Kosmetikbehandlungen. Das ging so lange gut, bis mein Rücken sagte: ‚Schluss jetzt!'

Tauchte ein Problem auf, dann packte es Tine aus der Schokoladenfabrik an und gab nicht eher Ruhe, bis sie es gelöst hatte. So war ich nun mal… Also machte ich mich auf die Suche und hatte schon wieder Glück: Keine fünf Minuten Fußweg von meiner Wohnung entfernt, praktizierte eine Physiotherapeutin, die sich meiner Schmerzen annahm. Sie kümmerte sich aber nicht nur um meinen Rücken, sondern wurde auch bald meine Freundin: Aza. Eine hübsche Schwedin, die einen spanischen Mann geheiratet hatte und auch deutsch sprach. Als ich ihr erzählte, dass ich immer in ein Hotel ziehen musste, wenn ich Gäste hatte, sagte sie: „Tina, das geht so nicht." In ihren Augen sah ich ihr Gehirn arbeiten und gleich darauf sagte sie: „Ab heute schläfst du bei mir. Dann kannst du nach meiner Behandlung gleich liegenbleiben und bis zum nächsten Morgen durchschlafen." Wie gesagt: Wenn ich sie brauchte, waren sie alle da, meine Engel…

Einem von ihnen wollte ich ganz besonders danken: Peter. Darum charterte ich für einen Tag eine 15-Meter-Yacht und schenkte ihm dies zum Geburtstag. Zuerst hatte ich Bedenken und fragte ihn: „Kannst du denn so ein großes Schiff überhaupt bedienen?" Daraufhin war er fast beleidigt: „Also hör mal, was denkst du denn?!? Ich habe ganze Containerschiffe nach Afrika gefahren!" Doch er nahm es mir nicht übel, im Gegenteil: Er setzte sich eine Kapitänsmütze auf, lud noch Freunde ein und schipperte uns souverän zu den traumhaftesten und entlegensten Buchten dieser Insel. Teilweise konnte man diese verwunschenen Fleckchen Erde nur von See aus erreichen. Es wurde zu einem der schönsten Tage, die ich je erlebt habe und alle anderen dachten genauso. Zwischendurch gingen wir schwimmen und ließen uns dann, auf den Planken der Yacht liegend, von dem sanften Wind trocknen. Als es windstill wurde, gab es keinen Horizont mehr. Die ganze Welt schien nur noch aus einer großen, klaren Durchsichtigkeit zu bestehen und ‚Sorgen' existierten noch nicht einmal mehr als Wort. Irgendwie ging alles Böse dieser Welt im weißen Rauschen der Brandung und der Seevögel unter.

Bernhard

Leider hatte ich die Wohnung in Son Caliu nur zwei Jahre. Denn wenn ich dort war, erreichten mich immer wieder unschöne Nachrichten aus Deutschland. Kundinnen erzählten mir öfter, dass es bei den Mitarbeiterinnen einfach nicht so klappte, wenn ich nicht da war. Sie ließen in ihrem Qualitätsbewusstsein nach, sobald ich aus dem Haus war. Schweren Herzens gab ich die Wohnung auf Mallorca auf und konzentrierte mich wieder auf mein deutsches ‚Kerngeschäft'. Das hieß allerdings nur: ‚Aufgeschoben ist nicht aufgehoben'. Mallorca würde ich nie aufgeben!

Peter ‚erledigte' sich auch in dieser Zeit. Er kam in einer Nacht nicht nachhause und da wusste mein Erich-geschulter siebter Sinn: ‚Er hat eine Andere'. Das war aber nicht so schlimm. Mit seiner praktischen, ruppigen Art war er als Partner für meine Seele sowieso nicht geschaffen. Ich gab ihn frei und er verabschiedete sich mit den Worten: „Wir letzten übriggebliebenen Chauvis müssen wenigstens ab und zu versuchen, Widerstand zu leisten!" ‚Jawoll, dachte ich, während ich ihm hinterherwinkte, ‚leiste mal schön Widerstand gegen die Romantik, wenn du das für richtig hältst. ICH werde das nie tun!' Ich tauschte den Liebhaber gegen den Freund und behielt ihn so im Herzen, denn wir wussten beide von Anfang an, dass es nichts auf Dauer sein würde. Ich habe mich in der ganzen Zeit gefreut, dass er zu mir hielt und wir haben auch heute noch Kontakt zueinander. Wenn ich so überlege: Ich hatte ihn auch stark belastet mit meiner Krankheit, das muss ich gestehen. Und alles Gute, das er mir gebracht hat, werde ich ihm nie vergessen. Ich erinnere mich da zum Beispiel an ein Puppenhaus. Er hatte es selbst gebaut und mir für die Beautyfarm als Dekorationsstück zur Verfügung gestellt. Alle Kundinnen brachen in verzückte Jubelschreie aus, wenn sie dieses sahen, so wie man das nur kennt, wenn Frauen niedliche Hundewelpen sehen. Dieses Häuschen war auch zu schön! Aufwendig und liebevoll getischlert und bemalt, mit Vorhängen, Sofas, Stühlchen und Bettchen. Da gab es alles, bis in die kleinste Kleinigkeit. In der Küche fand man Eier, im Abstellraum Besen und im Kinderzimmer die entzückendste Wiege mit einem winzigen Babypüppchen darin. Sogar ein klitzekleiner Fußabstreifer lag vor der Eingangstür. Vielleicht war das sogar seine Art, Romantik auszudrücken...

Dann lernte ich ganz schnell Bernhard kennen. Mal wieder ging ich mit einer Freundin in eine Bar. Anscheinend ist das wirklich die beste Art, einen Mann kennenzulernen und dieses Mal hoffte ich inständig, dass es nicht wieder so ein Flop wie mit Ingo werden würde. ‚Tine', sagte ich mir, ‚wenn du wieder einen Mann triffst: Hör auf deinen Bauch. Ingo hat doch als ihr euch kennenlerntet dein Herz nicht sofort berührt und du hast dich trotzdem von ihm einwickeln lassen...' Jedenfalls saß Bernhard da, er fiel mir gleich auf. Wir kamen sehr schnell ins Gespräch, da meine Freundin und ich ihn schon vom Sehen kannten. Des Öfteren war ich in dem Restaurant ‚Laxy' in Bergedorf und stellte dabei fest, dass es nicht nur ihm gehörte, sondern er auch der Küchenchef persönlich war. Ich gehe auch weiterhin sehr gerne Essen, da es für mich eine Art Mini-Wellness-Urlaub ist. Einfach nur sitzen, frau wird verwöhnt und bedient und kann den lieben Gott einen guten Mann sein lassen…

Es dauerte nicht lange und ich flüsterte meiner Freundin ins Ohr: „Er sieht so attraktiv aus. Ich finde, er könnte in meinem Badezimmer seine Handtücher herumliegen lassen, so oft er wollte." Meine Freundin, die mich gut kannte, wusste sofort, dass ich mich verliebt hatte. Wenn Tine aus der Schokoladenfabrik einem Mann erlaubte, unordentlich zu sein, dann hatte er schon gewonnen. Jedenfalls saßen Bernhard und ich am Ende des Abends mit verschränkten Blicken da, bekamen überhaupt nichts mehr von dem Trubel um uns herum mit und meine Freundin verabschiedete sich diskret. Beschwingt vom Alkohol und der guten Laune, die ich so in dieser Art schon lange nicht mehr gehabt hatte, machten wir uns auf den Weg zur weißen Villa.

Am nächsten Morgen zauberte Bernhard mir in Windeseile ein Frühstück mit allem Komfort auf den Tisch. Das ging dermaßen ratzfatz, dass ich nur noch mit den Ohren schlackern konnte. Ich schwelgte gerade in gebratenen Eiern, gebuttertem Toast, frischgepresstem Orangensaft und Cappuccino, als er sich schon kampfeslustig umsah und verkündete: „So, ab heute werde ich für die Beautyfarm kochen!" Wie wunderbar! Ab jetzt würde bitte alles mal gutgehen, ja!?

Und wirklich: Ab diesem Tag bereitete er ohne viel Worte die tollsten Menüs für meine Gäste zu. Wir hatten schon einen guten Ruf in der Umgebung aber jetzt sagte jeder noch: „..und ein Essen gibt es da…" während er genießerisch die Augen verdrehte. Wenn er mit seiner Arbeit in der weißen Villa fertig war, ging Bernhard nachmittags regelmäßig in sein Restaurant, um bis tief in die Nacht weiterzuarbeiten. In dieser Zeit dachte ich oft: ‚Hoffentlich übernimmt er sich nicht!‘ Leider sollte das zu einer tragischen, selbsterfüllenden Prophezeiung werden…

Kathleen

Einmal, bei der Zeitumstellung, verschlief ich total, hörte aber trotzdem Stimmen, die mich riefen. Im Zwischenreich von Traum und Wirklichkeit wähnte ich, es wären nur ineinander verhakte Träume. Doch die Stimmen gaben nicht auf, wie tastende Gedanken riefen sie mich hartnäckig. Endlich schaffte ich es, die Augen zu öffnen. Zuerst sah ich in den Himmel und erblickte Wolken, die sich wie herbeigewehte Fetzen drehten und schnell das Weite suchten. Doch auf einmal war ich wirklich wach und hörte die Rufe noch lauter. Ich stürzte zum Fenster, während ich mir noch den Schlaf aus den Augen rieb. Da standen vier Mitarbeiterinnen und acht Kunden – ach ja, richtig: Wir hatten heute Beauty-Tag! Jetzt kam Fahrt in Tine aus der Schokoladenfabrik. Ich warf mir einen Bademantel über, zog Bernhard die Bettdecke weg und schmetterte: „Aufstehen! Frühstück machen!" Dann flog ich die Treppen hinunter und öffnete die Tür. „Oh, ich habe heute auch meinen Beauty-Tag", erklärte ich lachend den verdutzten Kunden meine ungewöhnliche Bademantel-Erscheinung. Unterdessen zeigte Bernhard wieder einmal seine Professionalität. Innerhalb von zehn Minuten zauberte er für alle Gäste einen Frühstückstisch aufs Tablet, der sich gewaschen hatte. Er musste Dschinni, einen heimlichen Flaschengeist haben, der ihm half, anders konnte ich mir das nicht erklären. Auch war zum Glück mein Kosmetikerinnen-Team sehr gut. Jede wusste sofort, was sie tun musste, damit der Laden mit einer halben Stunde Verspätung anlaufen konnte. Um solchen Eventualitäten vorzubeugen und um das Arbeiten für uns Alle zu erleichtern, hatte ich mir angewöhnt, für jeden Tag einen Arbeitsplan zu erstellen. Welche Kosmetikerin mit welcher Kundin in welchem Raum wie lange verweilen durfte. Der für diesen Tag war zum Glück fertig und alles klappte wie geschmiert.

Als ich wieder einmal von Son Caliu zurückkam, holte mich Bernhard vom Flughafen ab. Statt einer Begrüßung sagte er: „Bitte erschrick nicht…" Er wollte noch weiterreden, doch jeder, der schon einmal SO begrüßt wurde, weiß, dass er als erstes erschrickt. Was war passiert, doch hoffentlich nichts allzu Schlimmes?! Zum Glück kam gleich die Erklärung: „…ich bin bei dir eingezogen." Aha, also denn. Wir kamen ja prima miteinander zurecht und es war auch vernünftig. So musste er weniger fahren und war auch immer gleich zur Stelle, wenn ich ihn brauchte. Alle Möbel, die er mitschleppte, waren alt. Das fand ich gut, dachte ich doch sofort an die wunderschönen antiken Möbel, mit denen

Peter einst die weiße Villa verschönert hatte. Doch Bernhards Mobiliar war kaputt und ungepflegt wie struppige Hunde. Das fand ich nicht so gut. Also brachte ich das Kunststück fertig, sie so unauffällig in der Villa zu verteilen und mit Deckchen und Überwürfen zu kaschieren, dass sie nicht richtig auffielen, er aber trotzdem nicht beleidigt war, weil ich sie nicht haben wollte…

Zu dieser Zeit forderte eine Mitarbeiterin von mir ein Gespräch unter vier Augen. Sie hieß Kathleen. Da ich immer bemüht war, ein gutes – weil dann auch produktives – Betriebsklima zu haben, nahm ich mir Zeit, um ihr aufmerksam zuzuhören. Ein bisschen komisch fühlte ich mich schon dabei. Fachlich war sie sehr kompetent, sonst hätte ich sie auch nie eingestellt. Menschlich war sie allerdings, na sagen wir mal: ‚Gewöhnungsbedürftig‘. Wie drücke ich es am besten aus? Ruppig mit Verschlagenheit im Abgang trifft es vielleicht ganz gut. Genau so begann sie unser Gespräch und zwar ohne Einleitung: ‚Ich würde immer auf Mallorca sein, mir ein schönes Leben machen, dann nach Hause kommen und den Chef markieren‘. Zum Glück blieb mir nicht die Spucke weg, nachdem ich das gehört hatte, sondern ich antwortete spontan: „Ich markiere hier nicht den Chef, ich BIN der Chef!" Ziemlich verdattert ging ich nach diesem unliebsamen Gespräch misstrauisch auf die Suche. Dachte sie, SIE wäre der Chef und hatte während meiner Abwesenheit eigenmächtig gehandelt und wollte es mir auf diese Art mitteilen? Was ich dann herausfand, schockierte mich doch sehr. Die ganzen Markendessous hatte sie zum halben Preis verkauft, das heißt, ich hatte nur Arbeit damit gehabt und keinen Pfennig daran verdient. Am nächsten Abend bat ICH sie dann zu einem Gespräch. Ich weiß nicht, was sie sich erwartete. Vielleicht, dass ich sie zur Chefin erklärte und ihr die Beauty-Farm überließ, wenn ich in Mallorca arbeitete? Ich jedenfalls, hatte mir Verstärkung geholt. Wie zufällig saß meine Freundin Wiebke mit ihrem Berner Sennenhund Balu ebenfalls im Wohnzimmer. Balu war herzensgut und bei ihm hatte ich einen Stein im Brett. Als er einmal Schwierigkeiten mit dem Laufen hatte, gab ich ihm Reiki und er konnte wieder aufstehen. Er war so dankbar, dass er mich bis an sein Lebensende liebte, so wie Hunde nun mal sind. Trotzdem war er groß und wirkte mächtig, allein seine Anwesenheit gab mir Sicherheit – und würde Kathleen hoffentlich einschüchtern. Denn was ich vorhatte, würde ihr nicht gefallen: Ich übergab ihr die Kündigung. Das war natürlich ein tiefer Fall, nachdem sie gehofft hatte, zur Kronprinzessin erhoben zu werden. „Was!?" schnaubte sie fassungslos, „Warum das denn?" „Überlegen Sie mal, Kathleen, durch Sie habe ich keinerlei Gewinn gemacht, da Sie die Dessous zum halben Preis verkauft haben, noch dazu ohne meine ausdrückliche Erlaubnis. Auch kann ich diese Dessous nie wieder ins Sortiment aufnehmen, da die Kunden jetzt alle den geringeren Preis erwarten. Das ist derart geschäftsschädigend, dass ich Sie nicht weiter beschäftigen werde. Ich kann Ihnen nur den Rat geben, sich bei Ihrer nächsten Stelle nicht so weit aus dem Fenster zu lehnen und erstmal über die Konsequenzen Ihres Tuns nachzudenken." Wutschnaubend schnappte sie sich ihre Handtasche, die nicht ganz so groß wie ein Tapeziertisch war, trampelte aus dem Raum und schmetterte die Tür hinter sich ins Schloss. Wiebke und ich schauten uns sprachlos an. „Gottseidank bin ich die los", sagte ich noch. Doch das sollte es leider noch nicht gewesen sein…

Kerstin

Sie kennen wir ja noch von der Hau-Ruck-Aktion, als ich die Beauty-Praxis des benachbarten Hauses in die weiße Villa verlegen musste. Die Fleißige gehörte mit ihren Eltern zu den Menschen, die das alles möglich gemacht haben. Ich hatte immer eine hohe Meinung von ihr, für mich war sie eine ganz Liebe, hochprofessionell, die sich ihrer Aufgabe sehr bewusst war. Dieses Mädchen verliebte sich nun im Urlaub in einen Spanier. Amors Pfeil schoss sie waidwund, mit allen Konsequenzen. Ihr Liebster wohnte und arbeitete auf Gran Canaria und sie wollte ein viertel Jahr mit ihm dort leben, um auszuprobieren, ob sie zusammenpassten. Da sie trotz allem eine besonnene junge Frau war, nahm sie sich vor, erst einmal die Landessprache zu erlernen. Sie brachte es sogar fertig, dass ich mit ihr zusammen einen Spanischkurs belegte. Eigentlich wollte ich schon lange damit angefangen haben, mir hatte bis jetzt nur immer das letzte Quäntchen Konsequenz gefehlt… Doch zu zweit ging alles besser. Wir hörten uns gegenseitig die Vokabeln ab und verbesserten uns zusammen in der Aussprache. Ich erinnere mich genau, dass wir nach den Stunden des Kurses des Öfteren gerne in eine Bar gingen, in der man uns für Mutter und Tochter hielt. Es tat mir richtig leid um sie, denn ihr Entschluss stand fest. Sogar ihren Wellensittich Bodo nahm sie im Flugzeug mit, so wie ich es mit Maika gemacht hatte. Aber sie war vorsichtig und gab ihre Wohnung in Deutschland noch nicht auf. Ich wollte ihrer jungen Liebe nicht im Wege stehen und sagte ‚Ja‘, als sie mich fragte, ob sie ein viertel Jahr unbezahlten Urlaub haben konnte, das durfte ich ihr nicht verwehren. Nur: Jetzt fehlte mir natürlich eine Kosmetikerin. Und wen stellte ich leider ein? Genau: Kathleen. Diese schaffte es wirklich von Anfang an, Zwietracht zu säen. Allerdings tat sie dies so raffiniert, dass ich es erst merkte, als es zu spät war. In dem ersten, dem Vier-Augen-Gespräch behauptete sie nämlich auch noch dreist, dass Kerstin sich die Kundendaten aufschreiben würde. Damit hatte sie die Urangst jeder Selbstständigen geweckt, denn diese Daten waren das Kapital, die Entscheidung über Sein oder Nichtsein und mein Heiligtum schlechthin. In meiner Panik hörte ich auf zu denken und warf Kerstin achtkantig raus. Ihr blieb noch nicht mal die Zeit, sich zu verteidigen. Nun dachte Kathleen, sie hätte freie Bahn, was ich ihr am nächsten Tag durch ihre Kündigung aber dann verdarb. Doch Kerstin war nun weg. Ich hätte mich ohrfeigen können! Vor allem, da mir die Tage darauf von meinen Kundinnen zugetragen wurde, dass Kathleen diejenige war, die die Kundenkartei gestohlen hatte (wahrscheinlich in ihrer riesengroßen Handtasche), bei meinen Kunden klingelte und ihnen erzählte, dass sie sich in Bergedorf selbstständig gemacht hatte. Doch zum Glück bewahrheitete sich das alte Sprichwort: ‚Unrecht Gut gedeihet nicht‘. Keiner von meinen Kunden ging zu ihr und irgendwann verschwand sie in der Versenkung.

Im Nachhinein denke ich mir: Kerstin und Kathleen waren wie Goldmarie und Pechmarie: Die eine lieb, bescheiden und arbeitsam, die andere stolz, hochmütig und verschlagen. Es tat mir wirklich in der

Seele weh, dass ich ausgerechnet Kerstin so unrecht getan hatte. Darum überlegte ich mir eine Wiedergutmachung. Zum Glück war mir der Name der Stadt auf Gran Canaria bekannt, in der sie arbeitete: ‚Pata Lavaca'. Ich nahm mir eine Woche Urlaub von der weißen Villa und meldete mich zu einer Wellnessbehandlung auf Gran Canaria an. Leider gab es noch keine Navis und ich wusste auch nur ungefähr, wo die Ferienanlage war. Deswegen suchte ich so lange danach, dass nur noch Zeit für eine Maniküre blieb, nachdem ich sie endlich gefunden hatte. Ich rechnete es Kerstin hoch an, dass sie trotz allem noch mit mir sprach. Denn obwohl sie mich anlächelte, sah ich, dass ihr Herz immer noch weinte, als sie sagte: „Eigentlich wollte ich kein Wort mehr mit Ihnen reden." Nach der Behandlung lud ich sie zum Essen ein. Wir fuhren zusammen durch die Landschaft, die unter einem flimmernden Hitzeschleier lag. Die ziegelroten Dächer des Dorfes glänzten hell und der kleine Kirchturm schien in der flirrenden Luft zu schwanken wie ein Blütenkelch, der plötzlich aus dem Häusermeer aufgeschossen war. Sehnsuchtsvoll dachte ich an Mallorca, das auch immer unter der spanischen Sonne seine Magie entfaltete. Doch jetzt musste ich erst einmal Abbitte leisten. Befreiend zerriss ich die vorausgegangene beklemmende Stille und berichtete Kerstin von den widerlichen Ränkespielen Kathleens. Ich merkte, dass ihr die Auflösung des ganzen Desasters, meine Entschuldigung und das Reden guttaten. Ebenso die Tatsache, dass ich extra deswegen nach Gran Canaria gekommen war - und sie konnte mir verzeihen. Zum Schluss saßen wir entspannt bei einem Glas Wein und sahen in die Nacht. Die Lichter auf der anderen Seite der Bucht zitterten in der Dunkelheit als sie sagte: „Vielleicht kann ich Ihnen am Ende sogar dankbar sein. Denn ich bin glücklich hier und werde nie wieder nach Deutschland zurückgehen." Das freute mich für sie, außerdem hatte ihre Chefin mir auch schon gesagt, dass sie Kerstin niemals wieder hergeben würde. Inzwischen leitet sie den Wellnessbereich des Hotels und ist auch immer noch mit ihrem spanischen Freund zusammen. Nur mir wird sie weiterhin fehlen…

Bernhard hatte inzwischen einige Monate auf der Beautyfarm gekocht.

Es war eine Zeit, in der es mir, uns allen, so richtig gut ging. Leider brauchte ich nach seinen Koch-Orgien immer meine Freundin Moni, um die Küche in den Originalzustand zurückzusetzen. Nein, hier ging es nicht nur ums Abspülen und Töpfe wegräumen, hier musste eigentlich jemand mit Mundschutz, Atemgerät und Seifenlauge den Raum kärchern. Von der Decke hingen wie Stalaktiten Ornamente aus Majonaise, an der Wand waren hübsche rote Tomatensoßen-Muster zu sehen und vielleicht einer von zehn Töpfen hatte keinen Bodensatz aus irgendeinem undefinierbaren, angebrannten Belag, den man wahrscheinlich nur durch den Einsatz von Hammer und Meißel entfernen konnte. Der Topf mit der Crème Brûlée war am schwersten in einen benutzbaren Zustand zu bringen, das war anscheinend der Preis für dieses fantastische Essen. Aber Moni betrachtete ihre Arbeit ganz pragmatisch. Sie sah das wüste Szenario, krempelte die Ärmel hoch und sagte: „So, dann wollen wir mal." Irgendwie schaffte sie es wirklich jedes Mal, die Küche wieder in einen benutzbaren Zustand zu verwandeln...

Apropos Crème Brûlée: Als Bernhard diese einmal gerade rührte, meinte ich als alte Naschkatze, mal den kleinen Finger hineinstecken zu müssen, um zu probieren. Der Schreckenswarnschrei von Bernhard erreichte mich einen Sekundenbruchteil zu spät und genau in diesem Augenblick wusste ich, was ‚Brûlée' heißt: Die Masse war so kochend heiß, dass ich vor Schmerzen brüllen musste. Da sie eine Konsistenz wie Pudding hatte, blieb sie auch noch an meinem gepeinigten Finger haften, egal wie sehr ich ihn schüttelte. Erst als das meiste schon an der Wand neben den Tomatensoßenflecken klebte, wagte ich es, ihn in den Mund zu stecken, um ihn abzukühlen. Vor Schmerz traten mir die Tränen in die Augen, während Bernhard meine Hand schnappte und den Finger in ein Glas mit eiskaltem Wasser tunkte. Danach schickte er mich zur Apotheke, eine Brandsalbe holen. Mit dem Finger im Wasserglas schaffte ich es irgendwie, dorthin zu gelangen und von der freundlichen Apothekerin einen Verband mit dickem Salbenbelag zu bekommen. Die riesige Brandblase darunter blieb mir allerdings noch wochenlang erhalten und ich werde mein Lebtag in keinen Topf mit frisch gemachter Crème Brûlée mehr fassen!

Mein Retter

Die Jahre flogen dahin und 1999 war die Beziehung zwischen Bernhard und mir ziemlich abgekühlt. Als er mich wieder einmal vom Flughafen abholte stellte er mich erneut vor vollendete Tatsachen, wie das so seine Art war: „Erschrick nicht, ich bin ausgezogen." Ich weiß noch, dass ich nicht erschrak, im Gegenteil, ich war irgendwie erleichtert. Wir blieben Freunde, er kochte allerdings nicht mehr für die Beautyfarm. Das war auch in Ordnung so, die Dekontaminationsarbeiten nach seinen Essenzubereitungs-Exzessen waren doch schon immer sehr anstrengend. Außerdem hatte ich eine Beautyfarm und kein Restaurant, die Leute konnten gerne zu ihm ins ‚Laxy' gehen und sein fantastisches Essen dort genießen.

Es wurde Heiligabend und Tine aus der Schokoladenfabrik wollte es mal wieder allen schön machen. Doch so sehr ich mich auch mühte, es war einfach nur eine verfahrene Situation. Bernhard war ausgezogen, Basti und Alex gingen ihre eigenen Wege und ich war ganz allein in dem großen Haus, meiner weißen Villa, die ich so sehr liebte. Ich hatte sie wundervoll dekoriert, in rot und dunkelgrün, der Tannenbaum erglänzte im Kerzenschein, doch alles, was ich hinter dem weihnachtlichen Gedudel aus dem Radio hörte, war die Stille des Alleinseins. Als es an der Tür klingelte, eilte ich froh dorthin um einen lieben Menschen zu empfangen, der mich nicht vergessen hatte. Aber es war nur der Postbote. Mit einem Einschreiben. Ich öffnete es mit ungutem Gefühl und sah eine Überschrift wie eine Steinschleuder: Zwangsversteigerung meiner weißen Villa! Man sagt, ein nachlässiges Gerichtswesen war Zeichen einer müden Demokratie. Doch dieses Gericht war ganz und gar nicht nachlässig und hier war nichts müde – außer mir. Sie wagten es tatsächlich, mich ausgerechnet an Weihnachten damit zu drangsalieren! Mein ganzer Körper wurde taub. Ich sah aus dem Fenster, zarte filigrane Flocken flatterten vom Himmel wie weiße Schmetterlinge und senkten sich auf meinen winterschlafenden Garten. Drinnen war es auf einmal düster, das Nachmittagslicht fiel grau und wässrig durch die Fenster. Ich blickte erneut auf den Brief. Ein unbeteiligter Teil meines Gehirns las es immer wieder: Am 22.2.2000 sollte sie zwangsversteigert werden. Ich hatte alle meine Lebensversicherungen aufgelöst und meine Rückzahlungen bedient. Ingo hörte damit natürlich sofort auf, sagte mir aber nicht Bescheid. Die Kredite wurden somit nicht mehr getilgt und die Banken zogen die Notbremse. Von dieser Zeit ist mir nur noch im Gedächtnis, dass ich mich im Keller verkroch und weinte.

Doch irgendwann zog ich mich wie Münchhausen an den eigenen Haaren aus dem Sumpf meines Elends. „Tine", schimpfte ich mit mir, „du wirst doch jetzt wohl nicht aufgeben! Da könnte ja jeder kommen und sagen: Leih mir mal deine Frau für eine Nacht!" Ich machte mich also auf die Suche nach einem anderen Haus. Irgendwo musste ich ja wohnen und meine Beautyfarm unterbringen. Zu dieser Zeit lernte ich Wolfgang kennen. Er war Makler und sollte mir einige Objekte zeigen. Am Anfang unserer Freundschaft waren wir noch per Sie. Geschäftsmäßig fragte er mich: „Wo wollen Sie denn hin, wenn Sie hier ausziehen?" Diese einfache Frage warf mich fast um. Hier ausziehen? Das wollte ich doch gar nicht! So sehr ich es versuchte, ich konnte die Tränen nicht zurückhalten: „Ich möchte am liebsten hierbleiben", weinte ich. Ungläubig schaute er mich an: „Ja sagen Sie doch was. Ich kenne da jemanden, der kann Ihnen helfen!"

So brachte Wolfgang mich mit meinem Retter zusammen und aus lauter Dankbarkeit versprach ich ihm: „Sollte ich jemals mein Haus verkaufen, dann werden Sie der Makler sein!" Doch nun zu diesem Übermenschen, der mir im kommenden Jahr mein Leben ebnen sollte. Er war Anwalt von Beruf aber das kommt dem noch nicht einmal nahe, was er für mich getan hat. Ich wusste bis dahin gar nicht, dass ‚Retter' eine eigenständige Berufsbezeichnung war. Er tauchte wie ein Wirbelwind in meinem Leben auf und fegte den Staub der Verzweiflung zur Seite. Als erstes forderte er sämtliche Unterlagen von ‚diesem Objekt' – und zwar pronto! Ich rotierte wie ein Brummkreisel, um alles zu besorgen und ließ mich von seiner zuversichtlichen Umtriebigkeit anstecken. Grundbuchauszug, Rechnungen, Zahlungsbelege, alles flatterte in seine kundigen Hände und ließ ihn gleich zur Tat schreiten. Seine erste

Anweisung war: „Sofort übertragen wir die Villa auf Ihre Söhne und Sie haben Entscheidungsgewalt, damit ihr Ex-Mann sein Wohnrecht nicht mehr ins Grundbuch eintragen kann." Als zweites fuhr er zum Gericht nach Schwarzenbek, um die ganze Sache zu stoppen. Leider ließ sich das Gericht nicht darauf ein. Doch das konnte meinen Retter nicht entmutigen. Er zog einfach Plan B aus der Tasche der besagte, dass ich mein eigenes Haus ersteigern sollte. Ganz genau erklärte er mir alles: Der Wert wurde auf 1,3 Millionen Mark geschätzt. Um es zu ersteigern, brauchte ich 10 Prozent. Das waren 130tausend Mark. Woher nehmen und nicht stehlen? Ja natürlich – ich würde die Wohnung in Puerto Portals verkaufen und zwar in kürzester Zeit, daran hatte ich sowieso keine guten Erinnerungen. Ingo war einverstanden. Blitzartig bereitete er alles schriftlich vor, allerdings in Spanisch. „Damit das Gericht es nicht erst extra übersetzen muss", behauptete er scheinheilig. Doch Tine aus der Schokoladenfabrik nahm den Wisch erst einmal und ging damit zu einem deutschsprachigen Anwalt in Palma. Das wollte ich doch von einer unabhängigen Person hören, was da stand, bevor ich es unterschrieb. Der Anwalt las es sorgfältig durch und sagte dann zu mir: „Tut mir leid, ich kann Sie nicht vertreten, da ich mit Ingo Harley fahre." Das fand ich sehr fair von ihm, allerdings fuhr ich danach ziemlich ratlos zum Gericht, da ich schon wieder einmal nicht wusste, was ich tun sollte. Doch zum Glück klingelte in dem Moment mein Handy. Es war der Anwalt, den sein schlechtes Gewissen biss: „Sie dürfen diesen Vertrag nicht unterschreiben." Kernpunkt war nämlich: Ich hätte nur die Hälfte des mir zustehenden Geldes sofort bekommen, die andere Hälfte erst nach fünf Jahren. Doch ich brauchte den ganzen Betrag, um meine Villa ersteigern zu können. Deswegen kamen wir bei Gericht in Palma keinen Zentimeter weiter. Mein Retter rief mich pausenlos an und verabreichte mir am Telefon eine regelrechte Psychotherapie. „Sie gehen morgen in den Gerichtssaal und geben Ihrem Ex-Mann die Hand", verlangte er. „Nein! Das mach ich nicht!" In mir sträubte sich alles. Nicht einmal mehr anfassen wollte ich diesen Widerling. Doch mein Retter redete auf mich ein wie auf ein krankes Pferd und irgendwie schaffte er es, mich zu überzeugen. Am nächsten Tag nahm ich also mein Herz in beide Hände, warf es über meinen eigenen Schatten und sprang hinterher. Ich ging auf Ingo zu, gab ihm die Hand und wünschte ihm einen guten Morgen. Er war total verdattert und seine Anwältin stürzte zu uns, da sie anscheinend dachte, ich hätte ein Messer und wollte ihn ermorden. So weit war es also schon gediehen… Doch mein Retter behielt recht: Durch diese einfache Geste verlief die Besprechung relativ gesittet ab und ich bekam einen bankbestätigten Scheck über den mir zustehenden halben Preis der Wohnung.

Zwangsversteigerung

Am nächsten Tag stand sie schon an, diese unselige Zwangsversteigerung. Ich war noch auf meiner Insel und musste schleunigst nach Deutschland. Morgens um acht landete ich in Fuhlsbüttel und traf mich mit meinem Berater. Den ganzen Tag hatte ich das Gefühl, einen halben Meter neben mir zu stehen. Als ich das Flughafengebäude verließ, durchkämmte mich aufbrausender Wind, ich war wie eine Feder, die der Staub emporgewirbelt hatte. Während unserer Autofahrt nahm ich den Strudel der lichterdurchsurrten Stadt nur wie einen Blitz wahr. Zum Glück hatte ich meinen Retter neben mir, seine unerschütterliche Gelassenheit gab mir wieder Kraft. Er nahm mich unter seine Fittiche und wir versuchten bei jeder Bank, den Scheck einzulösen. Aber alle bestätigten uns, unabhängig voneinander, es würde drei bis vier Wochen dauern, bis ich das Geld auf meinem Konto hätte. Doch diese Zeit hatte ich nicht. Als letzten Ausweg gingen wir zu meiner Hausbank in Wentorf und ich verlangte, den Direktor zu sprechen. Dieser fähige Mann schaffte es doch tatsächlich, nachdem wir ihm unsere Notlage erklärt hatten, innerhalb von zwei Stunden 130tausend Mark in verschieden großen Scheinen herbeizuschaffen. Ich hatte eine Tasche vor den Bauch geschnallt, die noch von meinem letzten Skiausflug übrig war, der schon ewig zurücklag. In diese stopfte ich all das Geld hinein. Ja wirklich, ich raffte es zusammen wie die Bankräuberin Bonny in den zwanziger Jahren und mein Berater sah lächelnd zu. Er hätte im Film ganz ausgezeichnet ihren Komplizen Clyde abgegeben, nur das Maschinengewehr fehlte noch. Der distinguierte, schon etwas ältere Herr Direktor schüttelte erstaunt den Kopf. So etwas hatte er in seiner langjährigen Karriere bestimmt noch nicht erlebt. Doch es blieb keine Zeit für noch längere Erklärungen. Mit meinem MX5 fuhren wir nach Geesthacht. Die kleine Reisschüssel eierte wie ein heißes Stück Speck in der Bratpfanne über die glatteisglatten Straßen. Hätte ich einen schweren Wagen gehabt, wäre er einfach die Straße hochgestampft. Doch irgendwie schafften wir es, in Schwarzenbek anzukommen. Mein armer Schutzengel musste ja schon ganz graue Haare haben - aber er ließ uns heil eine viertel Stunde vor Auktionsbeginn das Gericht erreichen. Als wir ausstiegen und zu dem Gebäude hasteten, latschten drei Teenager vorbei. Jeder von ihnen trug Klamotten, in denen er auch die anderen beiden hätte unterbringen können. Komisch, an was man sich so erinnert… ‚Das soll Mode sein?‘ dachte ich noch, doch dann holte mich mein Berater wieder auf den Boden der Tatsachen zurück und übernahm das Kommando: „Sie sagen nichts, ich rede." Das war mir nur recht. Auf einmal war ich total erschöpft. Also beschränkte ich mich darauf, mich im Gerichtssaal umzusehen und ließ die emotionalen Untertöne der nüchternen Einrichtung auf mich wirken. Dann erst sah ich die Menschen. Der Saal war rappelvoll, selbst mein erster Mann saß in der letzten Reihe und mied ganz auffällig meinen Blick. Klar, dieses Sahnestückchen wollte jeder haben, auch er. ‚Ach Erich‘, dachte ich mit plötzlicher Hellsichtigkeit, ‚für mich selbst hast du dich nie interessiert, nur für die Kulissen meines Lebens.‘

Doch diese Sache war nun endgültig abgehakt und für philosophische Exkursionen blieb sowieso keine Zeit, denn die Richterin eröffnete die Auktion mit den Worten: „Wer bietet?" Ich schoss von meinem Sitz hoch und rief: „Ich!" Mein Retter zerrte mich am Ärmel meiner Jacke wieder auf den Stuhl zurück und erdolchte mich fast mit seinem Blick. Ab da ließ ich ihn gewähren. Die Richterin informierte uns noch, dass der Auktionspreis auf sieben Zehntel des Schätzpreises festgelegt war, also 940tausend Mark. Gleich danach stellte sie eine weitere Frage und wie sich herausstellen sollte, eine sehr wichtige: „Haben Sie einen Mieter in dem Haus?" ‚Nein', wollte ich sagen, doch mein Berater zwickte mich so heftig in den Arm, dass ich verwundert aufstöhnte. „Ja, Euer Ehren", sagte er mit dem freundlichsten Lächeln der Welt und ohne mit der Wimper zu zucken. Verdattert schaute ich zu Boden und biss mir auf die Zunge, damit bloß kein Wort herausrutschte. Was hatte er vor? Doch das wurde mir sofort klar. Als dieses kleine aber wichtige Detail ausgesprochen wurde, gab es niemanden außer mir, der bereit war, zu bieten. Keiner wollte ein Haus mit einem Mieter. Dadurch konnte man in dem Objekt nicht mehr so schalten und walten, wie es ohne ihn möglich gewesen wäre. So ersteigerte ich meine eigene weiße Villa. Während sich die Interessenten zerstreuten, raunte ich meinem Retter zu: „Aber wir haben doch gar keinen…". Er unterbrach mich, ehe ich das Wort aussprechen konnte und zischte zurück: „Glauben sie mir, ich hätte sofort einen gefunden und jetzt seien Sie endlich still!" Sprachlos folgte ich ihm zur Richterin, denn nun stand die Zahlung an. Wir gingen in einen Nebenraum, da ich der verblüfften Vorsitzenden gesagt hatte, dass ich diese Summe in bar dabeihätte. Es erschienen fünf Polizisten und unter ihren ungläubigen Blicken räumte ich meine Skitasche aus. Am Schluss kippte ich die restlichen Scheine wie Konfetti auf den Tisch. So etwas hatten sie auch noch nicht gesehen. Aber es war auch ihre Aufgabe, die Richtigkeit zu überprüfen. Also machten Sie sich ans Zählen. Sie zählten und zählten und siehe da: Es stimmte, hier lagen 130tausend Mark.

Geld regiert die Welt

Als ich wieder ganz bei mir war, wurde mir klar, dass diese – für mich fast unvorstellbare Summe – die eine Sache war. Eine total andere würde es hingegen werden, eine ordentliche Finanzierung auf die Beine zu stellen. Das war unser Hauptthema, als wir in einem Café saßen, in dem wir erst einmal einen Kaffee mit Schuss zur Torte nahmen, um auf unser geglücktes Husarenstück anzustoßen. Während mein Retter einen Kellner herbeiwinkte, der aussah, als ob er demnächst unter Denkmalschutz gestellt werden würde, plapperte ich wie ein Wasserfall, um meine ganze Dankbarkeit loszuwerden. Ich glaube, ich wollte ihm alles außer meinen Söhnen schenken, doch mein Retter winkte nur ab. Er war mit seinen Gedanken schon viel weiter. „Wir müssen einen Kredit bekommen, trinken Sie aus, ich will Ihre Bilanzen sehen." Auf dem Weg zu mir streifte eine kalte Winterbrise durch die Stadt und ich war froh, als wir in der weißen Villa ankamen, die jetzt endgültig wieder mir gehören sollte. Mein Berater sah alle meine Unterlagen durch, die ich ihm vorlegte. Danach sagte er knapp: „Damit bekommen wir niemals einen Kredit." Mir sank das Herz in die Hose. Ich sah mich schon arbeiten, bis ich 95 war und wusste, dass ich noch nicht einmal in Rente würde gehen dürfen, wenn ich gestorben war. Doch mein Retter machte seinem Namen schon wieder einmal alle Ehre und schönte meine Bilanzen auf eine ganz zauberhafte Art und Weise. Auf einmal war ich eine erfolgreiche, gutverdienende Geschäftsfrau. Aber auch dieser Trick half nicht. Keine Bank wollte sich von ihrem Geld trennen, um mir einen Kredit zu gewähren. Erneut gab es Rat von meinem unerschütterlichen Engel: „Wir brauchen Geld auf ihrem Konto, damit die Bank sieht, dass Sie solvent sind. Sie müssen sich von Allen, die Sie kennen, ungefähr 40tausend Mark zusammenleihen. Sobald die Bank dann den Kredit genehmigt hat, können Sie das Geld sofort wieder zurückzahlen."

Wer je in dieser Lage war, weiß: Es ist ein fürchterliches Gefühl, als Bittstellerin zu den Freunden zu gehen und um Geld zu bitten. Ich erklärte meine Situation jedem Einzelnen ganz genau, doch ich hatte keinen Erfolg. Entweder sie hatten selbst kein Geld oder sie wollten mir nichts leihen. An diesem Abend zog ich mich in mein Wohnzimmer zurück. Tränen der Enttäuschung, die in meinen Augen bereitsaßen, sorgten dafür, dass die Lampe an der Decke zu einem lichtspendenden Brei verschwamm. Ich verspürte keine Müdigkeit und mochte sie auch nicht anlocken, nur, dass meine Hände und Gedanken zitterten. So viel hatte ich im Leben schon erreicht, so viele Engel gab es auf meinen Wegen, die mir geholfen hatten. Und doch sah es so aus, als sollte alles umsonst gewesen sein, nichts hätte mehr einen Sinn... Ich war kurz davor, aufzugeben, denn ich wusste wirklich nicht mehr, was ich noch tun sollte. Ein großes Vakuum schien mich einzufangen, mein Blick flatterte umher, um sich irgendwo festzuhalten und erhaschte einen kleinen, sich auf mich zubewegenden Schatten. Dieser sprang mit einem freundlichen: „Mirrrau!" auf meinen Schoß, legte sich bequem zurecht und schnurrte, dass meine Knochen vibrierten. Ergeben streichelte ich sie und flüsterte ihr ins Ohr: „Danke Maika, du hast ja so recht, natürlich mache ich weiter."

Es blieb mir also nichts anderes übrig, als mich an meine Familie zu wenden, was ich eigentlich nicht hatte tun wollen. Doch da erlebte ich eine positive Überraschung. Meine Schwester überwies mit sofort fünftausend Mark und ich war ihr unendlich dankbar, doch diese Summe reichte natürlich nicht. In meiner Not sprach ich auch noch meine Neffen an, da ich wusste, dass sie finanziell inzwischen sehr gut gestellt waren. Mein einer Neffe überwies mir ebenfalls gleich Geld, von ihm bekam ich zweitausend Mark. Auch als ich mit dem anderen Neffen sprach und ihn um fünftausend Mark bat, beruhigte er mich: „Überhaupt kein Problem, Tantchen, du kannst auch zehntausend haben." Ich war so glücklich, wurde ruhig und dachte: Problem gelöst. Aber nun kamen zwei alte Sprichworte zum Tragen: ‚Man soll den Tag nicht vor dem Abend loben' und ‚Bei Geld hört die Freundschaft auf'. Am nächsten Tag bekam ich nämlich einen Anruf von diesem Neffen. Er stotterte herum, dass er nochmal darüber nachgedacht hätte und zehntausend Mark wäre doch sehr viel Geld und seine Frau sei ja gerade schwanger und sie bräuchten ihr Geld selber undsoweiterundsofort. Mir war schon klar, woher der Wind wehte: Seine Frau hatte ihm so viel Dampf gemacht, bis er nachgab, mich anrief und die Zusage zurückzog.

Doch irgendwie brachte ich die 40tausend Mark zusammen und es geschah genau so, wie mein Berater es vorhergesagt hatte: Die Bank genehmigte den Kredit und nach der Auszahlung beglich ich sofort meine Schulden. Außerdem hatte ich mal wieder was fürs Leben gelernt: Leih dir mal Geld, dann siehst du, wie wertvoll es ist und auch, wer zu dir hält. Aber ich wusste auch: Man sieht sich im Leben immer zweimal…

Die eierlegende Wollmilchsau

Genau dieses Fabeltier wollte ich nun aus meiner Villa machen. Ich setzte mich zum Frühstück. Da Bernhard jetzt nicht mehr kulinarisch für mich sorgte, gab es nur in Magermilch getunktes Müsli, das die Konsistenz von Spreu hatte und ich nannte es liebevoll-ironisch ‚Viehfutter'. Als ich wirklich keinen Löffel mehr davon herunterbrachte, gab ich den Rest einer minder erfreuten Maika, schnappte mir ein Croissant und tigerte durch die Küche. Komisch, ich konnte schon immer am besten denken, wenn ich herumlief. Der Hauch eines Geräusches wehte durch das Haus. Das war die Katzenklappe, die hinter meiner beleidigten vierbeinigen Freundin zuglitt. Ich blickte ihr nach, wie sie missmutig durch den Garten stromerte, auf ihrem Weg zur Nachbarin, die ihr sicher etwas Ordentliches zum Schnabulieren anbieten würde. Zielstrebig sah ich sie um die Ecke der Doppelgarage biegen und verschwinden. Mein Blick blieb einen Moment in der Luft hängen, während ein aschgrauer Himmel dunstiges Sonnenlicht auf diesen Anbau filterte. Mehr brauchte meine Fantasie nicht, um schon wieder Funken zu schlagen: Ich würde aus diesem, für mich nutzlosen Teil der Villa einen Friseursalon bauen, um ihn dann zu vermieten. Das passte doch wie die Faust aufs Auge: Zuerst könnten sich die Kunden von meinen Kosmetikerinnen verwöhnen lassen, bevor der Frisiersalon ihrem Aussehen den letzten Schliff geben würde. Dann träten sie schön wie Kleopatra nach einem Eselsmilchbad dem Leben wieder entgegen, während die Komplimente nur so auf sie herniederregneten. Ich wischte mir die letzten Krümel vom Mund und griff zum Telefonhörer. Natürlich musste mir mein Retter helfen. Munter plapperte ich drauflos und erläuterte ihm meine Idee. Schweigend hörte er meinen Ergüssen zu, bei seiner anschließenden Frage näherte sich seine Stimme allerdings dem verbalen Äquivalent von Null Grad Celsius: „Das wird eine ganze Menge kosten. Wieviel Geld haben Sie denn noch?" „Neunzigtausend Euro", sagte ich glücklich, denn das war für mich mehr als genug. Aber nicht für ihn. „Ob das reichen wird?" murmelte er vor sich hin, während er das Telefon auflegte. Verunsichert blieb ich mit dem tutenden Hörer zurück, so viel

Geld sollte nicht reichen? Dass es wirklich so war, merkte ich, als mein Berater die Auftragsangebote der Baufirmen einholte. (Zum Neusprech geronnen heißt das übrigens: ‚Gewerke‘). Denn als jeder Tischler, Maurer, Sanitärinstallateur und Maler seinen Kostenvoranschlag abgegeben hatte, waren wir bei 120tausend Euro. Mir schwirrte der Kopf dermaßen, dass ich das Gefühl hatte, ihn festhalten zu müssen, damit er nicht davonflöge. Doch mein pragmatischer Retter machte den Handwerkern freundlich aber unmissverständlich klar, dass nur neunzigtausend zur Verfügung stünden. Entweder sie würden ihre Angebote angleichen oder es gäbe keinen Auftrag. Und was soll ich sagen? Natürlich schaffte er es und die Arbeit konnte beginnen.

Jeden Morgen sprang ich voller Elan aus dem Bett, um mir im ersten Sonnenlicht gleich die Fortschritte des gestrigen Tages anzusehen. Mein Friseursalon wuchs wie eine Blume, während auf der Beautyfarm die Arbeit weiterging. Die Kundinnen waren auch schon ganz gespannt und freuten sich auf diese Erweiterung des Angebotes. Und wie das erweitert wurde! Der Anbau wurde vergrößert und so zusätzlich Platz geschaffen für eine kleine Küche und ein großes Badezimmer. Als alles fertig war und ich glückselig durch die nach frischer Farbe riechenden Räume lief, fand ich in der Zeitung, die ich in der Hand hielt, eine Anzeige, in der die gebrauchte Einrichtung eines Friseursalons zu verkaufen war. Ja, dieses Angebot hatte nur auf mich gewartet, es passte alles so gut hinein, als wäre es extra für meine Idee angefertigt worden. An diesem Abend setzte ich mich in den Garten und blickte träumerisch auf meine wahr gewordene Fantasie. Über allem lag ein bläulicher Dunst, als hätte man mit einem Pinsel Schlieren von feinstem Gewölke über die Dächer getupft. Eine friedliche Stille umfing mich, nun war alles fertig.

Alles? Na ja… In meiner Euphorie hatte ich total vergessen, VOR den Umbaumaßnahmen nach einer Friseurin zu suchen, die sich für diesen nigelnagelneuen Salon interessieren würde. Doch ich hatte einfach nicht daran gedacht und auch meinem Berater war dieser Fauxpas unterlaufen. Aber Tine aus der Schokoladenfabrik ließ sich doch von solchen Lappalien nicht ins Bockshorn jagen! Tatsächlich fand ich eine Friseurin, die den Salon haben wollte. Voller Stolz zeigte ich ihr mein

Werk - und sie begann sofort damit, alles umzudekorieren. Als es endlich so war, wie sie sich das vorstellte, sagte sie ab. Und schon hatte ich wieder was fürs Leben gelernt: Lass nie wieder jemanden an deinem Haus herumwerkeln, bevor er nicht einen Vertrag unterschrieben hat. Erneut musste ich mich auf die Suche nach einer neuen Mieterin machen und der nächsten traurigen Wahrheit ins Auge sehen: Alle Interessenten suchten einen Salon mit mindestens zehn Arbeitsplätzen oder sogar mehr und ich hatte nur fünf anzubieten. Also machte ich aus der Not eine Tugend. Kicki, eine meiner Kosmetikerinnen, arbeitete einmal die Woche als Aushilfe bei mir. Hauptberuflich war sie nach ihrer zweiten Ausbildung in einem Friseursalon dabei, für ihre Meisterprüfung zu lernen und konnte jeden Euro gebrauchen. So gehörte einmal die Woche mein schöner neuer Friseursalon ganz alleine ihr. Wir hatten uns folgendes Angebot ausgedacht: Wenn die Kundinnen eine klassische Gesichtsbehandlung buchten, gab es einmal Haare waschen und föhnen kostenlos dazu. Selbstredend reichte das den meisten nicht, sie wollten einen richtigen Friseurbesuch daraus machen. Genau darauf hatten wir spekuliert und so kam oft schneiden und färben dazu. Das lief richtig gut, doch der Salon war für eine Person natürlich viel zu groß. Nachdem mein Berater und auch ich nach einem Jahr noch niemanden gefunden hatten, der den Salon übernehmen wollte, malte er mir alle Gräuel dieser Welt an die Wand. ‚Das sei ein Minusgeschäft, ich hätte schon alle potentiellen Interessenten verschreckt, man müsse diesen Klotz am Bein endlich loswerden' und was er nicht noch alles salbaderte. Da hatte ich die Faxen dicke, zog die Notbremse, verkaufte drei Arbeitsplätze und richtete die letzten mit einem Rückwärtswaschbecken in einem Raum für Kicki im Souterrain der weißen Villa ein. Nun stand mein heißerträumter Friseursalon leer und ich musste mir was Neues einfallen lassen.

Haus der Harmonie

Im Nachhinein wusste ich auch hier nicht, wo sie denn diesmal hergekommen war, die Idee. Gerade war ich aufgewacht, hörte zu, wie die
Vögel quietschten und der Nachbar mit seinem Aufsitzrasenmäher das
Gras in Grund und Boden mähte. Es musste erst kurz vor sieben sein
und ich überlegte mir schon, ob ich wegen dieser unchristlichen Uhrzeit schlechte Laune bekommen und dem lieben Nachbarn den Kopf
zurechtrücken sollte. Da machte es mal wieder: Plopp! Und da war sie
in meinem Kopf, die neue Idee meiner Fantasie: Ich würde das wunderschöne große Wohnzimmer meiner weißen Villa zu einem Treffpunkt
von partnersuchenden Singles umfunktionieren. Natürlich mit Stil, ele-
ganter Kleidung, gepfeffertem Eintritt und allem was dazugehörte, damit es meinen Ansprüchen genügte. Also setzte ich eine Anzeige in die
Zeitung: Sind Sie es leid, auf der Suche nach einem ebenbürtigen Gegenüber zu sein? Ihre niveauvolle Partnervermittlung mit exzellenten
Speisen finden Sie im Haus der Harmonie... So hatte ich meine weiße
Villa nun genannt, wahrscheinlich auch in der Hoffnung, dass es jetzt
endlich einmal Harmonie geben würde. Wenn ich heute daran denke,
dass ich damit den ganzen Partnerbörsen, die es inzwischen gibt, schon
um mindestens ein Jahrzehnt vorgegriffen hatte. Was hätte ich für ein
Geld damit machen können. Jaja – hätte hätte Fahrradkette...

Jedenfalls war diesmal meine Idee von Erfolg gekrönt. Als die ersten
Gäste am Abend kamen, vornehmlich Damen und Herren zwischen
fünfzig und siebzig, hatte ich alles vorbereitet: Im Wohnzimmer gab
es verteilt an verschiedenen Tischchen Schach und Mensch Ärgere
Dich Nicht, das Kaminfeuer loderte und Bernhard, den ich offiziell für
diese Abende mietete, hatte ein tolles Essen gezaubert. Der Verkaufs-
schlager war ein von mir erdachtes Abonnement: An sechs Abenden
ein grandioses Essen, jedesmal mit einem anderen Partner. Mein besonderes Kennzeichen waren die ‚Engelchen-Wunschkartönchen'. Dort
durfte man einen Herzenswunsch hineinlegen und man musste ganz
fest daran glauben, dann würde er in Erfüllung gehen. Mein Konzept

entwickelte sich so rasant, dass ich sogar Interessenten abweisen musste. Bei allem Erfolg hatte ich nur ein Problem: Mit den hervorragenden Weinen und der ebensolchen Stimmung gefiel es den Gästen so gut, dass sie ewig bleiben wollten. Sie quatschten sich am Tisch fest und fingen dann auch noch an, zu tanzen. Niemand wollte gehen, Bernhard konnte nicht abräumen und wir den Raum nicht für den nächsten Beauty-Tag vorbereiten. Da kam meine Freundin Sigrid mit einer Idee um die Ecke. Sie hatte eine Schauspielausbildung und als beim nächsten erfolgreichen Abend im Haus der Harmonie die Gäste wieder an den Stühlen festzukleben schienen, tauchte sie, ganz stilecht mit Kopftuch, Kittelschürze, Putzeimer und Besen, als Putzfee Frau Meier auf. Sofort fing sie an, zwischen den erstaunten Gästen mit ihrem Besen zu kehren, dass es nur so staubte. „Frau Meier", rief ich mit gespieltem Entsetzen, „Sie können hier jetzt nicht putzen!" Doch umflort von auffälliger Undurchdringlichkeit fegte sie einfach weiter. „Bitte, Frau Meier, hören Sie auf!" „Kann ich nicht", schniefte Sigrid in einer perfekten Persiflage und schob ihr Kopftuch nach oben, das ihr bei ihrer Kehrorgie auf die Nase gerutscht war. „Morgen hab ich ein Ranndähwuh, da hab ich keine Zeit." „Was haben Sie?" „Ein Rann–däh–wuh!" schmetterte Sigrid alias Frau Meier und scheuchte die Gäste mit ihrem Besen von den Stühlen. Die ersten merkten, dass das Ganze ein Spiel war, fingen an zu lachen, die Stimmung wurde noch besser und man verteilte sich im Raum auf andere Plätze. Doch natürlich konnte ich nicht jedes Mal die liebe Sigrid einsetzen. Außerdem wollte ich nicht, dass diese Abende immer öfter erst morgens um Vier endeten, obwohl es mich unheimlich freute, dass meine Gäste bei mir in den siebten Himmel hineintanzen konnten. Schon fing mein Gedankenkarussell wieder an, sich zu drehen, um eine neue Lösung zu finden.

Engelchen und Teufelchen

An diesem Abend fand ich noch keine Ruhe, nachdem Sigrid die letzten Gäste im wahrsten Sinne des Wortes hinausgekehrt hatte. Ich ging in meinen nachtdunklen Garten, um ein bisschen allein zu sein. Der Sternenhimmel spannte einen silbernen Schleier über die schlafenden Bäume, während ich zu mir selbst murmelte: „Tanzen, sie wollen so gerne tanzen. Sollen sie doch, aber im Wohnzimmer geht es nicht. Also…!?" Auf meiner Wanderung war ich vor dem Anbau in der Einfahrt angekommen. Traum und Müdigkeit klopften an, doch plötzlich war ich hellwach. Ja natürlich, ich würde aus dem nun leerstehenden Gebäude, das sich geweigert hatte, ein Friseursalon zu werden, freitags und samstags eine Singlebar machen. Platz gab es genug für eine Tanzfläche, sogar eine Bar könnte man einbauen, alles andere war vorhanden. Und, wie wollte ich es nennen? In meinem Kopf sammelten sich Bilder und Ideen, sie summten herum wir Hummeln in blühendem Klee. Engelclub? Nein, zu prätentiös, aber mit Engeln sollte es schon sein. Wie wäre es mit einer Verkleinerung? Engelchen? Da fehlte noch was … Hah – Teufelchen: „Engelchen und Teufelchen Nichtraucherclub". Ohne es zu ahnen, nahm ich mit dem Nichtrauchen schon wieder einmal eine neue Entwicklung voraus, die sich erst Jahre später durchsetzen sollte.

Gleich am nächsten Morgen griff ich an. Die Decke wurde dunkel angemalt und ein Netz aus kleinen LED-Lampen daruntergespannt, so dass es dem Sternenhimmel glich. Das war die Engelchen-Seite. Die Wände bekamen einen blutroten Anstrich, das war Teufelchens Werk. Die Tochter einer Kundin, eine Künstlerin, bemalte die Toilettentüren jeweils mit originell-fantastischen Engelchen- beziehungsweise Teufelchen-Bildern. Sebastian besorgte mir eine professionelle Musikanlage und wieder gab es in meinem Leben ein Engelchen, das diesmal allerdings im wahrsten Sinne des Wortes zum Teufelchen wurde: Sabine, die Journalistin, arbeitete seit Jahren unter anderem als DJane. Sie erschien an diesem Abend in den angesagten Farben rot und schwarz. Schwarze Stiefel, schwarzer Lederrock, rotes Oberteil, rote Haare. Ich hatte für Alle die passenden Accessoires eingekauft. Rote Hörnchen aus

Samt und rote Schwänzchen mit Herzspitze für die Teufelchen, silberne Heiligenscheine aus Flitter und kleine Flügel in der gleichen Farbe für die Engelchen. Sabine legte die Teufelchenvariante an und beschäftigte sich sofort mit der Musikauswahl, um die Gäste gebührend in Empfang nehmen zu können. Bernhard hatte in der Zwischenzeit Kartoffelpuffer mit Lachs als Begrüßungshäppchen vorbereitet. Als die ersten Gäste eintrafen, rieselte aus einem voluminösen Grammophon eine bekannte Opernarie. Das hatte ich so ausgesucht, denn für das Unterhaltungsprogramm war ich zuständig. Wenn die Gäste mal eine Verschnaufpause vom Tanzen brauchten, erschien ich, um mit einem Mikrophon bewaffnet, Karaoke zu singen. Im Repertoire hatte ich unter anderem Yvonne Catterfeld und Andrea Berg. Jeder Gast, der wollte, durfte ebenfalls mitsingen. Natürlich waren nicht alle so textsicher wie ich. Aber sie summten lautmalerisch mit, bis der Refrain kam. Die Pfiffigeren merkten sich von dem die letzte Silbe. In der Wiederholung konnten sie sie dann laut mitschmettern. Zum Beispiel bei dem Song: Für dich schiebe ich die Wolken weiter: „Für dich hmmmhmm ich die hmmhmmmmm weiter!" Mir war so feierlich zumute und Bernhard rollte nur mit den Augen. Für jeden Auftritt habe ich ein passendes Kostüm angezogen. Die waren so ausgefallen, dass mich bei einem Kostümwechsel Sabine beinahe nicht erkannte und vom Mischpult wegscheuchen wollte, da sie dachte, ich sei eine vorwitzige Gästin, die da nichts zu suchen hätte. Was haben wir gelacht und was war das für eine Stimmung in dem ehemaligen, leeren Friseursalon, der jetzt rappelvoll war!

Meiner Fantasie gönnte ich auch weiterhin keine Ruhe aber die brauchten wir auch beide nicht, meine Fantasie und ich. Also machte das nichts. Im Gegenteil. Ich musste mir ja ständig etwas Neues einfallen lassen, damit der Besucherstrom nicht abriss und die ‚Engelchen und Teufelchen'-Bar immer voll war. Zum Beispiel organisierte ich ein stilechtes Osterfeuer bei mir im Garten mit Erbsensuppe, Würstchen und einem bis auf die Knochen gehenden Rauchgeruch. ‚Menschen sind ihr Leben lang wie kleine Kinder', sinnierte ich, während ich meinen Gästen zusah, die aufgeregt Stockbrot und Marshmallows am knisternden Feuer brieten. ‚Halte sie neugierig und du hältst sie bei der

Stange'. Glücklich und zufrieden sah ich dabei der Rauchfahne hinterher, die sich wie vergossene Farbe über den dunkler werdenden Himmel ausbreitete.

Abschied von Oma

Gerne hätte ich auch privat alles im grünen Bereich gewusst, doch nun trieb mich die Sorge um Oma um. Sie war inzwischen 92 und fit im Kopf, hatte keinerlei Gebrechen. Ich sagte im Spaß immer zu ihr: „Der liebe Gott hat dich vergessen." Als sie 84 war, fragte sie mich einmal: „Wann meinst du denn, dass ich sterbe?" So wie es aussah, setzte sie sich also damit schon auseinander. Aber als sie 92 wurde, blinzelte sie mir zu und verkündete frohgemut: „Ich will noch nicht sterben, ich bin ja noch fit." Doch dann kam alles anders. Zuerst hatte sie einen Oberschenkelhalsbruch, dann einen Blutsturz und konnte sich nicht mehr richtig davon erholen. Außerdem diagnostizierte der Arzt Unterleibskrebs. Das war mir alles unheimlich, deswegen sagte ich zu meinen Söhnen: „Wenn ihr mal Zeit findet, Oma lebt nicht mehr ewig, dann fahrt mal nach Wernigerode, um euch zu verabschieden." Was mich wirklich freute: Das taten sie dann auch und waren gemeinsam den ganzen Tag bei ihr. Oma war so begeistert, nahm mich beiseite und flüsterte mir zu, was für tolle Jungs ich doch habe. Es wurde allerdings immer schlechter mit ihrer Gesundheit. Meine Schwester saß jeden Tag an ihrem Bett und am Wochenende, wenn ich keine Beautyfarm hatte, fuhr ich nach Wernigerode. So war es dann auch möglich, dass ich an ihrem letzten Tag bei ihr war. Sie hatte zu allem Übel noch einen Schlaganfall erlitten und konnte sich kaum mehr bewegen. Leise schlich ich mich ins Zimmer, setzte mich auf das knarrende Sofa, auf dem sie lag und nahm ihre Hand. Wie kalt sie war! Besorgt sagte ich zu ihr: „Drück mal meine Hand, wenn du merkst, dass ich da bin." Um dies zu tun hatte sie keine Kraft mehr, doch sie öffnete kurz die Augen, als Zeichen, dass sie es wusste. Dann nickte ihr kleiner Kopf wieder nach hinten und sie schlief ein, als hätte sie sich in eine Muschelschale eingelötet. Erinnerungen aus der Kinderzeit blitzten durch meinen Kopf, während ich sie betrachtete und ihre Hand streichelte. Ich, zu ihr laufend, damit sie mein Kleid rettete. Ein anderes Bild zeigte mich, wie ich in ihrer Wohnung mit den Weihnachtsgeschenken spielte, die sie mir heimlich vorab gegeben hatte. Und dann der Gang zum Plumpsklo, den mir Oma mit ihren Lichtern wie eine Sonne erhellte… Ich seufzte und wusste: So werde ich sie immer in Erinnerung behalten.

Doch jetzt kam mal wieder der praktische Teil. Ich organisierte alles mit der Nachtwache, denn Oma war schon ein Mal aus dem Bett gefallen. Deswegen drehte ich als erste Maßnahme kurzerhand das Sofa um und schob es an die Wand, so dass sie links und rechts eine Begrenzung hatte und nicht mehr herausfallen konnte. Angelika meckerte gleich wieder, was so eine Nachtschwester wohl kosten würde. Ich sagte nur: „Jetzt sei ruhig, das schaffen wir schon." Dann musste ich los, denn von den Bäumen rutschten die Schneekissen tropfend herunter und später in der Nacht würde es vielleicht glatt auf den Straßen werden. Es war die Stunde zwischen der letzten Helligkeit und einem sacht hereinbrechenden Dunkel, ein Schimmern der Atmosphären, die langsam ineinander verschmolzen, als ich am Nachmittag um 16 Uhr abfuhr. Die Stimmung an diesem vierten Dezember 2000 ließ mich wissen, dass es ein Abschied für immer sein würde. So war es auch: Als die Nachtschwester um 22 Uhr hereinkam, hatte das Herz meiner Oma aufgehört zu schlagen. Somit war auch das laut beschriene Problem mit der Bezahlung gelöst. Es wurde eine Urnenbeisetzung im Grab von Mutter und Jörgi, 2004 kam auch mein Vater dazu. Er hatte immer gesagt er wolle 80 werden und das hat er auch geschafft.

Gran Canaria

Mein unermüdlicher Einsatz, sowohl beruflich als auch privat, machte mal wieder meinem Körper zu schaffen. Ich merkte mehr und mehr, dass eine Auszeit nötig war, wenn ich mich morgens mit krachenden Knochen und wirbelnden Gedanken aus dem Bett quälen musste. ‚Urlaub wäre gut', dachte ich, ‚das brauche ich, um nie aufzugeben'. Dabei lächelte ich grimmig. ‚Nie! Das klingt nach einem brauchbaren Zeitpunkt!' Just an diesem Tag rief meine Freundin Hiltrud an: Sie wollte nach Gran Canaria, denn dort war gerade Karneval. „Pack ein Kostüm ein und komm mit", schlug sie mir vor. „Hier kannst du bestimmt herrlich ausspannen." Oh ja, gute Idee, genau das wollte ich jetzt haben!

Als ich aber endlich dort war, forderten die ununterbrochene Arbeit in der weißen Villa, der Abschied von Oma und die anschließende lange Reise ihren Tribut. Ich war so kaputt, dass ich Hiltrud alleine zum Tanzen schickte und einfach ins Bett fiel. Schlafen, nur noch schlafen und auf Urlaubsmodus schalten…

Traumtrunken erwachte ich mitten in der Nacht, als meine Freundin euphorisch und beschwipst wieder nach Hause kam. „Du, ich habe zwei tolle Männer kennengelernt. Da habe ich sofort auch an dich gedacht und uns beide gleich für morgen Abend mit ihnen verabredet", tirilierte sie noch, bevor sie im Bett verschwand.

Am nächsten Nachmittag ließ ich mich ebenfalls von ihrer Aufgeregtheit anstecken. Wir schniegelten und bügelten uns, machten uns stadtfein, wie man so schön sagt. Auf unserem Weg zum Tanzen gingen wir an der Hafenmole entlang. Ich ließ meinen Blick über das Meer schweifen, das eine riesige graue Masse war und merkwürdig zu seufzen schien. ‚Komisch, so etwas bin ich von meinem Mittelmeer gar nicht gewöhnt', dachte ich noch. ‚Ich weiß schon, warum Mallorca meine Insel ist…' Doch die trüben Gedanken verschwanden schnell. Die südliche Sonne hatte mich wieder, der Wind hauchte nicht einmal genug, um die Wimpel zu bewegen, die vor einer Bar hingen. Wir gingen unter diesen Fähnchen roter und blauer Fröhlichkeit vom laufenden Meter hindurch und setzten uns, um auf die Männer zu warten, die nach der Beschreibung meiner Freundin eine Mischung aus George Clooney und Prinz Eisenherz sein sollten. Doch wie Männer so sind - sie kamen nicht. Ich wollte schon nach Hause, um auf dem Balkon das Leben zu verduseln, ein Glas Wein in der Hand und den schönen Sonnenuntergang im Blick. Doch Hiltrud war wie gedopt. Sie musste diese beiden Prachtexemplare unbedingt wiedertreffen. So machten wir uns auf den Weg in das gleiche Tanzlokal, in dem sie die Beiden am Tag zuvor getroffen hatte. Nach ein paar Minuten zupfte sie mich am Arm: „Da sind sie, da sind sie", raunte sie aufgeregt. Mir schoss nur durch den Kopf: ‚Die leg ich rein. Die haben uns reingelegt, die leg ich auch rein'. Wegen des Karnevals hatte ich ja mein Nonnenkostüm an und eine Sammelbüchse mit der Aufschrift ‚Rotes-Kreuz' dabei. Diese schüttelnd, ging ich an der Bar entlang und stellte mich höflich als Schwester Amalie vor, die für die hungernden Kinder am Wasserloch sammelte. Bei den Beiden angekommen, hielt ich dem Typ, der sich mit Hiltrud verabredet und auf den wir umsonst gewartet hatten, die Büchse unter die Nase. Sofort konnte ich ihn nicht leiden, denn er zog sein Portemonnaie zuerst nicht aber der andere Mann steckte gleich fünf Euro hinein. Als der Unsympath, wenn auch widerwillig, doch noch Geld gegeben hatte, packte ich beide am Kragen und fauchte sie an: „Wenn ihr nochmal meine Freundin verarscht, kriegt ihr es mit mir zu tun." Dann erst trat Hiltrud in Erscheinung und wir lüfteten das Geheimnis um die erboste Nonne. Ich begrüßte ihren Traummann mit äußerst eingeschränkter Freundlichkeit, doch sein etwas kleinerer Freund hatte es mir angetan. Wie ich erfuhr, hieß er Egon, wir tanzten die ganze Nacht hindurch und verliebten uns leider auch ineinander. Ich sage leider, da ich zu diesem Zeitpunkt einfach keinen Freund haben wollte, zuerst musste mein Leben geregelt werden. Doch er überzeugte mich mit seiner Ruhe und Besonnenheit und ich glaubte mal wieder daran, den Mann fürs Leben gefunden zu haben.

Egon

Er wohnte in Stuttgart, das war aber kein Hindernis, denn er kam seit unserem gemeinsamen Urlaub jedes Wochenende nach Hamburg. Von da an tanzten wir in meiner Engelchen-und-Teufelchen-Bar weiter. Ach, er konnte so gut tanzen… und außerdem war er ein guter Gastgeber. Er ging so charmant mit den Gästen um, als hätte er nie etwas anderes gemacht. Vor allem die Damen beteten ihn an und ich weiß heute, dass die eine oder andere ein Auge auf ihn geworfen hatte und bitter enttäuscht war, wenn sich herausstellte, dass er zu mir gehörte. Manchmal überraschte er mich auch einfach in der Woche und nahm die 800 Kilometer weite Entfernung auf sich, um bei mir zu sein. Es war eine sehr schöne Zeit, die ich tiefenentspannt genoss. Wir machten viele Reisen, natürlich auch nach Mallorca. Wie herrlich war schon der Weg dorthin, denn selbstverständlich wollte ich meiner Lieblingsinsel den neuen Mann an meiner Seite vorstellen und umgekehrt. Das Flugzeug hob ab und die Erde verschwand wie ein unter uns fortgezogener Teppich, auch die Sorgen blieben in Deutschland zurück. Auf Mallorca wohnten wir bei unseren Freunden Mercedes und Peter in Andratx. Ihre großzügige Terrasse, die zu dem Gästehaus dazugehörte, wurde des Abends zu unserem Lieblingsplatz. Eingerahmt von den Lichtgirlanden des Küstenstreifens schwebte unser Blick in der lauen Luft bis zu den Gipfeln des fernen Tramontana-Gebirges und ich hatte das Gefühl, dass das Leben nicht schöner hätte sein können. Doch das waren schon wieder zu viele Konjunktive…

Wie wir wissen, hatte ich ja mehrere Depressions-Schübe überstanden. Viele kleine bunte Tabletten haben mir dabei geholfen. Als Krankenschwester wusste ich allerdings, dass diese nichts anderes als Krücken waren. Man sollte sie nur solange nehmen, bis man - im übertragenen Sinne - wieder laufen konnte. Ich habe die Anzahl mit der Zeit auch ziemlich reduzieren können, nur von den Serotonin-Wiederaufnahme-Hemmern kam ich einfach nicht weg. Das ging mir ziemlich an die Substanz und ich beschloss einen radikalen Schritt: Ich vertraute mich einer Heilerin an, die großspurig erklärt hatte, dass sie mich: ‚Von dieser unseligen Tablettensucht befreien werde, du wirst schon sehen'! Hätte ich diese Frau nur vorher besser durchleuchtet… Ihr einziger Rat war nämlich, die Tabletten sofort abzusetzen. Ich war diese Dinger so leid, dass ich es leider ohne lange nachzudenken tat und alle Tabletten ins Klo kippte. Die Quittung kam auf dem Fuße: Mein Stoffwechsel brach zusammen, ich erlitt einen Nervenzusammenbruch und konnte so schnell auch keine Tabletten mehr nehmen, da diese schon auf dem

Weg zum Meer waren, um die Fische zu beglücken. Heulend verkroch ich mich in der hintersten Ecke unseres Schlafzimmers und niemand konnte mich trösten, geschweige denn mir helfen. Meine große Freundin, die Sonne, strahlte in all ihrer Macht, die Gardine verlor ihre Falten im Luftzug einer sanften Sommerbrise, die den Duft blühender Azaleen mit sich brachte, doch egal an was auch immer ich mich festzuhalten suchte, meine Welt schien in einen kohlrabenschwarzen Abgrund zu taumeln. Für Egon war das anscheinend zu viel. Am Abend kam er zu mir, murmelte etwas von einer plötzlichen Revision in seiner Firma und er müsse sofort abreisen. Das war genau das, was ich jetzt nicht brauchte, dieser Urlaub endete für mich in Tränen.

Als ich wieder zuhause war, wartete ich jeden Tag auf seinen Anruf. Jeder, der schon einmal in dieser Situation war, weiß: Je mehr man wartet, umso unwahrscheinlicher ist es, dass es eintritt. Genauso war es, er rief mich nur noch zweimal an, dann gar nicht mehr. Wenn ich versuchte, ihn zu erreichen, ließ er sich von seiner Sekretärin verleugnen. Es war ein Ende ohne Abschiedswort.

Buena Vista Social Club

Doch ich musste mich zusammenreißen, denn nun stand Bernhards fünfzigster Geburtstag an. Auch wenn wir schon des Längeren kein Paar mehr waren, er war immer noch ein guter Freund. Das Besondere an diesen runden Festtagen ist ja: Entweder man feiert sie mit einem katabombastischen Fest oder gar nicht. Bernhard wollte gar nicht feiern. Hah – aber nicht mit Tine aus der Schokoladenfabrik! Ich wusste, dass er total auf die Musik des ‚Buena Vista Social Club‘ stand. Ein Ableger dieser Band war gerade auf Deutschlandtour. Also organisierte ich kurzerhand für ihn eine Überraschungs-Party in seinem Restaurant. Wie zufällig war ich bei ihm, als der erste Musiker mit seinen Bongo-Trommeln auftauchte und fragte: „Ist hier die Party?" Bernhard antwortete, völlig ahnungslos: „Nein, das muss nebenan sein." Er wurde auch nicht misstrauisch, als langsam die von mir eingeladenen Gäste eintrudelten und sich mit den verschiedensten Ausreden dazusetzten. Das ging von: ‚Ich war gerade im Kino und wollte vorbeischauen, ob es bei dir noch ein Glas Wein gibt' bis zu: ‚Es gab heute nichts im Fernsehen, da dachte ich, geh mal ins Laxy.' Erst als ein Musiker nach dem anderen erschien und seine Instrumente mitbrachte, ging ihm ein Licht auf. Ich hatte das Gefühl, dass er vor Freude nur noch aus Licht bestand. Dieser Abend fand dann auch seinen Eintrag in die Geschichtsbücher der Bergedorfer Gastronomie-Szene. Es wurde die rauschendste Salsa-Party der Welt. Fremde lagen sich in den Armen und sangen lauthals mit, alles tanzte, egal wo, die Tische waren dazu genauso geeignet wie die Küche und am Ende des Abends sagten Alle: „Das machen wir zu deinem Hundertsten nochmal!" Ich hatte danach zwar überhaupt keinen Pfennig mehr auf der Hosennaht aber ich habe es keine Sekunde bereut, ihm dieses Fest geschenkt zu haben.

Vor allem, da ein viertel Jahr später das Schicksal zuschlug. Eine Bekannte rief mich an, sie war in eine Gruppe Menschen geraten, die sich aufgeregt unterhielten. Es brodelte vor Fragen, Ausrufen und Grauen. Was sie erfuhr, musste sie gleich an mich weitergeben: „Sie waren doch mal mit Bernhard zusammen. Ich wollte Ihnen sagen, dass man ihn tot im Bett gefunden hat, der Fernseher lief noch." Er war lebenssatt im Schlaf gestorben. Schon des Längeren hatte er geklagt, dass ihm alles zu viel wurde und ich hatte mir – wie wir uns erinnern – um ihn Sorgen gemacht. An seiner Beerdigung spielte zum letzten Mal die Musik des Buena Vista Social Club für ihn. Als ich dem in der Erde verschwindenden Sarg hinterhersah, dachte ich: ‚Er brauchte diesen großen Körper, um sein großes Herz darin unterzubringen.' Anscheinend musste aber dieses großzügige und liebenswerte Herz schon eine Schwäche gehabt haben und sein exzessiver Lebens- und vor allem Arbeitsstil gaben ihm den Rest. Seine genaue Todesursache kam aber niemals heraus, das letzte Geheimnis blieb dadurch gewahrt.

Als Ironie des Schicksals, über die ich mich schon lange nicht mehr wundere, starb drei Tage nach ihm sein Vater, dessen Haus er eigentlich hatte übernehmen wollen. Da ich gesundheitlich sowieso noch sehr angeschlagen war, konnte ich das alles nicht mehr ertragen, Sprachlosigkeit strömte in diesen Raum ohne Worte und ich floh wieder einmal auf meine Insel, die mir auf dieser Welt der einzige sichere Ort zu sein schien.

Gerd

Mercedes und Peter nahmen mich mit offenen Armen auf und ich fühlte mich so geborgen bei ihnen in Andratx. Damals, bevor der Massentourismus es schier überrollte, war es noch ein kleines versinkendes Dorf mit schlafenden Katzen auf der Straße, schwirrenden Schwalben in der Luft und ab und zu einem vorbeiziehenden Fischkutter auf dem Meer. Hier konnte ich meine Wunden lecken, ließ mich verwöhnen, die spanische Sonne tat das ihre und langsam ging es mir besser. Meine Freundin Anna war aber der Meinung, dass mir ein Mann an meiner Seite gut stände und deswegen antworteten sie auf eine Annonce, in der eine Mitseglerin gesucht wurde, ohne dass ich es wusste: ‚Hamburger Deern, Seglerin, würde dich gerne treffen.‘ Willenlos machte ich alles, was sie mir vorschlug und im Nachhinein kann ich sagen: Zum Glück! Ich traf mich also mit diesem Segler, der sich als Gerd vorstellte und er nahm mich sofort mit auf sein Boot. Ich bin auch heute noch der Meinung, dass einem das wahre Leben erst dann passiert, sobald man auf ‚schließen‘ am Computer gedrückt hat. Die Sinne: Fühlen, schmecken, riechen, sehen und hören werden nur befriedigt, wenn man in der Natur ist. So war es auch hier. Einen solch schönen Segeltörn hatte ich noch nie erlebt. An der Steuerbordseite begleiteten uns Delfine und zeigten uns ihre Babys. Staunend wie ein Kind setzte ich mich auf die Planken, genoss die Bewegung des Bootes, sah unsere Begleiter wie Meerjungfrauen aus den schäumenden Fluten auftauchen, einen Salto schlagen und blickte ihnen mit offenem Mund hinterher, als sie mit unserem Schiff Fangen spielten. Ich strich die salzige Gischt von meiner Haut und warf den Kopf in den Nacken, um laut zu jauchzen. Es war der glücklichste Moment in meinem Leben! Am Abend saß ich an

Deck, trunken von dem Licht, dem Meer und dem Glück in mir, wollte in den Sonnenuntergang schwimmen und konnte es nicht fassen: Das Leben hatte mich wieder! Und wie es mich wiederhatte. Hals über Kopf verliebte ich mich nämlich in diesen Mann, der mir meine Sinne wiedergeschenkt zu haben schien. Er hatte einen Vollbart und war ziemlich rundlich, also eigentlich gar nicht mein Typ. Doch das machte mir überhaupt nichts. Er war da, für mich da und schenkte mir auf seinem Boot die schönsten Momente seit langem.

Bei unserem zweiten Törn war meine Schwester ebenfalls auf der Insel. Da sie weiterhin ziemlich unselbstständig war, sagte ich Gerd, ich müsse Angelika mitbringen. Ganz Gentleman gab er ihr seine Kapitänskajüte, die vorne im Schiff lag. Wir waren uns ja schon nähergekommen, deswegen war ich auch glücklich darüber, dass wir uns dann die andere Kajüte teilen konnten. Gerade als wir so richtig schön kuschelten und zur Sache kommen wollten, tauchte immer wieder meine Schwester auf und hatte die tollsten Klagen parat: Das Boot schaukelte so, ihr sei schlecht und sie müsse unbedingt von Bord – dabei lagen wir noch im Hafen... Aus Langeweile (gestand sie mir hinter vorgehaltener Hand) habe sie seine Schubladen durchsucht und seine Briefe gelesen. Dabei hatte sie festgestellt, dass er Johannes hieß und nicht Gerd. Ich war empört über ihr Verhalten, wunderte mich aber trotzdem. Johannes? Gerd? Ja, wie denn nun? Ich wollte ihn danach fragen, doch das musste jetzt erst einmal warten, da ein Sturm aufkam. Der Horizont verfleckte sich, und die letzten Sonnenstrahlen flogen wie auf der Flucht hastig und schnell die Hafenmole entlang. Wir segelten also nicht los und um meine quakende Schwester abzulenken, gab ich ihr Brötchen, mit denen sie die zahlreichen Fische füttern konnte, die das von den Touristen schon kannten und neben dem Boot erwartungsvoll ihre Köpfe aus dem Wasser reckten. Angelika brachte es allerdings fertig, die meisten Brötchen systematisch über das ganze Schiff zu krümeln, statt sie den erwartungsvollen Fischen zu servieren. Irgendwann platzte Gerd/Johannes der Kragen. War es sein verunreinigtes Schiff oder der Ärger wegen eines entgangenen Schäferstündchens mit mir, ich weiß es bis heute nicht. Seine ganze

Ausstrahlung veränderte sich dramatisch. Plötzlich sah er düster und aufbrausend aus, wie ein Fluch im Sonntagsanzug, fast bekam ich Angst vor ihm. Mein Herz klopfte hart in meiner Brust aber nicht vor Freude… So ließ ich es auch ohne Widerspruch zu, dass er uns kurzerhand in den Tender verfrachtete, übersetzte und eh wir es uns versahen, standen wir an Land. Sprachlos starrte ich ihn an, als er, bevor er verschwand, noch versprach, mich anzurufen, was er allerdings nie getan hat.

Der Schwindler

Als ich Mercedes die ganze Sache erzählte, schüttelte sie nur ungläubig den Kopf. So etwas war ihr auch noch nie untergekommen. Doch irgendetwas nagte zusätzlich in mir. Ich hatte nämlich schon des Längeren das Gefühl, diesen Mann zu kennen. Von früher zu kennen. Außerdem wollte ich noch für mich klären, was es mit diesen zwei Namen auf sich hatte…

Eines Morgens war ich schon ganz früh wach. Was heißt hier wach: Ich hatte sowieso die ganze Nacht grübelnd im Bett gelegen und mir den Kopf ob dieser mysteriösen Sache mit Gerd/Johannes zermartert. Also gab ich es schließlich auf, schlafen zu wollen und tappte barfuß auf die Terrasse. Saß dort nur im Nachthemd und ließ Mallorca auf mich wirken. Auf den umgebenden Dächern zeigten sich die ersten Kupferfunken der aufgehenden Sonne und genau in diesem Moment funkte es auch bei mir. „Ja", flüsterte ich, während ich automatisch Maika streichelte, die von einer nächtlichen Erkundungstour gekommen und auf meinen Schoß gesprungen war. „Ich weiß wieder, wer du bist!" Meine hastenden Gedanken eilten zurück zu der Zeit, als die Wohnung in Son Caliu noch mein war. Bernhard hatte sich ja verabschiedet und ich war alleine, also schaltete ich eine Annonce, um einen Mann kennenzulernen. Er antwortete sofort darauf und wir trafen uns in Palma. Damals nannte er sich Hans. Groß, schlank und elegant gekleidet ist er mir noch in Erinnerung. Er wartete am Passeo Maritimo auf mich und hatte als Erkennungszeichen eine Yachtzeitung in der Hand. Wir gingen spazieren, um uns besser kennenzulernen und er erzählte mir, dass er von einem eigenen Segelboot träumte. Als wir nach ein paar Tagen vertrauter waren, lud ich ihn zu einem Frühstück in meine Wohnung ein. Ich weiß noch genau, wie er sich verhielt, als er zur Tür hereinkam. Zuerst schaute er sich alle Zimmer an. Nicht, um zu sehen, wie sie eingerichtet waren, sondern mit einem anderen Blick, irgendwie misstrauisch, als erwartete er eine Falle. Das Licht fiel durch die Fenster wie Staub, als ich ihm auf seiner Wanderung durch die Räume und deren gleichzeitiger Inspektion zusah. Doch gleich - nachdem alles zu seiner Zufriedenheit zu sein schien - fragte er, ob er diesen Tag hierbleiben könne? „Oh ja, das wäre wundervoll!" Ich freute mich so und machte schon einen Plan, wie wir den Tag am besten verbringen könnten. Er wollte nur eben noch nach unten gehen und ein paar Sachen aus dem Auto holen und ich bot ihm an, den Haustürschlüssel mitzunehmen, damit er nicht klingeln musste. Kaum war er zur Tür hinaus, rief Aza an und wollte mit mir zusammen eine Waschmaschine kaufen gehen. „Ach, meine Liebe, ich hab so einen tollen Mann kennengelernt, der mit mir den Tag verbringen will. Können wir das auf morgen verschieben?" fragte ich sie. Ganz gute Freundin hatte sie natürlich Verständnis. Sofort, nachdem ich den Hörer aufgelegt hatte, machte ich mich daran, den Frühstückstisch zu decken. Tine aus der Schokoladenfabrik wollte es mal wieder Allen nur schön machen…

Nach einer halben Stunde war ich fertig und wunderte mich ein bisschen, wo er denn blieb. Also schaute ich vom Balkon, sein Jeep war weg. ,Fein', dachte ich noch, ,er ist bestimmt losgefahren, um ein paar hübsche Kleinigkeiten zu kaufen'. Mir schwebte da so etwas vor wie Wein und Blumen. In den folgenden zwei Stunden verging mir aber meine Vorfreude mehr und mehr, vor allem, als ich sah, dass der Haustürschlüssel immer noch am Brett hing. Schließlich versuchte ich, ihn anzurufen. Das Telefon war abgeschaltet und blieb es auch die nächsten drei Tage. Was sollte das nur? Hatte ich etwas Falsches gesagt oder ihn irgendwie verärgert? Ich beschloss, mich mit ein wenig Sarkasmus freizustrampeln, sagte mir: ,Wer nicht will, der kriegt auch nicht', und reiste ab nach Deutschland. Kaum war ich allerdings dort angekommen, ja, ich hatte noch nicht einmal ausgepackt, da klingelte mein Telefon. Er war dran. Bevor ich noch etwas sagen konnte, fing er an zu reden. Er hätte Panik bekommen, weil er sich in mich verliebt hatte, das sei ihm noch nie passiert. Er müsse mich unbedingt wiedersehen und ich solle sofort nach Mallorca kommen, er würde mich am Flughafen abholen. Das alles sprudelte ohne Punkt und Komma aus ihm heraus und so wie wir mich kennen, machte ich auf der Hacke kehrt und flog wieder auf die Insel. Er wartete tatsächlich auf mich, nahm mich in die Arme und umfangen von seiner Ausstrahlung, seinem Duft und den gemurmelten Worten an meinem Ohr vergaß ich auf der Stelle die Vorwürfe, die ich ihm eigentlich machen wollte. Wir kauften Wein und Essen und verbrachten die schöne Zeit zusammen, die ich eigentlich von Anfang an mit ihm haben wollte. Ich beruhigte mich damit, dass ihm vielleicht wirklich etwas im Herzen stecken geblieben war, weil er schlechte Erfahrungen gemacht hatte. Doch nach ein paar Tagen fing er schon wieder an, sich komisch zu verhalten. Ich war eben im Badezimmer und als ich herauskam, telefonierte er gerade, beendete aber sofort das Gespräch, als er mich sah. Dann stotterte er so etwas wie: ‚Er müsse die Sohle für ein Haus schütten, also das Fundament und er komme heute Abend wieder‘. Da er sich als Bauunternehmer vorgestellt hatte, der auf Mallorca lebe, nahm ich ihm das auch gleich wieder ab. Außerdem hatte ich das süße Gift der Eitelkeit in meinem Blut gespürt, denn so wie er mich hofiert hatte, musste ich ja die schönste und begehrenswerteste Frau der Welt sein und wollte ihm auch weiterhin alles glauben. Doch auch diesmal verschwand er einfach spurlos. Noch ein weiteres Mal ließ ich das mit mir machen, doch als er mich auch bei diesem dritten Mal versetzt hatte, wollte ich ihn nie wiedersehen und nannte in nur noch ‚Richard Kimble, auf der Flucht‘, wenn die Sprache doch einmal auf ihn zu sprechen kam.

Resümee

Das alles ging mir an diesem Tag durch den Kopf, als ich im Nachthemd, Maika kraulend, auf der Terrasse saß. Inzwischen war dieses friedliche Fleckchen Erde mit leuchtender Sonne ausgekleidet und das Licht meiner großen Freundin ergoss sich wie flüssiges Gold über meine kleine Freundin und mich. Ich fühlte noch, wie mein Hirn wegen der vielen Gedanken quasi knarrte und dachte: ‚Was heckst du aus?‘ Doch ich war mit mir eins: Es war derselbe Mann! Nicht nur dieses blitzschnelle Umschlagen der Laune machte mich sicher. Auch das ganze Benehmen und sein Geruch waren dieselben. Und er hatte sich den Traum von der Yacht erfüllt, von der er mir immer vorgeschwärmt hatte. Außerdem könnte Hans ja von Johannes kommen… Gut, als er sich so nannte, war er schlank und hatte keinen Bart aber das war ja schon eine Weile her und beides (Bauch und Bart) konnte man sich ‚wachsen‘ lassen. Ich erinnere mich noch, dass ich ihn sogar einmal auf dem Segelboot angesprochen hatte, ob wir uns denn nicht von irgendwoher kennen würden, da ich den Verdacht schon des Längeren hatte. Er tat dies allerdings bloß als Hirngespinst ab. Doch je länger ich an diesem sonnigen Morgen darüber nachdachte, umso sicherer war ich mir: Ich hatte mich zweimal in denselben Mann verliebt und es herausgefunden, obwohl er alles getan hatte, um es zu verhindern…

Da für mich jetzt alles klar war, konnte ich Gerd/Johannes/Wieauchimmer ersinnannte zu den Akten legen. Ich wollte mich nur an die schönen Sachen erinnern. Zum Beispiel an diesen unvergleichlichen Ausflug mit den Delfinen. Das würde weder er noch sonst irgendjemand mir je nehmen können. Und weil ich gerade so schön beim Nachdenken war, resümierte ich über mein ‚Engelchen und Teufelchen‘ Projekt. Beim Skifahren hatte ich mir die Bänder gerissen, was mich dazu verdammte, ruhig auf meinem Hintern sitzen zu bleiben. Es blieb mir nichts anderes übrig, als die Leitung des Clubs in andere Hände zu geben. Die hatten allerdings nicht so viel Herzblut wie ich hineingesteckt und langsam verflackerte die Gästeanzahl gegen Null. Da ich jetzt die Nase voll hatte

218

von diesem unsäglichen Anbau, würde ich einfach eine Einliegerwohnung daraus machen und sie vermieten. Es war ja alles für eine Wohnung vorhanden und noch dazu im Überfluss.

Wieder kehrte ich zum Hier und Jetzt auf der Terrasse zurück und blickte auf das Meer, das wie ein Spiegel war, der das Bild der Sonne wiederholte. Diese stieg immer weiter einen Himmel hinauf, der so blau war wie die Farbe des Glücks. Maika sprang von meinem Schoß und warf mir einen Blick zu, den man hätte einrahmen sollen. So nach dem Motto: ‚Genug gefaulenzt, jetzt geht es um etwas Wichtigeres: Gib mir was zu Fressen!' Ich erhob mich, um ihren Wunsch zu erfüllen und lachte. Einfach nur, weil ich so glücklich war. Hier war ich, auf meiner Insel, der warme Wind streichelte mich wie ein Freund und alles war am richtigen Platz in meinem Leben.

1 Günther mit mir 2 Günther und ich 3 (v.l.n.r.)Sabine, ich, Denise 4 Umbau in Arenal 5 Jan und ich 6 Kai und Tammo 7 Matsis Einschulung

Teil IV
Jetzt

Günther

Ich wurde mal wieder mitgenommen, es war inzwischen 2005... Eine Freundin wollte unbedingt zum Tanzen, da sie sich vorstellte, dadurch einen Partner finden zu können. Sie fragte mich, ob ich sie begleiten wolle. Ich hatte überhaupt keine Lust. Zum Einen saß mir die Erinnerung an Egon noch in den Knochen und zum Anderen hatte ich einen arbeitsreichen Tag hinter mir. Es schmerzten die Muskeln und da ich mich auch die ganze Zeit mit den Kunden unterhalten hatte, war mein Mund so trocken wie Kiefernrinde. Nun sollte ich also mal wieder rumhopsen, diesmal im ,C'est la Vie' in der Rentzelstraße. Seufzend tat ich ihr den Gefallen. Kaum dort angekommen, lehnte ich mich in die plüschigen Kissen zurück, schloss die Augen und dachte: ,Ich werde ganz einfach nur die Musik genießen. Dieses Lied ist ja ganz nett, ein kleines Etwas, um die Zeit zu zerschlagen'. Nach einer Stunde wollte ich dann gehen, weil ich so müde war – wenn ich bis dahin nicht eingeschlafen war, sagte ich mir noch... Doch daraus wurde nichts. Wie das oft so ist im Leben, passieren einem die meisten Dinge dann, wenn man überhaupt nicht damit rechnet. Gleich nach den ersten beiden Musikstücken wurde ich nämlich aufgefordert. Ich drehte mich nach dieser Stimme um und mein erster Gedanke war: ,Oh Gott, was hat der für eine Brille auf!' Wie ich erkannte, war es zwar ein sehr teures Modell von Bugatti aber diese Tropfenform war ja wohl zuletzt in Mode gewesen, als Noah noch in die Grundschule ging. Aber tanzen konnte er, der Brillenträger. Schlank und elegant war er noch dazu und somit war ich schon wieder etwas versöhnlicher gestimmt. Nach unserem zweiten Tanz kam er ohne Aufforderung mit an unseren Tisch und spendierte uns ein paar Drinks. Um ihn ein bisschen näher kennen zu lernen, beobachtete ich ihn eine Weile und sagte dann aus dem Bauch heraus: „Sind Sie Skorpion?" Er nickte. Sogleich setzte ich noch einen drauf: „Dann haben Sie doch sicher am 17.November Geburtstag." Dieser Schuss ins Blaue, so selbstsicher von mir vorgetragen, ließ ihn nochmals nicken, diesmal allerdings etwas erschreckt. Dadurch, dass nun nichts mehr von ihm kam, versickerte auch meine Stimme in Schweigen. Als er mich erneut zum Tanzen auffordern wollte, meinte ich: „Tanz doch mal mit meiner Freundin. Ich bin nur mitgekommen, sie sucht unbedingt einen Mann", denn inzwischen waren wir auch schon beim ‚Du' gelandet. Er: „Oh Gott, die hat doch überhaupt keine Ausstrahlung!" Also tanzten wir den ganzen Abend, er hatte mich ausgesucht. Irgendwann fand ich das sogar richtig gut, denn er war wirklich ein fantastischer Tänzer und ich genoss es, mit ihm über das Parkett zu schweben. Ich erfuhr, dass er Günther hieß, ansonsten erzählte er fast nur von seiner kranken Schwester. Zuhören konnte ich schon immer gut und auch Ratschläge geben. Das tat ich an diesem Abend reichlich, da wir wirklich fast nur dieses eine Thema hatten. Am Ende, als meine Freundin, die ziemlich sauertöpfisch herumsaß, nach Hause wollte, meinte mein Tänzer, dass ich eine einfühlsame Frau wäre und ob ich denn alleine sei. Meine Gedanken irrten zurück zu Bernhard. Es hatte zwar nach ihm andere Männer gegeben, doch die Lücke, die sein Tod riss, hatte bis jetzt keiner füllen können. So sagte ich Günther, dass mein Freund gestorben sei. Eigentlich hatte ich jetzt ein bisschen Mitgefühl oder Zurückhaltung von ihm erwartet, doch das Gegenteil passierte. Er lief zu Hochtouren auf und fragte mich fröhlich nach meiner Telefonnummer. Ich war leicht schockiert ob seiner fehlenden Sensitivität, ratterte schnell und schnippisch meine Telefonnummer herunter, packte meine Freundin ein und fuhr nach Hause.

Aber er hatte sie sich doch tatsächlich gemerkt. Gleich am nächsten Tag rief er an und lud mich zum Essen ein. Ich war so abgearbeitet, hatte keine Lust und wollte eigentlich nur schlafen. Doch Günther ließ nicht locker. Er fuhr mit mir zum Kaffetrinken in die Bismarck-Mühle. Eigentlich hätte ich ja gebauchpinselt sein müssen, da es die teuerste und exklusivste Möglichkeit weit und breit war, um mal eben Kaffeetrinken zu gehen. Das Blätterdach einer Buche übergoss die Terrasse, auf der wir

Platz genommen hatten, mit einem bebenden Muster aus Sonnenlicht und Schatten. Kellner in Livree servierten edle Arabicabohnen in feinstem Meißner Porzellan und neben den silbernen Kaffeelöffeln lagen blütenweiße Stoffservietten bereit. Plötzlich konnte ich kaum meinen jagenden Gedanken folgen, so schnell sausten sie in die Vergangenheit zurück. Zurück ins Schloss Wernigerode mit all seiner Pracht und weiter zu den Damen Heinemann. Ich sah mich mit streng geflochtenen Zöpfen und vor Aufregung geröteten Wangen an deren Mittagstisch sitzen, während ich mit meiner Hand beglückt über die glatte, kühle Oberfläche der Damastserviette strich. Mein Sinn für alles Schöne hätte aufjubeln sollen, doch die Gegenwarts-Tina war einfach nur hundemüde. Ich gähnte so herzhaft, dass mir die Tränen in die Augen traten und ich mir fast den Unterkiefer dabei ausrenkte. Dann sagte ich vernehmlich: „Günther, bring mich ins Bett." Der distinguierten Dame am Nebentisch fiel beinahe die Kaffeetasse aus der Hand. Doch Günther wusste, was ich meinte. Ganz Gentleman brachte er mich nachhause, ich legte mich in die Kaminecke, packte Maika auf meinen Bauch und schlief sofort ein.

Lieselotte

Irgendwann schrak ich aus meinem Erschöpfungsschlaf hoch und hatte zuerst leichte Orientierungsschwierigkeiten. Wo war ich und warum? Wieviel Uhr hatten wir und – noch wichtiger: Welchen Tag? Erst als Maika ungehalten quarrend auf den Fußboden sprang, weil ihre Schlafunterlage sich so plötzlich aufsetzte, wurde ich ein bisschen ruhiger. Wenn meine kleine Freundin bei mir war, war alles gut. Ich schwang die Beine auf den Boden und hockte erst einmal matschköpfig auf dem Sofa, während ich versuchte, den restlichen Schlaf zu vertreiben. Doch ich wurde schlagartig wach, als ich durch die Glastür Günther sah, der im Wohnzimmer auf der Couch geduldig wartete, bis ich denn meinem Schönheitsschlaf wieder entstiegen war. ‚Stimmt‘, dachte ich ergeben, ‚wir wollten ja noch essen gehen‘. Dass er auf mich warten würde und still und leise dabei die Körnchen in der Raufasertapete an der gegenüberliegenden Wand zählen würde, hätte ich allerdings nicht erwartet. Als er sich mir nähern wollte, trompetete ich fröhlich abends um sechs: „Guten Morgen, ich spring schnell unter die Dusche und bin in einer viertel Stunde fertig." Auf dem Weg in der ersten Stock sah ich noch, dass er sich seufzend mit einem hilflosen Blick wieder der gegenüberliegenden Wand zuwandte, wahrscheinlich, um die restlichen Raufaser-Sägespänchen zu zählen. Im Bad angekommen schlüpfte ich kichernd aus der Hose und drehte den Wasserstrahl an. Irgendwie hatte mich seine Beharrlichkeit und Duldsamkeit doch beeindruckt, außerdem wusste ich nicht, was der angebrochene Abend noch bringen sollte und dem wollte ich frisch geduscht entgegensehen. Zudem dachte ich bei mir: ‚Wenn wir jetzt endlich Essen gegangen sind, lässt er vielleicht locker und ich habe meine Ruhe.‘ Doch daraus wurde nichts. Da mich Günther nun ganz für sich alleine hatte, fuhr er schwere Geschütze auf. Zuerst lud er mich in ein teures Restaurant ein. Ich beobachtete ihn sehr genau dabei. Er hatte richtig feine Essmanieren, was mir ausnehmend gut gefiel. Immer wenn ich sonst sah, dass jemand gedankenlos alles in sich hineinschaufelte, schoss mir der Gedanke durch den Kopf: ‚Dicker Mann, ich denke, dass du ein bisschen hungriger bist, als gut für ich ist…‘ Doch Günther beherrschte die Kunst des Speisens und dann zeigte er mir, dass er auch noch etwas anderes konnte: Er baggerte mich richtiggehend an aber auf eine charmante Art und Weise. Dieser Mann hofierte mich wie ein Gentleman der alten Schule. Das fing beim Türe-Aufhalten an, er half mir aus der Jacke, dann rückte er mir den Stuhl vom Tisch, damit ich mich zuerst setzen konnte und reichte mir die Speisekarte. Seufzend lehnte ich mich zurück, ja, so etwas konnte ich genießen. Am Ende des Abends hatten wir beide einen niedlichen kleinen Schwips. Ich weiß noch, dass ein Gewitter aufkam und ich zum ersten Mal keine Angst hatte. In seiner Nähe fühlte ich mich geborgen. Wir fuhren in der von Blitzen durchzuckten Landschaft zu mir nach Hause. Als wir ausstiegen, tauchten wir in Inseln warmen Luftstroms, es war ein köstliches Sommergewitter, das die Luft reinigte. Anscheinend hatte diese Naturerscheinung Günther auch mit Energie aufgeladen,

224

denn ohne lange zu fragen begleitete er mich nicht nur zur Tür, sondern kam auch gleich mit rein. Er wollte schon wieder nicht gehen… Da wir beide so richtig schön einen in der Krone hatten, stieg sein Mut in dem Maße, wie meine Abwehr bröckelte und ich genoss seine Annäherungsversuche. Mitten im schönsten Kuscheln fragte er allerdings auf einmal: „Hast du eine Tüte?" Ich plumpste in die Realität zurück und Atemlosigkeit begleitete die Sekunden, während der Groschen bei mir nur pfennigweise fiel. ‚Eine Tüte? Wollte er einkaufen gehen? Jetzt!? Mitten im schönsten - ach, DAS meinte er mit: ‚Tüte', ein Kondom!' Völlig verdattert sagte ich ihm, dass ich keines im Haus hätte aber ich glaube mich zu erinnern, dass er eines im Auto hatte…

Nach dieser gemeinsamen Nacht besuchte er mich regelmäßig und so blieb es nicht aus, dass er mich auch einmal mit nachhause nahm, um mich seiner Schwester Lieselotte vorzustellen. Sie war acht Jahre älter als er und hatte ihn nach dem frühen Tod ihrer Eltern aufgezogen. Nun war sie allerdings bettlägerig. Ich verstand mich ganz gut mit ihr und konnte ihr helfen, da ich in Reiki ausgebildet war und ihr damit ihre Schmerzen lindern konnte. Auch konnte Tine aus der Schokoladenfabrik keine Unordnung leiden, wie wir wissen. So dauerte es nicht lange, bis ich eingriff. An den Nachthemden oder Bettbezügen mussten Knöpfe angenäht werden, die Kissen dürfen doch nicht so kreuz und quer auf dem Sofa liegen und diese alten Zeitungen können ja wohl alle in die Papiertonne, oder? Lieselotte sah von ihrem Bett aus zu und wandte sich nach einer Woche dann an ihren Bruder: „Du Günther, die behalten wir, die ist so schön praktisch." ‚Soso, behalten wollt ihr mich also', dachte ich mir und meine Ironie schlug Funken: ‚Dann müsst ihr aber Hundesteuer zahlen…' Doch im Grunde meines Herzens wollte ich inzwischen von diesem Mann einfach nur behalten werden.

Tammo

Die Arbeit auf der Beauty-Farm ging immer weiter und forderte meine ganze Aufmerksamkeit. In meiner kargen Freizeit kam meine Freundin Sabine, die Journalistin, des Öfteren zu Besuch. Sie hatte meistens ihren Sohn Kai dabei und jedes Mal, wenn ich ihn sah, dachte ich wehmütig daran, dass es in meinem Leben keine Kinder mehr gab. Hatte die kleine Tine ‚Katzenschreck' ganz umsonst die braven Katzen in Kleidchen gezwängt, in Puppenwagen herumgeschoben und davon geträumt, Hebamme zu sein? War es denn wirklich so schwer, einfach Großmutter zu werden? Mein ältester Sohn Alex und seine Frau Nina wollten noch keine Kinder und sich erst einmal um ihren Beruf kümmern. Auch bei Basti und seiner Frau Annika sah es nicht so aus, als ob demnächst ein Enkel kommen sollte. So wartete ich zähneknirschend vor mich hin und knurrte in meinen nicht vorhandenen Bart: „Warten ist Rost für die Seele!" Doch als mich Sabine das nächste Mal besuchen kam, konnte ich ihr endlich entgegenjubeln: „Basti ist schwanger!" Natürlich war nicht Basti sondern Annika schwanger aber ich freute mich derart, endlich Großmutter zu werden, dass es mir reichlich egal war, wer denn nun wirklich schwanger war. Am 2.10.2009 kam der große Tag: Tammo wurde geboren. Er entwickelte sich schon früh zu meinem Herzenskind, weil er von Anfang an meinem geliebten kleinen Bruder so ähnelte. Als Baby verwechselte ich ihn ständig und sagte Jörgi zu ihm. Es gibt noch ein Bild, das ich nicht nur im Herzen sondern auch auf dem Desktop meines Computers habe: Mein erster Enkel mit Schwimmflügelchen und Schnuller, planscht von mir gehalten im Pool. Zu der Bilderserie gehört auch, wie Kai, selbst erst 14 Jahre, Tammo im Arm hält und ihm die Flasche gibt. Es war ein herrlicher Tag im Mai, wir wurden begleitet von den Gesängen des Sommers und die Blumen dufteten in der Sonne so intensiv, dass ich das Gefühl hatte, ich könne ihren Duft wie einen hauchdünnen Seidenschal auf meiner Haut spüren. Selbst eine Libelle hatte sich eingefunden und Tammo beobachtete fasziniert den schimmernden Glanz ihrer filigranen Flügel. Sabine machte die Fotos und irgendwie schaffte sie es immer, ihre rotlackierten Fingernägel am

Bildrand mitzufotografieren. Was haben wir gelacht als wir diese Fotos betrachteten und nannten sie ,Rote-Nägel-Bilder'.

An diesen unschuldig-schönen Tag dachte ich oft, denn als Tammo ein Jahr alt war, trennten sich leider seine Eltern. Als mir Basti diese traurige Mitteilung am Telefon machte, fing mein Herz an in der Brust zu hämmern, als wolle die Seele sich einen Weg bahnen und treppab stürmen. Das tat sie natürlich nicht, dafür aber ich, sprang ins Auto und fuhr zu ihm. Denn ich wollte versuchen zu schlichten und zu helfen aber es sollte wohl nicht sein, dass Basti und Annika zusammenblieben. Irgendwann saßen wir uns im Halbdunkel eines vergehenden Tages gegenüber und suchten nach Worten, die nicht existierten. Da gab ich auf und dachte mir: ,Die Jahre lehren Einen viele Sachen, die die Tage nicht wissen. Wer weiß, wofür es gut ist, dass die Beiden nicht mehr zusammensein wollen.' Aber den Kontakt zu meinem Enkel wollte ich auf gar keinen Fall abreißen lassen. Ich bemühte mich immer sehr, fuhr zu ihm nach Hause, holte ihn ab, ging mit ihm auf den Spielplatz, einkaufen oder ein Eis essen. Als Tammo zwei Jahre alt war, nahm ich ihn zum ersten Mal mit nach Mallorca. Auch dieses Bild werde ich nie vergessen: Er hatte ein Hütchen auf, ein T-Shirt an, ein Eimerchen in der Hand und ging tapfer an das große Meer: „Oh, was ist das denn?" Als die erste Welle kam und das Wasser seine Füße benetzte, lief und lief und lief er zu mir zurück: „Omili, Omili!" Ich weiß noch, dass ich ihn in diesem Urlaub auf seinem Sand-Eimerchen trocken gemacht habe, er brauchte fortan tagsüber keine Windel mehr. In dieser trauten Zweisamkeit sagte er damals ständig zu mir: „Omili, ich bin so gerne bei dir!" Nach dem Baden sollte er seinen Pullover anziehen und meinte: „Es ist gar nicht so leicht, sich anzuziehen. Es ist schwer, wenn die Knöpfe doch hinten sitzen und ich bin hier vorne…" Was habe ich gelacht!

Sein Sinn für Harmonie und schöne Dekoration zeigte sich ganz früh und als Tammo eingeschult wurde, stellte sich schnell heraus, dass er ein Mathegenie war, wieder einmal ganz so wie mein Jörgi. Nach der Schule war er oft bei mir und verteilte wie ein Mixer ohne Deckel Spielzeug quer durch die weiße Villa. Oder er wollte im Garten spielen. Auch Regen machte ihm nichts aus. Im Gegenteil: In einen Regenmantel gewickelt, pflügte er mit seinen Gummistiefeln und der Zuversicht eines Jungen, der seine Jahre noch an den Fingern abzählen kann durch jede Pfütze, während er glücklich und nass über das ganze Gesichtchen strahlte. Tammo war einfach jung und erfrischend wie das Mitglied einer Boy-Band, nur nicht so unmusikalisch und ich genoss jeden Tag, den er bei mir war.

Marienthal

Diese Auszeit mit Tammo brauchte ich aber auch, denn bei Günther hatte sich einiges getan, besser gesagt mit Lieselotte. Sie wurde immer schwächer und notdürftig zu Hause von den beiden Männern versorgt, Erhard ihrem Mann und Günther ihrem Bruder. Günther wohnt heute immer noch in diesem wunderschönen Haus in Hamburg. Oben im ersten Stock er und damals unten im Erdgeschoss Lieselotte und Erhard. Ich muss allerdings sagen, diese untere Wohnung hätte ich anders eingerichtet. Sie hat vier Zimmer und ist schön geschnitten, mit großzügigen Fensterfronten und zwei Terrassen, die eine nach Norden und die andere nach Westen, beide in einen netten Garten hinausgehend. Aber diese Wohnung war sehr dunkel. In den Räumen standen dunkelbraune Vitrinen und Schränke, die um die ganzen Zimmer zu wachsen schienen. Diese Möbel rochen zwar nach in Geld eingelegten Edelhölzern, doch wurde man von ihnen fast erdrückt, wenn man sich einmal hineinwagte. Selbst eine Lampe, die eine Blase dunstiger Helligkeit warf, konnte diese Stimmung nicht mildern. Als traurige Krönung des ganzen Desasters erhob sich direkt vor dem größten Fenster, das eigentlich einen herrlichen Ausblick in den Garten erlaubt hätte, eine zwei Meter hohe Eibenhecke, damit auch ja kein Sonnenstrahl meiner großen Freundin hindurchdringen konnte. Dieses ganze Konglomerat aus Dunkelheit, Stille und Bedrückung widersprach zutiefst meinem Sinn nach allem Schönen. Trotzdem war es erneut Tine aus der Schokoladenfabrik, die die Pflege übernahm. Diesmal von Günthers Schwester, jedenfalls soweit es mir neben meiner Arbeit auf der Beautyfarm möglich war. ‚Es wiederholt sich irgendwie alles,' sinnierte ich vor mich hin, als ich unter einem Himmel, der sich zu einem bernsteinfarbenen Wolkenwirbel ballte, wieder einmal zu ihr fuhr. Lieselottes Gesundheitszustand war sehr schwankend – was für mich in dieser Umgebung wahrhaftig kein Wunder war. Sie kam oft in ein Krankenhaus, später dann in ein Pflegeheim. Erhard erkundigte sich regelmäßig bei den Schwestern, wann denn mit dem Ableben seiner Frau zu rechnen sei, weil er es ja schließlich kalkulieren müsste. Als ich das einmal mitbekam dachte ich mir: ‚In welcher lieblosen Welt bin ich hier nur gelandet?!' Da die beiden – trotz Erhards Fragen an die Schwestern - nie wirklich an den Tod gedacht hatten, managte ich auch die Beerdigung, als Lieselotte dann endgültig einschlief. Was danach kam, verschlug mir aber fast den Atem. Ich sag's einmal so: Sie war noch nicht richtig kalt, da verliebte sich Erhard mit seinen über 80 Jahren in eine 50jährige türkische Masseurin und sein Geld, weit über 50tausend Euro, wanderte ab in den türkischen Massagesalon. Aber auch Erhard hatte nicht mehr lange zu leben und als er kurz darauf ebenfalls verstarb, bat ich Günther, die Frau anzurufen und es ihr mitzuteilen. Ihre einzige Reaktion: „Ach, das ist aber schade!" Ja natürlich, die Geldquelle war versiegt!

Nun war diese Wohnung in Günthers Haus menschenleer und wartete darauf ein neues, schönes Zuhause zu werden ...

Das andere Haus

Mich plagten allerdings ganz andere Sorgen. Was hatte ich von meiner wunderschönen weißen Villa geträumt, aber nach all den Jahren fing sie an, mir eine Bürde zu werden, von der ich nicht wusste, ob und wie ich die Arbeit und die finanzielle Belastung noch würde schultern können. „Hüte dich vor deinen Wünschen", murrte ich vor mich hin, als ich mal wieder die Waschmaschine belud, während ich einen Brief der Bank öffnete, „sie könnten in Erfüllung gehen. Ja, ich weiß, das Leben ist Veränderung – aber könnte es sich nicht mal zu weniger Arbeit und mehr Geld verändern?!" Ich hörte auf, die Maschine zu traktieren und das

Handtuch, das ich gerade noch hielt, glitt mir aus der Hand. Langsam ließ ich mich auf dem Boden nieder und schaute auf den Weichspüler, ohne ihn zu sehen. Von tief unten kam die wohlbekannte und von mir ebenso gehasste wie gefürchtete Erschöpfung hoch. „Tine", sagte ich kopfschüttelnd. „Hör auf dich. Zieh die Notbremse. Du willst nicht wieder in die Klinik, weil du deine Ressourcen ausgeräubert hast." Ächzend stand ich auf und ging, von Maika gefolgt, in den Garten. Irgendwie wusste ich, dass es ein Abschiedsspaziergang werden würde...

Wir stromerten ziellos kreuz und quer, einfach nur, weil ich mit meiner kleinen Freundin zusammensein wollte. Wie zufällig landeten wir an meinem geheimen Eckchen, das ich mir damals eingerichtet hatte, als ich noch mit Ingo zusammen war. Ich setzte mich auf den Stuhl. Darauf hatte Maika nur gewartet, nahm Anlauf, landete auf meinen Knien, rollte sich zusammen und setzte sofort ihren schnurrenden Motor in Gang. Mechanisch streichelte ich sie und ließ meinen Blick über diesen großen Garten und die weiße Villa schweifen. Wie sehr hatte ich das alles hier gewollt und wie sehr zehrte das alles nur noch an meinen Kräften. ‚Arbeiten, arbeiten, arbeiten,' schoss es mir durchs Hirn. ‚Und wenn ich damit fertig bin, muss ich wieder arbeiten. Entweder in der Villa oder im Garten. Die Routine ist die Haushälterin der Inspiration. Doch von meinen Kräften hat niemand gesprochen...' Ich legte den Kopf in den Nacken, um mir von meiner großen Freundin etwas Kraft zu holen, doch der Himmel war überzogen von einem Gespinst grauer Wolken, die kaum die Sonne durchließen. Ich war so unendlich müde und wusste, dass es mal wieder an der Zeit für Tine aus der Schokoladenfabrik war, eine Entscheidung zu treffen. Maika und ich gingen zurück in die Villa. Zuerst machte ich mir einen Kaffee, damit ich besser denken konnte. Dann fasste ich seufzend einen Entschluss. Ich wollte mich von dieser zu großen Villa und dem riesengroßen Garten trennen. Mit Tränen in den Augen hob ich meine Kaffeetasse und stieß mit Maika auf meine bedingungslose Kapitulation an.

Dann ging alles irgendwie ganz schnell. Ich fand ein Haus, ebenfalls in Wentorf, etwas kleiner und ohne großen Garten. Es war auch gar nicht weit weg von meiner Villa, so dass mich meine Kunden weiterhin problemlos finden konnten. Ich war so verliebt in dieses neue Haus, welches viel weniger Arbeit versprach und wollte es unbedingt kaufen. Natürlich erzählte ich es Günther. Deutlich bemerkte ich dabei sein Erstaunen. Den Tanz der Augenbrauen über den beinahe entsetzt sich weitenden Pupillen: „Das ist viel zu teuer!" fasste er sein niederschmetterndes Urteil zusammen. Doch ich hatte Glück: Nach vier Wochen rief der Makler an, das Haus würde genau auf den Preis gesenkt, den Günther vorgeschlagen hatte. Flugs beantragte ich ein Darlehen, aufgeregt, dass ich dieses Haus haben konnte. Zuerst wurde das Darlehen auch genehmigt, aber die Bank sagte dann plötzlich ab. Die Begründung war, dass ich noch einen alten Schufa-Eintrag hätte. Da ich nicht aus noch ein wusste, flehte ich Günther an, das Haus zu kaufen. Als vernünftiger Mann sah er ein, dass die Frau an seiner Seite recht hatte. So gingen wir zum Notar, um den Hauskauf perfekt zu machen. Von meiner Erschöpfung war ab diesem Zeitpunkt nichts mehr zu spüren. Voller Eifer fing ich sofort an, zu renovieren. Wie wir das zum Glück kennen, halfen ganz viele Freundinnen dabei. Überall schwirrten meine guten Geister herum. Sie hängten Gardinen auf, es wurde gestrichen und tapeziert. Ein ganzes Bataillon von Handwerkern half ebenfalls. Bäume, die das Haus dunkel machten, wurden gefällt, mit einem Hochdruckreiniger die Gehweg-Platten vor der Tür gereinigt und der Balkon im ersten Stock ausgebessert. Die Haustür malte ich höchstpersönlich an, auch das Garagentor bekam einen neuen Anstrich. Das ging alles wie im Sauseschritt, einige meiner Möbel waren auch schon im neuen Haus.

Nachdem alles so wunderbar flutschte, gönnte ich mir als kleine Auszeit dann endlich eine Reise auf meine Lieblingsinsel. Ich war noch nicht ganz angekommen, ja, hatte noch nicht einmal den Koffer geöffnet, da erreichte mich Günthers Anruf: „Tina, komm schnell nach Hause, das Haus ist weg!" Ich war total perplex, und alles was mir dazu einfiel: „Ja wo ist es denn hin?!" Natürlich musste ich sofort heimfliegen. Als ich im Flieger saß und das beruhigende Brummen der Motoren hörte, konnte ich ein bisschen nachdenken. Günther hatte etwas angedeutet und so war es dann auch. Dieses Haus hatte ein Erbpachtgrundstück und die Erbpächter wollten das Haus wiederhaben, obwohl es vor meinem Kauf vier Jahre lang leer gestanden hatte. Sie wohnten auf dem Nachbargrundstück und beobachteten den Werdegang der Renovierungsarbeiten mit Argusaugen. Als sie mitbekamen, was ich für ein Schmuckstückchen daraus machte, schlugen sie zu. Sie warteten bis einen Tag vor Ablauf der Frist und sagten dann: „Wir wollen das Haus zurückhaben." Leider hatten sie das Recht dazu. Günther versuchte noch, ihnen das Grundstück abzukaufen. Aber dass sie 300tausend Euro dafür haben wollten, sah er dann doch nicht ein. Die Hoffnung stirbt zuletzt – doch dann meistens eines grausamen Todes…

Am nächsten Morgen rappelte es laut neben mir. Mit letzter Kraft schlug ich seitlich aus, um meinen Wecker zu töten. Zu spät, ich war wach. Jetzt wollte ich mich nicht unterkriegen lassen. Ich informierte meine gut funktionierende Freundinnen-Infrastruktur, die mit mir zusammen in einer Nacht- und Nebelaktion meine ganzen Möbel wieder aus dem Haus räumten. Obwohl es todtraurig war, lachten wir und mir ging das Herz auf, denn ich wusste: Solange ich Freunde hatte, würde ich niemals untergehen. Auch alle beteiligten Handwerker und Maler sagten: „Wenn du einen Racheakt planst - wir sind dabei." Ich bat mir Bedenkzeit aus und traf alle am nächsten Tag wieder. Mit verschränkten Armen stand der Capo vor mir und meinte nur: „Und!?" Was konnte der Mann für Welten in dieses Wort legen! Aber ich wollte dann doch nicht und dachte mir, sie kriegen ihre Strafe irgendwann bestimmt von alleine.

Mats

Zwei Wochen später war mein liebevoll renoviertes Haus vermietet und ich hatte ein neues Problem: Die weiße Villa war so gut wie verkauft, es war im Jahr 2010, denn ich hatte sie Wolfgang gegeben, der ja als Makler arbeitete. Über die Jahre waren wir zu guten Freunden geworden. Ich genoss seine Zuwendungen und kleinen Aufmerksamkeiten. Er avancierte zu Tammos Ersatzopa und freundete sich zudem auch mit

Günther an. Gerne gingen die beiden Männer zusammen segeln oder spielten Skat. Das freute mich ja für sie, aber Tine aus der Schokoladenfabrik wusste nun nicht, wohin - und wo sie wohnen sollte. Warten auf eine Lösung, warten in alle Ewigkeit, es war, als ob ein Leben verginge…

Anfang September wurden die Tage blank. Es schien, als ob der in ernstem Blau gekleidete Himmel ein Räuspern im Hals hätte, als plante er, die Willkommensrede für den Herbst zu üben. In dieser Stimmung sagte Günther zu mir: „Dann musst du eben im Erdgeschoss bei mir einziehen – zur Probe." In seiner Todesangst vor zu viel Nähe, bekam ich aber meine Regeln auferlegt:

1. Nicht, dass deine Freundinnen dich hier besuchen kommen (heute begrüßt er sie mit Küsschen).

2. Auf keinen Fall Enkelbesuch

„Auf gar keinen Fall Enkel-Besuch", brummelte ich vor mich hin, während ich durch die frisch renovierte, nach meinen Maßstäben neugestaltete Wohnung wanderte. „Was soll denn dieser kleine Tammo schon anstrengend für dich sein?"

Doch das Leben hielt wieder einmal eine Überraschung für mich bereit. Es war Winter und schneite reichlich. Das ist ziemlich untertrieben, denn was da herunterkam, war eine Sintflut in Pulverform. Seufzend dachte ich daran, den Schneeschieber zu holen, um die Einfahrt von der weißen Pracht zu befreien, da klingelte das Telefon. Meine Schwiegertochter Nina teilte mir direkt an Weihnachten mit, dass sie leider nicht zu meinem Geburtstag kommen könne. Wie wir wissen, ist der am 20. Juli. „Wieso?" fragte ich vollkommen ahnungslos. „Seid ihr verreist?" Ninas trockene Antwort: „An dem Tag müssen wir dein Enkelkind aus der Klinik holen." Zuerst stand ich auf meiner eigenen Leitung, dann fiel der Groschen. Ich machte einen Luftsprung und freute mich riesig, denn das hieß ja nichts anderes, als dass ich wieder einen Enkel bekommen sollte. ‚Nun ja', dachte ich mir als erfahrene Kinderkrankenschwester, ‚wer weiß wann er geboren wird, das werden wir noch sehen…'

Doch pünktlich an meinem 60. Geburtstag, morgens um neun, bekam Nina ihre Wehen. Ich rechnete mir aus, dass es beim ersten Kind ungefähr so bis abends um elf dauern müsste. An diesem Tag hatte ich natürlich eine große Feier in einem hübschen kleinen italienischen Restaurant. Viele liebe Gäste kamen und überraschten mich mit wundervollen Geschenken, aber ich konnte mich nicht wirklich konzentrieren, denn ich schaute alle gefühlte zwei Minuten auf mein Handy. Um 23 Uhr 2 bekam ich endlich von Alex den erlösenden Anruf, Mats war geboren. Am nächsten Tag hielt ich dann von meinem Erstgeborenen den Erstgeborenen im Arm. Ich lief wie auf Wolken, es war so wunderschön. Matsi entwickelte sich zu einem ruhigen Denkerkind. Mit viereinhalb überraschte er mich mit seinen ‚Kokosnuss-Geschichten'. Er war zu Besuch bei mir, im Radio dudelte das breiige Einerlei eines Best-Off-Senders, trotzdem hörte ich ihn im Hintergrund plaudern und dachte mir die ganze Zeit: ‚Was redet er für ein wirres Zeug beim Frühstück?' Nein, es war nicht wirr, im Gegenteil, er rezitierte ganze Texte. Piratengeschichten, es ging um ‚Narben-Nasen-Norbert'. Dabei rollte er das ‚r' ganz gefährlich. Sogar die Na,rrr'se bekam mindestens drei, damit es noch gefährlicher klang. Dadurch wurden die wüsten Abenteuer mit seinen Spießgesellen noch wüster, die mindestens genauso infernalische Namen hatten wie ihr Anführer, minutenlang sprach er vor sich hin. Das Radio hatte ich schon längst abgestellt und wenn er kurz innehielt, fragte ich, inzwischen gebannt lauschend: „Was ist denn los, gehen die Abenteuer nicht weiter?" „Ich muss das erst in meinem Kopf lesen", antwortete er mit einem hochkonzentrierten Gesichtsausdruck. Immer, wenn er in dieser Zeit bei mir war, fragte ich ihn nach dem kühnen Piratenkapitän und jedes Mal konnte er mir die ganze Geschichte erzählen, Wort für Wort, es war nicht zu glauben. Sogar abends, wenn ich ihn mit den Worten zu Bett schickte: „In einer halben Stunde muss die Hose kalt über dem Stuhl hängen", erzählte ich ihm keine Gute-Nacht-Geschichte sondern er mir – und zwar von den Piraten, während die Spieldose vor sich hin glöckelte und ihn dann doch in den Schlaf wiegte.

Jan

Die Jahre gingen ins Land und ich fühlte mich richtig wohl in meiner neuen Wohnung bei Günther. Ich hatte nur den Stammkunden meine neue Adresse mitgeteilt und somit weniger Arbeit in der ‚Beauty-Lounge‘, wie ich mein Kosmetikstudio jetzt nannte. Zusätzlich war der Garten viel kleiner als der meiner weißen Villa und so gab es auch hier weniger Arbeit. Außerdem wurde ich jetzt von einem Gärtner unterstützt.

In dieser zufriedenen Stimmung wurde im Jahr 2013 dann Matsis Bruder angekündigt. Nina schaffte es wieder, dies so originell bekannt zu geben wie bei ihrem ersten Kind. Ich bekam eine Geburtstagskarte, die ich mir extra aufgehoben habe, denn auf ihr stand: „Herzliche Glückwünsche zum Geburtstag" mit folgender Unterschrift: Matsi, Nina, Alex und X. Da wusste ich Bescheid. Es sollte einen Bruder oder ein Schwesterchen für Matsi geben und für mich einen neuen Enkel. Am 8.2.2014 wurde Jan geboren, der ein völlig unterschiedliches Naturell zu seinem Bruder hat. Er ist handwerklich sehr interessiert, beschäftigt sich nur mit Jungs-Kram, wenn ich das mal so ausdrücken darf. Ich überlegte mir, dass er das bestimmt von meinem Vater haben musste. ‚Gib ihm einen Hammer und er ist glücklich‘, dachte ich. Außerdem liebt er Schwerter und den dazugehörigen Kampf, das ist was für ihn. Der Große, also Mats, kann damit überhaupt nichts anfangen. Was zudem an Jan besonders auffällt, ist sein feuerrotes Haar. Ein ums andere Mal dachte ich mir: ‚Den müssen wir deswegen mal nach England verheiraten und mit seinen hübschen braunen Augen und seinem sonnigen Wesen wird er die Mädels außerdem um den kleinen Finger wickeln. Sicher werden wir einen Tennisschläger brauchen, um sie zu vertreiben…‘

Wenn die beiden mich besuchten und ich mir überlegte, wie ich sie am besten bändigen sollte, musste ich für Mats nur CDs einlegen, für Jan holte ich die Werkbank rein. Ein besonderes Highlight im Sommer war für die Jungs natürlich der Whirlpool im Garten. Tammo und Mats tauchten und planschten was das Zeug hielt. Natürlich wollte ich, dass Jan auch mitmachte und sagte zu ihm, der mit seinen Schwimmflügelchen am Rande stand: „Komm auch ins Wasser, Janni!" „Omi, ich bin doch erst drei, ich hatte noch keinen Schwimmkurs," kam da seine empörte Antwort. Der Pool war natürlich nur so tief, dass alle darin stehen konnten, trotzdem dauerte es eine Weile, bis er so plantschte wie die Großen. An eine nette Episode erinnere ich mich besonders gut: Eines Tages kam Jan mit einer kleinen Verletzung am Knie bei mir an. Die anderen beiden Jungs tobten schon im Wasser, aber mein Kleinster stand ungefähr eine Stunde wie ein Storch mit erhobenem Bein auf der obersten Stufe im Pool. Die Wunde durfte nicht ins Wasser, da sie ja nicht nass werden sollte. Da er den beiden Großen dabei aber gebannt beim Spielen zuschaute, geriet sein Knie immer wieder unter Wasser, ohne dass er es merkte. Trotzdem blieb er eisern mit dem abgewinkelten Bein am Rand stehen, wie sehr ich ihn auch ins Wasser locken wollte. Ich drehte davon ein Video und jedesmal, wenn ich es mir ansehe, muss ich wieder lachen, denn am Schluss ist er natürlich auch bei den Anderen im Whirlpool gelandet. Ich kann mich noch so genau an diesen Tag zurückbesinnen. Er war wie eine Erinnerung, die die Farbe meiner Kindheit hatte. Die Lamellen der Terrassenjalousie filterten die Strahlen meiner großen Freundin zu Goldstaub, ich hörte das Jauchzen meiner Enkel, spürte die sprühenden Tropfen des schäumenden Wassers auf meiner Haut und war - träumend mit offenen Augen - wieder im Freibad mit meiner Schwester und meiner Mutter. Sommersonnenheiß lag kein Gewitter in der Luft, nur ergebenes, geradezu durstiges Warten auf den Regen und alle Sorgen, die das Erwachsenenleben für mich bereithalten sollte, gab es für die glücklich spielende Tine aus der Schokoladenfabrik noch nicht. „Omili", holte mich da ein tropfender Tammo in die Wirklichkeit zurück, „wir haben jetzt Kuchenhunger." Ich blinzelte und sah auf meine drei patschnassen Mäuse, die mich zuerst erwartungsvoll ansahen und dann in Windeseile ihre Rosinenschnecken verschmatzten, um sich wieder in die Fluten stürzen zu können.

Ich bemühte mich ganz viel und tue dies auch weiterhin, dass die Cousins sich öfter sehen. Allerdings ist das nicht immer leicht zu koordinieren, da die Eltern unterschiedliche Arbeitszeiten haben und die Jungs in verschiedenen Kindergärten sind. Was mich besonders freut, ist, dass Günther sich inzwischen an die muntere Schar gewöhnt hat, den sie als ‚Günthi‘ in ihr Herz schloss und er freute sich richtig darüber. Genau damit hatte ich gerechnet. Er wurde immer aufgeschlossener und fast so etwas wie ein gutmütiger Opa für die drei. Selbst die Nachbarn sagten: „Tina zieh hier bloß nicht wieder weg, was hast du bloß mit diesem Mann gemacht, der ist so nett geworden…?!"

Happy

Es wurde mal wieder Zeit für Mallorca. Ich war ziemlich erschöpft und müde, suchte mir einen Platz auf der Terrasse, wollte schlafen, mich ausruhen, auf den Flug vorbereiten. Da hörte ich ein Maunzen. Dieses Quarren, eine Mischung aus fragendem ‚Miau‘ und erstauntem ‚Maunz‘ konnte nur von meiner kleinen Freundin kommen. Ich sah, wie Maika Anlauf nahm, um auf meinen Schoß zu springen. Eigentlich wollte ich das nicht, denn mit ihr auf meinen Beinen und dem eingeforderten Streicheln konnte ich nicht schlafen. Doch plötzlich kam ein ungutes Gefühl in mir hoch, als ich dieses schlanke kleine Wesen sah. Seit wann war sie so knochig geworden und überhaupt: Seit wann musste sie Anlauf nehmen?! In ihrer Zartheit erinnerte sie mich an das kleine Kätzchen, das ich einst unter meiner Jacke in mein Beauty-Studio geschmuggelt hatte. Während ich sie beobachtete, wie sie auf meinen Schoß krabbelte, dachte ich mir: ‚Wer weiß, wie lange ich dich noch habe?‘ Kurz nachgerechnet: 19 Jahre war sie nun alt. Wirklich, sie war schon 19 lange Jahre mit mir durch ihr kleines Katzenleben gegangen. Auf einmal überkam mich die Angst: ‚Oh Gott, wenn ich sie nicht mehr habe, was ist dann?!‘ Gleichzeitig schweifte mein Blick über den Garten. Pludrige Wolkenberge trieben am türkisblauen Himmel und in der Luft hing der Duft der Glyzinie. ‚Wo werde ich sie beerdigen?‘ schoss es mir durch den Kopf und mein Blick fand sofort eine passende Stelle. Dort lag sie immer im Halbschatten und döste, während sie fragend einem Schmetterling hinterhersah. Wahrscheinlich überlegte sie dabei, wie so ein taumelndes Ding überhaupt fliegen konnte... Doch ich vertrieb den Gedanken und streichelte sie, während sie schnurrend auf meinem Schoß einschlief.

Am nächsten Tag flog ich nach Mallorca und hoffe auf das Allerbeste. Doch der darauffolgende Tag fing schon fürchterlich an. Mein geliebtes, himmelblaues Mittelmeer war verschwunden. Die See war aufgebracht und hatte den Himmel gewonnen, ihr in ihrem Zerstörungsrausch beizustehen, indem sie Sonnenschirme umwarfen, Cafés von Touristen leerfegten und diese in die Hotels zurücktrieben. Mitten in diesem ungewöhnlichen Gewitter rief Günther an. Aufgeregt sagte er: „Maika läuft überall dagegen, miaut die ganze Zeit, sie war auch unter der Heizung eingeklemmt und konnte sich nicht selbst befreien. Was ist denn da los?" Mir als Krankenschwester war klar: Das muss ein Schlaganfall gewesen sein und dadurch ist sie blind geworden, Günther sollte sofort in die Tierklinik fahren. Da wurde dann meine Diagnose bestätigt. Er rief mich von dort ebenfalls an und reichte den Telefonhörer für mich weiter. Die Tierärzte wollten noch eine Computertomographie machen, aber ich verneinte. „Was könnte das bringen? Was sollen wir diesem armen Tier noch zumuten?" Als Günther wieder den Hörer in der Hand hielt, sagte ich zu ihm: „Wenn du es dir zutraust und dabei sein kannst, erlösen wir sie." Diese Entscheidung fiel mir unsäglich schwer und während ich sprach, erschienen all die Geschichten und Bilder in mir, die ich mit diesem wunderbaren Tier erlebt hatte. Dieser letzte Tag, dieses Einfordern des Streichelns von ihr, kam mir auch auf einmal so vor, als hätte sie ihren Tod vorausgeahnt und wollte Abschied nehmen. Mir liefen die Tränen die Wangen hinunter. Ich schüttelte heftig den Kopf, denn ich wollte doch stark sein! Was mich allerdings sehr überraschte und anrührte: Es tat auch Günther furchtbar leid, er weinte ebenfalls und sagte immer wieder: „Das arme Tierchen!" Als alles getan war, fuhr er mit ihr nach Hause und beerdigte sie genau an der Stelle, die ich mir auch ausgesucht hatte, ohne dass wir uns abgesprochen hätten...

An diesem Abend war Maika ständig vor meinem inneren Auge. Ich spürte die Macht der Vertrautheit und die Macht des Vertrauens, die dieses wundervolle Tier sein ganzes Leben lang in mich gehabt hatte.

Als meine Erinnerungen langsam begannen, sich zu verwischen, sah ich mit geschlossenen Augen ihrer kleinen zarten Gestalt hinterher wie sie sich schlendernd entfernte, während ihr Schatten die herabfallenden Lichtvorhänge der untergehenden Sonne unterbrach, bis er sich schließlich auflöste. Erst viele Gedanken später wurde es so still um mich, dass ich einschlafen konnte.

Als ich von Mallorca wieder zurückgekommen war, verlangte Günther von mir: „Verspreche es mir in die Hand: Keine Katze mehr!" Aber nach drei Monaten hielt es Tine aus der Schokoladenfabrik nicht mehr aus. Alles was eine Katze ausmacht, fehlte mir. Vom Streicheln übers Schnurren bis zum Füttern, sogar dass ich das Katzenklo nicht mehr sauber machen musste, vermisste ich. Da ich sehr oft bei Ebay unterwegs war, schaute ich auch einmal in die Kleinanzeigen und was soll ich sagen: In Lübeck, da war sie plötzlich: Happy. Das Gesichtchen zog mich magisch an, es sah aus wie Felix aus der Werbung. Nur, wie sollte ich es Günther klarmachen? Ich wusste, so raffiniert wie bei Ingo musste ich nicht sein, denn Günther ist ein freundlicher Mensch. Trotzdem überlegte ich mir eine Geschichte. Ich hatte Wolfgang als Verbündeten gewonnen und wir sagten, sie wäre die Katze einer seiner Tanten. Diese musste ins Krankenhaus, das Tier behalten wir jetzt erst einmal, irgendjemand muss sich ja darum kümmern. Es ging mir von den Lippen wie der begrüßende Singsang eines Callcenter-Agents. Doch Günther schien den Braten zu riechen, denn er fragte wöchentlich, wann denn die Tante wieder aus dem Krankenhaus käme. Nach drei Monaten bemerkte er trocken: „Diese Tante gibt es wohl gar nicht." Aber inzwischen hatte er sich in das kleine freche Biest verliebt. Sie ist so ganz anders als Maika. Im Gegensatz zu diesem weisen ruhigen Wesen, war Happy am Anfang eine ziemliche Kampf-Katze, praktisch eine ‚Kamikatze'. Doch mit der Zeit wurde sie sehr lieb – aber mit einem Kopf, der wusste, was er wollte. Als Günther und ich im Wohnzimmer einmal einen lauten Disput hatten, kam sie angelaufen und klopfte mit ihrer Pfote - zwar mit eingezogenen Krallen – aber doch so lange auf meine Hand, bis ich aufhörte zu schimpfen. Oder ein anderes Beispiel: An einem Grillabend hatte ich ein bisschen Alkohol im Blut und sang so vor mich hin. Günther, ebenfalls beschwipst, meinte: „Kannst du auch Lieder von früher?" Natürlich konnte ich und schmetterte los: „Brüder zur Sonne, zur Freiheit..." Da kam Happy wie ein schwarz-weißer Kugelblitz durch den Garten angaloppiert, rannte ohne abzusetzen an mir hoch und leckte mir das Gesicht, bis ich aufhörte zu singen. Sie schaute mich dabei entsetzt an, mit einem Ausdruck als wollte sie sagen: „Es ist gut, ich bin hier und beschütze dich, du kannst aufhören zu weinen und zu schreien." Dieses Lied - oder sagen wir mal: Meine Darbietung - hat ihr eindeutig nicht gefallen. Es ist auch weiterhin so. Wenn wir gar nicht daran denken und mal etwas lauter werden, kommt Happy gleich als Friedensrichterin angerannt und beruhigt uns. Happy, die Fröhliche. Diesen Namen hat diese Katze wirklich verdient.

Josephine gegen Denise

Mehr und mehr begann ich, über meine Rente nachzudenken. Mein ganzes Leben hatte Tine aus der Schokoladenfabrik gearbeitet, nun wollte ich langsam anfangen, ein bisschen kürzer zu treten. Das Leben blieb aber turbulent, denn im Dezember 2014 hatte ich mal wieder einen Wohnungswechsel vor. Mein Appartement in Portals Naus gefiel mir zwar weiterhin ausnehmend gut, doch der Vermieter zog in die Nachbarwohnung ein. Das passte mir überhaupt nicht, ich hatte seit den Stasizeiten für ein ganzes Leben genug von Überwachung und sah dort keine Zukunft mehr. Deswegen lieh ich ein Fahrrad, um mir ‚per Pedale‘ eine andere Gegend anzuschauen, in der man auch wohnen könnte. In Ciudad Jardin stellte ich, einer Eingebung folgend, das Fahrrad ab, schaute mich um und ließ alles auf mich wirken. Aus dem Haus neben dem Fahrradständer drang leise spanische Musik durch die geöffnete Balkontür, deren Vorhänge ins Zimmer flatterten. Eine apfelsinengelbe Sonne beschien die Dachterrasse, den Horizont der anderen Dächer und ich hörte nur das schläfrige Tschilpen der Spatzen in der Mittagshitze auf der Straße. Gleich hinter dieser begann ein feinkörniger Sandstrand, der sich zum Meer dehnte. Die Wellen darauf wirkten harmlos, als kämen sie gegen das Bisschen Wind nicht an, welches an den Sonnenschirmen zupfte. Alles entzog sich, eingetaucht in eine große Helligkeit. Da sagte ich zu mir: „Liebes Universum, hier könnte man wohnen, das bestelle ich mir bei dir!"

Kaum wieder zuhause, ging ich ins Internet und was soll ich sagen: Genau in dem Haus, vor dem ich das Fahrrad abgestellt hatte, fand ich eine Wohnung. Sie wurde zur Miete angeboten, mit einem wundervollen Meerblick, den ich ja aus eigener Anschauung nur bestätigen konnte. Da war sie, diese Wohnung. War es Schicksal, die stolze Verwandte des Zufalls? Wie auch immer, diese Wohnung hätte Günther auch gekauft, da sie ihm gefiel, doch Josephine, die Verkäuferin, wollte 560tausend Euro haben. Seiner Meinung nach war sie nur 300tausend wert und so blieb es bei der Miete – aber genau in diesem Haus, so wie ich es mir ‚bestellt‘ hatte, ich konnte es immer noch nicht glauben… Sie war komplett möbliert, dort konnte man leben und ich würde mit meinem Sinn für alles Schöne so richtig etwas draus machen. Dafür musste ich meine anderen Möbel loswerden. Ich rief Richie an und er nahm beim Umzug alle Möbel zurück, die ich von ihm gekauft hatte, sogar die Hälfte des Geldes gab er mir ab. All dies sah ich als ein gutes Omen an, zu Anfang war auch alles optimal und ich im siebten Himmel. Nur kam die Vermieterin jeden Tag und klingelte unter einem Vorwand, um mich zu kontrollieren. Sie vergaß wohl zu bemerken, dass sie die Wohnung vermietet hatte und ich volljährig war. Es wunderte sie nämlich, dass dort ‚immer fremde Männer‘ aus- und eingingen. Aber es waren nur Wolfgang und Günter im Wechsel zu Besuch, das verstand sie nicht, denn sie hatte ja gar keinen Mann. Ich dachte nur: ‚Neid ist die Religion der Mittelmäßigen‘ und konnte sie immer weniger leiden, ihr war so wenig zu trauen wie einer paarungswütigen Klapperschlange. Das sollte sich eines Tages zeigen. Sie stand mal wieder vor der Tür - in ihrem knöchellangen Kaftan sah sie aus wie eine in einen Vorhang gewickelte Giraffe - und trieb es auf die Spitze: Ich sollte für August ausziehen, da ihre Familie dort Urlaub machen wollte. Mir fiel die Kinnlade herunter. Meine Freundin Denise übersetzte vom Spanischen ins Deutsche. Zum

Glück, kann ich sagen, war sie da. Im Nachhinein erzählte sie mir: Die Unverschämtheiten, die Josephine von sich gelassen hatte, hat sie mir erst gar nicht übersetzt. Als ich die Vermieterin vollkommen perplex fragte, wo ich dann so lange hingehen sollte, sagte diese doch tatsächlich: „Mir egal, raus, auf die Straße." Denise platzte dann der Kragen, sie wollte die Tür schließen. Sofort ging Josephine sie körperlich an, packte sie am Arm und stellte den Fuß in die Tür. Doch da hatte sie nicht mit Denise gerechnet! Die knallte die Tür zu und rief die Polizei. Während wir warteten und uns berieten, spülte das ununterbrochene Klopfen von Josephine unsere weiteren Gedanken fort. Zum Glück kamen die Polizisten sofort und ich stellte fest, dass ich jetzt wieder atmen konnte. Als hätte sie sie gerochen, verschwand die Vermieterin kurz vorher. Es waren zwei nette Jungs, in ihrer Uniform sahen sie göttlich aus, vor allem von dem Einen konnte Denise trotz des ernsten Themas nicht ihre Augen lassen. Abends auf dem Revier erstatteten wir Anzeige wegen Hausfriedensbruch und Körperverletzung. Dabei erzählte ich in aller Ausführlichkeit von Josephines Übergriffen und gab dabei erst einmal die natürliche Freundlichkeit, die mich auszeichnet, beim Pförtner ab. Was waren wir überrascht, als wir ‚unsere' Polizisten wiedersahen, allerdings auch, was das für kleine Männlein waren. Ich sagte nur: „Denise, den fandest du toll?" Aber man kann sagen was man will, er hat uns gut geholfen. Natürlich mussten wir am nächsten Tag wegen dieser Sache auch zu einem Anwalt. Da ich kein Auto besaß, meinte Denise nur: „Kein Problem!" Packte mich, wie ich war mit meinem weißen Flatterhemd, setzte mir einen Sturzhelm auf und zusammen donnerten wir mit ihrem Roller über den Paseo Maritimo nach Palma zum Anwalt. Dieser beruhigte mich: „Diese Frau ist nur frech, die dürfen sie nur nicht in die Wohnung lassen, sonst können sie dort nie wieder rein." So kam diese unsägliche Geschichte zu einem guten Ende, doch ohne Denise hätte ich das alles nicht geschafft.

Nun wusste ich, dass Josephine mir nach drei Jahren kündigen konnte, deswegen hielt ich vor Ablauf dieser Frist schon wieder Ausschau nach einer neuen Wohnung. Im Netz fiel mir etwas auf, zwar ohne ein Innenfoto aber mit einem gigantischen Meeresausblick und wie wir wissen, kann man mich mit so einer Aussicht sofort ködern.

Die Wohnung in Arenal

Sie war in dem Stadtviertel, welches als ‚Ballermann‘ verschrien ist aber man wusste ja nie... Ich nahm Erika als Hilfe beim Kucken mit. Als wir vor dem Haus standen und auf den Makler warteten, waren wir uns fast sofort einig: Das ist nichts! Es lag zwar am Ende der Partymeile, also weit entfernt vom Getöse, doch in einer typischen spanischen, also etwas ärmeren Wohngegend. Ich wollte fast sagen: Dies war ein Winkel, in dem das neunzehnte Jahrhundert noch nichts von seiner Pensionierung mitbekommen hatte. Noch dazu befand sich die Wohnung in einem Hochhaus mit zehn Stockwerken. Jetzt waren wir aber schon mal da, also würden wir uns die Sache auch ansehen.

Doch dann kam die Überraschung: Einmal durch das Appartement gegangen, durch Nadeln staubigen Lichts, die schräg herabfielen - und es ratterte in meinem Kopf, meine Fantasie, da war sie wieder. Beim zweiten Rundgang wurde mir sofort klar, welche Wand einzureißen war und welche nicht, damit aus dieser Wohnung ein Traum werden würde. Um zum Beispiel auch von der Küche aus Meerblick zu haben, musste man den Balkon in diese integrieren, also weg mit der Trennwand. Die Speisekammer brauchte ich nicht, dafür wäre mein eigenes Bad viel größer ohne diese dazugehörige Wand, also weg damit. Das große Wohnzimmer hatte ich in Gedanken schon eingerichtet. Insgesamt gab es noch ein Fernsehzimmer für meine Männer, drei Schlafzimmer und ein Gästebad dazu, so stellte ich es mir vor. Um das Ganze so kostengünstig wie möglich umzubauen, sah ich mich schon selbst die Türen und Fenster streichen, den hässlichen Fußboden hätte ich mit einem exquisiten Teppich auslegen können. Zum Schluss setzte der traumhafte, 25 Quadratmeter große Balkon, mit Blick auf den Yachthafen und meinem geliebten Mittelmeer dahinter, der Sache noch ein Krönchen auf. Da machte auch der siebte Stock nichts, es gab ja einen Aufzug. Ich handelte den Preis noch ein bisschen herunter und sagte dann: „Die nehme ich." Als ich allerdings mein Kapital hochrechnete, merkte ich: Günther muss mir helfen. Unbedingt, unvermeidlich, unerlässlich - einfach alles mit ‚un-‘, was das Wörterbuch hergab. Um ihn ein bisschen zu ködern, schickte ich ihm ein paar Fotos und ließ im Nachsatz fallen, dass ich Geld brauchte. Seine Antwort: „Wie hässlich - und der Fußboden, der ist ja furchtbar." Aber ich ließ mich nicht entmutigen, das wäre ja noch schöner! ‚Das ist doch geistiger Feinstaub,‘ murrte ich vor mich hin.

Nun stand jedoch mein 66. Geburtstag an und ich flog nach Hause. Allerdings erst, nachdem ich dem Makler Alles zur Vorbereitung des Kaufes übergeben hatte, inklusive der Vereinbarung eines Notartermins. Dieser fand schon einen Tag nach meinem Geburtstag statt, anscheinend war Jeder so glücklich, die Wohnung verkauft zu haben, dass nun alles fix unter Dach und Fach gebracht werden sollte. Günther erklärte sich dann doch bereit, mir Einiges zu leihen und überwies die fehlende Summe am gleichen Tag nach Spanien. Die ersten Sommertage rieselten dahin und Tine aus der Schokoladenfabrik war glücklich! ‚Alles läuft glatt, jawohl, juhuu!‘ jubelte mein Herz.

In meiner Geburtstagsnacht riss Günther meine Schlafzimmertür auf. Freudig dachte ich: ‚Jetzt kommt die Geburtstagsüberraschung…‘ Aber nein, ich musste aufstehen und es folgte ein ernstes Gespräch. Seine Quintessenz war: „Du kannst diese Wohnung nicht kaufen, du darfst sie nicht kaufen." Das betete er immer wieder wie ein Mantra herunter und warf mir einen Blick zu, der jeden Anderen versteinert hätte. Im Laufe des Gespräches merkte ich: Günther ist kurz vor einem Nervenzusammenbruch. Seine Nervosität ließ die Luft buchstäblich wie Elektrizität knistern. Inzwischen war es zwar noch nicht richtig Tag, aber in das Morgengrauen mischten sich bereits die Farben des nahenden Sonnenaufgangs. Deswegen lenkte ich ein und meinte, dass ich es mir noch einmal überlegen würde, obwohl ich am nächsten Tag den Notartermin hatte, den ich auf jeden Fall wahrnehmen wollte. Diese Wohnung hatte sich in meinen Kopf gegraben, ich wusste schon genau, wie sie aussehen sollte, ich konnte einfach nicht absagen. Günther brachte mich am Morgen zum Flughafen, über dem grauweißen Gewaber der Wolken wartete meine große Freundin, die Sonne, bereits darauf, die Stadt mit Licht und Wärme zu füllen. Am Airport angekommen, beugte er sich zu mir vor, kniete sich fast hin und sagte: „Bitte komme ohne diese Wohnung wieder!" Ich konnte überhaupt nicht begreifen, warum er so verzweifelt war. Im Nachhinein fragte ich ihn einmal und als Begründung bekam ich zu hören: Er wollte nur mieten, nicht kaufen. Die Angst, festgelegt zu werden, fraß ihn fast auf. Wenn sich zum Beispiel Irgendeiner der anderen Mieter des Hauses als unmöglich herausstellen würde, hätte man eine gekaufte Wohnung, die man eventuell nicht mehr los wurde und musste bis in alle Ewigkeit einen fürchterlichen Mitmenschen ertragen. Aber mein schlagendes Gegenargument wäre ja gewesen, dass man eine gekaufte Wohnung auch wieder mit Gewinn verkaufen konnte, vor Allem, nachdem ich sie umgebaut hätte. Außerdem hatten sich die Mietpreise inzwischen so gut wie verdoppelt und ich konnte es mir einfach nicht mehr leisten, diese Wohnung zu mieten. Auch hätte ich etwas Gemietetes nicht so einfach umbauen dürfen. Und Mallorca, meine Trauminsel verlassen?!? Niemals! Das behielt ich aber für mich und versprach es ihm halbherzig, um ihn zu beruhigen.

Von nun an hatte ich viel zu tun, als ich glücklich mit dem Schlüssel in der Hand aus dem Notariat herauskam. Günther würde von meiner Freude leider nichts mitbekommen, denn ich konnte ihn ja nicht ausgerechnet deswegen anrufen. Aber meine Freude musste heraus und darum sagte ich Wolfgang Bescheid. Nachdem ich es ihm, übersprudelnd vor Glück, am Telefon erzählt hatte, summte tadelnde Stille durch den Hörer. Er wusste, dass ich von ihm Stillschweigen gegenüber Günther verlangte und das gefiel ihm nicht. Doch das war mir egal, ich hatte jetzt andere Sorgen. Wie ich das denn eigentlich mit dem Umbau bewerkstelligen sollte, stand nämlich noch in den Sternen…

Umbau

Die Verkäuferin war sehr nett, ihr liebenswürdig routiniertes Lächeln erschlaffte keinen Moment und sie gab mir die Telefonnummer von Jemandem, der mein Bad für wenig Geld umbauen konnte. Mit Tino nahm das Schicksal dann seinen Lauf. Ich fragte ihn noch, was es denn kosten würde, die alte Küche heraus- und die Wand zum Balkon einzureißen. Am nächsten Morgen stand schon ein Arbeiter mit Presslufthammer in der Küche und begann mit donnerndem Lärm, drauflos zu werkeln. Einen Tag später war alles erledigt. Rattatazong, weg ist die Wand zum Balkon – zong! ‚Das fängt ja gut an, der ist mein Mann zum Arbeiten und das für nur 600 Euro`, dachte ich bei mir. Das größte Problem dabei war, das ganze Material in Tüten nach unten zu transportieren. Doch nicht für Tino, sein Blick verfing sich in meinem, um Zustimmung heischend. Ich ließ ihn machen und half selber einfach drauflos. Es wurde kaum gesprochen, nur gearbeitet. Das hatte nichts mit Sprachschwierigkeiten zu tun, sondern nur damit, dass er Ergebnisse liefern wollte. Die Theorie ist die Praxis der geistig Armen und hier hatten wir einen Praktiker, der weder geistig arm noch ein Theoretiker war. Als ich seine Begeisterung sah, fragte ich leise an, ob er denn die Wand der Speisekammer ebenfalls entfernen könne…? Auch die wurde gleich weggeputzt.

Irgendwie, ganz automatisch, nahmen diese beiden Männer die Renovierung der Wohnung in die Hand und mein Problem war gelöst. Ich flog wieder nach Deutschland und eines Tages, als ich zurückkam, waren die Fliesen auf dem Boden aufgerissen, da sie darunter Stromleitungen verlegen wollten. So musste ich neue Bodenfliesen kaufen. Ja wunderbar, die alten hatten mir sowieso nicht gefallen. Auch mit den Türen fackelte ich dann im Endeffekt nicht lange, von wegen: abschleifen und streichen - tabula rasa, raus damit, neu gekauft. Ich rief meinen Richie an und sagte: „Ich brauche demnächst neue Möbel." Seine Antwort: „Dann komm her, guck dir was an." Ich fand sofort die ganze Einrichtung und das für nur 500 Euro. Vor Glück drehte sich bei mir alles im Kreise, ich umarmte Richie und strahlte ihn an: „Es dauert allerdings noch, bis ich die Sachen abholen kann, denn wir bauen gerade um." Der Blick, den er mir zuwarf, fegte mir mein Lächeln vom Gesicht. Seine trockene Bemerkung dazu: „Geld habe ich genug, nur keinen Platz!" Mir schrumpfte der Magen zur Murmel. Und nun? Richie sah es pragmatisch und brachte das komplette Möbelkonglomerat mit dem winzigen Fahrstuhl in den siebten Stock. Da standen sie nun, verloren im Dreck: Meine weiße italienische Couchgarnitur, der dazugehörige Tisch, der Esstisch mit der großen Glasplatte und die passenden sechs Stühle. Die neuen hochglanzhellgrauen Bodenfliesen waren verlegt und auf ihnen mussten die Möbel andauernd hin und her gerückt werden, da sie ständig im Weg waren, wo immer sie auch standen. Jeden Tag befand sich ein Zentimeter Staub auf den Glastischen aber ich wischte emsig, im Hinterkopf hörte ich ununterbrochen die Damen Heinemann: „Fräuleinchen, hol das Staubtuch, so kann das hier nicht bleiben!"

Jetzt, nachdem die Umbaumaßnahmen erfolgreich abgeschlossen hinter uns liegen, kenne ich alle Baumärkte, Fliesengeschäfte und Baustoffabteilungen, die es auf Mallorca nur gibt.

Eines Abends lag ich glücklich nur in BH und Slip auf meiner herrlichen Couch und sah aus meinem frischgeschaffenen Panoramablick in die Ferne. In alle Richtungen dehnte sich der Sternenhimmel mit einigen hingepinselten Wolken aus. Die letzte Glut der fast schon untergegangenen Sonne warf tanzendes Dämmerlicht in den Raum. In dieser wundervollen Stimmung rief Günther über FaceTime an: „Wo bist du denn?" „Ja in meiner Wohnung!" Ich fragte ihn, ob er denn noch mehr sehen wollte. Er dachte wahrscheinlich an Tine ohne BH, doch ich zeigte ihm das Appartement aus allen erdenklichen Perspektiven. Mutig geworden von meiner Glückseligkeit, die von der Abendstimmung und von der fast fertiggestellten Wohnung herrührte, erzählte ich ihm so ganz nebenbei, dass ich sie nun doch gekauft hatte. Jedes Überzeugungsmanöver, das etwas taugt, appelliert zuerst an die Neugier, dann an die Eitelkeit und zuletzt an die Güte oder das schlechte Gewissen. Nachdem ich das alles sorgfältig abgearbeitet hatte und endlich fertig war, troff inzwischen das Dämmerlicht von der Lampe und ich verstummte. Doch mein Günther war natürlich nicht dumm, er hatte sich so etwas schon gedacht. Er erwachte richtig zum Leben und gab mir weitere wertvolle Ratschläge für den Umbau.

Von nun an arbeiteten wir zusammen. Als er dann im Oktober zu Besuch kam, nachdem die Wohnung fertig war, nahm er meine Hand und sagte immer wieder: „Tina, du hast hier Großes geleistet. Wie hast du das nur gemacht?" Er fiel vor Freude fast von einer Ohnmacht in die andere, denn ich hatte ihm ja immer nur Abriss-Bilder geschickt. Allerdings hängte er seine Freude nicht an die große Glocke. Aber nur, weil ich ihn darum gebeten habe. Er hätte Flugzeugbanner gemietet, wenn ich ihn gelassen hätte. Ein paar Feinarbeiten mussten aber noch erledigt werden und sofort begann er mit der Aktion: ‚Flotter Pinsel' und strich alles fertig. Ein- bis zweimal sprach er sogar darüber ob man vielleicht ganz in die Sonne ziehen und sich hier ein Schiff kaufen sollte…

Ausblick

Inzwischen schreiben wir das Jahr 2018. Mein 67. Geburtstag steht kurz bevor. Ob er wohl auch so wunderschön von meiner großen Freundin, der Sonne, begleitet sein würde wie mein allerallererster Geburtstag, damals, in der ehemaligen DDR? Es schien so weit entfernt und doch so nah…

Günther und ich saßen auf dem frisch renovierten Balkon. Wir gönnten uns nach der abgeschlossenen Arbeit ein Glas Wein, welches die Farbe der untergehenden Sonne hatte. Zu unseren Füßen stieg die ganze, still leuchtende Stadt Palma wie eine riesige Luftspiegelung aus dem Hafenwasser auf. Kein Windhauch ließ die hohen Palmwedel auf dem Balkon neben mir flüstern. Ich fing an zu träumen, meine Gedanken schwirrten zurück. Nicht nur diese Wohnung – Was hatte ich in meinem Leben nicht alles geschafft und erreicht! Meine Fantasie war immer bei mir geblieben, hatte mich begleitet durch meine ganze Kindheit. Gegen alle Widerstände hatte ich mich durchgesetzt, mir meinen Berufswunsch

Kinderkrankenschwester erfüllt, eine abenteuerliche Flucht überstanden, leider nicht besonders Glück mit der Auswahl meiner Ehemänner gehabt aber trotzdem alleine zwei wohlgeratene Jungs aufgezogen. Alles in Allem kann ich sagen, dass ich mein Leben bis jetzt so organisiert und gelebt hatte, wie ich das wollte.

Doch auch wenn ich jetzt 67 werde, von Ruhestand kann noch nicht die Rede sein. Jetzt wollte ich erstmal in meinem frisch renovierten Appartement wohnen. Die Früchte meiner Arbeit genießen, sozusagen ‚positiv in Rente gehen' und ausspannen. Zum Beispiel: Schwimmen in meinem Mittelmeer, das genau vor der Haustür lockte. Inzwischen gingen zwar ‚Bikini' und ‚Figur' bei mir getrennte Wege, ja sie unterhielten noch nicht einmal mehr diplomatische Beziehungen. Unverschämterweise drängten sich nämlich diverse Röllchen zwischen mich und meine eigentliche Figur. Doch: ‚Wer nackt badet, braucht keine Bikini-Figur', dachte ich. Das hätte ich mich aber hier dann doch nicht getraut...

Auch die Kombination von Günther, Wolfgang und mir gefällt mir weiterhin und ich würde sie gerne beibehalten. Jeder von uns hat seinen Platz in unserem Leben. Wir Drei waren schon ein großartiges Knäul!

„Willst du noch ein Glas Wein?" fragte Günther und holte mich wieder ins Hier und Jetzt zurück. „Zu gerne," erwiderte ich und ließ es Krümel regnen, da ich gerade in einen Keks gebissen hatte. Mein Blick schwebte wieder übers Meer. Ich konnte in der Ferne große Wolken sehen, die dahinglitten wie riesige Burgen aus Dunst. Doch Regen würden sie nicht bringen, dafür waren sie zu weit weg. So würde ich mich wieder meinen neuen Plänen widmen können. Der ganze Umbau hatte mir einen solchen Spaß gebracht, dass ich gerne wieder eine neue Wohnung zum Verschönern kaufen würde. Natürlich ohne die Anfangsfehler, die bei der jetzigen passiert sind. Aber immer schön ruhig, eins nach dem anderen, so wie man die Knödel isst. Ich hatte Zeit, meinen neuen Job gefunden - und das Allerbeste: Auf meiner Trauminsel. Ich würde nie aufgegeben, getreu dem Motto: Geh deinen eigenen Weg, wer nur der Herde folgt, sieht ständig Ärsche. Außerdem sollte man die Hände immer weiter austrecken, als die Arme reichen. Wozu ist sonst der

Himmel da? Auch, wenn mal jemand zu mir gesagt hatte, ich wäre eine Träumerin und gehöre zu Denjenigen, die vom Baum fallen und gar nie am Boden ankommen: Tine aus der Schokoladenfabrik war angekommen und hielt den Schokoladenhasen in der Hand, den sie ihr Leben lang gesucht hatte!

Christina Steppat (2018)
Tine aus der Schokoladenfabrik
ISBN: 978-3-7481-1029-3

Art Direction/Covergestaltung: Britta Schult
Lektorat, writer und Schlussredaktion: Sabine Thiering,
www.life-is-now.de
Fotos: Christina Steppat
Herstellung und Verlag: BoD – Books on Demand,
Norderstedt